Kim Kestner

Sakura – Die Vollkommenen

Kim Kestner

SAKURA

Die Vollkommenen

Arena

FSC
www.fsc.org
MIX
Papier aus verantwortungsvollen Quellen
FSC® C110508

1. Auflage 2017

Dieses Werk wurde vermittelt durch die
AVA international GmbH Autoren- und Verlagsagentur, München
Covergestaltung: punchdesign/Johannes Wiebel
Gesamtherstellung: Westermann Druck Zwickau GmbH
ISBN: 978-3-401-60318-6

www.arena-verlag.de
www.twitter.com/arenaverlag
www.facebook.com/arenaverlagfans

EBENE 1 : VERWERTUNG UND WIEDERAUFBEREITUNG

Das letzte Licht

Heilige Amaterasu! Ich werde zu spät kommen!

Und meine Toten warten nicht. Sie fallen einfach durch die Schleuse. Zzzzck-bumm. Zzzzck, wenn die Klappe sich öffnet. Bumm, wenn sie unten aufkommen. Einer nach dem anderen, bis die Schleuse verstopft ist. Und dann kann ich zusehen, wie ich sie wieder herausbekomme. All die zerbrechlichen Körper. Und natürlich möglichst in einem Stück.

Niemand traut einen so schweißtreibenden Job einem Mädchen zu. Aber ich bin groß und stark. Jedenfalls für meine siebzehn Jahre und die Umstände, in denen wir leben. Außerdem wird die Arbeit gut bezahlt. Zwei Tüten Reis und eine doppelte Ration Wasser. Das ist mehr, als viele Familien haben. Ich kann also wirklich froh sein und will den Job um keinen Preis aufs Spiel setzen.

Bloß ist gerade kein Weiterkommen. Ich stecke selbst in einer Schleuse, genauer gesagt in der Gasse, die auf den Marktplatz zuläuft. Eingeklemmt zwischen Hunderten mageren Körpern. Kein besonders angenehmer Zustand.

Vorsichtshalber nehme ich den Proviantbeutel von meiner Schulter und presse ihn an mich. Nichts bewegt sich schneller als erbeutetes Essen durch Kinderhände. Egal wie eng es ist.

Ich stelle mich beunruhigt auf die Zehenspitzen. *Verfluchte …* –

Die Menschen stehen ja bis zum Marktplatz! Wir nennen ihn das Gerippe, weil von dem Was-immer-es-einmal-war nur ein Stahlgerüst geblieben ist. Die Händler haben sich in ihm bis hoch unter die Decke angesiedelt.

Es wimmelt an dieser Stelle immer von Menschen. Gerade um diese Zeit stehen, sitzen und liegen überall Bettler, Kranke, Krüppel und Kinder mit verdreckten, ausgemergelten Gesichtern. Aber heute sind es noch mehr. Viel, viel mehr. Sie sind wegen der Fremden gekommen. Es hat sich schneller als ein Feuer verbreitet, dass sie da sind. Doch wieso sie da sind, das weiß keiner.

Zwei dieser Fremden kann ich jetzt am Gerippe stehen sehen. Man erkennt sie sofort, sogar von Weitem. Männer, in strahlend gelber Kleidung, eingewickelt in ein knielanges Hemd, darunter eine enge Hose, die in wadenhohen Stiefeln steckt.

Es sind Männer von der Oberfläche.

Ich reiße mich von ihrem Anblick fort. Es hat keinen Sinn. Ich muss hier durch, sonst bin ich meinen Job los. Ohne die Hand von der Tasche zu nehmen, nur mit meinen Ellenbogen, mache ich mir Platz. Freiwillig rückt niemand zur Seite. Leider. Ich kann ihre Körper an mir spüren. Es widert mich an. Ihr Gestank, die Wärme, der Schweiß, der an mir kleben bleibt. Ich muss sie zur Seite schieben, einen nach dem anderen. Niemand nimmt Rücksicht. Sobald es ums Überleben geht, ist sich eben jeder selbst der Nächste. Und hier geht es nur darum. Immer, jeden Tag.

Wir sind ganz unten. Wir sind die Letzten der Letzten und leben auf dem Grund einer tiefen, weit ausgedehnten Höhle. Eine Welt unter der Welt, das ist Ebene eins. Über uns sind noch fünf andere Ebenen, aber es gibt keine Möglichkeit, sie zu erreichen. Jede ist streng abgeriegelt. Über Ebene sechs kommt die Oberfläche. Dort lebt der Himmlische Kaiser mit all den anderen Nachkommen Amaterasus, der Sonnengöttin. Aber wir hier unten haben kein Recht auf ihren Schein. Deshalb werden wir nie die Sonne sehen, nie unsere Ebene verlassen und uns nie satt essen können.

Wir sind anders. Wir stammen nicht von Amaterasu ab, sondern von ihrem verhasstem Bruder Susanoo, dem Sturmgott. Er hat beinahe die Welt vernichtet. Deshalb lässt uns seine Schwester für seine Taten büßen, indem sie uns in diese Höhle verbannt hat. Das ist sehr lange her. Bevor mein Vater geboren wurde und seiner und dessen und ... Es ist so lange her, dass keiner mehr sagen kann, wie viel Zeit vergangen ist. Auf jeden Fall büßen wir schon sehr, sehr lange und werden es wohl noch bis in die Ewigkeit tun. Egal wie viel wir beten oder opfern oder was auch immer.

Hier sind alle krank und hungern. Wir leben in einem Dreckloch, und weil Amaterasu noch nicht mal unseren Anblick ertragen kann, hat sie es dem Kaiser überlassen, sich um uns zu kümmern. Was er nicht macht. Er versorgt uns nicht einmal mit dem Nötigsten an Reis und Wasser.

Es gibt ein Sprichwort, das sagt: *Das Leben ist beschissen – und dann stirbt man.* Und genau so ist es.

Ich dränge mich weiter ohne viel Rücksicht durch die stehende Menschenmasse. Es ist trotzdem mühsam. Auf halben Weg entdecke ich eine Karre, auf der sich Kisten stapeln, Waren für den Markt, nehme ich an. Es ist eine gute Gelegenheit. Und ich bin gut im Klettern. Der Händler kann gar nicht so schnell losschimpfen, wie ich über seine Kisten auf eines der Gebäude gestiegen bin. Es sind feste Bauten, in denen die Menschen wohnen, die mehr haben.

Die Leute schreien mir wüste Beschimpfungen hinterher. Bis ich über die Blechdächer beim Gerippe angelangt bin, sind es so viele Beleidigungen, ich wäre satt, hätte ich für jede ein Reiskorn bekommen. Reis gibt es allerdings nur, wenn man für den Kaiser arbeitet oder wenn man etwas anzubieten hat, um es hier auf dem Markt zu tauschen.

Die Stimmung ist unheimlich. Es ist zu ruhig. Solange die Beleuchtung eingeschaltet ist, tobt sonst am Gerippe das Leben oder das, was davon übrig ist. Es wird geschrien, Ware angepriesen, laut gefeilscht und gezankt. Heute sind die Menschen hier, weil sie neugierig sind, weil sie Hoffnung haben. Schließlich war noch nie jemand von der Oberfläche auf Ebene eins.

Aber man spürt auch die Angst. Man erkennt sie an der Stille. Alle warten ab, was geschehen wird. Ich habe weder Hoffnung noch Angst, nur ein mieses Gefühl.

Normalerweise sieht man am Marktplatz keine Hüter. Sie bewachen nur die wichtigen Gebäude wie die Fürsorge, wo Reis und Wasser ausgegeben werden. Jetzt zähle ich neben den sieben Männern von oben noch jeweils zwei mit Pistolen bewaffnete Hüter. Wie es aussieht, sind sie zum Schutz der Fremden da. Diese stehen erhöht auf Kisten und blicken mit undurchdringlicher Miene über die Menge. Man sieht, dass sie keine Nachfahren Amaterasus sind, sondern genauso zu Susanoos bunt gemischter Brut gehören wie wir. Warum es ihnen trotzdem erlaubt ist, oben zu leben, verstehe ich nicht. Wahrscheinlich dienen sie nur dem Kaiser. Jedenfalls prangt auf ihrer Brust eine aufgestickte Sonne. Ich kenne diese Kleidung, wenn auch nur aus der Leichenverbrennung. Wer das Siegel des Kaisers trägt, lässt sich auf anderen Wegen nicht zu uns herab. Umso beunruhigender ist es, dass diese Männer jetzt auf unserem Marktplatz herumstehen.

Seit Tagen gibt es Gerüchte, weshalb sie gekommen sind. Um uns rauszulassen, ist nur eines davon. Tja, die Hoffnung stirbt eben nach einem.

Der köstliche Geruch von gerösteten Kakerlaken steigt mir in die Nase und mein Magen zieht sich schmerzhaft zusammen. Ich befühle das Säckchen Reiskörner in meiner Umhängetasche. Mein Erspartes. Dafür bekäme ich locker fünf Kakerlakenspieße.

Aber wie fast immer kämpfe ich den Hungerdämon nieder. Den

Reis werde ich später gegen ein paar Pushs tauschen. Die machen zwar nicht satt, aber man lebt länger durch sie.

Seufzend kämpfe ich mich weiter durch die Leute, bis ich in der Gasse bin, die zu Zone acht führt. Dort, ganz am Rande der Höhle, liegt *Das letzte Licht*, die Leichenverbrennung. Zweitausend Schritte liegen vor mir, vorbei an der Fäkalienentsorgung und der Wasserwiederaufbereitungsanlage. In ihnen wird das Wasser grob gereinigt, verdampft und über dicke Rohre wieder hochgeleitet.

Soviel ich weiß, hat jede Ebene ihre Aufgabe. Keine Ahnung, welche. Unsere ist für den Dreck von oben zuständig. Leichen, Kloake, Schmutzwasser ... alles landet bei uns zur Wiederaufbereitung. Nicht umsonst nennen wir unsere Ebene *Das Scheißhaus des Kaisers*.

Endlich kommt das letzte Licht in Sichtweite. In meiner Vorstellung war das deckenhohe Gebäude einmal strahlend weiß. Jetzt ist es schmutzig grau, fast schwarz, wie alles hier. Es hebt sich nur durch seine klare, runde Form von den ganzen zusammengeflickten, krummen Bauten drum herum ab.

Der Hüter am Tor verzichtet darauf, sich meinen Nachweis zeigen zu lassen. Eine Karte mit dem Symbol des Kaisers. »Schnell, Juri. Du bist spät!«

»Ich weiß. Sind es schon viele?«

Er hebt die Hände. »Hab nicht nachgesehen.«

Ich bedanke mich mit einem flüchtigen Lächeln und hetze weiter bis zu der Tür mit der Acht. Das ist die Zahl, bei der zwei Ringe übereinanderstehen. Ein paar Zeichen kann ich lesen. Natürlich keine ganzen Wörter, das können nur die Hüter.

Kaum dass ich im Raum bin und sich die Tür hinter mir schließt, höre ich, wie eine andere sich öffnet. Zzzzzzck! Ich verharre in der Bewegung, horche. Bumm! Verdammt! Der war schwer! Schnell stelle ich meine Tasche ab.

Die Tür der Schleuse klemmt. Schon immer. Man muss sie nach

oben hochstemmen und ich brauche jedes Mal meine gesamte Kraft, um sie aufzubekommen. Der Taster an der Wand funktioniert schon seit Ewigkeiten nicht mehr. Niemand weiß, wie man ihn repariert.

Uff! Geschafft! Ruckelnd gibt die Tür endlich nach.

»Oh, schei–!« Ich fluche nicht vor den Toten, zumindest nicht laut. Doch ein flüchtiger Blick hat gereicht – sie stapeln sich schon.

Die oberste Leiche ist noch massiger, als sie sich angehört hat. Ein Mann, der fast die gesamte Schleuse einnimmt. *Das letzte Licht für den Arsch!* Unwillkürlich halte ich die Luft an. *Mann, den hat es nicht erst gestern erwischt.* Dem Gestank nach muss er schon einige Tage tot sein. Die Gase, die beim Zersetzungsprozess entstehen, haben ihn aufgebläht wie eine verwesende Ratte hinterm Ofen. *Wie soll ich den nur heil bis zur Verbrennung kriegen?*

Ich schleudere meine Jacke von mir, hänge mir die zerschlissene, bleischwere Schutzschürze um und mache mich an die Arbeit.

Rasch schiebe ich eine Bahre vor die Luke der Schleuse. Sie liegt in der Mitte des Gebäudes, in der die Toten von den oberen Ebenen ankommen. Die werden von den Schiebern, die darüber arbeiten, auf die Sektionen verteilt. Bevor ich überhaupt dazu komme, öffnet sich die Klappe erneut. Zzzck! Und eine Frau fällt auf den Dicken.

»Könnt ihr da oben mal ein bisschen langsamer machen?«, brülle ich. Statt einer Antwort geht die Klappe wieder zu.

Die Frau liegt quer über dem dicken Bauch. Ihr Rückgrat durchgebogen. Sie ist nackt. Das Gesicht zeigt nach oben. Ein Blick genügt, um zu sehen, dass sie an der Knochenfresser-Krankheit krepiert ist. Wie die meisten. Auf der Oberfläche stirbt niemand daran. Zumindest habe ich noch keine Leiche von dort so gesehen.

Man sagt, die Krankheit sei nicht ansteckend, trotzdem erwischt sie fast jeden von uns. Jedenfalls auf Ebene eins. Auch mich irgendwann, obwohl ich alles versuche, um den Tod noch eine Weile fernzuhalten. Ich denke, es liegt am schlechten Essen, deshalb ernähre ich mich, so gut es eben geht, und tausche alles, was mir die Toten hinterlassen, gegen Pushs. In den alten Geschichten heißt es, heilen könne uns nur die Sonnengöttin selbst. Nur sie habe die Macht dazu. Mit ihrem Licht vertreibe sie die knochenfressenden Dämonen, spende Leben, könne aber auch zerstören.

Schnell binde ich mir meine geflochtenen Haare zu einem Knäuel zusammen. Wenn ich an den Dicken will, muss ich erst die Frau herausziehen. Vorsichtig hebe ich sie hoch und lege ihren Körper auf die Bahre. Die Frau ist so leicht, ich habe wirklich Angst, dass sie unter meinen Händen zerbricht. Wut steigt in mir hoch. Dort oben sitzt der Kaiser und ist noch fetter als mein nächster Toter in der Schleuse. Mein Hass ist so groß, dass ich unseren Herrscher mit Vergnügen ins Feuer werfen würde! Aber das würde mir Amaterasu nie vergeben. Immerhin ist der Kaiser ihr direkter Nachkomme.

Bevor ich die Frau den Flammen übergeben kann, muss ich erst noch den Dicken rausziehen. Ich hole eine weitere Bahre.

Er ist schwer. Keuchend zerre, schiebe und hieve ich, halte immer wieder den Atem an. *Zur Hölle mit dem letzten Licht! Jetzt mach schon.* Erst als ich die große Flachschaufel zum Reinigen der Schleuse als Hebel benutze, lässt sich die Leiche bewegen. Unsanft landet der Tote auf dem Wagen, der unter dem Gewicht ächzt. Zum Glück bricht kein Rad.

Nur noch zwei Körper in der Schleuse. Beides bis auf die Knochen abgemagerte Männer, kaum bekleidet. Ich kann also kurz verschnaufen, etwas trinken. Die Tasche mit meinen wichtigsten Habseligkeiten hänge ich wie immer an einen rostigen Haken, die halb volle Wasserflasche stelle ich danach möglichst weit weg vom Ofen. Alles, was ich trinke, schwitze ich ohnehin wieder aus. Den Eimer in der Ecke brauche ich so gut wie nie.

Danach lege ich, wie in jeder Schicht, eine halbe Handvoll Reiskörner auf ein schmales Brett neben der Tür – dem kleinen Altar für die Toten – und bitte um ihre Vergebung. Gäbe ich mehr, würde ich bald selbst zu ihnen gehören. Es muss reichen.

Schließlich wende ich mich der Frau zu. Obwohl mir klar ist, woran sie gestorben ist, betrachte ich sie eingehend wie jede Leiche. Manchmal verrät der Tod etwas darüber, wie sie gelebt haben.

Derart abgemagert und krank ist die Frau sicher von Ebene eins. Sie muss um die fünfundzwanzig sein, ihrer verbrannt wirkenden, blutunterlaufenen Haut nach zu urteilen, die sich über ihr poröses Gerippe spannt. Als hätte man einen Eimer heißes Öl über sie geschüttet. Am Unterschenkel sticht ein spitzer Knochen durch. Wahrscheinlich nur einer von etlichen, die gebrochen sind. Ich bin diesen Anblick gewohnt. Trotzdem. Es gibt mir jedes Mal einen Stich zu sehen, was der Knochenfresser-Dämon noch von uns übrig lässt. Egal. Jetzt ist sie endlich erlöst.

Ich bemühe mich, achtsam mit ihr zu sein, als ich sie in das Feuer gebe, und sehe zu, wie ihr geschundener Körper in Flammen aufgeht. Eigenartig, aber die Toten sind mir viel näher als die, die noch leben.

Im Gegensatz zu der Frau stammt der dicke Mann von der Oberfläche. Das sehe ich sofort. An drei Dingen. Zunächst gibt es bei uns nicht genug Essen, als dass ein Mensch je fett werden könnte. Dann seine Haut, sie ist glatt wie bei einem Neugeborenen und leicht gebräunt, nicht so madenweiß wie die der Leute hier unten. Vor allem aber trägt der Mann die typischen Merkmale von Amaterasus Nachfahren. Ihre Züge sind anders als unsere. Sie haben breite und flache Gesichter, die Augen sind schmal, das Haar schwarz, dabei vollkommen glatt. Es ist selten, dass ein Mitglied der Kaiserlichen Familie bei mir landet. Ich verstehe nicht, wieso sie ihre Verstorbenen einfach zu uns in die Höhle werfen. Sie scheinen keine Achtung vor dem Tod zu haben. Vielleicht würden sie es lassen, wenn sie wüssten, was mit den Körpern geschieht.

Für die makellose Haut des Mannes würde man auf dem Markt Pushs für zwei oder drei Wochen bekommen oder Reis für vier ... aber, nein, verdammt, so etwas mache ich nicht. Das würde die Toten entehren. Deshalb nehme ich nur das, was sie am Körper tragen, sofern sie nicht nackt sind wie die meisten. Ich ziehe mein Messer aus dem Gürtel und schneide dem Mann vorsichtig die Kleidung vom Leib, wobei ich sie so wenig wie möglich beschädige.

Als die Flammen sich beruhigt haben, kippe ich den Dicken mit einem letzten Gruß in den Ofen und wende mich wieder der Schleuse zu, berge die beiden anderen Männer und gebe sie mit ihrer Kleidung ins Feuer. Für die Fetzen hätte ich ohnehin nichts mehr bekommen.

Zzzzck! *Oh, nein!* Ich fahre herum und beiße mir auf die Lippe. *Nicht schon wieder!*

Ein fester Kloß sitzt mir plötzlich im Hals. Ich habe den Tod schon in allen erdenklichen Formen gesehen, aber je jünger die Toten sind, desto näher geht es mir. Dies ist die vierte verkrüppelte Babyleiche innerhalb weniger Tage. Ein übergroßer Kopf, verstümmelte Gliedmaßen, das Rückgrat gekrümmt. Wie es aussieht, wurde es höchstens einen halben Tag alt. Ich schlucke hart. Ein Schnitt an der Halsschlagader und der blutleere Körper sprechen eine klare Sprache. Sie haben es getötet. Ich nehme an, weil es entstellt ist.

Vorsichtig hebe ich das Baby heraus. Eigenartig. Ihm hat man die Hände um etwas zusammengebunden. Als ich das Band durchtrenne, sehe ich, was es ist: »Heilige Amaterasu!« Eine Grabbeigabe. Eine Frucht! So etwas gibt es nur auf der Erdoberfläche. Was für ein Glück!

Prall und fast rund ist sie. Und orange. Eine Farbe, die man nur selten sieht. Meine Finger gleiten ehrfürchtig über die Schale. Sie fühlt sich glatt an und glänzt. In Momenten wie diesen scheint uns Amaterasu doch nicht ganz vergessen zu wollen. Nie zuvor habe ich so etwas gesehen. Mein wertvollster Fund ...

Trotzdem zögere ich, die Frucht einzustecken. Womöglich ziehe ich doch den Zorn der Toten auf mich ... Es ist besser, sie zu besänftigen. Also hole ich den Reis aus meiner Tasche, den ich gegen Pushs tauschen wollte, außerdem drei Reisbällchen, mein Mittagessen, und lege alles auf den Altar. Erst dann nehme ich die Frucht. Meine Hände zittern dabei. »Es tut mir leid, aber ich brauche sie nötiger ...«

Die Götterfrucht

Endlich ist meine Schicht beendet und ich kann mit der Frucht zum Gerippe laufen, um sie zu tauschen. Nicht lange, und um mich wimmelt es wieder von Menschen. Die verdammte Enge schnürt mir die Kehle zu! Ich reiße an meinem Kragen und schiebe mich durch die Menge. Dabei stolpere ich fast über einen Kranken, der neben einem Verschlag am Boden liegt. Obwohl täglich so viele Menschen sterben, werden wir immer mehr und Platz ist fast so wertvoll wie Reis.

Schon bevor ich den Marktplatz erreiche, sehe ich die Fremden vom Morgen. Mein Bündel mit der Götterfrucht presse ich fest an mich und hoffe, dass man mir meinen Diebstahl nicht anmerkt. Kurz darauf bin ich in eine weniger bevölkerten Seitengasse abgetaucht. Vorbei an den Totensammlern mit den vergitterten Karren, auf denen sich ihre Beute des Tages stapelt.

Die Behausungen in diesem Viertel sind zu ausgefransten Wohnhaufen verwachsen und durch abenteuerliche Konstruktionen aus Abfall, Plastikbrettern, Leitern und Hängebrücken miteinander verbunden. In jeder winzigen Baracke hausen mindestens zehn Menschen. Die Bewohner nennen diese Zone das Labyrinth, weil sie sich rasend schnell verändert. Gassen, die gestern noch betreten werden konnten, sind heute zugebaut und umgekehrt.

Um auf den Marktplatz zu kommen, muss ich durch ein Tor, hinter dem ein größerer Schrein für Amaterasu liegt. Er wird genauso oft bestohlen, wie mit der Bitte um Vergebung geopfert wird. Ich fühle mich nicht gut wegen der Frucht und schleiche mich, statt zu beten, an dem Schrein vorbei zum Gerippe.

Das Gedränge der dreckigen, schwitzenden und stinkenden Menschen ist kaum zu ertragen. Ständig greifen kranke Bettler nach mir und die Händler halten mich fest, weil sie das Stoffbündel sehen, das ich zusammen mit meiner Tasche fest an mich presse. Dabei habe ich die wertlosesten Fetzen, die ich den Toten heute genommen habe, obenauf gelegt und den schönen Stoff mit der Frucht tief unten versteckt. Würde die jemand zu sehen bekommen, läge ich sicher im nächsten Moment erschlagen zwischen zwei Baracken. Entschlossen wehre ich alle Angriffe ab und versuche, noch schneller voranzukommen.

Ich muss zu einem Händler, dem ich halbwegs vertraue. Seine Hütte ist ganz oben, wo die kleinsten Geschäfte wie Spinnweben unter der Decke kleben, gestützt von all den verrammelten Bauten darunter. Es gibt keine Leitern, nur blank getretene Stahlträger. Mal ein feuchtes, rutschiges Blechdach, mal ein sprödes Plastikbrett. Der Weg ist nie derselbe. Ständig brechen ganze Teile aus dem Stahlgerippe. Traurig für die unzähligen Menschen, die unter dem Schutt begraben werden. Andererseits trauert niemand lange, wenn jemand zu den Ahnen geht. Eher ist man froh über den Platz, den er hinterlässt. Oder erleichtert, weil er nicht mehr leiden muss. Schlechter als den Lebenden hier kann es keinem Toten ergehen.

Ich finde eine ruhige Ecke und schnüre mir das Bündel auf den Rücken. Dann nehme ich, so schnell ich kann, Stockwerk für Stockwerk. Gut zwanzig Mannslängen über dem Höhlengrund kralle ich mich fest. Die Menschen unten wirken wie eine schlammige Masse, die in jede Ritze spült. Mit gelben Spritzern darin:

den Fremden. Nach hier oben werden sie nicht kommen. Das trauen sich noch nicht mal die Hüter.

Fast kann ich die Decke berühren. Ein drei Armlängen durchmessender Ventilator wirbelt wunderbar frische Luft in den feuchtheißen Dunst. Ventilatoren sind überall angebracht und versorgen unsere Ebene mit Atemluft.

Den Fuß auf der Kante eines Stahlträgers, ein dickes schwarzes Stromkabel, das von der Decke hängt, um die Hand gewickelt, wische ich mir den Schweiß aus dem Gesicht und blicke in das spitze Gesicht von Pinky, dem Händler, dem ich beinahe vertraue. Ich kenne ihn, seit er sich mit neun Jahren hier angesiedelt hat. Jetzt ist er zwölf und in wenigen Jahren wird er es nicht mehr hier raufschaffen. Die wenigsten können sich in meinem Alter noch so gut bewegen.

Pinky verfolgt aufmerksam, wie ich das Bündel aufknüpfe. »Hey, Juri. Siehst toll aus heut. Wie von der Sonne geküsst«, schmeichelt er überflüssigerweise.

»Du willst doch nur, dass ich an dich verkaufe«, schnappe ich zurück.

Er grinst schief. »Haste recht.«

Ganz vorsichtig lege ich die Frucht frei und halte sie Pinky auf ausgestreckter Hand entgegen.

Seine Augen weiten sich jäh. »Ich glaub's nich, das is ja 'ne Götterfrucht! Woher haste die?« Er grapscht danach.

Schnell ziehe ich meine Hand zurück. »Geht dich nichts an!« Wenn ich ihm sage, dass die Götterfrucht eine Grabbeigabe war, will er sie vielleicht nicht mehr.

»Lässte mich mal dran riechen?«

Ich nicke und er schließt die Augen, während er genüsslich den fruchtig süßen Duft einzieht. Unsere Körper lechzen danach und ich ertappe mich dabei, mir vorzustellen, in das Obst hineinzubeißen, statt es gegen staubtrockene Pushs zu tauschen.

Andere Kinder schwingen sich durch das Gerippe zu uns. Sie alle starren die Götterfrucht an. Ich lächle innerlich, weil ich weiß, dass sie sich mit dem, was sie haben, überbieten werden. Mühelos bekomme ich drei Röhrchen Pushs angeboten.

Pinky winkt inzwischen seine kleine Schwester heraus, die Tag und Nacht seinen Laden bewacht. Klein ist dabei noch übertrieben. Das Kind ist winzig. Vielleicht so lang wie mein Arm. Eines von unzähligen Krüppelkindern. Sie kriecht aus dem Dunkel der vollgestopften Blechhütte und steckt ihren viel zu großen Kopf zwischen an Schnürsenkeln zusammengebundenen Schuhen hindurch, die vor dem Eingang baumeln.

»Hey, Juri«, begrüßt sie mich schüchtern. Alle nennen sie Kanisterkopf. Sie hat keinen richtigen Namen und spricht kaum. Da hat sie was mit mir gemeinsam.

Bevor ich den Gruß erwidern kann, meint Pinky: »Sie hat seit drei Tagen nix gefuttert. Wenn du mit mir tauschst, geb ich die Götterfrucht meiner Schwester.«

»Blödsinn!«

»Bestimmt«, versichert er mit treuherzigem Blick, den ich ihm nicht abnehme.

Aber auch wenn ich mir sicher bin, dass seine Schwester nicht mal an der Frucht wird riechen dürfen, stimme ich dem Tausch zu. Im Gegensatz zu mir ist Kanisterköpfchen körperlich nicht in der Lage zu arbeiten. Dieses Schicksal teilt sie mit vielen, die krank oder missgebildet sind. Wer nicht für den Kaiser arbeiten kann, muss von dem leben, was es hier an Essbarem gibt, Ratten, Pilze und so, und das verseuchte Wasser aus den Kanälen trinken, die die Höhle von dem Becken in der Mitte strahlenförmig durchziehen. So gesehen ist es gut, dass Pinky seine Schwester benutzt, um Mitleid zu erwecken. Dadurch überlebt sie. Wobei Mitleid mit einem Kranken oder Krüppel, der wertvollen Platz wegnimmt, eigentlich mit Verblödung gleichzusetzen ist.

Als ich mich auf den Weg nach unten machen will, legt mir das Mädchen mit ihren winzigen Fingern ein gelbes, rund geschliffenes Stück Glas in die Hand. »Für dein Schrein.«

Ein Mosaik von der Sonnengöttin, das halb fertig in meinem Unterschlupf klebt und an dem ich seit vielen, vielen Jahren arbeite. Das erste Stück habe ich an meinem sechsten Geburtstag gefunden. Ein blauer Knopf, der zu Amaterasus linkem Auge geworden ist …

Diesen Tag werde ich nie vergessen. Normalerweise schenken wir unserem Geburtstag keine Beachtung, denn älter zu werden, ist kein Grund zur Freude. Der sechste wird allerdings gefeiert, als wenn es der letzte sei, und im Grunde ist er das auch. Mit diesem Tag endet nämlich unsere Kindheit. Ab da müssen wir für unsere Eltern sorgen. Oder für unsere älteren Geschwister, falls kein Elternteil mehr lebt.

Das Fest ist das einzige in unserem Leben und daher ein großes Ereignis. Es beginnt mit einer Opferzeremonie. Als Zeichen dafür, dass wir bereit sind, unsere Kindheit hinter uns zu lassen, geben wir am Abend vor dem Geburtstag all unsere Spielsachen den Eltern. Die tauschen es dann auf dem Markt gegen Zuckerblüten. Viele kriegen sie nicht dafür, denn kaum ein Kind besitzt mehr als ein paar Kugeln, eine Puppe aus Stofffetzen, eine Rassel oder Schleuder. Trotzdem ist es für die meisten hart, sich davon zu trennen, und es fließen Tränen.

Die sind auch gewollt. Die Bewohner nennen sie Opfertränen. Gleichgültig, wie sehr das Kind weint, darf niemand es trösten. Es soll lernen, mit dem Schmerz umzugehen, denn von nun an wird es viele Opfer für die Familie bringen müssen. Am nächsten Morgen, aber nur wenn das Kind nicht mehr weint, bekommt es von den Eltern die Zuckerblüten, die sie gegen das Spielzeug getauscht haben.

Dann wird den ganzen Tag gegessen. Es gibt Reis in allen erdenklichen Formen wie Reisbällchen oder aus Reismehl gemachte Nudeln. Dazu isst man getrocknete Pilze, frisches Rattenfleisch und man bekommt sogar kleine Geschenke wie Schuhe, eine Tasche, ein Messer oder einen Kamm. Jeder aus der Familie trägt etwas zu diesem Fest bei und man wird besonders hübsch herausgeputzt. Es ist ein Tag voller Zuckerblüten.

Mein sechster Geburtstag war ganz anders. Für mich war es der Tag, ab dem ich aufhörte, den Menschen zu vertrauen.

Meine Kindheit habe ich in der Nähstube meines Vaters verbracht, nur zwei Gassen entfernt vom Markt. Sein Laden war bekannt für Lederwaren, die eine Menge aushielten, und die Leute brachten alles Mögliche dafür zum Tauschen. Er war ein guter Mann. Allerdings hatte er ein viel zu weiches Herz.

Meine Mutter war faul und selbstsüchtig, noch nicht mal besonders hübsch, sondern klein, mager und zerbrechlich. Ich nehme an, sie hat so etwas wie einen Beschützerinstinkt in ihm geweckt, als sie bei ihrer ersten Begegnung versuchte, ihm ein wertvolles Stück Leder zu entreißen, das Vater gerade auf dem Markt erstanden hatte. Er nahm das abgemagerte Mädchen mit nach Hause und gab ihr etwas zu essen, statt sie zum Rand der Höhle zu jagen, wie er es hätte tun sollen. Da sie nicht wieder ging, kümmerte er sich um sie und sie wurde seine Frau. Keine Ahnung, welcher Dämon von ihm Besitz ergriffen hatte.

Ein Jahr später, mit sechzehn, brachte sie mich auf die Welt. Die Nachbarn haben mir erzählt, die Geburt hat drei Tage und Nächte gedauert, weil ich nach meinem Vater kam und viel zu groß für den schmalen Körper meiner Mutter war. Beinahe wäre sie deswegen verblutet. Sie ist danach zwar noch ein paar Mal schwanger geworden, aber hat das Kind immer in den ersten Wochen verloren.

Ich habe das alles damals natürlich noch nicht begriffen, aber trotzdem gemerkt, wie die Nachbarn tuschelten, wir würden Hunger leiden, wenn meine Mutter nicht bald mehr Kinder zur Welt brächte.

Doch es hungerte niemand. Das Geschäft meines Vaters lief gut. Wir hatten Essen und Platz. Es gab sogar einen kleinen Schlafraum. Er war durch eine Wand aus Stoff von dem Geschäft abgetrennt. Ich schlief trotzdem meistens auf den Stoffbergen in der Nähstube, denn meine Mutter duldete mich nicht in ihrer Nähe.

Immer wieder kommt dieses eine Bild in mir hoch, wenn ich an sie denke – die Schatten meiner Eltern hinter der Stoffwand. »Sie ist ein Dämon!«, zischte meine Mutter. »Was glaubst du, wieso ich keine Kinder mehr kriegen kann? Sie hat mich bei der Geburt fast zerrissen. Es ist ihre Schuld!« Damals begriff ich nicht, was sie mit *kriegen* meinte. Wir kriegten Stoffe und Leder, aber doch keine Kinder. Was ein Dämon war, wusste ich aber sehr wohl. Jemand, der Leid bringt. Ich verkroch mich in den Stoffen und weinte still.

Aber auch meine Mutter war krank und litt. Durch den Vorhang drang oft ihr Stöhnen. In der Dunkelheit hörte ich, wie sie sich unruhig auf ihrem Lager hin und her wälzte. Auch das furchtbare Schaben der Nägel auf ihrer Haut. Sie konnte nicht aufhören, sich zu kratzen. Wenn es zu schlimm wurde, kroch sie zu uns in die Nähstube und ich kauerte mich unter den Tisch. Ihre Krankheit machte mir Angst, ihre eingefallenen Wangen, die aufgerissene, entzündete Haut, die unruhig flackernden Augen, ihre Raserei, wenn mein Vater nicht genug zum Tauschen für ihre Medizin zusammenbekam. Es war, als wäre sie der Dämon, nicht ich.

An Tagen, an denen das Geschäft gut lief, schickte mein Vater mich los, um den Händler zu suchen, der die Medizin meiner Mutter gegen unsere Lederwaren tauschte. Er war ein grober Mann, ein zahnloser Riese, vor dem sich alle fürchteten. Er trieb sich immer irgendwo auf dem Markt herum, die Medizin in seiner übergroßen Manteltasche, die weite Kapuze über den kahlen Kopf gezogen, ein kurzes schwarzes Stromkabel in der Hand. Damit schlug er seine Botenjungen ins Gesicht, wenn sie schlecht arbeiteten. Er sah aus wie der leibhaftige Tod.

Ich weiß noch genau, wie groß meine Angst vor ihm war. Aber wenn er die Medizin schließlich zu uns nach Hause brachte, meine Mutter sie in ihrer kleinen dunklen Holzpfeife rauchte, hörte ihr Stöhnen und Kratzen für einen wunderbaren, friedlichen Moment auf.

Allerdings konnten wir uns das Heilmittel immer seltener leisten. Meinem Vater, der einige Jahre älter als meine Mutter war, ging es seit einer Weile schlechter. Es begann damit, dass ich für ihn das Garn in die Nadel fädeln musste, später konnte er seine Finger nur noch unter Schmerzen krümmen und schließlich stand er oft gar nicht erst auf und ich saß allein in der Näherei und musste die Kunden nach Hause schicken.

Ich wusste natürlich, was los war, kannte den Anblick von blutunterlaufender Haut und abgemagertem Fleisch. Für mich war die Knochenfresser-Krankheit schon damals etwas Normales. Jeder Zweite in den Gassen hatte sie. Sie bedeutete, dass das Leben zu Ende ging. Aber mein sechster Geburtstag stand ja bevor und ich würde damit beginnen können, für meine Mutter zu verdienen, was sie so sehr brauchte. Ich war fest entschlossen, härter zu arbeiten als all die Kinder, die auf uns gezeigt hatten, weil meine Mutter nur mich *gekriegt* hatte. Ich wollte ihr beweisen, dass ich kein Dämon war.

Zwei Abende vor meinem sechsten Geburtstag starb mein Vater. Meine Mutter brachte ihn nicht in die Verbrennung, sondern in die Gerberei. Zum Glück wusste ich damals noch nicht, woraus zuvor mein Vater die Lederwaren genäht hatte.

Tags darauf kam der Zahnlose mit einigen Männern, die die Möbel aus der Nähstube trugen. Meine Mutter stand zwischen den Stoffen, schaufelte mit ihren zerkratzten Armen zusammen, was sich gegen die Medizin tauschen ließ. Ich weiß noch genau, dass ich hoffte, alles möge auf irgendeine Weise mit den Opfertränen zu tun haben, die ich an diesem Abend vergießen sollte. Also holte ich meine Puppen, die mein Vater für mich genäht hatte, und gab sie dem Zahnlosen. Zuckerblüten erwartete ich keine dafür. Mir war klar, es würde kein Fest zu meinem sechsten Geburtstag geben. In den vergangenen Monaten hatte es kaum für Reis gereicht.

Als die Nähstube ausgeräumt war, holte der Zahnlose die kleine Waage aus seiner Manteltasche, mit der er die Medizin immer abwog. Es war eine ordentliche Menge. Eine halbe Reistüte voll.

Meine Mutter haschte danach, dann sah sie zu mir. »Was ist mit dem Kind?«

Mit mir? Ich brauche doch keine Medizin, dachte ich noch, da spürte ich, wie der Händler mich genauso bewertend betrachtete wie zuvor die Nähtische und Stoffe.

Er zeigte sein zahnloses Grinsen. »Is ’n kräftiger Junge. Ich geb dir fünfzig Gramm für ihn.«

»Is gut. Nimm das Kind gleich mit«, hörte ich meine Mutter sagen. Sie hatte sich ihre Pfeife angezündet und sank erlöst gegen die Wand.

Unfähig klarzustellen, dass ich doch ein Mädchen war, flüchtete ich erschüttert und verängstigt in eine Ecke. Und obwohl mir all diese Momente klar in Erinnerung sind, gibt es einen besonderen: als mein Blick auf einen Knopf fiel, der auf dem staubigen Boden lag. Mit schlechtem Gewissen ließ ich ihn in meiner Tasche verschwinden, weil ich das Gefühl hatte, ihn meiner Mutter zu unterschlagen, sie zu verraten. Ich sie. Die mich eben verkauft hatte. Aber ich brauchte etwas, an dem ich mich festhalten konnte. Um zu überleben …

Kanisterköpfchen hat das Mosaik nicht vergessen, obwohl es eine Zeit her ist, dass ich ihr davon erzählt habe. Ich nicke zum Dank.

Ein warmes Prickeln läuft mir über die Arme, weil sie an mich gedacht hat, aber das lasse ich mir nicht anmerken. Seit ich damals begreifen musste, dass ich mich nur auf mich selbst verlassen kann, habe ich drei Regeln aufgestellt.

Erstens: Tue alles, um zu überleben!

Zweitens: Beende dein Leben, sobald die Krankheit dich erwischt! Niemals will ich so kriechend oder elendig zugrunde gehen wie meine Eltern.

Und drittens, die wichtigste: Halte dich von Menschen fern, gehe keine Bindungen ein, sei für niemanden verantwortlich. Und vertraue niemandem!

Der elfte Finger

Jeder Heimweg führt mich über die Fürsorge. Nur dort kann ich Reis und Wasser für meine verdienten Marken bekommen. Es sind fünf, wenn die Schleuse am Abend leer und sauber ist.

Roher Reis ist unser häufigstes Tauschmittel. Für ihn bekommt man alles, auch die vielen Köstlichkeiten, die von unzähligen Händlern angeboten werden: geröstete Ratten, getrocknete Maden, Zuckerblüten, frische Pilze und – mein Lieblingsessen – knusprige Schaben. Mir zieht sich der Magen bei dem Duft zusammen, immerhin habe ich mein Mittagessen den Toten geopfert. Ich kann diesmal nicht widerstehen und tausche eine Tagesration Pushs gegen eine Tüte Schaben.

Eine Handvoll verzehre ich noch auf dem Weg zur Kaiserlichen Fürsorge. Ein Gebäude, das fast so aussieht wie die Leichenverbrennung. Groß und rund und in acht Sektionen unterteilt. Nur riecht es hier besser. Ich komme vorbei an den Garküchen, wo man seinen ungekochten Reis in gekochten tauschen kann. Natürlich zu einem denkbar schlechten Verhältnis. Außerdem nehmen die meisten Garküchen schlecht geklärtes Kanalwasser, das in das große Becken hinter der Fürsorge fließt. Ich verzichte und koche meinen Reis später wie immer selbst.

Wo die knappen Rationen verteilt werden, wimmelt es von Hütern. Die Hungersnot ist zu groß und der Reis zu wertvoll, als dass es hier ansonsten geordnet und gerecht zugehen würde. Bis ich mich endlich in eine Schlange vor einer Sektion einreihen kann, habe ich über zwanzig der Fremden gezählt. Allein hier stehen neun, zwei davon direkt bei der Ausgabe.

Noch immer ist nicht klar, was sie hier wollen, aber dass sie etwas – oder jemanden – suchen, ist offensichtlich. Manche von ihnen halten sich saubere weiße Tücher vor Mund und Nase, scheinbar können sie die Luft der Höhle nicht ertragen.

Durch das Gezanke und Gemurmel kann ich ein paar Mal den Namen Yamamoto hören, der unseren ach so fürsorglichen Kaiser benennt. Statt ihn wie sonst zu verfluchen oder zumindest laut über ihn zu jammern, tuscheln die Menschen heute nur. Die Verunsicherung ist groß.

Sogar die Bettler haben sich verzogen. An jedem anderen Tag winseln sie die Abgefertigten um einen Schluck Wasser oder ein paar Reiskörner an. Oder wollen mehrere Flaschen selbst geklärtes, hellbraunes Kanalwasser gegen einen Becher klares von der Fürsorge tauschen. Heute schleicht nur ein Händler herum, der die Situation auszunutzen versucht und Bilder mit Yamamotos Gesicht anbietet.

Wir alle kennen das Bild. Normalerweise putzen wir uns mit Genugtuung den Hintern damit ab. Der Kaiser ist fetter als jede Made und verhüllt in mehrere Lagen goldener Gewänder, die zwei komplette Familien bekleiden könnten. Ein starres, überhebliches Lächeln auf dem viel zu jungen Gesicht. Yamamoto kann auf dem Foto nicht älter gewesen sein als sein Sohn, Haruto, es in sieben Tagen wird, nämlich achtzehn.

Prinz Haruto ... Ein Sprichwort hier unten heißt: *Du glaubst wohl noch an den Zuckerblütenprinzen.* Es bedeutet so viel wie, dass man, ohne nachzudenken, einfach alles glaubt. Da es von Yamamoto mehr Bilder gibt, als uns lieb ist, von seinem Sohn, dem Prinzen, aber noch nie jemand eins gesehen hat, glauben nur Kinder daran, dass es ihn wirklich gibt. Trotzdem feiern die Leute ihn. Denn jedes Jahr am Geburtstag des angeblichen Prinzen lässt unser Kaiser gezuckerte Blüten von der Decke rieseln.

Keine Ahnung, wie es auf den anderen Ebenen ist, aber hier unten wird es zu einem Schlachtfeld. Zuckerblüten sind neben Pushs das wertvollste Tauschgut und die Hungernden trampeln dafür alles nieder. Oder töten sogar. Der Geburtstag des Prinzen ist der einzige Tag im Jahr, an dem wir nicht arbeiten müssen. Der einzige, an dem ich meinen Unterschlupf nicht verlasse.

Als der Händler auf mich zustrauchelt, um mir den Kaiser unter die Nase zu halten, fauche ich, er könne ihn sich dahin stecken, wo es noch dunkler ist als hier unten. Der Kerl ist besoffen wie eine Fliege im Sake. Im nächsten Moment nimmt er auch noch meinen Zopf zwischen seine dreckigen blutunterlaufenen Finger. »Hey ... feines Haar ... Kriegst 'ne viertel Flasche Sake und 'nen scheiß Kaiser dazu.«

Ich balle die Fäuste. »Nimm deine Drecksfinger von mir! Oder ich brech dir jeden einzelnen.« Ich meine es ernst. Ich bin stark, er ist bereits krank, seine Knochen sind brüchig. Und ich bin es so was von leid, ständig um Abstand kämpfen zu müssen.

Er stiert immer noch auf meinen Zopf. Meine Haare sind eine Seltenheit in der unteren Welt. Lange hellblonde Haare, groß gewachsen, muskulös – deshalb werde ich angesprochen. Nicht weil ich hübsch bin oder so. Meine Haare sind das Schönste an mir und außerdem mein wertvollster Besitz. Ich pflege sie, so gut ich kann, denn sobald die Knochenfresser-Krankheit mich erwischt, werde ich sie mir abschneiden, um sie gegen eine ganze Handvoll Früchte zu tauschen. Wenn ich mich schon umbringe, dann mit vollgestopftem Magen. Nur eine viertel Flasche Sake zu bieten, ist eine Frechheit. Ich stülpe die Kapuze über und drehe mich weg.

»Komm schon, was will ’n Typ mit langem Haar?«, brüllt der Händler, zu betrunken, um zu begreifen, wie kurz er davor ist, sich eine zu fangen. Nur die Anwesenheit der Fremden hält mich davon ab. Dass er mich für einen Jungen hält, schert mich dabei weniger. Das passiert immer wieder. Ich sage mir, es ist auch von Vorteil. Kerle lassen dann jedenfalls die Finger von mir.

Langsam rückt die Schlange vor. Als ich wieder zu den Fremden hinüberblicke, entdecke ich ein bekanntes Gesicht. Seit einiger Zeit lebt sie im selben Unterschlupf wie ich. Ihr Name ist Rebecca und sie ist so hübsch, dass meine blonden Haare gleich niemanden mehr interessieren werden. Jetzt hat sie mich ebenfalls entdeckt und schlendert mit wiegenden Hüften auf mich zu.

Die Leute lassen sie durch, grinsen, rufen ihr anzügliches Zeug hinterher und grapschen nach ihr. Kein Wunder. Rebecca trägt ein gefährlich kurzes Kleid aus bunten Stofffetzen, welches viel zu viel von ihrer bislang noch makellosen Haut zeigt und kaum ihre perfekt geformten Brüste verdeckt. In ihr braunes Haar sind rote Bänder geflochten. Ein eindeutiges Zeichen für ihren käuflichen Körper. Sogar die Fremden verrenken sich den Hals, um ihr nachzusehen. Rebeccas volle Lippen lächeln geschäftsmäßig, zumindest, bis sie neben mir steht. Erst dort verdreht sie ihre großen grünbraunen Augen. Sie ist wirklich eine Schönheit.

»Kommt’s mir nur so vor oder geht hier heute alles scheißlangsam?«

Der Händler deutet leicht schwankend auf die Fremden. »Liegt an denen. Wiegen an der Ausgabe jetzt jedes Reiskorn ab. Ganz nach Vorschrift. Das dauert.«

Rebecca verzieht den Mund. »Sprech ich mit dir, oder was? Zisch ab!«

»Paar Jahre noch und du machst es mir für *ein* Reisbällchen.« Er stößt mit seiner Zunge in die Backentasche. Eine eindeutige Geste.

Rebecca holt aus, woraufhin der Händler sich schnell einige Schritte weitertrollt. Glück für ihn. Sie hätte ohne Frage zugeschlagen. Fremde hin oder her.

»Hast du eine Ahnung, was die wollen?«, raune ich. Meine Lippen bewegen sich kaum dabei.

Sie deutet ein Kopfschütteln an. »Aber die kommen bestimmt von weit oben.«

»Ich weiß. Von ganz oben.«

Ihre Augen weiten sich. »Echt? Sicher? Die sind doch wie wir.«

Ich tippe mir auf meine flache Brust. »Absolut. Siehst du das Kaiserwappen?«

»Heilige Scheiße«, haucht sie. Was von weiter oben kommt, egal was, fasziniert uns, aber von der Erdoberfläche – das verunsichert jetzt sogar Rebecca.

Endlich sind wir an der Reihe. Ich fühle, wie jede unserer Bewegungen beobachtet wird, und lege Riku von der Fürsorge meine Marken hin. Im Gegenzug erhalte ich eine Papiertüte mit ungekochtem Reis und eine Flasche Wasser. Mir steht wegen meiner schweißtreibenden Arbeit in der Verbrennung die doppelte Menge zu, was dieser Sohn einer Kakerlake dort hinter dem Tresen auch genau weiß. Er ist jeden Tag hier. Heute jedoch lässt er sich meine Zugangskarte zeigen. Erst danach rückt er die zweite Ration raus. Angeblich soll das Wasser alles enthalten, was wir zum Leben brauchen. Wer das glaubt, glaubt auch noch an den Zuckerblütenprinzen.

Gerade, als wir uns möglichst unauffällig an den Fremden vorbeischieben und mit der Menschenmenge verschmelzen wollen, legt einer der Typen – ein drahtiger Kerl, der mir kaum bis zum Kinn reicht – seine Hand auf Rebeccas Schulter. Er hat recht helle Haut für einen, der unter der Sonne leben darf. Auf seiner Nase und seinen Wangen sitzen dafür komische, winzig braune Flecken. Die kurzen, nach oben stehenden Haare sind von einem so intensiven Rot, wie ich es noch nie gesehen habe.

Rebecca starrt ihn erschrocken an. Der Mann befiehlt ihr mitzukommen. Hilfe suchend greift sie nach meinem Arm und ich lasse mich gegen alle Vernunft mit in die Fürsorge ziehen.

Ich war noch nie hier drinnen. Kurz fällt mein Blick auf Unmengen von Reissäcken, alle mit dem Siegel des Kaisers versehen, und mein immer noch hungriger Magen verrenkt sich vor Schmerzen.

Ein zweiter Mann kommt hinzu. Er ist so groß wie ich, hat graue Haare und ist vermutlich älter als jeder Mensch hier unten. Sie drängen uns hinter eine Mauer aufeinandergestapelter Kisten aus graugrünem, wiederaufbereitetem Plastik, in denen sich unsere Wasserrationen befinden. Die Fremden tragen ein Messer mit besonders langer, leicht gebogener Klinge in ihrem Gürtel. Niemand würde sehen, wenn sie uns damit die Kehle durchschneiden. Und wenn doch, würde es niemanden einen Dreck interessieren. Ich trage zwar ebenfalls mein Messer bei mir, aber gegen beide zusammen hätte ich keine Chance.

Der Grauhaarige weist mich mit einer Handbewegung in eine Ecke. Zögernd gehe ich rückwärts, während sie schweigend Rebecca betrachten. Ihre Hände zittern vor Anspannung, das kann ich deutlich sehen. Mir geht's kaum anders. Nach einer Weile nickt der Größere dem Kleineren zu. Bei was auch immer, sie sind sich einig.

»Wie alt bist du? Fünfzehn, sechzehn?«, schätzt der Feuerkopf. Seine Stimme ist für einen Mann viel zu hoch, fistelig und trotzdem voller Verachtung.

»Dreizehn«, lügt Rebecca. Sie ist fünfzehn, aber jünger zu sein, ist fast immer von Vorteil.

»Krankheiten oder Beschwerden?«

Sie schüttelt den Kopf.

»Antworte!«

»Scheiße, nein, ich bin gesund!«

Die Fremden werfen sich einen Blick zu. Der Grauhaarige nimmt eines der roten Bänder in Rebeccas Haaren zwischen seine Finger. Selten habe ich so saubere Hände gesehen. »Auch keine Geschlechtskrankheiten?«, vergewissert er sich. Seine Stimme ist, genau wie bei dem anderen, viel zu hoch für einen Mann.

»Willste gucken?«, giftet Rebecca und zieht provokant ihr Kleid hoch. Darunter ist sie nackt. Innerlich stöhne ich auf. Rebeccas Heißblütigkeit kann sie umbringen. Das hätte sie wirklich nicht tun sollen.

Schon schnellt die Hand des Kleineren nach vorn, greift ihr aber nicht zwischen die Beine, sondern presst nur Rebeccas Wangen zusammen, sodass sie gezwungen ist, ihren Mund zu öffnen. Mit vor Wut funkelnden Augen versucht sie, ihn zu beißen. Begierde huscht über sein Gesicht.

Ich taste nach meinem Messer.

Er grinst. »Gute Zähne. Vollständiges Gebiss. Glatte Haut, glänzendes Haar. Aber sehr dumm, nach der Kaiserlichen Garde zu beißen.«

Kaiserliche Garde? Heilige Amaterasu! Schlagartig lasse ich mein Messer los. Die Situation ist noch gefährlicher, als ich angenommen habe. Der Ruf der Kaiserlichen Garde hat sich bis zu uns herabgesprochen. Was hier unten die Hüter sind, sind oben die Gardisten und wenn man die Geschichten über sie glaubt, haben sie mit Susanoos Nachfahren keine Gnade, obwohl sie selbst von ihm abstammen. Kurz gesagt: Wer von uns ihnen dumm kommt, dem wird die Kehle durchgeschnitten. Da reicht ein falsches Wort. Jetzt hört auch Rebecca auf, sich wie wild zu gebärden.

»Es ist nicht an uns, ihre Intelligenz zu beurteilen«, weist der Grauhaarige den Feuerkopf zurecht, woraufhin der Rebecca loslässt. Seine Fingerabdrücke zeichnen sich weiß auf ihrer wutroten Haut ab.

Rebecca sieht, ihr Kleid immer noch hochgezogen, von einem zum anderen. »Drei Reistüten. Fünf für euch beide. Acht, wenn ihr auf schräge Sachen steht.« Sie reibt sich die Wangen.

Ihr Angebot ist eine Beleidigung, aber ich meine, den Größeren leise lachen zu hören. Und dann sagt er etwas, das alles verändert: »Möchtest du gern die Sonne sehen?«

Rebecca starrt mit offenem Mund zu ihm hoch. Und ich starre genauso. Seine Worte hallen in mir nach und ich suche nach Ironie oder Sarkasmus in seiner Stimme. Der will uns doch nur noch mehr erniedrigen! Sich über uns lustig machen! Doch er bleibt ernst. »Vielleicht sogar auf der Oberfläche leben?«

Rebecca zieht ihren Rock runter, während mir die Luft wegbleibt. »Was muss ich dafür tun?«, fragt sie misstrauisch.

Der Kleinere holt einen Stapel Plastikkarten hervor, die eine rosa Blüte zeigen. Eine davon reicht er Rebecca und deutet Richtung Ausgang. »Zeig die morgen bei Tagesanbruch hier vor.«

Vor Aufregung kriege ich kaum einen Ton raus. »Ka...kann ich auch mit? Eine Karte kriegen? Was soll ich machen?« Ich sehe den Grauhaarigen flehend an.

Er wirft dem anderen einen Blick zu. Für einen Moment steht der Ausgang unserer Höhle einen klitzekleinen Spalt offen, ich bin auf einmal nur eine Winzigkeit davon entfernt, mein Leben nicht mehr in Elend und Krankheit verbringen zu müssen ... dann schließt sich der Spalt unter dem gehässigen Lachen des Feuerkopfs. Mir bleibt die Hoffnung im Halse stecken.

»Oeee! Was glaubst du denn? Wir suchen das hässlichste aller Weiber? Eine, die aussieht wie ein Junge? Zieh doch auch mal das Höschen runter. Vielleicht hast du ja sogar einen«, er wackelt mit dem Zeigefinger, »elften Finger.«

So ein Arschloch! Ich will ihm tausend Dinge ins Gesicht

schreien. »Ich kann hart arbeiten. Und ich bin stark«, bettle ich stattdessen. Scheiß auf meine Würde!

Der größere Gardist bringt mich mit einer Handbewegung zum Schweigen. »Sieh's ein. Du bist zu groß, zu muskulös. Kann nicht jede schön sein.«

Deswegen? Aus diesem Grund muss ich hier unten verrecken, während Rebecca leben darf?

Der kleinere Gardist hält sie am Arm fest, während ich nach draußen gescheucht werde und das erste Mal dankbar für die Menschenmassen bin, in denen ich verschwinden kann. Gottverdammt! Jetzt ist es mir nicht mehr gleichgültig, dass man mich für einen Jungen halten kann. Ich remple mich durch die Menge. Dabei schwimmen mir Tränen in den Augen, wie damals, als man mich das erste Mal für einen Jungen hielt ...

Wie sich herausstellte, handelte der Zahnlose, der Vaters Nähstube ausgeräumt und meine Mutter mit den Drogen versorgt hatte, auch mit Kindern, die niemanden mehr hatten, der für sie sorgte oder für den sie sorgen mussten. Ich war jetzt eines davon, sein Besitz. Meine Mutter sah ich nie wieder.

Seine Handlanger rissen mich aus meinem Zuhause, warfen mich in einen vergitterten Karren und brachten mich in einen dunklen Verschlag, der von ihnen bewacht wurde. Durch die Bretter drang kaum Licht von außen herein. Es stank wie in einer Pinkelgasse und es dauerte eine Weile, bis sich meine Augen an die Dunkelheit gewöhnt hatten. Dann sah ich die anderen Kinder. Vier magere Jungen, alle etwa in meinem Alter, sie kauerten auf der Erde und blickten stur auf den Boden, vor Angst. Nur einer sah auf und fragte mich nach Wasser. Ich schüttelte den Kopf und da erkannte ich an der Hoffnungslosigkeit in seinen Augen, wie wenig unser Leben wert war. Noch nicht einmal eine Ration Wasser.

Obwohl uns unsere aussichtlose Lage verband, wollte ich mit den anderen Kindern nichts zu tun haben. Ich rollte mich in einer Ecke zusammen und weinte, sobald die anderen schliefen.

In der übernächsten Nacht zerrte uns der Händler aus dem Verschlag. Zwei der Jungen konnten sich kaum noch auf den Beinen halten. Er schlug sie mit dem Stromkabel blutig.

Wir wurden einem Mann vorgeführt, der mir deutlich weniger Furcht einflößte als der Zahnlose. Er war einen ganzen Kopf kleiner als der Händler und wirkte zumindest nicht gefährlich.

»Ich such eigentlich keine Jungs«, meinte er, während er uns musterte. »Werden zu schnell groß und bleiben stecken.«

Der Händler zuckte mit den Schultern. »Gib ihnen wenig zu essen, dann wachsen sie nicht.«

»Du solltest ihnen etwas mehr zum Essen geben, wenn du noch ein Geschäft machen willst«, hörte ich den anderen antworten. Er war sicher kein Menschenfreund, sondern nur jemand, der sorgsam mit seiner Ware umging. Dennoch kam er mir wie mein Retter vor. »Wie gesagt, ich suche Mädchen«, meinte er und drehte sich zum Gehen.

»Ich bin ein Mädchen«, brach es aus mir heraus. Um keinen Preis wollte ich wieder zurück in den Verschlag.

Ich weiß noch, wie ungläubig mich der Zahnlose anstarrte und dann meine Hose runterriss, um nachzusehen. Mir liefen vor Scham die Tränen herunter. So nackt dazustehen, konnte ich nur ertragen, weil es mein Überleben bedeutete.

Im nächsten Moment spürte ich den Schmerz. Das Kabel hatte ich nicht kommen sehen. Es peitschte etliche Male über meinen Hinterkopf und dann auf meine Hand, die ich hochriss, bis ich Blut spürte. Ich verstand das nicht. Der Händler konnte doch jetzt ein Geschäft machen. Und das tat er dann auch. Wieder wurde ich verkauft.

Über seine Beweggründe habe ich mir noch oft Gedanken gemacht. Ich nehme an, ich hatte ihn bloßgestellt. Oder er war einfach nur wahnsinnig. Was auch immer, wichtig ist nur, dass ich ihn etwa zwei Jahre später auf einem Karren wiedergesehen habe – ganz oben auf dem Stapel Leichen. Und genau dahin wünsche ich jetzt auch die beiden Gardisten.

Die Legende von Amaterasu

Ich werde mein Zuhause nicht mehr rechtzeitig erreichen, bevor das Licht erlischt. Der Schein der Beleuchtungseinheiten ist kaltweiß, beinahe bläulich. Unter ihm sehen sogar die Gesunden krank aus. Zum Glück sind die meisten Lampen längst kaputt. Nicht selten kommt es zu Bränden, weil ausnahmslos jede Behausung ihren eigenen Strom von den Hauptadern unter der Decke abzwackt. Wir nutzen den Strom für vieles. Zum Beispiel erhitzen wir damit Wasser oder garen hauchdünn geschnittenes Rattenfleisch, das schon in Sekunden nicht mehr rot und roh, sondern grau und damit schmackhafter ist.

Als ich meine Zone erreiche, glimmen in der ansonsten vollständigen Finsternis nur noch wenige kleine Lichter an der Decke. Ich habe mal ein Bild gesehen, wie nachts, wenn Amaterasu schläft, andere Götter am Himmel wachen. Man sieht ihren Schein. Kleine leuchtende Punkte, die Sterne genannt werden. Es sollen so viele sein, dass man sie nicht einmal zählen kann. Deshalb nennen wir die Lichter unseren Sternenhimmel. Sie spenden gerade genug Helligkeit, um sich noch halbwegs zu orientieren.

Mein Schlafplatz ist in einer wenig beliebten Gegend. Er liegt tiefer als alle anderen, in einem riesigen Wurm aus Metall, der sich unter den Steinboden gewunden und Menschen gefressen haben soll, die dann gefangen waren in seinem endlosen Leib. Er soll die ganze Ebene durchkreuzt und hier und da wieder welche ausgespuckt haben. Das sind zumindest die Geschichten, die man sich nachts in der Finsternis zuraunt, und ein Grund, weshalb die meisten hier kein Auge zumachen würden.

Der andere ist der beißende Gestank nach Kloake. Er steigt aus dem Schacht, den ich mich nun Stufe für Stufe zu dem Wurm heruntertaste, immer darauf bedacht, auf niemanden zu treten, der sich auf der langen Treppe zusammengekauert hat. Jede Zone hat einige Pinkelgassen. Unsere liegen links und rechts vom Wurm, meinem Schlafplatz. Es sind die Gänge, die halb verschüttet ins Unbekannte führen. Irgendwohin muss man ja machen.

Aus dem Wurm kommen die vertrauten Geräusche der Nacht. Husten, leise Gespräche, das Ächzen und Stöhnen der Kranken, das Röcheln der Sterbenden, weinende Kinder und Schreie einer Frau, die gerade einen Balg auf die Welt bringt. Und mitten unter ihnen vergnügen sich andere und sorgen dafür, dass es nicht der letzte ist.

Der Wurm liegt leicht gekippt auf der Seite und ich muss einen großen Satz machen, um hineinzukommen. Er besteht aus einzelnen Gliedern wie bei einem Finger. Mein Platz ist seit jeher ganz hinten, dort wo es am meisten stinkt und deswegen am wenigsten Menschen liegen. Rebecca hat sich gleich neben mir niedergelassen. Ich bin froh darüber. Sie ist ein geringeres Übel, als es andere wären. Und zusammen haben wir immerhin so viel Platz, dass jeder auf dem Rücken liegen kann, ohne den anderen zu berühren.

Viele, mit denen ich mir den Platz im Wurm teile, schlafen schon. Vorsichtig schiebe ich mich an ihnen vorbei und krieche in meine Ecke. Eine wackelige Bank begrenzt unseren Bereich. Der Boden ist dick mit Lumpen ausgelegt, die ich ordentlich ausgeräuchert habe, damit sich das Ungeziefer verzieht. Inzwischen ist es trotzdem wieder da. Das bleibt nicht aus, wenn man mit Menschen dicht an dicht lebt, deren geringstes Problem lästige Viecher sind.

Neben mir an der Wand klebt das Mosaik von Amaterasu. Mein eigener, kleiner Schrein. Er wird von einer Laterne beschienen, die ich so aufgehängt habe, dass es aussieht, als würde die Sonnengöttin wirklich leuchten. In vielen Abbildungen strahlt sie zwar gelb, in meiner Vorstellung ist die Sonne jedoch rot wie auf dem Wappen des Kaisers.

Ich kaue ein paar Körner aus meiner Reistüte durch, um das gelbe Stück Glas von Kanisterköpfchen an Amaterasus Kleid festzukleben. Obwohl es lange noch nicht vollständig ist, sieht man, wie es einmal aussehen soll: gelb und orange und prächtig, für eine Göttin gemacht. Denn Amaterasu soll so wunderschön sein, dass am Tage jeder andere Stern in ihrer Nähe verblasst. Sie hat die komplette Himmelsweite für sich allein.

Eigentlich haben wir keinen Grund, Amaterasu anzubeten. Immerhin verkümmern wir ihretwegen in dieser Höhle, aber die Göttin steht für ein Leben an der Oberfläche. Oder besser gesagt, sie steht für das Leben an sich.

Vor unzähligen Zeiten wurden Himmel und Erde zwischen den beiden Geschwistern aufgeteilt. Den Himmel bekam Amaterasu und wurde damit zur Sonnengöttin, ihr stürmischer Bruder Susanoo erhielt die Erde. Susanoo war neidisch, weil seine Schwester es besser getroffen hatte, weswegen er wie ein trotziges Kind herumwütete, statt sich um sein Reich zu kümmern.

Es dauerte lange, bis er sich beruhigt hatte und beschloss, sich doch auf den Weg zur Erde zu machen. Vorher wollte er sich allerdings noch von seiner Schwester verabschieden. Zumindest hat Susanoo das behauptet. Die Sonnengöttin glaubte ihrem Bruder natürlich kein Wort. Sie war sich sicher, dass er ihr das Himmelsreich stehlen wollte, und rechnete fest mit einem Kampf. Also bereitete sie sich vor, veränderte sogar ihr Aussehen dafür in das eines Mannes.

Und sie sollte recht behalten. Kaum dass ihr Bruder in ihrer Nähe war, zerstörte er nicht nur Amaterasus Himmlische Reisfelder, sondern er schiss ihr auch noch auf den Reis, den sie gerade probieren wollte, und warf gehäutete Ratten in ihre Webhalle, was ihre Lieblingsdienerin zu Tode erschreckte.

Ich verstehe, warum Amaterasu ihrem Bruder das sehr übel genommen hat. Was ich nicht begreife, ist, wieso sie dann nicht gekämpft hat, wie sie es vorhatte. Stattdessen zog sie sich in eine Höhle zurück, worauf es überall stockfinster wurde.

Ohne die Sonne begann die Erde, langsam zu sterben, weswegen andere Götter verzweifelt versuchten, Amaterasu herauszulocken. Sie haben alles Mögliche angestellt. Gesungen, getanzt, sie beschenkt, ihr einen Spiegel vorgehalten, damit sie ihre Schönheit betrachten konnte. Wie auch immer. Irgendwann gelang es ihnen. Amaterasu hörte auf zu grollen und kam aus ihrer Höhle.

Erst schien damit alles gut zu sein, aber dann warf sie einen Blick auf die Erde und sah, dass ihr Bruder dort in der Zwischenzeit die Menschheit erschaffen hatte. Also ging der Streit weiter und weiter. Susanoo tobte und wütete und schickte Stürme über die Erde, bis sie beinahe vernichtet war.

Da reichte es der Sonnengöttin! Sie schickte ihren Enkel hinab, damit er ihrem Sturmbruder die Macht entriss. Die überlebenden Kinder ihres Bruders sammelte Amaterasu von allen Teilen der Erde und warf sie zusammen mit Reis und Wasser für die Ewigkeit in die Höhle, in der sie sich zuvor in ihrem Leid zurückgezogen hatte. Zu guter Letzt bat sie ihren Enkel, eigene, bessere Nachfahren zu erschaffen, woraufhin er einen Sohn zeugte. Sein Name war Jimmu. Er war nicht nur Amaterasus Urenkel, sondern wurde später auch der erste Himmlische Herrscher.

Seither müssen die Kinder Susanoos in der Dunkelheit der

Höhle für dessen Taten büßen, während Amaterasus Kinder, also die Familie des jetzigen Kaisers Yamamoto, sich in ihrem Schein sonnen dürfen. Wenn wir zu Amaterasu beten, dann sicher nicht aus Dankbarkeit über unser beschissenes Leben, sondern um sie anzuflehen, ihrem Bruder endlich zu vergeben und uns hinauszulassen.

»Sie sieht immer hübscher aus.«

Ich zucke, noch ganz in Gedanken, zusammen. »Rebecca!«

»Ich wollte dich nicht erschrecken«, flüstert sie und kauert sich neben mich. Gemeinsam betrachten wir das Mosaik. Nach einer Weile fragt Rebecca: »Meinst du, sie wird mich wirklich da oben leben lassen? Ich meine, wegen Susanoo und so ...«

»Weiß nicht«, antworte ich ehrlich, obwohl ich mit meinen Gedanken lieber alleine wäre. »Ich wüsste nicht, wieso sie ihm oder uns plötzlich verziehen haben sollte.«

»Aber die Gardisten ... Das sind doch Susanoos, wie wir, und die dürfen trotzdem unter Amaterasu leben.«

Da hat sie recht. Ich setze mich so, dass ich in Rebeccas Gesicht sehen kann. »Was haben die beiden noch gesagt?«

»Nichts.«

»Nichts?«

»Sag ich doch.«

Das begreife ich nicht. »Die müssen dir doch erzählt haben, was sie mit dir vorhaben.«

Rebecca schüttelt den Kopf. »Nur was von einer Blüte oder so.«

»Was für eine Blüte?«

»Keine Ahnung, 'ne Blüte eben. Die auf der Karte, schätze ich. Der eine hat gemeint, wenn ich jetzt noch schlau wär, könnte ich eine Blüte werden.«

»Und du hast nicht gefragt, was er damit meint?«

»Nein, verdammt!«

»Aber Feuerkopf hat dich festgehalten, als ich –«

»Nicht um zu reden«, fällt Rebecca mir ins Wort.

»Oh!« Natürlich ... ihren Körper zu verkaufen, ist Rebeccas Job, nur dachte ich nicht, dass einer von der Oberfläche sich mit einer von uns einlassen würde.

»Ich nenne ihn Fußi«, meint sie, schon wieder versöhnt. »Und rate, warum.«

Ich schüttele den Kopf. Mir ist nicht nach Raten.

»Er steht auf meine Füße, sagt, es wären die schönsten, die er je gesehen hat.« Grinsend wackelt sie mit ihren nackten, dreckigen Zehen. »Auf jeden Fall ist er ganz verrückt nach ihnen. Will immerzu daran saugen und ich muss Fußi dann befehlen, doller zu machen.«

Abwehrend hebe ich die Hand. »Das will ich mir gar nicht vorstellen.«

»Pass auf, das ist noch nicht alles«, erzählt Rebecca trotzdem. Dabei sieht sie mich an, als würde sie gleich einen Kupfertank in die Luft fliegen lassen.

Ein Teil von mir will nur seine Ruhe haben, nicht mehr reden, nur endlich die Augen schließen, um sich, wie jeden Abend, ein Leben unter der Sonne zu erträumen. Raus aus dieser Enge, dieser ewigen Düsternis, dem Gestank sterbender Menschen und den unvorstellbar weiten Himmel sehen! Er soll so groß sein wie ... wie ... ich weiß es nicht, aber in meinem Kopf ist er überall, wohin ich auch schaue. Ich kann mich frei bewegen, habe dank der Sonnengöttin genug zu essen und werde niemals an der beschissenen Knochenfresser-Krankheit eingehen.

Ich sehe mich alleine auf einer weiten Fläche, auf die es echte Blüten geregnet hat, trinke sauberes Wasser aus einem Kanal und überall sprießen Früchte aus dem Boden. Einfach so. Sie schmecken süß und saftig, schlichtweg herrlich! Und über mir füllt Amaterasu diesen unendlichen Himmel mit ihrem roten Schein und schaut mit einem Lächeln auf mich herab. Diese letzten Minuten vor dem Einschlafen sind mir heilig und ich möchte nicht zu müde dafür sein. Der andere Teil will unbedingt begreifen, weshalb dieser Traum für Rebecca zur Wahrheit wird und für mich nicht. Ich gönne es ihr, hart ist es trotzdem.

»Also los, sag schon.« Ich ringe mir ein Lächeln ab.

»Er hat keinen elften Finger!«, bricht es aus ihr heraus.

»Was?« Das war das Letzte, womit ich gerechnet habe.

Aus dem Halbdunkel flucht jemand in meine Richtung. Ich war wohl zu laut.

»Jetzt guckst du, wie? Und glaub es oder nicht! Niemand von der Garde hat einen. Die Diener auch nicht. Die schneiden denen ihren Kindermacher schon ganz früh ab.«

»Was? Aber warum denn?«, frage ich entgeistert, diesmal mit gesenkter Stimme. Beim besten Willen fällt mir kein Grund ein, wieso man so etwas tun sollte.

»Als Opfer«, flüstert Rebecca. »Damit Amaterasu nicht mehr so wütend ist und sie ganz oben leben lässt, obwohl die genau wie wir von Susanoo abstammen.«

Als Opfer? Mir sind tatsächlich schon Tote ohne ihren elften Finger untergekommen, nur bislang hielt ich das für eine Missbildung oder einen sehr unglücklichen Unfall. Doch wenn ich richtig überlege ... tatsächlich stammten all diese Männer von der Erdoberfläche und waren Susanoos Brut. So wie die Fremden heute. Denn es stimmt, dass auf der Erdoberfläche nicht nur Yamamotos göttliche Familie lebt. Irgendjemand muss ja der Kaiserfamilie dienen und sie beschützen und nicht selten habe ich mich gefragt, wieso Amaterasu die duldet, uns aber nicht.

Ich denke, Rebecca hat recht. Ihr elfter Finger ist ein Opfer an Amaterasu, um sie milde zu stimmen. »Und was musst du opfern?«

Sie zuckt mit den Schultern. »Keine Ahnung. Aber 'nen Kindermacher hab ich ja nich. Und mir was abzuschneiden, das soll erst mal einer versuchen. Aber es kommt noch besser!«

Mit diesen Worten blickt sich Rebecca vorsichtig um. Dann zieht sie die Blütenkarte aus ihrem Ausschnitt. Und gleich darauf noch eine zweite. Ich blinzle überrascht.

»Das ist die, die ich gekriegt hab«, flüstert sie. »Es gab aber noch mehr Karten. Die haben ganz viele verteilt. Und die hier hab ich Fußi aus der Tasche gezogen, während er meine Zehen angebetet hat.« Sie grinst breit. »Ist für dich und bedeutet, dass du scheiße noch mal mitkommst!«

Mein Herz schlägt schneller. Die Karte lässt einen Hoffnungsfunken aufglimmen, den ich nur schwer ersticken kann. »Rebecca … du weißt doch, was die gesagt haben.«

»Du bist zu groß, zu muskulös. Kann nicht jede schön sein«, macht sie den größeren Gardisten mit seiner hohen Fistelstimme nach.

Da muss ich trotz aller Bitterkeit auflachen und prompt wird ein Stein in meine Richtung geworfen. Zum Glück trifft er nicht. Ich halte mir die Hand vor den Mund.

»Aber als Junge wärste verflucht hübsch. Müssten nur die Haare ab …« Sie zieht an meinem Zopf, obwohl sie weiß, wie wenig ich Berührungen mag und wie empfindlich ich mit meinen Haaren bin. »Hm … könnte klappen.«

Beinahe verschlucke ich mich an meiner Spucke. »Das meinst du ernst?«

»Klar doch. Die suchen auch Jungs, hab ich gehört. Wir schneiden dir die Haare kurz, Titties haste eh kaum und dein komischer Name passt genauso gut zu ’nem Kerl. Hat Amaterasu doch auch so gemacht.«

»Die ist eine Göttin!«, erinnere ich. Allein der Gedanke, mich mit ihr zu vergleichen, ist vollkommen bescheuert.

»Sie ist eine Frau, die sich als Mann verkleidet hat, um gegen Susanoo zu kämpfen.«

»Aber das hat sie nicht gemacht«, entgegne ich kaum hörbar.

»Ja und? Willst du dich deswegen auch in der Höhle selbst bemitleiden?«

Ich schüttle den Kopf. »Das wird rauskommen.«

»Wie soll das rauskommen?«

»Na, spätestens, wenn ich der Göttin was opfern soll, was ich gar nicht habe?« Eigentlich das einzig Gute an der Idee, dass sie mir nichts wegschneiden können.

»Das ist dann«, winkt Rebecca ab. »Da bist du schon oben und kannst abhauen.«

»Falls ich so weit komme und die Garde mich vorher nicht tötet, weil ich nicht im Stehen pinkeln kann.«

Rebecca deutet auf das Mosaik. »Dachte, das wär dein Traum.« Und als wenn ich ihr nicht gerade erklärt hätte, dass ihre irrsinnige Idee mein Ende bedeuten wird, wirft sie mir die Karte in den Schoß. »Falls du es dir doch noch überlegst.«

»Tu ich nicht«, sage ich unmissverständlich. Ich will auch gar nicht weiter darüber nachdenken. Schlimm genug, die Chance auf ein Leben auszuschlagen, das ich mir jeden Abend erträume. Bis jetzt habe ich immer alles dafür getan, gesund zu bleiben und es hat funktioniert. Da kann ich mein Leben nicht für so eine verrückte Idee aufs Spiel setzen.

Rebecca rappelt sich auf. »Ich geh dann jetzt. Werd eh nicht schlafen können.«

Ich weiß nicht, was ich entgegnen soll, verabschieden tun wir uns höchstens von Toten, alle anderen können ja nicht weg.

»Bis später ...«, meint Rebecca, sicher aus Gewohnheit, denn wiedersehen werden wir uns nicht. Gleich darauf ist sie fort.

Die Schreie der gebärenden Frau sind endlich verstummt. *Ein weiteres Kind hat das Licht der Welt erblickt,* denke ich und gleich darauf: *Was für ein idiotischer Ausspruch. Welches Licht soll es denn erblickt haben?*

Bevor ich mich hinlege, löse ich meinen Zopf und fahre mir wie jeden Abend durch die Haare, um die Knötchen zu entwirren. Danach strecke ich die Arme aus. Nun habe ich vorerst zwei Schlafplätze, das ist toll, auch wenn es sich nicht so anfühlt. Dabei hat es lange gedauert, bis ich mich an Rebecca überhaupt gewöhnt hatte.

Nachdenklich betrachte ich die Karte und überlege, ob ich das Risiko eingehen will, sie Pinky morgen, ganz früh, zum Tausch anzubieten. Sie würde sicher sehr viele Röhrchen Pushs bringen, doch es würde sich auch in Windeseile herumsprechen, wer die Karte zum Tausch angeboten hat.

Gerade als ich beschließe, es nicht zu tun, sondern sie bei nächster Gelegenheit zu verbrennen, fällt mein Blick auf die Haare in meinem Schoß.

Nein ... Nein! Das ist unmöglich!

Es sind nicht nur ein paar, wie vom Ausschütteln, sondern ein kleines Büschel. Ich greife mir an den Kopf und habe sofort die Hand voll. Fassungslos starre ich darauf, will nicht glauben, was das bedeutet.

Ich beginne zu sterben ...

Die Knochenfresser-Krankheit ist da gnadenlos.

Die ausgefallenen Haare sind erst der Beginn. Es folgen andauernde Müdigkeit und wundes Zahnfleisch. Dann wird meine Haut bluten, unheilbare Geschwüre werden wachsen und schließlich aufplatzen. Die restlichen Haare und Zähne fallen mir aus und mein Körper magert ab bis auf die Knochen. Diese werden spröde. Zum Schluss werde ich kaum mehr in meine Schuhe kommen, ohne mir den Fuß zu brechen. Wenig später kommt der Tod.

Mir wird schlecht. Anscheinend haben die Pushs kaum was genützt, mir nur ein, zwei Jahre Aufschub gebracht! Ohne es verhindern zu können, bekomme ich Panik, atme immer schneller, reiße zwei Röhrchen Pushs auf und spüle die Tabletten mit wenigen Schlucken runter.

Vielleicht sind es auch gar keine Nahrungsergänzer, sondern nur zusammengepresster Dreck … oder Rattenscheiße!

Ich fühle mich furchtbar betrogen und hilflos und so wütend, dass ich die anderen beiden Röhrchen an die Wand feuere. Im nächsten Moment krabble ich über die Lumpen und sammle die Tabletten hektisch wieder auf. Kurz darauf heule ich nur noch. Erst laut, bis ein weiterer Stein in meine Richtung fliegt und mich am Hinterkopf trifft, dann stumm.

Als am Morgen das Licht angeschaltet wird, brennen meine Augen, aber mir ist eins klar: Hier unten werde ich auf jeden Fall sterben, auf dem Weg nach oben nur wahrscheinlich.

Bevor mich der Mut verlässt oder noch mehr Haare ausfallen, flechte ich rasch einen Zopf, halte ihn hoch und greife zu meinem Messer. Damit betrüge ich vielleicht den Kaiser, aber nicht Amaterasu. Sie hat sich damals ja selbst als Mann verkleidet …

Das Märchen von Juri

Panisch stoße, drängle und schiebe ich mir den Weg frei und fange mir Flüche genauso oft ein wie Seitenhiebe. Die ganze Zeit über denke ich, dass ich zu spät kommen und die einzige Chance, die ich je hatte, verpassen werde.

Im Gehen versuche ich mir einzuprägen, wie Jungs laufen. Ich ahme sie in ihrem breiten, zielstrebigen Gang nach, was mir nicht schlecht gelingt. Dann kommt mir meine Stimme in den Sinn. Gut, sie ist nicht außergewöhnlich hoch, aber wirklich tief ist sie auch nicht. Ich sage ein paar sinnlose Worte, schraube meine Stimme dabei nach unten, merke aber schon beim ersten Versuch, dass sie sich albern und unecht anhört.

Auf halben Weg streift ein Mann mit langem, verfilztem Bart mein Blickfeld. Erschrocken greife ich an mein Kinn. Sollte auch ich einen Bart haben? Zumindest ein paar Stoppeln? Einen Schatten? Etwas Dreck verteilen? Schließlich rasieren sich hier unten nur wenige der Männer. Und damit nicht genug, sind sogar meine Haare unglaubwürdig. Kurz oder nicht, sie sind viel zu gepflegt! Ich fahre wild hindurch, schaue in meine Hände, wieder kleben lauter Haare daran. Verdammt, ich will nicht so verrecken! Tränen steigen mir in die Augen und ich stolpere weiter.

Beim Marktplatz tausche ich in aller Eile den Zopf zusammen mit meiner Kleidung gegen eine Hose und ein weites Hemd, so wie die Männer es hier tragen. Mit etwas Zeit hätte ich das Vielfache bekommen können.

Atemlos und immer noch zittrig erreiche ich die Fürsorge. Fast bin ich mir sicher aufzufliegen. Die beiden Gardisten von gestern könnten mich wiedererkennen, Riku oder irgendjemand vom Gerippe.

Das mit den Karten muss sich rumgesprochen haben, denn um das Gebäude drängen sich unzählige Neugierige. Sie werden von Hütern, die einen Schutzring bilden, auf Abstand gehalten. Je näher ich komme, desto unentschlossener werde ich. Vielleicht ist es doch die bessere Idee, mit Sicherheit in naher Zukunft zu sterben statt nur wahrscheinlich, aber dafür heute ...

Jemand greift nach mir. Ich zucke zurück und sehe runter. Die Frau ist stark von der Krankheit gezeichnet, liegt halb auf einem Brett mit Rollen und führt ihre Hand an den Mund. Eine Geste, der man ständig und überall begegnet. Ich schüttle den Kopf. Für sie ist es zu spät, aber nicht für mich.

Denn diese Frau werde ich sein. Schon viel zu bald.

Bevor meine Entscheidung wieder ins Wanken gerät, reiße ich die Hand mit der Karte hoch.

»Er hat eine!«, schreit jemand in meinem Rücken, sofort bricht aufgeregtes Gekreische aus. Die Frau auf dem Rollbrett krallt ihre Hand in meine Hose und jammert. Unvermittelt drängen die Menschen auf mich ein, wobei sie versuchen, mir die Karte zu entreißen. Dass sie mit der allein nichts anfangen können, wissen sie offensichtlich nicht.

Tausend Hände scheinen nach mir zu grapschen. Mein Albtraum! Ich werde zusammengequetscht, suche den Blick des Hüters, der mir am nächsten steht, und wedle wie wild mit der Karte. Als er sie sieht, gibt er einen Warnschuss ab, der in ein Gebäude schlägt und Steinstaub rieseln lässt. Ich ducke mich wie alle anderen, aber endlich machen mir die Menschen Platz. Der Hüter begleitet mich zum Eingang, hämmert gegen die Metalltür. Sie wird von einem Gardisten geöffnet. Er wirkt nicht begeistert über mich, den Nachzügler, aber er lässt mich rein.

Das Lager ist verändert. Man hat Wasser und Reis weggeschafft, stattdessen einen Tisch aufgestellt, hinter dem ein weiterer Gardist sitzt und, wie es aussieht, die Leute erfasst, die eine Karte erhalten haben. Es sind mehr, als ich dachte, bestimmt fünfzig Jungs und noch mal genauso viele Mädchen. Niemand wagt zu reden. Schnell stelle ich mich zu ihnen, um keinen Preis will ich mehr auffallen als ohnehin schon. Zum Glück sehe ich die beiden Gardisten von gestern nicht.

Meiner Schätzung nach sind die anderen Wartenden zwischen dreizehn und siebzehn. Ihre Gesichter sind wirklich schön. Und ihre Haut ist noch makellos, bei einigen sogar gewaschen. Rebecca entdecke ich erst auf den zweiten Blick. Sie hat sich die roten Bänder aus ihren Haaren geknotet, unsere Blicke treffen sich, keine von uns traut sich zu nicken. Aber ich meine ein kleines Lächeln bei ihr zu sehen. Dann schaut sie wieder nach vorn, bis sie schließlich an der Reihe ist, die Karte vorzeigen und mit den anderen dort warten muss, wo gestern die Kisten standen. Amaterasu sei Dank, sie hat es geschafft!

Je weiter ich vorrücke, desto schneller schlägt mein Herz.

»Wie heißt du?«, fragt der Gardist das Mädchen vor mir. Sie ist wirklich nicht schön und ich überlege schon die ganze Zeit, warum sie ausgewählt wurde und ich nicht.

»Devi Sing«, beantwortet sie mit leichtem Zittern in der Stimme die Frage.

Er schreibt etwas in ein Buch, ich nehme an, ihren Namen, mit Sicherheit weiß ich es nicht, da ich ja nicht lesen kann. »Geschlecht weiblich, Ebene eins.« Er macht zwei Kreuze. »Kennst du dein Alter?«

»Fünfzehn.«

»Gut. Dann deine Karte.« Als das Mädchen sie ihm gibt, sehe ich plötzliches Misstrauen in seinem Gesicht aufflackern. Er rubbelt mit angefeuchteten Fingern über das Plastik. Mir wird ganz anders, weil ich an meine eigene denke, die ich nicht besitzen dürfte.

»Was ist das für eine Karte?«, brüllt der Gardist plötzlich los. Sein Gesicht ist regelrecht lila vor Wut und ich bekomme es mit der Angst zu tun. »Die ist falsch!«

Offensichtlich hat das Mädchen versucht, die Karte zu fälschen. Manchmal geschieht das auch mit Berechtigungsnachweisen. Wer damit auffliegt, wird sofort erschossen. Ich ahne Furchtbares. Das Mädchen ganz sicher auch, sie ist wie versteinert. Ich muss dem Drang widerstehen wegzulaufen.

»Sie will den Kaiser betrügen!«, ruft der Gardist dem anderen an der Tür zu.

Bevor ich richtig begreife, hat der mich beiseitegestoßen, das Mädchen an den Haaren gepackt und zerrt sie zur Tür, die andere Hand schon am Messer. Das Mädchen fleht bitterlich. Sie hat keine Chance. Die Tür knallt hinter ihr zu, gleich darauf verstummt das Flehen. Ich presse die Faust vor den Mund. *Verdammte Scheiße! Ich bin die Nächste ...*

Der Gedanke trifft mich mit voller Wucht. Bislang war der Tod noch eine Weile hin, doch plötzlich liegt er vor der Tür im Staub und es gibt kein Zurück mehr.

Der Mann hinter dem Tisch winkt mich zu sich. »Wie heißt du?«, fragt er grimmig.

Zögernd trete ich näher. »Juri.« Ich räuspere mich, um meine Stimme im Griff zu behalten. »Juri Pakskin.« Meinen Nachnamen habe ich seit Jahren nicht mehr ausgesprochen. Er bedeutet hier unten nichts.

»Ein Mädchenname?«, fragt er argwöhnisch.

Mir wird heiß und kalt zugleich. »Was? Nein! Das ist ... das ist ein Jungenname.«

Er schreibt ihn auf. »Noch nie gehört.«

Ich habe sogar das Gefühl, mich irgendwie erklären zu müssen. »Mein Vater hat mich so genannt, nach … nach einem alten Märchen.«

»Was für ein Märchen?«

Himmel! Soll ich es ihm jetzt erzählen, oder was? »Es handelt von einem Jungen, der sich so weit von der Erde abstößt, dass er die Sterne berühren und der Sonne zuwinken kann. Er heißt Juri. Juri Gagarin.« Das muss reichen.

»Juri Gagarin …« Der Gardist nickt, als würde er die Geschichte kennen. »War er Susanoos Nachfahre oder Amaterasus?«

Ich bereue, überhaupt mit der Geschichte angefangen zu haben. Sie ist eine der wenigen Erinnerungen an meinen Vater, aus der Zeit, bevor er krank wurde. Einen Moment bin ich still, während ich daran denke, wie ich unter seinem Nähtisch saß und das Märchen mit meinen zerzausten Puppen nachspielte. Ich konnte es nicht oft genug hören, denn die meisten unserer Geschichten handeln von Amaterasu oder Susanoo, aber das sind Götter. Juri hingegen war ein ganz normaler Mensch. In meiner Vorstellung war dieser Junge immer ein Kind Susanoos wie ich. »Von Amaterasu«, lüge ich, weil nur ihre Kinder das Recht haben, der Sonne zuzuwinken.

Der Gardist scheint zufrieden. Er macht ein Kreuz und sagt die erlösenden Worte. »Geschlecht männlich, Ebene eins.«

Zitternd atme ich durch, nenne mein Alter und gebe die geforderte Karte, woraufhin er das Buch zuklappt und mit einer Kordel verschnürt. Dann steht er auf, um uns in zwei Gruppen zu teilen. Die Jungs bleiben bei ihm, die Mädchen gehen mit dem anderen.

Rebecca boxt mir unauffällig in die Seite, als sie mit den anderen das Lager verlässt. Ich verstehe, was sie mit dem kleinen Hieb sagen will: *Siehste? War doch gar nicht so schwer.* Ich sehe das anders, während ich versuche, nicht in die große Blutlache vor der Tür zu treten. Ich nehme an, man hat dem Mädchen die Kehle durchgeschnitten. Der Körper dürfte bereits auf dem Karren eines Totensammlers liegen …

EBENE 2 : VIEHZUCHT UND FISCHEREI

Hüter und Hühner

Wir steuern auf einen der Todesgürtel zu. So nennen wir den Raum um die vielen silbern glänzenden Zylinder. Sie verbinden in großen Abständen Decke und Boden miteinander und sind die einzigen Übergänge zwischen den Ebenen. Der Bereich drum herum ist durch unter Strom gesetzten Stacheldraht, sehr, sehr viele Hüter und mehrere Reihen zugespitzter Metallpfähle gesichert.

Verrückt! Wenn mir jemand gestern gesagt hätte, dass ich heute wie selbstverständlich durch den Todesgürtel laufe, um über die Himmelsleiter zur Oberfläche aufzusteigen, ich hätte, ohne zu zögern, die orange Götterfrucht dagegen gewettet.

Vor dem Zylinder staut es sich. Unsere Namen werden noch mal verglichen. Als ich an der Reihe bin, sage ich ihn und darf in den Zylinder treten. Einfach so.

Hm ... Ich sehe keine Treppe in dem runden Metallraum. Keine Ahnung, wie wir nach oben kommen sollen. Aber etwa zwanzig Jungs warten dort. Muss also richtig sein. Ich stelle mich so männlich wie möglich zu ihnen.

Jetzt, da kein Mitglied der Kaiserlichen Garde mehr anwesend ist, wird offen gerätselt, weshalb man uns erwählt hat. Die Jungs machen Witzchen über ein Gerücht, wir würden der Sonnengöttin geopfert. Einer meint sogar, der Zylinder, in dem wir stehen, sei ein riesiger Topf mit Deckel und wir würden gleich zu Suppe für Amaterasu gekocht, zusammen mit ’nem Sack voll Reis. Aber da der Junge stark stottert und den Satz nur mit großer Mühe herausbekommt, lacht niemand. Vielleicht weil keiner von uns wirklich ausschließen kann, dass wir tatsächlich als Opfergabe enden werden. Wie Rebecca schon sagte: Wieso sollte Amaterasu die Kinder ihres verhassten Bruders auch plötzlich unter sich dulden?

Der Zylinder hat sich bald gefüllt, ich drücke mich an die kalte Wand, um Berührungen zu vermeiden, dann schließt sich die Tür und der Kochtopf ruckt, als hätte man ihn wirklich auf ein Feuer gestellt. Sofort herrscht Stille. Ich wage nicht mal zu atmen. Plötzlich vibriert der Topf und es kribbelt unangenehm in meinem Bauch, auch in meinen Füßen.

»I…ich glaub, es g…geht n…nach o…oben«, ruft der Stotterer, einige jubeln, aber bevor mir klar wird, ob zu Recht, gibt es wieder einen Ruck und das Kribbeln hört auf.

»Ebene zwei. Viehzucht und Fischerei. Zentrum.«

Wa-was? Erschrocken blicke ich mich um. Das ist doch eine Frauenstimme! Woher kommt sie? *Viehzucht und Fischerei?* Was soll das sein? Das Einzige, was ich verstehe, ist, dass wir anscheinend auf Ebene zwei gelandet sind und nicht auf der Oberfläche.

In den Gesichtern der anderen spiegelt sich meine eigene Enttäuschung. Sie ist bitter. Ich schlucke sie trotzdem herunter. *Viehzucht … zwei …* was auch immer es bedeuten soll. Es ist vorerst besser als *Scheißhaus … eins.*

Das hoffe ich zumindest.

Immer wenn wir uns ausgemalt haben, wie die zweite Ebene wohl sein mag, dann waren es Bilder mit offenen Plätzen und glänzenden, hohen Bauwerken und gefegte, breite Gassen, auf denen man nebeneinandergehen kann, ohne sich zu berühren. Aber Ebene zwei ist wie Ebene eins. Man sieht gar nicht, dass man woanders ist. Ich schaue um mich. Erst kommt der Todesgürtel, dann Wohnhaufen bis zur Decke. Die Bewohner sind so zahlreich wie bei uns unten und hausen im gleichen Elend. Dreck, Enge, Krankheit, Missbildungen ... verflucht, genauso armselig wie bei uns! Nur stinkt es ... anders. Schlimmer als jede Pinkelgasse.

Wir treffen auf diejenigen, die vor uns abgefertigt wurden, dann geht es weiter. Die meisten gehen alleine, nur ein paar Grüppchen haben sich gebildet. Niemand weiß, was uns erwartet, das höre ich aus geflüsterten Gesprächen.

Unseren Marsch hat man wohl schon länger vorbereitet, denn gleichgültig, wie oft wir abbiegen, unser Weg ist immer durch Seile abgespannt, sodass wir zu dritt nebeneinandergehen könnten. Neben uns laufen alle paar Schritte Hüter. Sie sorgen dafür, dass die zahlreichen Bewohner hinter der Absperrung bleiben. Gegen ihre Verschläge gedrängt starren sie uns an. Gut, wir sie auch. Obwohl sie nicht anders aussehen als wir von Ebene eins. Hungrig und elend. Ein paar haben verzweifelt die Hände ausgestreckt, einige sind sogar zu Fäusten geballt. Beschimpfungen höre ich zuhauf. Ich bin mir sicher, eine Menge von ihnen würden mich für meinen Platz töten.

Plötzlich erkenne ich doch einen Unterschied zu den Gassen auf Ebene eins. Statt in offenen Kanälen wie bei uns steht das Wasser hier in riesigen Becken, die bewacht und abgesperrt sind. Hm ... Vielleicht, weil das Wasser hier knapper ist als unten? Arbeiter rühren mit langen Stangen darin herum. Gleich darauf bekomme ich mit, wie eine herausgezogen wird. An ihr ist ein Netz befestigt. Darin zappelt was. Ich verrenke mir beim Gehen den Hals. Es muss ein Tier sein. Vielleicht eine Ratte? Ratten sind gute Schwimmer und finden immer einen Weg, wenn sie etwas Essbares wittern. Keine Ahnung. Ich werde weitergedrängt und kann nichts mehr erkennen.

Vor mir reden zwei Jungs darüber, dass es wahrscheinlich keinen direkten Weg nach oben gibt und wir deswegen erst Ebene zwei durchqueren müssen. Mag sein, dass sie recht haben, aber ich glaube nicht, dass dies der Grund für unseren Marsch ist. Auch auf Ebene zwei verbinden Zylinder Boden und Decke. Über sie müsste man doch auf Ebene drei gelangen können und von dort dann noch weiter nach oben. Stattdessen machen wir bei mehreren Zylindern halt, um noch mehr Jungs aufzunehmen. Als ich mich umwende, kann ich das Ende der Gruppe nicht mehr sehen, so viele sind wir inzwischen.

In Windeseile spricht sich herum, dass die anderen von den oberen Ebenen stammen, sogar der sechsten. Die Typen vor mir gucken sich immer wieder um, sicher weil sie noch nie jemanden von den höheren Ebenen gesehen haben. Aber die sehen nicht viel anders aus als wir. Eigentlich überhaupt nicht anders. Warum sie auch hier sind, scheint niemand zu verstehen. Die ganze Sache wird immer rätselhafter.

Wieder und wieder biegen wir ab. Die Umgebung ändert sich langsam. Die Gaffer werden weniger, die Wasserbecken verschwinden und wir kommen in eine Gegend mit riesigen, fensterlosen Steinbauten, die uns wie hohe Mauern einschließen. Die Gebäude scheinen ähnlich alt zu sein wie bei uns und in genauso schlechtem Zustand. Immer vier von ihnen sind zusammen eingezäunt, am Tor stehen schwer bewaffnete Hüter und dahinter lange Schlangen von Arbeitern. Sieht aus wie in der Fäkalienentsorgung bei Arbeitsende, wenn die Marken ausgeteilt werden.

Was ist nur in den Gebäuden? Unheimliche Geräusche dringen heraus. Es klingt, als würden Tausende Stimmen »Pok-Pok-Pok« oder so was kreischen. Es wirkt nicht menschlich und jagt mir einen Schauer über den Rücken! Auch andere zucken zusammen und blicken sich verunsichert um.

Plötzlich höre ich das *Pok-Pok-Pok* ganz nah. Es kommt von einem Tier, das mit ruckendem Kopf auf nur zwei Beinen über den Platz stelzt. Auch die abgefertigten Arbeiter haben es bemerkt.

Sofort sind wir uninteressant. Sie stürzen sich regelrecht auf das Viech. Aus dem Handgemenge höre ich es kreischen, dann bin ich zu weit weg.

Bei dem Gedanken an Fleisch macht sich mein Hunger bemerkbar. Ich richte meinen Blick auf den Boden, wenn man Glück hat, laufen einem die Kakerlaken über die Füße. Kurz darauf entdecke ich tatsächlich etwas, dass essbar sein könnte. Was ich auflese, ist pelzig-weiß und weich. Als ich daran schnüffle, weiß ich, was es ist.

»Das ist Hühnerkacke. Würde ich nicht probieren.«

Ich fahre herum und sehe in das weiche Gesicht eines Jungen mit Grübchen in den Wangen. Seine Haut ist rosa, die dunkelbraunen, ordentlich geschnittenen Haare glänzen. Er besitzt sogar noch alle Zähne und trägt Kleidung, die kaum Flicken hat. Von Ebene eins kommt er sicher nicht.

Kacke, das wusste ich auch, aber ... »Was ist ein Hühner?«, frage ich ihn, lasse das Zeug fallen und wische mir die Hand an der Hose ab.

»Ein Huhn – zwei Hühner«, meint er belustigt und deutet auf die fensterlosen Gebäude. »Tiere, die auf dieser Ebene gezüchtet werden. Man konnte sie eben noch hören.« Er macht das Pok-Pok-Geräusch nach und wie es in einem Krächzen erstirbt.

»Ach so, das«, meine ich nur. »Und in den Wasserbecken? Ratten?«

Er lacht. »Nein, das in Zone eins und zwei sind Fische, meistens Karpfen. Es gibt auch Schweine und Rinder in vier bis sechs, aber eben, in Zone drei, da war alles voller Hühner. Vom Boden bis zur Decke.«

Ich begreife kaum etwas von dem, was er erklärt. »Gezüchtet?«

»Ach herrje ... Du kommst von Ebene eins, was?«

Dass er es mit Bedauern sagt, macht mich wütend. »Ja und?«

»Nichts und. Kannst ja nichts dafür«, meint er schulterzuckend. »Pass auf. Ich erklär's dir. Wenn man züchten will, dann sperrt man die Männchen und Weibchen ein, damit sie Kinder bekommen und die wieder welche und so weiter. Bis es ganz viele sind.«

»Kommt mir bekannt vor«, murmle ich. Bei den Bewohnern auf Ebene eins ist das nicht viel anders.

»Und dann behält man die guten, die schlechten werden getötet«, erklärt der Junge weiter.

»Als Opfer für Amaterasu?«, frage ich erschrocken.

Er lacht. »Um sie zu essen natürlich.«

»Ach so.« Bei dem Gedanken an Essen vergesse ich meinen Schreck und das Wasser läuft mir im Mund zusammen. »Und wer kriegt dann das ganze Fleisch?«

»Nur wir von Ebene vier. Weil wir bei Kräften bleiben müssen. Für uns Hüter gibt's zweimal die Woche Huhn.«

Ich sehe ihn an. Obwohl ich ungern rede, bin ich neugierig. »Du bist doch gar kein Hüter.«

»Nicht mehr. Letzte Woche war ich aber noch einer. Das hier war mein Gebiet«, erklärt er. »Jetzt bin ich ein Verräter und die Schande meiner ganzen Familie.« Er verdreht die Augen. »Ach was, wahrscheinlich der ganzen Ebene. Jedenfalls habe ich bis jetzt keinen anderen Hüter getroffen, der seine sichere Zukunft hierfür aufgegeben hat.«

»Aber wenn du ein Hüter bist, oder – oder einer warst … dann hat man dir doch bestimmt mehr gesagt, oder?«

»Schön wär's.«

»Weißt du etwas von einer Blüte?«, bohre ich nach.

»Eine Blüte? Was für eine Blüte denn?« Er sieht mich an, als hätte ich den Verstand verloren.

»Wie auf der Karte. Eine Blüte eben.«

»Ach so. Das.« Er schüttelt den Kopf und trotzdem glaube ich, er weiß mehr, als er zugibt.

»Tja, ich denke, du bist gar kein Hüter. Du willst dich nur wichtigmachen.«

»Ich war in der Ausbildung zum Hüter, okay?« Er klingt gereizt. »Und das Einzige, was ich weiß, ist, dass sich auf Ebene zwei alle Jungs versammeln, die eine Karte bekommen haben.«

»Und die Mädchen?«

»Auf Ebene drei, glaube ich. Wahrscheinlich erfahren wir am Sammelpunkt mehr. Der ist in der Schlachtzone, da, wo die Tiere getötet werden. Dauert nicht mehr lange, bis wir da sind.«

Diesmal glaube ich ihm. »Und wieso wir diese Karte bekommen haben, weißt du nicht?«

Er lächelt dünn. »Ist doch auch egal. Hauptsache weg ...«

Ich frage nicht nach. Längere Unterhaltungen fallen mir schwer. Vielleicht, weil ich zu viel Zeit mit den Toten und zu wenig mit den Lebenden verbracht habe.

Während wir nebeneinander hergehen, denke ich über das Leben als Hüter nach. Sie sind die einzigen Bewohner einer anderen Ebene, von der ich überhaupt etwas weiß. Nun ja, wohl weil sie die einzigen Bewohner einer anderen Ebene sind, die ich je gesehen habe. Sieht man von der Garde und den Toten im letzten Licht ab.

Einige der Hüter sind recht umgänglich wie der Typ, der normalerweise am Tor bei der Leichenverbrennung sitzt und, wenn ich früh genug dort bin, mit mir redet. Von ihm weiß ich, wie gut es den Menschen auf Ebene vier geht. Da muss niemand Hunger leiden, jeder hat einen Job. Die Jungs werden Hüter, die Mädchen arbeiten in der Verwaltung, was auch immer das ist, gesehen habe ich hier unten noch keines. So oder so. Jeder stellt sich in den Dienst des Kaisers. Das hat was mit *Pflicht und Ehre* dem Himmlischen Herrscher gegenüber zu tun. So hat er das jedenfalls immer gesagt.

Pflicht und Ehre ... Diese Begriffe sind auf Ebene eins so fremd, dass ich sie mir erklären lassen musste. Es bedeutet, man ist stolz darauf, dem Kaiser dienen zu dürfen, und tut es nicht nur wegen der besseren Versorgung. Wenn man mich fragt, sind Pflicht und Ehre nichts als Rattenmist. Oder Hühnerkacke. Und mir kann keiner erzählen, dass die Hüter ihren Job nur deswegen machen und nicht wegen des guten Essens, das ihnen zusteht, oder weil sie doppelt so alt werden wie wir.

Womöglich ist der Junge neben mir also wirklich die Schande seiner Ebene, weil ihm Pflicht und Ehre anscheinend ziemlich gleichgültig sind, sonst wäre er nicht hier.

»Weißt du, ich bin nicht wie die anderen«, meint er, auch wenn ich nichts in der Richtung behauptet habe. »Also, wie die von weiter oben … Ich hab nichts gegen die von unten. Wenn du also einen Freund brauchst, ich wär ’n ziemlich guter …« Er streckt mir die Hand entgegen. »Äh, ich bin übrigens Dom.«

Einen Freund? Da hätte er sich niemanden suchen können, der ungeeigneter gewesen wäre. *Regel drei: keine Bindungen.* Ich seufze auf. »Pass auf, ich suche keinen Freund, okay? Ich komme allein klar. Ich bin Einzelgängerin«, sage ich unmissverständlich. So langsam vermisse ich meine Toten.

»Wenn du meinst …« Er zieht die Hand zurück und mustert mich von der Seite. Wahrscheinlich versucht er, aus mir schlau zu werden. Aber da gibt’s nichts zum Schlauwerden. Ich will mir zwar keine Feinde machen, doch einen Freund will ich genauso wenig. Ich möchte einfach nur überleben. Und das allein. Außerdem kann jede Form von irgendeinem dusseligen Freundschaftsgehabe meine Tarnung auffliegen lassen. Man wird unvorsichtig, wenn man dem anderen vertraut, und das kann ich mir verdammt noch mal nicht leisten.

»Verrätst du mir trotzdem deinen Namen?«, fragt Dom.

»Juri.«

»Juri …«, wiederholt er. »Ein seltener Name.« Dann trottet er schweigend neben mir her.

Endlich, nach einem gefühlten halben Tagesmarsch, scheinen wir unser Ziel erreicht zu haben. Ein weiteres dieser fensterlosen Gebäude, die für mich alle gleich aussehen, allerdings ist dieses mit Stacheldraht umzäunt. Wir werden immer nur zu zweit durch das Tor gelassen. Bis ich an der Reihe bin, sind noch etwa fünfzig der Jungs vor mir dran. Nur langsam geht es weiter.

Auf dem Gelände dieses und der umliegenden Gebäude stapeln sich überall zwei Mannslängen hoch verschlossene Plastikkisten. In ihnen werden täglich die toten Tiere verpackt, erzählt mir Dom. Dann erklärt er, dass dies hier die Schlachthäuser sind, wo die Tiere getötet werden.

Dass wir irgendwo anstehen, wo nichts anderes getan wird, als zu töten, macht mich nervös.

Schließlich bin ich so weit vorgerückt, dass mir ein Blick ins Gebäude gelingt. Einen Wimpernschlag später bricht mir der Schweiß aus.

Die Jungs da drin sind alle nackt!

Sie stehen in Reihen an den gefliesten Wänden und werden von Hütern mit einem Schlauch abgespritzt. Das Gebäude ist jetzt ein riesiges Badehaus! Schlimmer kann es nicht kommen. Seit ich pinkeln muss, hielt ich es für mein größtes Problem, nicht wie andere einfach an einer Hauswand Wasser lassen zu können. Doch gleich werde ich ohne Kleidung sein!

Mit schocksteifen Gliedern rücke ich weiter vor, suche verzweifelt nach einem Ausweg. Aber als ich gezwungen bin, das Gebäude zu betreten, habe ich immer noch keine Lösung. Nackt bleibt nackt.

Außer mir scheint niemand ein Problem damit zu haben. Warum auch? Die Jungs sind unter sich. Zu Hause wäre ich beglückt über so viel Wasser, mit dem ich meinen schweißüberströmten Körper reinigen könnte. Den Besuch in einem Badehaus leiste ich mir sonst nur, wenn meine Blutung zu Ende ist. Zu meinem Glück war das erst vor ein paar Tagen der Fall.

Jetzt geht alles viel zu schnell. Der Junge vor mir ist fertig und rempelt mich beim Verlassen der Schlange an. Absichtlich, obwohl ich ihm nichts getan habe. Sein fieses Grinsen und ein kalter Blick aus wässrig-blauen Augen halten mich fest, bis ich an der Reihe bin. Mein Name wird noch mal von einem Gardisten überprüft, woraufhin ich eine Tube und ein braunes Stoffpaket in die Hand gedrückt bekomme. Kleidung, wie ich annehme. Von einem Stapel nimmt er eine Armbinde und liest etwas ab, das ein anderer in sein Buch schreibt. »Nummer 89. Merk dir die Zahl, wenn du nicht lesen kannst.« Ich nicke, erkenne in dem Symbol die Acht wieder, meine Sektion in der Leichenverbrennung. Wo ich gleich durch die Schleuse landen werde, wenn mir nicht endlich etwas einfällt.

Dom, der immer noch an mir klebt, erhält ebenfalls ein Bündel und eine Armbinde – Nummer 90. Eine nach meiner. Denn zählen und rechnen kann ich, worauf ich auch stolz bin.

Da ich zum Verrecken keine Idee habe, wie ich jetzt noch Zeit schinden kann, folge ich den Anweisungen des Hüters. Er schickt mich, meine Füße vermessen zu lassen. Ich erhalte unbenutzte, wunderbar weiche Schuhe, die ich wahrscheinlich nie tragen werde, denn schon werde ich zu einer Reihe Gitterbehälter gescheucht, in die wir unsere Kleidung und gesamte Habe werfen sollen, um sie wegen der Läuse zu verbrennen. Das war's dann jetzt also. Und meine Haare habe ich ganz umsonst verscherbelt!

Trotz meiner Lage überschlage ich, wie viel ich wohl für all die Stoffe in den Behältern bekommen würde. Auf dem Markt würde mir wahrscheinlich Reis für ein Jahr angeboten werden. Gerade die Kleidung der oberen Ebenen ist vollkommen unversehrt. Ganz abgesehen von den vielen Schuhen, Beuteln, Messern und was die Jungs sonst alles bei sich getragen haben. Stattdessen werde auch ich gleich meine Tasche mit allem, was mir wichtig ist, abgeben müssen. Am meisten tut es mir um mein Messer leid.

Und dann schutzlos und nackt – und vor allem ohne elften Finger – gut zwanzig Gardisten gegenüberstehen, die darauf achten, dass niemand etwas heimlich behält.

Der Gedanke an das Unausweichliche überwältigt mich. Ich lasse Dom den Vortritt. Er zieht sich ohne Zögern aus, während ich dastehe wie versteinert und auf sein Teil glotze. Wie ein Riesenwurm hängt es an ihm herab und ich frage mich, wie ich so etwas Unübersehbares vortäuschen soll.

Dom legt den Kopf schräg. »Alles in Ordnung?«

Ich schlucke. »Klar.«

»Dann zieh dich aus. Wird dir schon keiner was weggucken.«

Wenn ich was zum Weggucken hätte ... Panisch werfe ich einen Blick zum Ausgang.

Ein Gardist wird auf mich aufmerksam. »Ausziehen!«, faucht er mit dieser furchtbar hohen Fistelstimme, die, wie es sich anhört, alle Gardisten haben.

»Ich bin schon dabei ...«, beeile ich mich zu sagen, streife meine Schuhe ab und nestle umständlich an meinem Gürtel. Erst vor einigen Tagen hatte ich ihn gegen drei fette Ratten getauscht.

»Wusstest du, dass man sagt, viele von denen hätten keinen mehr?«, flüstert Dom, wobei er mit den Händen eine Schere nachahmt, die sich öffnet und schließt.

Ich nicke bloß.

»Deshalb sind die so ätzend«, behauptet er. »Penisneid.«

Hätte nie gedacht, dass es mir mal genauso geht, denke ich voller Hohn.

»Ist natürlich Quatsch«, winkt Dom ab. »Weshalb sollte man das auch tun?«

Ich bin nicht in der Lage, noch etwas zu entgegnen. Mit jedem Kleidungsstück, das ich ablege und in den Gitterbehälter werfe, wird mein Hals trockener. Mich von meinem Messer zu trennen, fällt mir jedoch am schwersten. Schließlich bin ich nackt, halte die Oberarme auf meine Minibrüste gepresst, das braune Kleiderbündel schützend vor meine Schamhaare.

»Stellst dich wirklich an wie ein Mädchen«, meint Dom spöttisch, woraufhin mehrere Gardisten zu mir sehen.

Na, großartig. Vollidiot!

Als Dom sich umdreht, vergesse ich für einen Moment meine aussichtslose Lage. Sein sehniger Rücken ist von unzähligen breiten Striemen gezeichnet. Sie erinnern mich an den zahnlosen Händler mit seinem Stromkabel. Nun ahne ich, weshalb Dom *Hauptsache weg* will. Ich erschaudere und es dauert einen Moment, bis ich mich wieder in der Gewalt habe.

Um Brüste und Schamhaare zu verdecken, stakse ich in komisch verrenkter Haltung hinter ihm her. Der Boden ist rutschig. Kaltes, schaumiges Wasser läuft über meine Füße. Ich konzentriere mich darauf, nicht auszurutschen. Blut rauscht in meinen Ohren. *Jetzt nicht durchdrehen,* sage ich mir selbst. Doch es nützt nichts. Plötzlich muss ich an das Mädchen in der Fürsorge denken, dem sie vermutlich die Kehle durchgeschnitten haben, nur weil sie versucht hat, die Garde mit der Karte zu betrügen. Mir ist vollkommen klar, was sie mit mir machen werden – dem Jungen, der gar keiner ist. Vielleicht sollte ich trotz der ganzen Gardisten versuchen zu fliehen, aber ich bringe den Mut nicht mehr auf. Er ist für heute einfach verbraucht.

Ich muss Schuhe und Kleidung auf ein Gitter legen, damit sie trocken bleiben. Irgendwie gelingt es mir, mich an die Wand zu stellen, ohne aufzufliegen. Der Hüter dreht den Schlauch auf und springt zurück, um selbst nicht nass zu werden. Das Wasser knallt hart auf meinen Rücken und läuft in verschwenderischer Menge hinab. Es ist furchtbar kalt. Umso besser. Ich bin froh über alles, was betäubt. Mehrmals werde ich von oben bis unten abgespritzt, dann heißt es: »Umdrehen!«

Ich tue es, die Hände weiter auf meinen Körper gepresst.

Der Hüter knickt den Schlauch, damit das Wasser nicht weiterfließen kann. »Komm schon, Junge. Du musst dich einseifen. Kopf, Achseln und am Schwanz auch. Das Zeug in der Tube tötet Läuse.«

»Ich hab aber keine Läuse.« Eine dreiste Lüge, bei der mir beinahe die Stimme versagt.

Er zieht ärgerlich die Brauen zusammen. »Nun nimm die Hände da weg!«

Ich will nicht, aber schließlich tue ich, was er sagt. Was bleibt mir auch anderes übrig? Mir stockt der Atem und helle Flecken tanzen vor meinen Augen ...

»Na also.« Der Mann lässt den Schlauch frei, der aufgestaute Strahl trifft mich hart am Unterleib, mein Körper verschwindet für wenige Momente im Wasserdunst und ich atme keuchend durch.

Kaum dass der Strahl zu meinen Füßen wandert, drücke ich die Paste aus der Tube und seife meine Schamhaare ein, bis das Zeugs eine Schaumkrone bildet. Das Mittel brennt wie blöde. Trotzdem schäume ich weiter, achte auf Kopf und Achseln, und schäume und schäume, auch wenn der Hüter mich für geistesgestört halten muss.

Er sieht mit zusammengekniffenen Augen dorthin, wo der elfte Finger sein sollte. »Aufhören!«, befiehlt er harsch.

Ich gehorche, die Tube ist ohnehin leer, rechne jedoch jeden Moment damit, dass der Hüter Alarm schlägt, und je länger er starrt, desto wahrscheinlicher wird es. »Jetzt werden wir aber nicht gleich geschlachtet, oder?«, versuche ich mich mit einem kümmerlichen Scherz zu retten. Mir gelingt sogar ein Grinsen, das allerdings in meinem Gesicht versteinert. Ich bin vollkommen unbewegt, nur mein Herz rast und so langsam zerfällt die Schaumkrone und rinnt meine Schenkel hinunter.

Zu allem Überfluss stellt sich auch noch Dom vor mich. Er steckt bereits in seiner Kleidung und lässt den Blick grinsend meinen Körper herabgleiten. »Is verdammt kalt das Wasser, was?« Mit Daumen und Zeigefinger deutet er einen winzigen Kindermacher an. Fassungslos starre ich Dom an.

Der Hüter stiert auf dessen Finger, dann fängt er lauthals an zu lachen. Und Dom mit ihm.

Idiot!, faucht ein Teil von mir. Ein anderer schlägt sich mit dem unangenehmen Gefühl von Dankbarkeit herum. Womöglich hat er mir gerade das Leben gerettet, auch wenn er es nicht weiß.

Man wirft mir ein Tuch zu, mit dem ich mich kaum trockne. Die ganze Zeit über bin ich das Gespött der umstehenden Hüter, die Doms Fingerzeig nachahmen und sich biegen vor Lachen, nur weil ich hastig das Paket aufreiße, um so schnell wie möglich in der Kleidung zu verschwinden. Zum Glück sind die Sachen weit und unförmig, sodass beinahe jeder, egal wie groß oder klein, hineinpasst: eine schwarze Unterhose und Hose mit einer Kordel im Bund, ein weißes, dünnes, ärmelloses Hemd und eine braune Jacke, auf deren Brusthöhe eine Blüte sitzt. Natürlich keine echte Zuckerblüte. Sie ist aus Stoff, dabei aber genauso weiß wie die gezuckerten, wenn sie von der Decke rieseln. Sobald die auf dem Boden aufkommen, klebt Dreck und nicht selten Blut an ihnen.

Blüten bedeuteten bislang nie etwas Gutes für mich. Mit einem merkwürdigen Gefühl in der Magengegend verlasse ich das Badehaus.

Der Zuckerblütenprinz

Wir bleiben auf dem Schlachtgelände. Wer gewaschen ist, darf in ein Gebäude, in dem wir was zu essen bekommen sollen. Es liegt direkt hinter dem Badehaus. Dunkle Ränder und Staub auf dem Boden sagen mir, dass hier lange etwas gestanden haben muss. Ein Lagerraum für die toten Tiere? Blutgestank liegt in der Luft, aber vielleicht bilde ich mir den auch nur ein. Der beißende Seifengeruch sitzt mir immer noch in der Nase.

Man scheint die Halle extra für uns leer geräumt zu haben. Denn nun stehen zwischen den Säulen dicht an dicht lange Tische mit Stühlen drum herum. Nur in der Mitte ist ein zwei Armlängen breiter Gang frei. Die Jungs vor mir suchen sich bereits einen Platz. Stuhlbeine schaben ohrenbetäubend laut über den Steinboden. Ich habe keine Ahnung, wo ich hinsoll.

Der Hüter an der Tür sieht kurz auf meine Armbinde, dann zeigt er auf einen Tisch in der Nähe, an dem ich Dom entdecke. Obwohl er sich vorhin noch über mich lustig gemacht hat, winkt er mir jetzt begeistert zu. Was soll's? Ich versuche erst gar nicht, aus ihm schlau zu werden.

Einige andere Typen sitzen bei ihm. Wegen Doms Gewinke sehen sie nun auch zu mir. Ich konzentriere mich mit jedem Schritt darauf, wie ein Junge auf sie zuzugehen. Zwar bin ich mir nie besonders weiblich vorgekommen, aber jetzt, wo ich kein Mädchen mehr sein darf, habe ich das Gefühl, es mit jeder Bewegung auszustrahlen. Meine Hüfte wiegt zu sehr, mein Gang ist zu federnd, weshalb ich meine Beine steif mache. So, wie die an Doms Tisch glotzen, kann ich mir vorstellen, was sie denken. *Hat die 'nen Stock verschluckt?*

Verflucht! Der. Nicht die. Der! Der! Der! Wenn ich mich nicht selbst verraten will, muss ich nicht nur so gehen wie ein Junge und so reden, sondern ich muss so denken wie einer!

Als ich vor ihnen stehe, traue ich mich, etwas zu tun, was ich schon bei vielen Jungs gesehen habe. Ich fasse mir in den Schritt.

Dom grinst. »Immer noch Läuse?«

»Man wird sich ja wohl am Sack kratzen dürfen.«

Meine Antwort findet bei allen Zustimmung.

Dom zieht einen Stuhl für mich zurück und ich setze mich breitbeinig hin. Mir gegenüber sitzt der stotternde Junge aus dem Zylinder. Auf der anderen Seite mustert mich der Kerl, der mich bei der Kleidervergabe angerempelt hat. Die Übrigen sind mir fremd. Insgesamt stehen zehn Stühle am Tisch. Dom stellt mich den Jungs vor. Scheinbar gehört er bereits nach kurzer Zeit voll dazu. Die Leute mögen ihn, das merkt man.

Das Gespräch dreht sich um die einzelnen Ebenen und deren Unterschiede. Es stellt sich heraus, dass es kaum welche gibt. Bis auf Dom, als Hüter, hat niemand zuvor seine Ebene verlassen. Sie sind abgeriegelt wie unsere. Ebenso steht auf jeder eine Fürsorge und der Reis wird denen zugeteilt, die für den Kaiser arbeiten. Dass es uns im Großen und Ganzen gleich dreckig geht, macht es leichter, an einem Tisch zu sitzen.

Bald darauf sind wir vollzählig. Während ich versuche, mir die Namen ins Gedächtnis zu rufen, blicke ich verstohlen in die Gesichter meiner Mitstreiter. In ihrer Ebenmäßigkeit sehen sich viele so ähnlich, dass mir nur die Namen der etwas auffälligeren Jungen im Gedächtnis bleiben. Wie Jackson-Lee. Ein Typ mit dunkler Hautfarbe und gutmütigen Gesichtszügen von Ebene drei. Selbst im Sitzen ist er wohl der größte Mensch, den ich je gesehen habe. Eddi, der Stotterer von meiner Ebene, natürlich Dom, außerdem ein Typ mit kurz geschorenen Haaren von Ebene sechs. Er heißt Chien und hört nicht auf, sich den Rücken am Stuhl zu schubbern, weswegen er einen ziemlich kaputten Eindruck auf mich macht.

Noch ein anderer Kerl fällt auf, er ist unglaublich schön, mit vollen kupferblonden Haaren. Auch wenn seine schlammbraunen Augen verächtlich auf die anderen herabschauen, egal von welcher Ebene. Er ist ein Fünfer. Sein Name ist Lost.

Ich denke nicht in Ebenen, sondern in Typen. Meiner Meinung nach lassen sich die Menschen in drei davon aufteilen: Der Einzelgänger, zu denen ich Lost und auch mich zähle, versucht erst gar nicht, in Kontakt mit anderen zu kommen. Er geht seine eigenen Wege. Der Unsichtbare nimmt ständig Rücksicht, er ordnet sich sofort freiwillig unter und verschmilzt mit der Menge. Die allermeisten Menschen überleben auf diese Weise. Wie Eddi und Dom. Bei Chien bin ich mir unsicher, weil er sich die ganze Zeit nur kratzt.

Bliebe der dritte Typ, der Anführer, von dem ich mich normalerweise so fern wie möglich halte. Er stellt durch Provokation und Machtgehabe klar, dass er das Sagen hat. An seiner Seite akzeptiert er höchstens Typ zwei, für jeden Einzelgänger wie mich bedeutet er jedoch Ärger. An unserem Tisch ist schon jetzt klar, wer das Sagen hat: Sein Name ist Vaith und etwas an ihm macht mir eine Höllenangst. Mir ist, als hätte ich ihn schon mal vor dem Rempler im Waschraum gesehen, was nicht sein kann, weil er von Ebene zwei kommt. Der Junge wirkt brutal und ich weiß, ich sollte ihn nicht so anstarren, aber es sind seine kalten, wässrig-blauen Augen, die mich wie vorhin nicht loslassen. Ein solcher Ton ist genauso selten anzutreffen wie das helle Blond meiner Haare.

Doch sosehr ich mich auch anstrenge, ich komme zum Verrecken nicht drauf, an wen er mich erinnert.

Gerade als ich wegsehen will, begegnet er meinem Blick. »Hab ich dir erlaubt, mich anzustarren?«

Ich schüttle erschrocken den Kopf, woraufhin er die Augen zusammenkneift. »Moment mal, kenn ich dich nicht irgendwoher?«

»Keine Ahnung. Nicht dass ich wüsste.« Mir wird die Brust eng. Er scheint sich also auch zu erinnern …

»Doch. Ich bin mir sicher. Wie heißt du noch mal?«

»Ich bin niemand«, erwidere ich rasch. Eigentlich kann er mich unmöglich kennen, aber falls doch, dann ganz sicher als Frau.

»Niemand, ja?« Er zieht seine Mundwinkel nach unten. »Gut, *Niemand*. Ich werde schon noch drauf kommen. Aber wenn du mich das nächste Mal anglotzt, dann nur, um mich zu fragen, was du für mich tun kannst.«

Die Gespräche sind verstummt. Ich schlucke, werde aber mit Sicherheit nicht nicken. Ich bin eben kein Typ zwei, so wie Dom.

»Du kommst von hier, oder?«, lenkt dieser geschickt ab und lächelt dabei. »Was hast du hier gemacht? Viehzucht?«

»Schlachthof«, antwortet Vaith und nimmt endlich den Blick von mir.

Leise atme ich durch, aber diese bösen wässrig-blauen Augen bekomme ich erst aus dem Kopf, als die Tür aufgestoßen wird und eine lange Reihe Gardisten hereinmarschiert. Sie bauen sich rechts und links vom Eingang auf, einer tritt vor und brüllt, wir sollen uns hinstellen. Wieder werden unzählige Stühle mit grässlichem Schaben zurückgeschoben. Ich schaue mich rasch um und überschlage, wie viele wir inzwischen sind. Puh, keine Ahnung. Aber es müssen an die Tausend sein. In welches Gesicht auch immer ich sehe, es steht angespannte Erwartung darin.

Ich hoffe, wir werden endlich Antworten bekommen.

Sobald es still ist, treten zwei Männer durch die Tür. Der eine ist blass, unscheinbar und verschwindet gleich hinter der Garde, der andere ist in übertrieben viele Lagen bunten Stoffs gehüllt, trägt dieselbe eigenartige Frisur wie unser Kaiser – das lange schwarze Haar hinter seinem Kopf zu einem Fächer festgesteckt – und die typischen flachen Gesichtszüge von Amaterasus Kindern.

»Ich bin Shinjiro Tanaka. Oberster Berater unseres Himmlischen Herrschers Yamamoto, eures Kaisers«, verkündet er näselnd, was lautes Gemurmel nach sich zieht. Ein Berater? Bislang wusste ich nicht einmal, dass es so etwas gibt. Wozu sollte unser ach so unfehlbarer Kaiser den auch brauchen? »Und ich stehe vor euch, um euch an die Gnade unseres Herrschers zu erinnern.«

»Das muss er aber auch«, rutscht es mir raus. An einen gnädigen Kaiser kann ich mich nämlich nicht erinnern. Dom, der neben mir steht, stößt mich an, damit ich den Mund halte. Irgendwie ärgert mich das. Ich weiß ja nicht, wie das auf Ebene vier ist, aber wenn uns auf Ebene eins etwas zusammenhält, dann der gemeinsame Hass auf Yamamoto.

Sein Berater breitet die Arme aus. Mit dem ganzen Stoff daran wirkt er so noch mehr wie ein lächerlich bunter Fächer. »Unser Himmlischer Herrscher ist ein direkter Nachfahre der Sonnengöttin, er ist der Himmlische, der Göttliche Herrscher, der euch in seiner unendlichen Gnade nährt …«

In unendlicher Gnade nährt? Tanakas Worte können im Grunde nur höhnisch gemeint sein, davon zeigt sich aber nichts in seinem ausdruckslosen Gesicht. Stattdessen müssen wir uns eine Ewigkeit anhören, wie dankbar wir dafür zu sein haben, überhaupt zu leben. Dabei ist das Einzige, was der Kaiser tut, uns mit Reis und Wasser zu versorgen, und davon gibt er uns viel zu wenig. Ihn als großen Wohltäter darzustellen, ist nichts als Heuchelei! Meine Fäuste ballen sich und mir wird urplötzlich heiß, so jäh kocht der

Zorn in mir auf. Und anscheinend nicht nur in mir. Je länger der Berater sich über Yamamotos unermessliche Großzügigkeit auslässt, desto mieser wird die Stimmung.

»Lüge!«, schreit jemand plötzlich hinter mir.

Ich fahre herum. Ein Junge ist auf den Tisch gestiegen. Sein Gesicht ist furchtbar schmal, aber voll verzweifelter Wut. Er kommt bestimmt auch von Ebene eins. Tanaka ignoriert ihn und redet einfach weiter, ich möchte ihm am liebsten sein verlogenes Maul stopfen.

Der Junge ist jedoch nicht zu überhören. »Jeder aus meiner Familie ist verreckt! Vier Schwestern, drei Brüder. Alle – tot!«

Ich bewundere seinen Mut und verstehe seine Verzweiflung, weswegen ich mich sogar ein wenig mit ihm verbunden fühle. Es ist besonders hart, wenn man plötzlich alleine ohne jemanden ist, auf den man sich verlassen kann. Da erhebt niemand mehr das Wort für dich. Gleichgültig, was mit dir gemacht wird. Auf einmal spüre ich heftigen Stolz, genau wie der furchtlose Junge von ganz unten zu kommen. Aus dem Scheißhaus des Kaisers. So ist das eben, wenn man nichts mehr zu verlieren hat, man kann furchtlos handeln.

»Du kommst von Ebene eins, oder?«, rufe ich laut. Als er bejaht, frage ich: »Woran ist deine Familie gestorben?«

Dom schüttelt entsetzt den Kopf. Egal, ich will dem Jungen beistehen, auch wenn mein Herz mir fast in die Hose rutscht, so viel Angst habe ich vor meinem plötzlichen Mut.

»Verhungert, an der Krankheit krepiert!«, ruft er mir zu. Diese Antwort habe ich erwartet. »Ist das die Gnade des Kaisers?«, brüllt er in die Menge.

»Sein Sohn«, setzt Berater Tanaka an, »Prinz Haru–«

»Noch eine Lüge!«, schleudert der Junge ihm entgegen.

Genau! Recht hat er. »Niemand glaubt an den beschissenen Zuckerblütenprinzen!«, platze ich heraus. Schon im nächsten Moment beiße ich mir auf den Fingerknöchel. Habe ich eben wirklich den Kaiser beleidigt und ihm dazu noch unterstellt zu lügen? Das kann Tanaka unmöglich unbeachtet lassen.

Schnell blicke ich mich um. Unser Tisch ist ihm so nahe, dass ich sehen kann, wie sich seine ohnehin schmalen Augen noch weiter verengen. Ansonsten ist er vollkommen beherrscht, was mir ein wenig die Angst nimmt. Bis mir aufgeht, dass es wahrscheinlich gar keine Beherrschung ist, sondern Kälte.

Der Berater sieht zur Garde. Heilige Amaterasu! Ich werde bereuen, meinen Mund aufgemacht zu haben. Dom denkt dasselbe. Zumindest wirft er mir einen Blick zu, der sagt: *Da, bitte! Das hast du jetzt davon.*

Ich will ihm entgegenschmettern, dass er als Hüter auch nie hungern musste, da bemerke ich, wie der blasse Junge, der vorhin mit Tanaka zusammen den Raum betreten hat, aus dem Schutz der aufgereihten Gardisten tritt und auf mich zugeht. Himmel! Wer ist das? Er sieht mir direkt in die Augen. Panisch schaue ich mich um, suche zwischen den Jungs hinter mir eine Lücke, in der ich verschwinden kann, aber sie stehen zu dicht.

Ein Poltern lässt mich zusammenzucken, ich blicke zurück. Der blasse Junge hat sich auf unseren Tisch geschwungen und steht dort mit auseinandergestellten Beinen. Zum Glück sieht er jetzt über die Menge, nicht mehr zu mir.

»Ich bin Haruto, Sohn des Himmlischen Herrschers.«

Was? Haruto? Der, den ich eben den beschissenen Zuckerblütenprinzen genannt habe? *Oh, verfluchte ...*

Nie hätte ich es für möglich gehalten, dass er tatsächlich existiert. Und dass er *so* aussieht! Dieser blasse Kerl hat mit dem Kaiser so viel gemeinsam wie Rattenköttel mit einer Zuckerblüte. Er ist nicht nur dünn, sondern schmächtig, seine Haut ist beinahe durchscheinend, was für die Kinder Amaterasus mehr als untypisch ist. Und seine Kleidung – dunkelblaue, enge Hose und ein langärmeliges Hemd aus dem selben glänzenden Stoff. Gut, sie ist sauber und sicher auch kostbar, aber viel zu einfach!

Mein Unglaube zeichnet sich in den Gesichtern der anderen an meinem Tisch ab. Weiter hinten höre ich sogar Lachen.

Der Prinz übergeht es, hebt die Hände wie zum Gebet und verkündet: »Mein Vater, der Himmlische Herrscher, hat die Sonnengöttin besänftigt.«

Ich lache unwillkürlich auf. So ein Blödsinn! Das letzte Mal hat es Hunderte von Göttern gebraucht, um Amaterasu nur aus ihrer Höhle zu locken. Und nun soll es dem Kaiser einfach so gelungen sein? Und weshalb überhaupt? Hatte er sie etwa verärgert?

Jetzt ist es so still, man könnte eine Ratte tippeln hören.

»Der Kaiser hat viele Opfer gebracht«, erklärt sein Sohn lächelnd. »Tempel und Gärten für sie erschaffen, an denen sich Amaterasu erfreuen kann. Er hat sie mit der besten Seide und kostbaren Spiegeln beschenkt, in denen sie ihre Schönheit betrachten kann, und so ihren Zorn auf Susanoo gemildert.«

Auf Susanoo? Aber warum?

»Und als die Göttin eines Morgens so gut gestimmt war«, erzählt er weiter, »dass sie sogar lächelte, hat euer Kaiser sie ersucht, euch nicht mehr für die Taten ihres Bruders und eurer Vorfahren büßen und ebenso unter ihrem Schein leben zu lassen.«

Klingt toll, aber ich bleibe vorsichtig. Irgendeinen Haken wird es geben. Sonst wären wir schon oben, oder?

Die anderen treffen Harutos Worte mitten ins Herz. Schlagartig hat sich Argwohn in Begeisterung verwandelt. Im Raum tönt es immer wieder: »Lang lebe der Kaiser!« Ich presse die Lippen aufeinander. Das Letzte, was ich tun werde, ist dem Kaiser irgendetwas Gutes wünschen. Ein langes Leben am allerwenigsten. Als ich mich umsehe, schäme ich mich richtig für den Sinneswandel der anderen. Vor allem für die plötzliche Untertänigkeit der Leute meiner Ebene.

Es liegt an ihm. Dem Prinzen. Ich habe ihn unterschätzt. Er mag zerbrechlich wirken, seiner Überzeugungskraft schadet das jedoch in keiner Weise. Er weiß, wie man redet, und er weiß, wovon wir träumen. Gerade deshalb traue ich seinen Worten nicht über den Weg.

Der Prinz legt die Hände zusammen und verneigt sich leicht. Es wird wieder still und er spricht weiter. »Amaterasu hat so lange Zeit gezögert, dass mein Vater schon fürchtete, sie mit seiner Bitte erzürnt zu haben. Also versprach er ihr, nur die Vollkommensten unter Susanoos Kindern zu sich zu nehmen, damit Amaterasu ihren Anblick besser erträgt.«

Nun gut. Das erklärt endlich, warum nur schöne Menschen erwählt wurden. Dennoch zieht sich vor Anspannung mein Magen zusammen. Schön ist nicht genug. Schön ist nicht vollkommen. Das kann es nicht gewesen sein.

Und richtig, nun hebt der Prinz bedauernd die Hände. »Aber die Göttin blieb unversöhnlich. Sie will keinen von Susanoos Nachfahren in ihr Reich lassen. Also griff mein Vater zu einer List. Er bot Amaterasu an, die Vollkommensten von Susanoos Kindern zum Teil seiner göttlichen Familie zu machen. Die Mädchen als seine Töchter, die Jungen als Ehemänner seiner Schwestern, deren Töchter und Cousinen. Damit die Kinder aus der Vereinigung der Nachfahren unserer Sonnengöttin und ihres Bruders, des Sturmgottes, die Zwietracht unter den Göttern beilegen können. Und da stimmte Amaterasu zu.«

Was? Ich schlage die Hände vors Gesicht, um mein Entsetzen zu verbergen, während der Jubel der anderen die Wände zum Erzittern bringt. *Ehemänner?* Ich kann kein Ehemann sein! Und erst recht keine Kinder zeugen. Das Ganze ist nicht nur vollkommen unmöglich, es wird auch in einer Katastrophe für mich enden!

»Vollkommenheit …« Haruto gelingt es, sich mit einem Wort

wieder Gehör zu verschaffen. »In unserer Tradition steht nichts mehr für die Vollkommenheit als *Sakura. Die Blüte der Kirsche.« Kirsche* ... Keine Ahnung, was damit gemeint ist. »In sechs Tagen ist ihr Festtag«, erklärt der Prinz, »bis dahin werden wir die Blüten unter euch finden. Ihr werdet beweisen müssen, dass ihr wirklich vollkommen seid und würdig, Teil der göttlichen Familie zu werden. Zwar seid ihr erwählt worden, weil ihr ohne Makel und gesund seid. Aber seid ihr auch klug? Kraftvoll? Und belastbar? Geistige Stärke. Körperliche Stärke. Innere Stärke. Nur wer diese drei Eigenschaften in sich vereint, ist wirklich vollkommen genug, um seine Abstammung vergessen zu machen.«

Darum geht es also. Vollkommenheit. Ich bin mir sicher, dass jeder sich gerade fragt, wie weit er von diesem unerreichbaren Zustand entfernt ist.

Prinz Haruto steigt vom Tisch und überlässt Tanaka die weiteren Erklärungen. Der Berater sieht nicht gerade begeistert über die Einmischung des Prinzen aus, sollte er aber sein. Ohne ihn hätten die Jungs diesen Speichellecker von Kaiserlichem Berater zerfleischt wie eine hungrige Schar Ratten eine Götterfrucht.

Tanaka setzt uns darüber in Kenntnis, dass unsere Vollkommenheit in genau diesen drei Bereichen – geistige, körperliche und innere Stärke – auf die Probe gestellt wird. *Die Blüte* nennt er das Auswahlverfahren. Endlich ist klar, was es damit auf sich hat. Wir werden auch irgendwelche Blüten bekommen, je besser wir abschneiden, desto mehr. Insgesamt benötigen wir zehn, um als vollkommen zu gelten und unter der Sonne leben zu dürfen. Wer in einer Prüfung versagt und gar keine Blüten erhält, scheidet sofort aus und wird zurück auf seine Heimatebene gebracht.

Tja, jetzt wünscht dem Kaiser keiner mehr ein langes Leben. Die Jungs fühlen sich betrogen. Ich kann es in ihren Gesichtern sehen, sogar ein paar entsetzte Rufe sind zu hören. Ich bin mir sicher, man hat jedem hier versprochen, auf der obersten Ebene leben zu dürfen, genau wie sie es bei Rebecca angestellt haben. *Hey, willst du unter der Sonne leben? Dann sei einfach morgen früh hier und zeig diese Karte vor.*

Und nun werden nur die wenigsten von uns es tatsächlich können, der Rest muss zurück in sein altes Leben, gleichgültig ob er noch eins hat, oder nicht. Trotzdem! Die anderen haben zumindest eine Chance! Nichts, was ich noch von mir behaupten könnte.

Es ist bitter, aber ganz einfach: Ohne die Sonne erwartet mich in etwa einem Jahr ein langsamer, qualvoller Tod, weil meine Knochen zerfressen werden und meine Organe versagen. Mit der Sonne erwartet mich in sechs Tagen ein prompter Tod, weil ich den Kaiser getäuscht habe und als Frau entlarvt und hingerichtet werde.

Egal was ich tue, ich werde sterben. Es gibt keine Lösung. Ich stecke in der Klemme.

Aber habe ich das nicht immer gewusst? Mein Ausweg war zu sterben! Die zweite meiner Regeln: Beende dein Leben, sobald die Krankheit dich erwischt.

Na, großartig! Nur habe ich jetzt nicht mal mehr mein Messer, um es mir an den Hals zu setzen. Und auch keine langen Haare mehr, um sie gegen einen Bauch voller Früchte einzutauschen.

Ach, wenn ich ehrlich bin, ist das gar nicht der Grund. Ich verberge mein Gesicht hinter den Händen. Mir fehlt der Mut. So sieht's aus. Ich dachte, ich hätte ihn, wenn es so weit ist, aber ich hänge an meinem Leben. Ich bin selber schuld. Hätte ich die Götterfrucht nur nie genommen ... *Scheiße, verflucht!* Ich will einfach noch nicht sterben!

Okay, Juri. Kopf hoch. Eine Möglichkeit bleibt. Ich muss die zehn Blüten holen und, sobald ich aus der Höhle raus bin, abhauen. Ich werde wachsam bleiben. Irgendwann wird der Moment kommen, an dem man uns unbeobachtet lässt. Und dann bin ich weg. Der Plan ist alles andere als sicher, aber einen besseren habe ich nicht.

Ratten und raten

Ich starre auf die Tischplatte, immer noch fassungslos über das, was wir gerade gehört haben. Wir sollen dem Kaiser also beweisen, wie stark wir geistig, körperlich und innerlich sind. Na, da habe ich wenig Grund, hoffnungsvoll zu sein. Körperlich stark bin ich bloß für eine Frau. Als Junge reicht es gerade mal, um den dünnen Eddi beim Armdrücken zu schlagen.

Und innerlich? Keine Ahnung, was der Prinz damit meint. Vielleicht, sich nur auf sich selbst zu verlassen. Darin bin ich immerhin gut.

Was das Kluge angeht, weiß ich einfach nicht, wie ich mich einschätzen soll. Ich habe mir noch nie zuvor Gedanken darüber gemacht. Wann ist man klug? Wenn man lesen und schreiben kann? Oder besonders klug redet, so wie der Prinz?

Lost findet als Erster seine Sprache wieder. »Das ist doch alles kranker Mist«, meint er und verzieht dabei den Mund.

»Was? Das mit den Proben?«, frage ich nach. Immerhin kommt er von Ebene fünf und hat womöglich eine Ahnung, auf welche Art der Kaiser herausfinden will, wie klug und so wir sind.

»Kennt ihr da unten Rattenkämpfe?«, fragt Lost zurück.

»Nein …«, sage ich gedehnt. Wenn wir eine Ratte zu fassen bekommen, kämpfen wir nicht mit ihr, sondern essen sie.

»Kann man bei uns ’ne Menge mit verdienen. Zwei Ratten im

Käfig, die sich zerfleischen, bis eine tot ist«, meint er mit einem Schulterzucken.

»Ja und?« Ich mag es nicht, Lost alles aus der Nase ziehen zu müssen und dabei von den anderen auch noch angestarrt zu werden.

Lost anscheinend schon. Er lehnt sich zurück und wartet, bis jeder am Tisch zu ihm sieht. »Ich hab die Viecher für Kämpfe gezüchtet. Die treiben's den ganzen Tag, wenn man sie lässt, weswegen ich immer zwei- oder dreihundert Ratten hatte. Aber nur eine oder vielleicht zwei von ihnen sind schlau und gleichzeitig stark und bösartig genug, um einen Kampf zu gewinnen. Ich –«

»Wir sind doch keine scheiß Ratten!«, platzt Vaith dazwischen. »Was laberst du denn da für 'nen Dreck, Mann?«

»Halt besser den Mund und hör zu«, entgegnet Lost gereizt.

Kurz fürchte ich, dass Vaith aufspringen und sich auf ihn stürzen wird, aber er bleibt mit wutgeballten Fäusten sitzen, um zu hören, was Lost über die Prüfungen weiß.

»Also, ich hab da so ein Labyrinth, voller Fallen und kniffeliger Dinge, die die Ratten machen müssen, um weiter durch diese Röhren zu kommen. Wenn sie das geschafft haben, befülle ich das Labyrinth so lange mit Wasser, bis die Ratten darin ersaufen oder einen Weg herausfinden.« Lost sieht mich an. »Wieso tue ich das wohl?«

»Um sie auf die Probe zu stellen«, antworte ich. Langsam ahne ich, worauf das Ganze hinausläuft. Und es gefällt mir nicht.

Lost nickt. »Genau. Jetzt habe ich also die Schlauen. Aber Schlauheit allein reicht nicht, um in einem Rattenkampf zu gewinnen, oder?«

Ich schüttle den Kopf. »Nein, sie muss auch stark sein.«

»Stark und zäh und blutrünstig und ausdauernd und schnell. Weswegen ich sie um ihr Leben rennen lasse, die Schnellsten mit Stromschlägen attackiere, die Aggressivsten aufeinander loslasse und so weiter und so weiter …, bis schließlich eine Ratte übrig bleibt. Und die ist …«

»… vollkommen«, beende ich seinen Satz.

Lost applaudiert, in dem er dreimal sehr, sehr langsam in die Hände klatscht. Er ist überheblich und widerlich und was er sagt, macht mir Angst. Nein, beruhige ich mich, so etwas werden die nicht mit uns machen.

»Dann könnt ihr Pussis euch einmotten!« Vaith zeigt mit dem Daumen auf sich. »Wenn ihr wissen wollt, wer das Rennen macht.«

»D…du meinst, d…dass d…das …«, müht Eddi sich mit einem Blick auf Lost ab. Plötzlich hat er rote Flecken im Gesicht. »M… Meinst d…du –«

»Sprich deinen scheiß Satz zu Ende«, blafft Vaith.

»Dass die uns u…unter Strom setzen?«

»Zumindest werden sie uns keine Fächer bemalen lassen, um herauszufinden, wie wir uns anstellen«, meint Lost herablassend.

Vaith kratzt sich am Kopf. Er muss nachdenken, das sieht man ihm deutlich an. Schließlich wendet er sich an einen Sechser. »Hey, du kommst doch von ganz oben. Sag was dazu!«

»Ich weiß nichts«, sagt der schnell und weicht Vaiths Blick aus. Ohne Frage ein Typ zwei, einer, der sich unterordnet.

»Und du? Dusty?«, fragt Vaith.

Er meint Chien, den Jungen mit den kurz geschorenen Haaren, der sich ununterbrochen den Rücken kratzt. Unter seinen Fingernägeln klebt bereits Blut, aber er wird nicht aufhören können, sondern weitermachen, bis sein Fleisch roh ist. Bald darauf wird er Dinge und Menschen sehen, die nicht da sind, sich lauter verrücktes Zeug einbilden und wenig später kommt der Punkt, an dem er alles dafür tun wird, eine Fingerkuppe voll Sun-Dust zu bekommen.

Erst Jahre, nachdem meine Mutter mich verkauft hatte, begriff ich, dass nicht ich der Dämon war, wegen dem sie keine Kinder mehr bekam, sondern Sun-Dust, ihre *Medizin.* Seitdem kenne ich die Anzeichen, wenn jemand dem Zeug verfallen ist, nur zu gut. Erst glaubt man, vor lauter Glück die Sonne zu sehen, aber sobald der Rausch nachlässt, ist man ganz unten, im Staub. Deswegen nennt man die Verfallenen Dustys. Mich wundert, dass Chien überhaupt in der Lage ist, aufzublicken und uns anzusehen. In seinen Augen liegt ein fiebriger Glanz.

»Ich verrate dir, was die mit uns machen«, sagt er an Vaith gerichtet. »Die sperren uns ein, rammen uns Spritzen in die Arme und dann glaubst du, tausend Kakerlaken fressen an dir. Anschließend schmieren sie dich mit Zeugs voll, bis dir die Haut abfällt.«

»Du meinst, die wollen uns häuten? Wie 'n verdammtes Schwein aus meinem Schlachthof?«

»Nicht häuten«, entgegnet Chien. »Für die sind wir nichts als Laborratten, um ihre Salben und Wässerchen zu testen, damit die da oben auch genauso göttlich bleiben, wie sie ihrer Meinung nach sind.«

Wenn es nicht so traurig wäre, würde ich auflachen. Chien ist schon dabei, den Verstand zu verlieren.

»Du hast doch schlecht geschissen!«, bringt Vaith meine Sichtweise auf den Punkt.

Eine Weile streiten die Jungs darüber, wie der Kaiser uns auf die Probe stellen will. Der Typ, der wie Chien von der sechsten Ebene kommt, meint, wir müssten wahrscheinlich nur Dinge angeben, die wir besonders gut beherrschen. Das war wohl mal bei einer Prüfung so, die er machen musste. Ich hoffe, dass er sich ebenso irrt. Sonst müsste ich wohl *Leichen verbrennen* und *Tote ausziehen* angeben.

Wenig später bekommen wir Wasser und endlich auch Essen. Verkochten Reis mit dünner schwarzer Soße. Sie schmeckt so salzig, dass ich den Reis am liebsten ausspucken möchte, was ich natürlich nie tun würde. Außerdem habe ich einen Riesenhunger.

Die Jungs von Ebene fünf und sechs rühren ihre Schale erst gar nicht an. Sind wohl Besseres gewohnt.

Nur Eddi schaufelt die Pampe in sich hinein, als äße er geröstete, fette Maden. »L...lecker, d...die Soße. K...K...Kann ich d... das auch noch ha...haben?«, fragt er und sieht hoffnungsvoll zu Dusty.

Er sitzt am anderen Ende des Tisches und schiebt das Essen wortlos zu mir, damit ich es an Eddi weitergeben kann. Ich greife nach der Schale, da schnellt Vaith nach vorn und packt mich am Arm. »Nicht so schnell!« Sein Griff ist furchtbar hart. Ich lasse sofort los. »Du fragst immer zuerst mich, *Niemand.*«

Ich verziehe das Gesicht vor Schmerz und nicke, unfähig, mich gegen ihn zu wehren. Nicht mal mit Worten. Was ist nur los mit mir? Schon seine Gegenwart löst furchtbare Beklemmung bei mir aus.

»Also?«, blafft er.

»Möchtest du?«, bringe ich nur heraus.

»Möchte ich was?«

Ich ringe mir die Worte ab. »Möchtest du das vielleicht noch essen?«

Vaith lässt mich los. An meinem Handgelenk prangt ein weißer Abdruck seiner Finger. In zwei Monaten wird ein solcher Griff meine Knochen brechen, denke ich.

In diesem Moment steht Jackson-Lee plötzlich auf und langt über den Tisch. »Wollt ihr das noch essn?« Seine Frage richtet sich an die drei, die ihren Reis unangetastet gelassen haben.

Lost schiebt seine Schale von sich, die anderen beiden schütteln erschrocken den Kopf, was ich verstehen kann. Jackson-Lee ist im Stehen fast doppelt so groß wie sie. Weil er meine Worte wiederholt hat, denke ich erst, er will sich bei Vaith einschmeicheln und ihm die drei Portionen zuschieben, aber er befördert alle vier auf einmal mit seiner Riesenhand zu Eddi. Dann sieht er

Vaith an. »Wirst noch früh genug zeigen können, wer der Stärkste is. Muss nich jetzt schon sein.«

Er meint Vaiths Attacke auf mich, aber seine Worte sind genauso als Drohung zu verstehen, denn Jackson-Lee ist ganz sicher die stärkere Ratte. Wenn ich wetten müsste, würde ich trotzdem nicht auf ihn setzen. Er hat ein zu weiches Herz, sonst hätte er Eddi und mir nicht geholfen. Das ist das Dumme an weichen Herzen. Man kann sie leicht zerquetschen. So wie meine Mutter es mit dem meines Vaters getan hat.

Vaith steht auf und geht Richtung Ausgang, angeblich, weil er pinkeln muss, aber ich schätze, er kommt mit der Demütigung nicht klar.

Ich blicke zurück zu Jackson-Lee und habe das Gefühl, ihm etwas Nettes sagen zu müssen. »Und wieso bist du hier? Ist die dritte Ebene auch so übel?« Ich merke selbst, dass ich nicht besonders geübt im Nettsein bin.

Jackson zuckt mit den Schultern. »'nen Zuckerblütenleben is es nich. Aber is egal. Ich bin hier wegn mein Mädchen ...«

Er erzählt uns mit leuchtenden Augen, wie er sie vor vier Jahren in der Metallfabrik kennengelernt hat, in der beide gearbeitet haben. Da war er dreizehn und schon ein Jahr dabei, sie hatte ihren ersten Tag und sich prompt an einem scharfkantigen Blech verletzt. Jackson-Lee zeigt auf seinen Unterarm. »Von hier bis hier alles aufschnitten. Is fast verblutet«, meint er und wir erfahren, dass Jackson-Lee sich nicht nur um ihre Wunde gekümmert, sondern ab dem Moment auch für das Mädchen gesorgt hat, denn ihren Job war sie gleich wieder los. Zum Dank hat sie ihren Retter ohne Zögern zurückgelassen, als auch sie gefragt wurde, ob sie unter der Sonne leben will. Unwillkürlich muss ich an meine Mutter denken, die meinen Vater und mich verraten hat. Aber das sieht Jackson-Lee nicht so. Er glaubt, dass seine Freundin zu ihrem Unglück gezwungen wurde, und hat die Garde angefleht, ihm ebenfalls eine Blütenkarte zu geben, fest entschlossen, sein Mädchen zu befreien.

»Ihr Name is Yuma. Sie is … so … so … scheiße noch mal. Stell dir das Wunderbarste vor, was du je gesehn has!«, meint er zu mir, nicht ahnend, dass vor meinem geistigen Auge die Götterfrucht auftaucht. Ich gebe einen komischen Laut von mir, halb Lachen, halb Schnauben, weshalb Jacksons Blick sich verfinstert. »Du has bestimmt niemand.«

»Zum Glück«, gebe ich schroff zurück. So, wie Jackson es gesagt hat, klang es, als würde mich niemand wollen. Am liebsten würde ich klarstellen, dass ich freiwillig allein bin, ihm entgegenschleudern, wie hart es für mich ist, auf mich selbst gestellt zu überleben. Aber meine Gefühle gehen ihn einen feuchten Dreck an.

Ich bin froh, dass sich die Gespräche bald dem Leben auf der Erdoberfläche zuwenden und mich niemand mehr beachtet. Anscheinend haben wir alle ähnliche Vorstellungen davon, wie es außerhalb unserer Höhle aussieht. Sie sind aus den Legenden entstanden, die man sich in der unteren Welt erzählt.

Wenn sie stimmen, muss der Boden an manchen Stellen ganz flach sein, an anderen sehr hoch, weil Susanoo ihn aufgeworfen hat, als er zu Amaterasu in den Himmel gestiegen ist, um da herumzuwüten. Der Boden dort oben ist wahrscheinlich jeden Tag von Zuckerblüten bedeckt statt wie bei uns nur am Geburtstag des Prinzen. Und da es dort keine Ebenen gibt, muss bis zum Himmel so viel Platz sein, dass jeder aus der Kaiserlichen Familie einen eigenen Raum für sich hat.

Das Land drum herum dürfte von Susanoos Stürmen allerdings zerstört sein. Ich versuche mir vorzustellen, wie das wohl aussehen könnte, und frage mich, ob man es vielleicht reparieren kann, während die anderen darüber sprechen, was genau ein Sturm überhaupt ist. Es stellt sich heraus, dass niemand es weiß.

Nur Chien hat eine Idee. Er hat mal gehört, ein Sturm wäre Luft, die sich so schnell bewegt, dass sie alles mit sich reißt, wofür er von den anderen nicht nur schiefe Blicke erntet. Sie lachen, weil Luft doch weder schnell noch stark sein kann.

Hm, ich weiß nicht recht. Wenn ich an den großen Ventilator über Pinkys Handel denke und wie er Luft herumwirbelt. Auf Zeichnungen von Susanoo sieht man ihn allerdings nur mit einem Schwert, nie mit einem Fächer oder Ventilator oder so.

Vaith kehrt an den Tisch zurück. Ein guter Zeitpunkt, ihn zu verlassen. Ich frage die Hüter, die am Ausgang stehen, wo ich mich erleichtern kann. Einer von ihnen deutet über den Flur auf eine Tür mit einem aufgemalten Männchen, das gerade pinkelt.

Ich schnuppere, aber ich kann nichts riechen. Misstrauisch öffne ich die Tür und glaube, meinen Augen nicht zu trauen. Das ist ja ein ganzer Raum nur zum Pinkeln! Er ist sogar gefliest und es gibt Löcher im Boden, die mit hellem Stein ausgekleidet sind, der fast wie Plastik aussieht. Jedes Pinkelloch ist durch eine Wand vom anderen getrennt, nach vorn allerdings offen. Kein Badehaus auf meiner Ebene ist so elegant und keines riecht so gut.

Gleichermaßen fasziniert wie entsetzt über die Platzverschwendung bringe ich mich mit heruntergelassenen Hosen in Hockstellung über das Loch. Zwar bin ich nicht alleine hier, aber niemand findet das merkwürdig. Schließlich gibt es auch Dinge, die selbst ein Junge nicht im Stehen verrichten kann.

Erlöst ziehe ich mich an einer Kordel hoch, da rauscht es unter mir und ich springe zur Seite, verheddere mich fast in der Hose. Mein Pipi ist ja zu Wasser geworden! Ich ziehe die Hosen hoch und dann noch mal an der Kordel.

Verrückt!

Anstatt zu warten, bis das Loch voll ist, wird bei jedem Ziehen das Wasser abgesaugt und frisches fließt nach. Oh, Mann! Wenn wir so eine Technik hätten, würden wir sie sicher nicht gebrauchen, um unsere Hinterlassenschaften damit wegzuspülen, sondern Dinge wie Töpfe oder unsere Hände damit waschen.

Als ich zurückkomme, ist das Licht in der Halle bis auf eine Einheit an der Tür ausgeschaltet. Hier schlafen wir? Der Gedanke gefällt mir nicht. Ein Mensch nimmt im Liegen mehr Platz ein als im Sitzen und mit den ganzen Tischen und Stühlen ist der Raum schon beengt genug.

Vaith hat den Tisch für sich beansprucht, indem er sich mit verschränkten Armen und auseinandergestellten Beinen daraufgelegt hat. Die Stühle sind von den meisten anderen belegt, wobei Lost und ein nicht weniger schöner Typ von Ebene fünf, der Ruben oder Ruven heißt, sich zwei Stühle aneinandergeschoben haben, Jackson-Lee sogar drei. Darunter hat sich Eddi zusammengerollt. Er kann nur hoffen, weiter unter Jackson-Lees Schutz zu stehen, sonst wird Vaith den stotternden Eddi erbarmungslos zunichtemachen. Vaith ist wie ein Dämon, wie der Zahnlose. Anderen zu schaden, bereitet ihm Vergnügen.

Für mich bleibt der Boden, was ich nicht schlimm fände – wenn dort nicht schon Dom liegen würde. Jedenfalls dreht er sich auf die Seite, damit ich auch noch Platz habe, und ich drücke mich an die Tischbeine.

Seit vielen, vielen Jahren ist es für mich das Schlimmste, eingeengt zu sein. Es sind nicht nur kleine Räume, sondern auch Menschen, die keinen Abstand halten, mich berühren oder, noch schlimmer, festhalten. Ich kann einfach nicht damit umgehen. Irgendwann hatte ich mir mein Leben zum Glück so eingerichtet, dass ich es auch nicht mehr muss. Mein Job vollkommen allein mit den Toten, mein Lager neben Rebecca, die mich auch im Schlaf nie berührte.

Meine Gedanken wandern weiter zurück zu den Jahren, in denen ich neben einer Reihe Pinkeleimern schlief. Im Grunde war es eine gute Zeit …

Der Mann, an den der Zahnlose mich weiterverkauft hatte, hieß Brexton. Wie ich gehofft hatte, war er gar nicht mal so übel. Er brachte mich in einen Bau nahe der Wasserwiederaufbereitungsanlage, in dem ich zusammen mit fünfzig, sechzig Kindern von nun an wohnte. Es war eine einfache, aber saubere Hütte, wo wir übereinander in hängenden Stoffbahnen schliefen.

Unter den anderen gab es immer ein Wetteifern um die Schlafplätze ganz oben, einfach, weil in einer Höhle oben immer besser als unten ist. Auch wenn man an Seilen hinauf in diese Hängematten klettern musste und zum Pinkeln mitten in der Nacht wieder runter. Dabei war es unter den Kindern Gesetz, dass man weiter nach oben aufrücken durfte, je länger man dabei war.

Ich blieb bei meiner Schlafstelle ganz unten in der Ecke neben den Pinkeleimern – dem unbeliebtesten Platz. Dort hatte ich meine Ruhe, denn ich hielt mich eisern an die wichtigste meiner drei Regeln: Halte dich von Menschen fern, gehe keine Bindungen ein, sei für niemanden verantwortlich. War ich dadurch einsam? Vielleicht. Aber vor allem war ich sicher. Anderen kann man nun mal nicht vertrauen. Der eigenen Mutter nicht und erst recht nicht fremden Kindern, deren Freundschaften genauso brüchig sind wie die Rohre, durch die wir kriechen mussten.

Von der Wasserwiederaufbereitungsanlage verlaufen Hunderte von ihnen unter dem Boden. Durch sie fließt nicht nur das Schmutzwasser und der Unrat von oben, sondern auch lauter Zeugs, das wir auf der untersten Ebene nie wegwerfen würden, aber das von den oberen achtlos fortgespült wird. An vielen Stellen sind die Rohre so verrostet, dass sie einbrechen, was zusätzlich zu Verstopfungen führt. Unser Job war es, diese Ableitungen freizuhalten.

Am Anfang hatte ich aufgeschürfte Knie und furchtbare Angst, auf der anderen Seite konnte ich allein sein. Das überwog. Auch wenn es bedeutete, den ganzen Tag ein Netz hinter sich herzuziehen, in dem sich der Müll fing, mit Glück aber auch die eine oder andere fette Ratte. Wenn ich das gewusst hätte, als mein Vater krank wurde, hätten wir nicht hungern müssen. Sie leben zu Tausenden in den Rohren. Zunächst floh ich vor ihnen. Der Hunger machte die Viecher furchtlos und ich hatte Angst, sie könnten über mich herfallen und mich auffressen.

Irgendwann erschlug ich das erste Tier, mehr aus einem Reflex heraus, mit einem Stein, der sich genau wie die Ratte in meinem Netz verfangen hatte. Auf dem Markt bekam ich eine halbe Tablette Push gegen sie getauscht und bald wurde ein ansehnlicher Nebenverdienst daraus.

Natürlich war ich nicht die Einzige. Wir Rohrkinder tauschten alle Ratten und Brexton wusste davon. Aber er ließ uns, solange wir unsere Arbeit gut machten und vor dem Lichtausschalten zurück waren.

In den Jahren, die ich für ihn arbeitete, kam es einige Male vor, dass Kinder glaubten, die Rohre durchstreifen zu dürfen, nur um auf Rattenfang zu gehen. Das waren die einzigen Male, in denen ich Brexton mit kaltem Zorn jemanden schlagen sah. Uns jedoch misshandelte er nicht. Und auch wenn er selten ein freundliches Wort verlor, so fühlte sich mein neues Heim doch bald wie ein Zuhause an.

Grund dafür war der immer gleiche Tagesablauf, die Sicherheit zu wissen, was mich erwartete. Am Morgen drängten wir uns um den großen Kochtopf, in dem der Reis garte. Jeder bekam einen ordentlichen Schlag und dazu Trinkwasser. Ich kannte Kinder, die in ihrem ganzen Leben noch nie so viel Essen auf einmal gehabt hatten.

Tagsüber krochen wir also durch die Rohre, am Nachmittag trieben wir uns auf dem Markt rum, um unsere Beute zu tauschen, und abends konnten wir uns darauf verlassen, dass es immer etwas Nahrhaftes gab wie Suppe mit fetten, frischen Maden. Brexton war klar, dass wir mit geschwächten Körpern schneller an einem fiebrigen Husten sterben würden, als die Maden in seiner Suppe gar wurden.

Einmal im Monat schickte er uns sogar in ein Badehaus, da wir wegen unserer Arbeit nicht nur vor Schmutz starrten, sondern auch noch wie ein Pinkeleimer stanken.

Ich denke, ich hätte es wirklich schlechter treffen können, und ich konnte bei ihm bleiben, bis ich zehn und zu groß für die Rohre wurde.

Endlich geht mit einem lauten *Klonk* das Licht ganz aus. Ein Geräusch, das mir vertraut ist, mit dem jeder Tag endet und beginnt, wenn der Strom auf der ganzen Ebene wieder eingeschaltet wird. Wie immer wandern meine Gedanken zu Amaterasu, ich sehe ihr strahlendes Gesicht vor mir, dann bin ich eingeschlafen.

Mitten in der Nacht wache ich davon auf, dass jemand meine Hand festhält. Es ist Dom, seine ist schweißnass. Ich reiße mich los, zische, er soll das nie wieder tun. Aber Dom reagiert gar nicht. Er atmet kurz und schnell, seine Augen sind zusammengekniffen und da begreife ich, dass er von Panik gepackt ist. Ich kenne das Gefühl. Aber daran will ich jetzt nicht denken. Leise drehe ich mich zu ihm. »Was hast du?«

Er reagiert immer noch nicht. Vielleicht will er es mir nicht sagen oder seine Panik ist zu groß. Sie kann einen sogar beim Sprechen lähmen. Gleichgültig warum, wir werden beide nicht schlafen können, solange er neben mir schnaubt und zittert.

»Ist es wegen der Prüfungen?«, flüstere ich. Als ich es ausspreche, geht mir auf, dass Dom tatsächlich kein Wort mehr gesagt hat, seit das Thema aufgekommen ist und Lost von den Ratten erzählt hat.

»Auch«, flüstert Dom kaum hörbar.

»Vergiss einfach diese dumme Rattengeschichte«, versuche ich, ihn zu beruhigen. »Bestimmt ist alles viel harmloser.«

»Ist es nicht.«

»Was meinst du damit?« Ich richte mich ein Stück auf.

»Ich glaube, die werden uns die Hüterprüfung machen lassen.« Doms Stimme ist brüchig.

»Was soll das heißen?« Ich suche im Dunkeln nach seinem Gesicht, aber es ist nicht mal ein Schattenriss zu erkennen. »Erzähl mir davon«, raune ich.

»Erst, wenn es wieder hell ist.«

»Du hast Angst im Dunkeln?« Meinen Unglauben kann ich kaum verstecken. Von Hütern sagt man doch immer, dass sie furchtlos sein müssen.

Eine ganze Weile höre ich Dom stoßweise atmen. Als ich schon glaube, keine Antwort mehr zu bekommen, flüstert er: »Ja, habe ich.« Und dann meine ich, ihn weinen zu hören.

Na, perfekt ... Genau solche Situationen wollte ich immer vermeiden. Ich bin nicht für Dom verantwortlich, sage ich mir, ich musste noch nie für jemanden da sein und werde auch jetzt nicht damit anfangen. Also lege ich mich wieder zurück, schließe die Augen und versuche zu schlafen.

Die Geräusche der Nacht sind andere als im Wurm. Gedämpfte Gespräche und das Schnarchen Hunderter junger Männer. Kein schmerzvolles Wimmern, kein Röcheln der Sterbenden, kein Kinderweinen, dafür Doms rasende Atmung, während er stocksteif auf dem Rücken liegt.

Verflucht noch mal!

Da ich irgendwann schlafen muss, beginne ich, eine kleine Melodie zu summen, wie ich sie von Müttern gehört habe, die ihre Kinder zur Ruhe bringen wollen. Es sind nur wenige Töne und ich bringe sie nicht richtig zusammen, aber nach einiger Zeit wird Doms Atem flacher und schließlich höre ich ihn ruhig werden.

Erst danach geht mir auf, dass kein Junge so reagiert hätte. Typen summen anderen kein Wiegenlied vor.

Mit auf den Mund gepresster Hand liege ich auf dem Rücken und lausche den Atemzügen der anderen. Sie scheinen gleichmäßig. Mit Sicherheit ausschließen, dass mich jemand gehört hat, kann ich trotzdem nicht.

Und Dom? Nein, über ihn mache ich mir keine Gedanken. Wenn er etwas von dieser Nacht erzählen sollte, muss er auch erklären, weshalb ich ihn in den Schlaf gesummt habe.

EBENE 3 : FABRIKATION UND WERTSTOFFE

Reis und Wertstoffe für die Ewigkeit

Ich schlafe wenig, wache immer wieder auf. Doms Angst vor den Prüfungen hat sich wohl auf mich übertragen und ich nehme diese Furcht mit in meine Träume, in denen es um ein Labyrinth voller Ratten geht. Sie laufen um ihr jämmerliches Leben. Haruto steht davor und überflutet sie mit Wasser. Die meisten Viecher ersaufen. Dann, plötzlich, bin ich wieder sechs Jahre alt, krieche mit einem Netz durch dreckige, verrostete Abwasserkanäle, hinter mir drängt das Wasser in die Rohre, sie werden enger und enger, immer wieder bleibe ich hängen, reiße mir die Haut an den scharfen Kanten auf. Schließlich stecke ich fest und werde von der stinkenden Brühe umschlossen. Ich halte den Atem an, kämpfe gegen das Ertrinken. In dem Moment, da ich mir sicher bin zu sterben, höre ich mein Keuchen, sauge schmerzhaft Luft in meine Lunge und reiße die Augen auf ...

Es ist noch finster. Meine Hände sind verkrampft. Vor Anspannung muss ich sie die ganze Nacht geballt haben. Das tue ich manchmal. Ich massiere mir die Innenflächen, während ich vorsichtig zu Dom hinübersehe, dem ich meinen Albtraum zu verdanken habe. Jetzt schläft er wie ein sattes Baby. Ich hoffe bloß, er wacht nicht in dem Glauben auf, wir wären nun Freunde oder so was, nur weil ich ihn letzte Nacht in den Schlaf gesummt habe. Hauptsache, niemand hat etwas davon mitbekommen.

Und wenn doch?

Ans Einschlafen ist nicht mehr zu denken. Ich liege stocksteif auf dem Rücken und warte, bis das Licht zurückkehrt. Als ich unter dem Tisch hervorkriechen will, entdecke ich etliche meiner blonden Haare auf dem Boden. Ich fahre mir mit der Zunge über das Zahnfleisch. Kein Blut. Wackle mit den Zehen. Alles okay. Bis jetzt. In etwa zwanzig, dreißig Tagen wird sich das ändern. Es wird Zeit, dass ich auf die Oberfläche komme.

Wenig später wird es hektisch. Tausend Menschen stehen gleichzeitig auf, schieben Stühle über den Boden und machen dabei unbeschreiblichen Krach. Mitten in das Gewühl werden Schalen auf die Tische geknallt. Wieder bekommen wir Reispampe mit der widerlichen schwarzen Soße. Diesmal gibt es keinen Streit darum.

Außer übers schlechte Essen will keine richtige Unterhaltung aufkommen und als Vaith brüllt, wir sollen die Schnauze halten, er will am Morgen seine Ruhe haben, sagt niemand mehr etwas. Dennoch habe ich die ungute Vorahnung, dass Dom mich noch auf mein Wiegenlied von letzter Nacht ansprechen wird. Ständig sieht er mich so komisch an, mit einem Lächeln, von dem ich nicht sagen kann, ob es spöttisch oder dankbar ist.

Die anderen sind zu angespannt, um etwas zu bemerken. Kein Wunder. In den nächsten Tagen wird sich zeigen, wessen Leben sich für immer verändert. Besser gesagt, wer sich als Fliege entpuppt, die bis in den Himmel aufsteigen darf, und wer eine Made im Dreck bleibt.

Auch ich bin nervös. Doms Angst – mein Albtraum. Das beides sind verflucht schlechte Vorboten ...

Kaum dass ich aufgegessen habe, geht es los. Ein Hüter scheucht uns hoch. Die ersten zehn Tische mit den Nummern 1 bis 100 müssen ihm folgen, die kurze Strecke vorbei an Schlachthöfen bis zum nächsten Zylinder.

Ich bin erstaunt. Er bietet weitaus mehr Platz als derjenige, der uns auf Ebene zwei gebracht hat. Alle einhundert Jungen passen hinein. Trotzdem sind wir aneinandergedrängt wie verdammte Reiskörner in einem Sack. Dom sagt, der Zylinder sei ein Lastenaufzug, um Reis und andere Sachen von oben nach unten zu bringen.

Als das Lastending sich schließt, spüre ich Panik aufkommen. Diese Enge! Ausgerechnet da setzt Dom an: »Übrigens, vielen Dank für ...«

»Lass gut sein«, falle ich ihm ins Wort.

»Für du weißt schon ...« Er tastet in dem Gedränge nach meiner Hand und drückt sie, statt weiterzusprechen.

»Hör auf, mich zu begrapschen«, zische ich.

»Du meinst zu berühren.«

»Ist mir egal. Ich hasse es, okay?«

Dom lässt meine Hand los. »Wie auch immer, du hast jetzt einen Freund. Ob du willst oder nicht.«

»Ich will nicht!«

»Du wirst aber einen Freund brauchen«, beharrt er.

Ganz kurz kommt mir der Gedanke, er könnte recht haben, ich könnte wirklich einen Freund brauchen bei ... ich weiß nicht, bei der Hüterprüfung vielleicht, vor der Dom letzte Nacht solche Angst hatte. *Nein.* Ich schüttle den Gedanken ab. *Er ist es, der einen Freund braucht. Ich komme allein klar. Das bin ich immer.*

Der Zylinder stoppt. »Wartungsebene zwei, Zone fünf. Viehzucht und Fischerei«, teilt die geisterhafte Frauenstimme uns mit.

Wartungsebene zwei? Wir sind gar nicht auf drei? Erst bin ich enttäuscht, doch als die Tür aufgeht, stockt mir der Atem. Vor uns erstreckt sich ein nicht enden wollender, unbebauter Raum. Noch nie konnte ich so weit sehen. Wahnsinn! Ich kneife die Augen zusammen. Irgendwo, in der Ferne, verschwimmen Decke und

Boden zu einem silbergrauen Schleier, nur unterbrochen von dem nächsten Zylinder.

Auch den anderen hat es die Sprache verschlagen. Selbst Vaith. Und das Beste: keine Menschen! Außer uns natürlich und einigen Hütern. Einer von ihnen stößt mich an. Ich soll weitergehen.

Wir folgen einer Markierung auf dem Boden. Mein Blick fliegt dabei zu allen Seiten. Die Decke über mir hängt viel, viel tiefer als bei uns. Darunter verlaufen kreuz und quer gebündelte Stromleitungen, zwischen unseren Füßen Rohre, aus denen Dampf entweicht. Sie durchbrechen an vielen Stellen Decke und Boden, verschwinden, um an anderer Stelle wieder aufzutauchen, und gehen lange Strecken schnurgeradeaus. Wir marschieren an ihnen entlang, ohne dass wir irgendwo über etwas klettern oder uns durch Menschenmassen kämpfen müssten. Ein unbeschreibliches Gefühl! Ich kann mich kaum sattsehen. *Gesunde Knochen und Weite … viel mehr braucht es nicht, um glücklich zu sein,* überlege ich und laufe, so schnell der Hüter vor mir mich lässt.

Es dauert nicht lange, bis Dom mich einholt. »Hör mal … Ich wollte dir eben nicht zu nahekommen oder so was.«

»Schon gut. Ich bin nicht nachtragend.«

»Wirklich nicht?«, vergewissert er sich.

»Wirklich nicht.« Ich verziehe meinen Mund zu einem Grinsen. »Dafür interessieren mich Menschen zu wenig.« Es klingt wie ein Scherz, ist aber trotzdem wahr, denn tatsächlich habe ich mehr für die Toten übrig. Die Lebenden sollen Abstand halten, dann ist alles gut. Dom hat Glück. Jetzt gerade bin ich viel zu gut drauf, um mich über ihn aufzuregen.

»Was interessiert dich dann?«, fragt er nach.

»Das hier.« Ich höre die Begeisterung in meiner eigenen Stimme. »Wusstest du von dieser Wartungsebene?«

»Klar. Du nicht?«

Ich schüttle den Kopf.

»Oh. Na dann … Also, die erste liegt direkt über deiner Ebene. Zwischen Ebene zwei und drei dann quasi diese hier, 'ne Art Zwischendecke«, erklärt er mir.

»Eine Zwischendecke …«, wiederhole ich und verinnerliche das Wort. Bislang hatte ich angenommen, Ebene zwei würde gleich an unsere anschließen, nun erfahre ich von einer eigenen Welt zwischen den Ebenen. Ich bilde mir ein, sogar Ventilatoren zu hören, wie sie auch unsere Ebene mit frischer Luft versorgen. Sie sind in die Luftkanäle eingebaut, meint Dom. Er vertraut mir an, dass er hier, auf der zweiten Zwischenebene, am Zuckerblütentag Wache gelaufen ist, da durch die Versorgungssysteme wohl eine Menge geschmuggelt wird. »Von Kindern«, meint er. »Wenn man klein genug ist, kann man durch sie von einer Ebene zur anderen kommen.«

»Ich weiß …«, sage ich. Ich war ja selbst ein Rohrkind, aber das behalte ich für mich, auch wenn ich mit Schmuggel nie etwas zu tun hatte. Plötzlich ist das wunderbare Gefühl von Weite und Glück futsch.

Während wir an den Rohren entlanglaufen, wandern meine Gedanken unwillkürlich zu dem Tag zurück, an dem ich für meine Arbeit in ihnen zu groß geworden war …

Damals gab es gleich neben der Tür eine Latte, vor der sich jedes von uns Rohrkindern fürchtete. Am Morgen, bevor wir unser Zuhause verließen, mussten wir uns mit dem Rücken an diese Latte stellen und dabei die Knie durchstrecken. Schummeln ging nicht. Brexton sah genau hin. In das Holz war eine Kerbe geschlagen und wer die erreichte, war zu groß für die Rohre geworden. Diejenigen mussten ihr Netz gleich wieder zurückgeben und ihr Zuhause für immer verlassen. Es gab keinen Abschied, noch nicht mal Reis, um damit zumindest die erste Zeit zu überleben, und nie machte Brexton eine Ausnahme. Schließlich lebten genug elternlose Kinder in den Gassen. Ein anderes rückte einfach nach. Meine Angst wuchs von Tag zu Tag, je näher mein Haaransatz der Kerbe kam. Sie sah aus wie das aufgerissene Maul eines Dämons. Als er mich zu fassen bekam, war ich zehn Jahre alt. Gut zwei Jahre jünger als die anderen Mädchen meiner Größe. Gleichgültig. Der Dämon spie mich aus. Mitten in das Elend. Ohne Familie oder irgendjemanden sonst, an den ich mich hätte wenden können. Ich war allein, hungrig und das Schlimmste: Ich wusste nicht, wohin.

Tagelang durchstreifte ich die Gassen, immer auf der Suche nach etwas Essbarem. Ab und zu traf ich dabei Kinder, mit denen ich bis vor Kurzem noch zusammengelebt hatte. Sie waren dünn wie ein Spinnenbein, kaum wiederzuerkennen, und führten mir vor Augen, was mich ohne Brextons Schutz nun ebenfalls erwartete: Ich würde abmagern, immer schwächer werden. Man würde mich ausrauben, und das ganz sicher nicht nur einmal, wenn ich nicht sehr schnell an ein Messer käme. Und früher oder später würde mir mit Gewalt ein Kind gemacht werden. Vielleicht wäre es da sogar besser gewesen, einfach zu verhungern.

Wie ich die erste Zeit überlebt habe, weiß ich nicht mehr. Die Erinnerung daran hat sich irgendwo in meinem Kopf versteckt – bis heute. Einige Male habe ich versucht, sie zu finden, doch dabei wurde mir die Brust so eng, dass ich kaum noch Luft holen konnte. Mittlerweile denke ich, es ist besser, die Dämonen dort zu lassen, wohin sie sich verkrochen haben.

Jedenfalls dauerte es nicht lange, bis ich zur Diebin wurde. Wie meine Mutter eine gewesen war, bevor mein Vater sie rettete. Ein immer noch wütender Teil von mir hasste es, nicht besser als sie zu sein. Noch dazu war ich eine miserable Diebin. Ich brachte es nicht über mich, Leute zu bestehlen, die selbst fast nichts hatten. Doch das waren die meisten, weswegen das Erbeutete kaum zum Überleben reichte.

Mit dreizehn, drei Jahre nach Brextons Rauswurf, war auch ich dünn wie ein Spinnenbein. Dass ich nicht gestorben bin, habe ich dem Tod selbst zu verdanken. Kaum zu glauben.

Ich fand die Leiche in einer Gasse, ein alter Mann, vielleicht schon dreißig. Er war von Kindern umringt, die sich nicht trauten, ihm das Hemd über den Kopf zu ziehen. Glück für mich. Im Gegensatz zu ihnen fürchtete ich den Zorn der Ahnen damals noch nicht. Wozu brauchte der Mann sein Hemd noch? Genauso wenig das Messer, das er darunter versteckt trug. Eine großartige Waffe, mit langer blau schimmernder Klinge und einem Griff aus Knochen, der hervorragend in der Hand lag. Also nahm ich beides an mich und rannte weg, bevor die Kinder einem Erwachsenen davon erzählen konnten.

Ich kam nicht weit. Nur zwei Gassen weiter holte mich der Zorn der Ahnen ein. Durch einen Sammler, in dessen vergittertem Karren zwei Leichen lagen. Ich presste mich an die Wand, damit der Mann vorbeiziehen konnte, sah ihm nach, wie er in die Gasse einbog, aus der ich gekommen war. Gut. Er würde den Körper finden und zur Gerberei bringen, bevor er zu verwesen begann. Ich war erleichtert, bis ich auf dem Weg zum Markt ins Grübeln kam. Die Garstände dort kamen mir in den Sinn …

Inzwischen wusste ich, woher das Leder stammte, das mein Vater vernäht hatte. Mir war auch klar, woraus der Griff des Messers bestand, das ich dem Mann genommen hatte, oder die Knöpfe an seinem Hemd. Doch zum ersten Mal fragte ich mich, was wohl mit dem Fleisch der Toten geschah. Und als ich an die Kochtöpfe auf dem Markt dachte, in denen wunderbar große Fleischstücke schwammen … Solche Riesenratten hatte ich nie gefangen. Mir wurde übel.

Ich würgte, übergab mich, und sobald ich konnte, stolperte ich zurück bis in die Gasse, in der ich den Mann zurückgelassen hatte. Ich hatte Glück. Er war immer noch dort. Also packte ich ihn unter den Armen.

Ich glaubte, unter seinem Gewicht zerbrechen zu müssen. Den ganzen Weg über sagte ich mir immer wieder: *Das bist du ihm schuldig.* Und irgendwie gelang es tatsächlich, den Mann durch das Gewühl der Menschen und Kranken bis zur Leichenverbrennung zu bekommen.

Der Hüter machte ein mitleidiges Gesicht, als er sah, wie ein abgemagertes, dreizehnjähriges Mädchen sich mit einem alten, toten Mann abmühte. Noch heute höre ich seine Worte: »Dein Vater?«

Ich stutzte. Wie kam er darauf? »Nein, ich ... ich weiß nicht, wer das ist.« In dem Moment wurde mir klar, dass ich den Mann gerettet hatte, weil ich meinen Vater damals nicht hatte retten können. Ich hätte es müssen, aber – Himmel! Ich war noch nicht einmal sechs gewesen, als meine Mutter seinen Leichnam an die Gerber verscherbelte.

Der Ausdruck des Hüters wurde misstrauisch. »Aber du bekommst hier nichts für ihn.«

»Das weiß ich. Ich wollte nur nicht ...« Ich wollte einem Fremden – und noch dazu einem Hüter – nicht erklären, weshalb ich den Mann hergebracht hatte. Doch von nun an durchstreifte ich regelmäßig die Gassen in der Nähe, nahm, was die Toten bei sich trugen, um es gegen Essen zu tauschen, und brachte die Leichen zum letzten Licht.

Der Hüter am Tor hatte zunächst nur Kopfschütteln für mich übrig, eines Tages jedoch rief er hinter mir her: »Warte, Mädchen!«

Verunsichert ging ich zurück.

»Hör zu, heute ist einer nicht zur Arbeit gekommen. Vielleicht ist er tot oder ... is auch egal. Also, wenn du dir Marken verdienen willst, kannst du seinen Job haben.«

Ein fester Job? Und ob ich wollte! »Was muss ich tun?«

»Tja, die Leichen in der Schleuse stapeln sich schon. Du musst sie alle bis zum Abend weghaben, dann kannst du morgen wiederkommen.«

Da musste ich nicht lange überlegen. Ich war entschlossen, meine Chance zu nutzen und dabei die Toten zu achten. Zu dem Zeitpunkt wusste ich noch nicht, dass sie im letzten Licht auch nicht mehr als brauchbares Material waren, das dazu diente, Wasser aus der Aufbereitungsanlage nebenan zu verdampfen.

Es ist ein eigenartiges Gefühl, jetzt an den Rohren entlangzulaufen, aus denen ebendieser Dampf entweicht, während irgendwo unten jemand meine Toten ins Feuer wirft, ohne eine Handvoll Reiskörner für sie auf den kleinen Altar zu legen.

Wir sind sicherlich schon den halben Vormittag gelaufen, ich beginne, nach einem Ziel Ausschau zu halten. Als die Weite mich zu ermüden beginnt, meine Beine schwer werden und die Waden brennen, sehe ich endlich eine Wand. Eine große graue Fläche, auf die die Markierung am Boden zuläuft und wie abgeschnitten endet. Erst denke ich, es ist ein riesiges Gebäude, auf das wir zusteuern, doch es hat keine Konturen und ich ahne, was da vor mir liegt: Es muss der Rand der Höhle sein! Dort vorn hört sie auf. Mir läuft ein Schauer über den Rücken. Auf Ebene eins kommen wir nicht mal in ihre Nähe. Undenkbar! Stacheldraht und schwere Bewachung schützt die Höhlenwand. Sie gehört, wie die Zylinder, zu den verbotenen Zonen.

Je näher wir kommen, desto größer wird die Aufregung. Meine genauso wie die der anderen. Die Höhlenwand ist auf keiner Ebene zugänglich, erklärt Dom, und somit hat niemand außer ihm sie je gesehen. Es dauert nur einen kurzen Moment, bis er der unbestrittene Mittelpunkt der Gruppe ist. Jeder in seiner Nähe überschüttet ihn mit Fragen: »Woraus ist die Wand? Weißt du, ob etwas dahinter ist? Wie breit ist sie? Ist sie überall? Hört sie je auf?« Dom beantwortet die Fragen, so gut er kann, doch im Grunde weiß er auch nur, dass sie undurchdringlich ist.

»Undurchdringlich und trotzdem so gut bewacht wie die Zylinder«, meint der Dusty. Was auch immer er damit andeuten will, es interessiert niemanden.

Wir sind nur noch gut zwanzig Schritte von dem Rand entfernt und sollen in einen Zylinder steigen, ohne die Höhlenwand berührt zu haben. Viele beschweren sich und fluchen, einige bitten, nur ein wenig näher herangehen zu dürfen. Die Hüter werden ärgerlich. Einer zieht sogar seinen Schlagstock. Er drückt den Knopf am Lastenaufzug und hält die Waffe hoch, bis sich die Tür öffnet. Im selben Augenblick habe ich das Gefühl, die einzige Chance zu verpassen, das Ende meiner Welt zu berühren. *Jetzt. Jetzt ist die Gelegenheit!*

Ohne auf die Hüter zu achten, stürze ich los, den Arm vorgestreckt, und bevor mich jemand daran hindern kann, knalle ich meine Handfläche auf die Höhlenwand.

Sie ist ganz anders als in meiner Vorstellung. Da war sie aus rauem Stein, weil sie in Amaterasus Legende immer so beschrieben wird. Aber die Wand ist warm und dabei vollkommen glatt. Sie fühlt sich wunderbar an.

Ich schließe die Augen. Der Moment ist überwältigend.

Das Ende unserer Welt, eine warme, glatte Wand ... Das ist schwer zu begreifen. Etwas muss doch dahinter sein. Ich meine, immer reden alle nur von oben und unten, aber was ist mit rechts und links?

»Hey! Was machst du da?«, brüllt jemand in meine Gedanken hinein. Ehe ich reagieren kann, packt mich der Hüter grob am Handgelenk, dreht mir den Arm auf den Rücken. Ich jaule auf. Er zwingt mich zurück und stößt mich in den Zylinder.

Chien ist wohl der Einzige, der mich nicht erschrocken ansieht. »Und? Wie fühlt es sich an?«, fragt er stattdessen.

»Eigenartig glatt. Und warm«, antworte ich und reibe mir das Handgelenk.

Chien nickt. »Dachte ich mir.«

»Klar …«, entgegne ich nur. Chien ist echt eigenartig.

»War es das wirklich wert?«, raunt Dom, als sich die Tür schließt.

Da muss ich nicht überlegen. »Ja, war es.«

Im Zylinder geht es aufwärts, zumindest glaube ich das, als der Lastenaufzug hält, kommt die Bestätigung: »Ebene drei – Fabrikation und Wertstoffe, Zone acht.«

Unter Fabrikation kann ich mir beim besten Willen nichts vorstellen. Und Wertstoffe? Hm … Ich überlege, ob es sich dabei um solche wertvollen Stoffe handeln könnte, wie sie Amaterasus Kinder tragen. Doch beim Raustreten verwerfe ich den Gedanken sofort wieder.

Der Zylinder hat uns direkt in eine Halle gebracht. Sie muss an die fünf Mannslängen hoch sein. Den größten Teil nimmt eine Anlage ein. Förderbänder, die kreuz und quer bis unter die Decke laufen, um in irrer Geschwindigkeit Kisten zu transportieren. Ich weiß gar nicht, wo ich zuerst hingucken soll, obwohl ich etwas Derartiges bereits kenne.

Eine ähnliche Anlage gibt es auf Ebene eins. Sie steht in der Müllsortierung und als Kind war ich am Ende jeden Tages dort. Wir mussten das, was wir aus den Rohren herausgebracht hatten, in große Behälter vor der Sortieranlage schütten. Es waren eine Menge brauchbarer Materialien darunter, die man genauso gut auf dem Markt hätte tauschen können, aber Brexton hatte irgendeinen Handel mit denen von der Sortierung. Deswegen landete unsere Beute – Steine, Plastik, Metall, Glas und manchmal sogar Holz – in den Behältern. Von dort aus wurde alles über rostige, quietschende Bänder geschickt, sortiert und verschwand dann. Wohin auch immer.

Die Anlage vor mir ist viel, viel größer und auch besser in Schuss.

Zu gern würde ich wissen, was in den ganzen bunten Kisten ist. Ich frage Dom. Hüter wissen besser Bescheid als die anderen.

»Keine Ahnung. Vielleicht irgendwas Brauchbares oder Nichtbrauchbares«, überlegt er.

Hä? »Wieso sollte etwas nicht brauchbar sein?« Auf Ebene eins können wir jedenfalls alles gebrauchen. Scheinbar war Dom niemals dort. Sonst wüsste er das.

»Wisst ihr, was man daraus machen sollte?« Die Frage kommt von Vaith. Ich stöhne innerlich. Konnte seine schlechte Laune vom Morgen nicht den ganzen Tag anhalten? Schweigend war er besser zu ertragen. Vaith verzieht den Mund zu einem höhnischen Grinsen. »Ne Menschensortierung! Die Brauchbaren nach oben, d...d...die Mi...Mi...Missgeburten in die Futtertonne.« Ich sehe zu Eddi, der so weiß wie die Wand in diesem Gebäude geworden ist.

»Die ganze Blüte ist doch 'ne Menschensortieranlage«, erwidert Lost finster. Da gebe ich ihm recht und ich kann nur hoffen, dass sie Vaith aussortiert. Ich merke immer deutlicher, wie sehr ich ihn verabscheue. Gleichzeitig werde ich das Gefühl nicht los, dass wir uns schon mal begegnet sind. Nur wie? Er ist von Ebene zwei. Eine Weile grüble ich noch darüber nach, dann gebe ich auf und konzentriere mich wieder auf das Gespräch der anderen. Es dreht sich um die Kisten. In ihnen seien Ersatzteile, behauptet ein Junge. Ich glaube, sein Name ist Cailan. Bislang hat er kaum mehr als zwei Sätze gesprochen.

»Ersatzteile?«, wiederhole ich. Ich habe noch nie gehört, dass man uns etwas ersetzt, und ich kann mit Sicherheit sagen, dass auf Ebene eins so gut wie alles kaputt ist.

»Ja, Kleinteile für Maschinen«, erklärt Cailan.

»Und woher willst du das wissen?«, fragt Vaith misstrauisch.

»Ich hab hier mal 'ne Zeit lang gearbeitet. Nebenan in der Kontrolle«, meint Cailan. »Hier werden alle möglichen Teile von kaputten Maschinen sortiert. Wenn 'ne andere nicht mehr geht, weil ein Teil hin ist, dann wird es hier angefordert. Mit Glück haben wir Ersatz, sonst muss es halt neu gemacht werden.«

Neu gemacht? »Aber woraus denn?« In dem Moment, als ich das frage, wird es mir bewusst und ich kann mir die Antwort selbst geben. Hier landeten also unsere Schätze aus den Rohren!

Das wiederum scheint Cailan nicht zu wissen. »Keine Ahnung, die Wertstoffe kommen einfach hier an«, meint er. »Wir schmelzen sie nur ein und verarbeiten sie. Von Amaterasu vielleicht?«

Ich sehe, wie Chien mit den Augen rollt. »Na klar. Amaterasu hat sie zusammen mit dem Reis in die Höhle geworfen. Oder erst den Reis und dann die Wertstoffe? Wen kümmert's. Nehmt. Nehmt! Es gibt genug!«, brüllt er plötzlich los und tut dabei so, als würde er mit vollen Händen Zeugs um sich werfen. »Reis und Wertstoffe für die Ewigkeit!«

Hm ... So langsam glaube ich, dass die Gardisten kein besonders gutes Händchen bei ihrer Vorauswahl hatten. Ich meine, ein durchgeknallter Dusty, ein Stotterer, ein Junge mit Brüsten und ein Riesenarschloch mit blauen Augen ... Das sind nicht gerade die vielversprechendsten Anwärter auf Vollkommenheit.

»Mund halten! Und Augen zu mir!«, ruft ein Hüter uns zur Ordnung. Sofort ist es still.

Ein Gardist tritt vor. Er beginnt, uns die Bedingungen der Prüfung zu erklären. Als Erstes soll unsere Klugheit auf die Probe gestellt werden, also die geistige Stärke. Ich habe nach wie vor keinen Schimmer, ob ich klug bin. Oder sogar klüger als andere. Und werde nervös.

Der Gardist spricht uns mit *Probanden* an. Schätze, er nennt uns wegen der Proben so. Jedenfalls haben wir für diese zwei Stunden Zeit, dann müssen wir für die nächsten hundert Jungen Platz machen.

Ich fluche leise. Wie lang sollen zwei Stunden sein? Ich habe nicht mal ansatzweise eine Vorstellung davon. Unseren Lichtzyklus teilen wir nicht in Stunden. Das ist eine sehr alte Methode, die kaum noch jemand nutzt. Wozu denn auch? Es gibt Dunkelheit und Licht. Wenn überhaupt, dann teilen wir den Lichtzyklus in Morgen, Vormittag, Mittag, Nachmittag und Abend ein. Der Morgen ist die Zeit nach dem Lichteinschalten und der Abend die vor dem Lichtausschalten, der Rest ist, na ja, mehr so ein Gefühl.

Jedenfalls müssen wir in den zwei Stunden Aufgaben lösen. Die stecken in weißen Kisten, welche zwischen den ganzen bunten sein sollen. Ich sehe zu den Förderbändern hoch. Wird schwierig, überhaupt raufzukommen. Cailan ist klar im Vorteil. Auch wenn er in jeder Hinsicht einen durchschnittlichen Eindruck macht, sogar sein Aussehen ist von einer langweiligen Ebenmäßigkeit. Blasse Haut, ausdruckslose graue Augen, aschblonde Haare. Aber er kennt diese Anlage. Er wird alles darüber wissen. Abkürzungen, ihre Schwachstellen, die Wege, die die Kisten nehmen, bevor sie auf ein anderes Förderband fallen und eine neue Richtung einschlagen.

Für jede weiße Kiste, die wir am Ende abliefern, bekommen wir eine Blüte. Für jede gelöste Aufgabe eine zweite. Ganz einfach. Weitere Regeln gibt es nicht.

Lost neben mir macht die Rechnung auf, dass er sich nur fünf Kisten schnappen muss und alle Aufgaben darin lösen, schon hätte er die zehn Blüten für oben zusammen. Seine Rechnung hat allerdings einen Schönheitsfehler: Wie auch immer es weiter hinten aussieht, hier vorn entdecke ich nur drei weiße Kisten. Und die fahren in einer Höhe ... Puh! Mag sein, dass Jackson-Lee das Gestänge erreicht und sich dort hinaufziehen kann, ich sicher nicht.

Ich werfe einen Blick unter dem Gerüst hindurch bis zur hinteren Hallenwand. Den Abdrücken auf dem Boden nach zu urteilen, hat dort vorher irgendetwas gestanden, das uns wohl beim Klettern hätte helfen können. Jedenfalls hat man es weggeräumt. Niedergeschmettert begreife ich, dass von den hundert Probanden nur die wenigsten überhaupt eine Kiste abbekommen werden. Für den Rest war's das schon jetzt mit der Blüte.

Sieben Teile, ein Ganzes

Bevor ich eine Strategie entwickeln kann, wie ich zu den Förderbändern raufkomme, ist es schon so weit. Der Gardist verlangt, dass wir uns in Reihen hinter einer gelben Linie aufstellen und auf das Startsignal warten.

Auf dem schmalen, freien Streifen, der bis zur Markierung bleibt, ist das mit hundert Jungs gar nicht so einfach. Schon jetzt gibt es ein Handgemenge wegen der besten Plätze vorne. Als würde jemand eine Handvoll Zuckerblüten unter die Bettler vor der Fürsorge werfen. Vaith schlägt schonungslos um sich. Ich bringe möglichst schnell großen Abstand zwischen uns und stelle mich ganz ans Ende der letzten Reihe. Wahrscheinlich die mieseste Position überhaupt. Allerdings werde ich so wenigstens nicht von den anderen niedergetrampelt.

Der Gardist zählt von zehn rückwärts. Bei vier spanne ich die Muskeln an. *Zwei, eins* ... ein Gongschlag – und die vordersten Probanden stürmen los. Die hinteren drängen nach, reißen die langsameren zurück. Vor mir stoßen welche zusammen, straucheln oder fallen hin. Niemandem dürfte entgangen sein, wie wenig weiße Kisten es sind, weswegen alle das gleiche Ziel haben: als Erster auf den Bändern zu sein, um zumindest eine zu ergattern.

Ich versuche, mich in dem Gedränge zu behaupten und auf den Füßen zu bleiben, da liegen bereits die ersten Probanden übereinander. Ich stocke mitten im Schritt und starre entsetzt auf den Menschenhaufen. Wenn nicht schon jetzt jemand totgetrampelt wurde, werden es bald die Ersten sein. Die anderen steigen erbarmungslos über die Körper, benutzen sie wie Stufen, um nach oben zu kommen. *Was bitte hat das mit Klugheit zu tun? Ich versteh das nicht.*

Auf der Anlage geht das Gerangel weiter. Gnadenlos wird geschubst und gezerrt. Probanden fallen, schreien wütend, raffen sich wieder auf und kommen zurück. Der Kampf hat begonnen! Es nützt nichts. Wenn ich noch länger warte, habe ich ihn verloren.

Ich finde es furchtbar, die am Boden liegenden Jungen mit Füßen zu treten, und versuche, ganz schnell zu sein. Meine Finger schließen sich um die Stange. Über ihr, nur eine Handbreit entfernt, läuft das Förderband. Aber kaum dass meine Füße in der Luft sind, hat mich einer von den Runtergefallenen am Bein gepackt. Ich trete mit dem anderen nach ihm. Hart und ohne mich umzublicken. Instinktiv. Der Kerl lässt trotzdem nicht los. Meine Hände drohen von der Stange zu rutschen. Ich greife nach, ziehe mich hoch, lege mein ganzes Gewicht in den nächsten Tritt. Hinter mir ein Schmerzensschrei. Selbst schuld! Bevor mich jemand anderes zu fassen bekommt, habe ich mich raufgestemmt und lasse mich von dem Band mitschleifen.

Mein Herz schlägt mir bis zum Hals. Für ein paar Atemzüge liege ich auf dem Bauch, spüre, wie die Rollen das Band immer weiter nach oben befördern. Dann blicke ich um mich.

Inzwischen hat es mindestens die Hälfte der Probanden auf die Förderbänder geschafft. Noch bin ich allein auf meinem, aber ich fahre geradewegs auf ein quer verlaufendes zu, auf dem sechs Jungs sprungbereit stehen. Darunter Vaith. Die Haare hängen ihm schweißnass in sein erhitztes Gesicht. Plötzlich reißt er den Arm hoch. »Da!« Ich mache mich noch kleiner, überzeugt, Vaith meint mich, aber einen Augenblick später wird klar, worauf er es abgesehen hat. Eine weiße Kiste ist auf einem Band zwischen uns aufgetaucht.

Ich recke den Hals. Vaith und die Jungs sind näher dran. Egal. Ich werde trotzdem schneller sein. Ich kann gut springen, Abstände einschätzen und das Gleichgewicht halten. Auch auf den unmöglichsten Untergründen. Jahrelange Übung, weil ich mich jeden Tag zu Pinky hochgeschwungen habe.

Diese Kiste gehört mir! Ich gehe in die Hocke, lasse sie nicht aus den Augen. Sie fällt auf das nächste Band, nimmt eine andere Richtung, weg von mir, hin zu den sechs Jungs. Vaith macht sich sprungbereit. Ich schätze die Wege zu der Kiste ab. Zu weit ... Nicht zu schaffen ... Aber gleich darauf fällt die Kiste auf ein Band, das ich erreichen könnte. Vaith springt schon hinterher, rudert mit den Armen, stakst über Kisten. Ich weiß, dass ich nur eine Chance habe, wenn ich mit meinem Sprung direkt bei ihr lande, und gehe in die Hocke. *Noch nicht ... Noch nicht ... Jetzt!* Ich stoße mich ab, springe und lande tatsächlich hinter der weißen Kiste.

Doch statt zuzupacken, reiße ich die Arme hoch. Ein Reflex, um meinen Kopf zu schützen. Mein Körper reagiert, ohne dass ich den Kerl wirklich wahrgenommen hätte. Ich kann nicht mit Sicherheit sagen, ob es Vaith ist, denn der Schuh trifft mich mit solcher Wucht an der Schulter, dass ich regelrecht vom Förderband fliege. Leider bleib es nicht beim Fliegen. Im Fallen knalle ich auch noch mit dem Schienbein irgendwo gegen und schlage mit der unversehrten Seite auf. Ein stechender Schmerz jagt durch meinen Oberarm. Scheiße! Ich beiße die Zähne zusammen und taste ihn ab. Es tut höllisch weh. Gebrochen ist aber nichts.

Es nützt nichts. Mühsam rapple ich mich auf und sehe nach oben. Na toll. Die Förderbänder sind unerreichbar. Jetzt kann ich von vorne anfangen. Vor lauter Wut befördere ich alle heruntergefallenen Kisten in meiner Nähe mit Tritten gegen das Gestänge, dass es nur so scheppert.

Eine Kiste trifft eine Leiter. Die stehen überall, aber man kann sie nicht gebrauchen. Es wurden glatte Metallplatten draufgeschraubt. Bei dreien untersuche ich die Schrauben. Zwecklos. Das hätte ich mir schenken können. Sie sitzen mehr als fest.

Goooooonnng. Das Signal lässt mich heftig zusammenzucken. Nein! Die Zeit ist doch noch nicht um!

Für wenige Augenblicke verstummen alle Geräusche. Jemand setzt uns brüllend darüber in Kenntnis, dass die erste halbe Stunde vergangen ist. Sofort darauf geht die Jagd hoch über meinem Kopf mit dem gleichen Getöse weiter.

Ich bin schon fast am Ende der Halle angelangt. *Eine noch,* sage ich mir und fasse die letzte Leiter ins Auge. Die Schrauben sind in der Platte versenkt. Keine Chance. Aber ich entdecke etwas anderes und grinse. Die Platte auf der Wandseite wurde vergessen!

Gerade als ich die Leiter hochwill, taucht Eddi neben mir auf. Er erkennt die Situation mit einem Blick und schiebt sich mit einem noch breiteren Grinsen an mir vorbei zwischen Wand und Leiter. Er ist kleiner als ich und – wie ich feststellen muss – wirklich flink. *Na, warte …*

Schon bin ich hinter ihm.

Eddi wirft einen Blick zurück. »Ka…kannst g…gut klettern f… für dein Alter.«

Ihn schätze ich auf fünfzehn. »Du auch für deine Größe«, schieße ich zurück.

Nur kurz nach ihm erreiche ich die letzten Stufen und kann auf das oberste Förderband sehen, das quer vor mir verläuft. Ich erlaube mir einen Moment, um mir einen Überblick zu verschaffen.

Die meisten Probanden sind mit sich selbst oder anderen beschäftigt. Klettern, schubsen, stoßen, treten und ringen miteinander, auch wenn gar keine weiße Kiste in der Nähe ist. Jeder ist plötzlich ein Gegner. Fast wie am Zuckerblütentag, kurz bevor sie fallen …

Eddi und ich sind bislang die Einzigen, die es bis nach ganz hinten geschafft haben. Von hier kann man sogar sehen, woher die Kisten kommen: aus der seitlichen Wand durch eine Luke. Dahin zu kommen, wird nicht leicht. Ich müsste über eine verdammt große Lücke springen. Mit zusammengekniffenen Augen verfolge ich, welche Kisten die Luke ausspuckt. Rot, rot, grün, gelb, rot, grün, blau ...

Bald gebe ich die Hoffnung auf eine weiße auf und suche lieber die Bänder ab, bis ich etwa acht Mannslängen entfernt Eddi entdecke. Er jagt einer weißen Kiste nach, und zwar mit der Geschicklichkeit einer Ratte. Problemlos hält er sich auf dem schmalen Band, trotz der Geschwindigkeit, springt in Lücken, greift sich im Vorbeigehen die fußspannenlange Kiste und tänzelt gegen die Laufrichtung weiter.

Ich bin beeindruckt, aber auch sauer. Vor allem auf mich selbst. Ich hätte dort sein sollen. Und jetzt?

Die Behälter schnellen über die Bänder. Rot, Gelb, Orange verschwimmen zu einem leuchtenden Streifen. Nur lauter verfluchte farbige Kisten!

Als ich weiter hinten Ausschau halte, sehe ich etwas anderes, nicht weniger Buntes. Den Berater des Kaisers. Neben ihm der Prinz in seinem schlichten dunklen Gewand, die Hände auf dem Rücken verschränkt. Beide stehen weit oben auf einer Brüstung, von der man mit Sicherheit die ganze Halle überblicken kann. Bilde ich mir das ein oder schauen sie zu mir? Nur einen Augenblick später deutet der Prinz auf mich, Tanaka folgt seinem Fingerzeig. Ich muss mich verraten haben! Aber durch was? Mir wird ganz schlecht.

Bleib ruhig, rufe ich mich zur Ordnung. *Dann hätten sie dich längst getötet.*

Kaum dass ich den Blick von dem Prinzen nehme, steht Eddi vor mir. Er tänzelt und hopst auf der Stelle. »Wo...worauf w...

wartest du? Ma...ma...mach Platz!«, drängt er, ich versperre ihm den Rückweg.

»Hau du ab!«, herrsche ich ihn an, denn ausgerechnet jetzt sehe ich, dass die Luke eine strahlend weiße Kiste ausgespuckt hat. Und sie fährt geradewegs auf mich zu. Natürlich hat Eddi sie auch bemerkt. Beide strecken wir uns. Ich habe längere Arme, er ist näher dran. Nicht mit mir! In dem Moment, da Eddi sich die zweite Kiste greift, reiße ich ihm die bereits erbeutete aus der anderen Hand und klettere, so schnell ich kann, nach unten.

Ha! Meine erste Blüte.

Am Boden angekommen, schaue ich mich rasch um. Einige Probanden haben sich in der Zwischenzeit aus den heruntergefallenen Kisten einen Sichtschutz gebaut. Ich nehme an, sie sind mit den Aufgaben beschäftigt. Wer sonst am Boden ist, hat sich verletzt und ist nicht mehr in der Lage aufzustehen.

Nein. Hier bin ich zu ungeschützt. Sobald es keine Kisten mehr zu holen gibt, werden Kerle wie Vaith über alle am Boden herfallen.

Nur, wohin? Wohin ... wohin ... wohin?

Auf der gegenüberliegenden Seite sehe ich den Prinzen und Tanaka von der Brüstung kommen. Hm ... warum nicht? Besser als hinter ein paar lächerlichen Kisten. Ich blicke den beiden nach, warte, bis sie die Halle durchquert haben und aus meinem Sichtfeld verschwinden. Dann jage ich zu der Wendeltreppe. Kurz darauf bin ich oben und schiele über die Brüstung. Oh, nein. Da kommt Eddi. Und er läuft in meine Richtung. Ich ziehe den Kopf ein. Mit Glück ist es nur Zufall und er hat nicht gesehen, wohin ich mit seiner Kiste abgehauen bin.

So oder so. Ich kann's nicht ändern. Also wische ich mir die feuchten Hände an der Hose ab und hebe den Deckel, um den Inhalt der Kiste zu untersuchen. Oh, scheiße! Auch das noch. Darin liegen ja nur lauter zerbrochene Holzstücke! Na, großartig! Was immer es mal war, nun ist es auf jeden Fall kaputt ... Ich knalle den Deckel auf die Kiste, lehne mich gegen die Wand und schüttle den Kopf vor lauter Ärger. War klar, dass ich kein Glück habe!

Im nächsten Moment kommt Eddi die Treppe hochgestürzt. »W...was s...sollte d...das? D...du hast m...mir die K...kiste e...einf... fach a...aus der Hand g...g...gerissen«, fährt er mich an.

Ich verschränke die Arme. »Du hast ja noch die andere.« Doch dann kommt mir ein Gedanke. »Aber wenn du dich damit besser fühlst, tauschen wir halt.«

Eddi wirft einen kurzen Blick in seine Kiste. »I...in Ordnung«, sagt er schnell.

Ich stöhne auf. »Deine ist auch kaputt, oder?«

Er nickt und da müssen wir beide grinsen.

»V...vielleicht k...k...können wir das ja re...re...reparieren«, überlegt Eddi.

»Tja, versuchen wir's.« Ich schütte den Inhalt meiner Kiste auf den Boden, auch eine Pappe flattert heraus. »Hm, ich weiß nicht, sieht mir nicht –« Das vor mir ist gar nicht kaputt! Die einzelnen Stücke sind ohnehin viel zu glatt, als dass sie auseinandergebrochen sein könnten. Sie sind gesägt. Zu Würfeln, Kreuzen und etwas wie Stufen. »Die sind mit Absicht kaputt«, sage ich.

»Ka...ka...piere ich nicht. W...wieso m...mit Absicht?«

Mit einer Handbewegung bedeute ich Eddi, die Klappe zu halten, lege die einzelnen Stücke rasch in eine Reihe. Mehr Sinn ergeben sie dadurch allerdings nicht. Ich untersuche die Pappe. Wie sich herausstellt, kann man sie zu einem Karton falten. Auf dem Boden ist eine einfache, kleine Zeichnung von einem Würfel. Ah! Den sollen die Teile ergeben, wenn ich sie wieder zusammengesetzt habe. Den Würfel zu reparieren, ist die Aufgabe. Die zweite Blüte. Ich lächle. Das ist einfach, es sind ja nur sieben Teile.

Eddi macht es mir nach, schüttet den Inhalt seiner Kiste ebenfalls auf den Boden und entfaltet die Pappe. »U…und wa…was jetzt?«

»Find's heraus«, antworte ich immer noch nicht ganz versöhnt.

»K…komm schon. W…wir k…kommen von ei…einer Ebene.«

Ich sehe auf. »Wirklich, Eddi? Als du mir die Kiste vor der Nase weggeschnappt hast, war dir das aber ziemlich egal.«

Erschrocken sieht Eddi mich mit seinen großen, scheuen Augen an. »D…das h…habe ich n…nicht. I…ich w…wollte d…die a…andere d…doch für d…dich holen. W…wirklich«, beteuert er.

Ich kaufe es ihm nicht ab. Aber für so einen Mist habe ich jetzt einfach keine Zeit. Also schiebe ich die Teile ineinander, probiere einfach herum, ohne richtig bei der Sache zu sein. Stattdessen ertappe ich mich dabei, wie ich immer wieder zu Eddi schiele. Er starrt unglücklich auf den Trümmerhaufen vor sich.

Verfluchter Dreck! Mag sein, dass Eddi die Wahrheit sagt und mir wirklich eine Kiste abgeben wollte. Es fällt mir schwer, an so etwas wie Zusammenhalt zu glauben. Immerhin geht es um ein Leben auf der Oberfläche, raus aus der Höhle. Auf Ebene eins werden Menschen schon für eine Handvoll Reis getäuscht, verraten oder gleich umgebracht. Und hier ist es eben eine weiße Kiste.

Eddi wirkt so zart und verzweifelt. Ich ringe mich dazu durch, ihm zu helfen. »Hör zu, du musst die Teile irgendwie zusammensetzen. Meine sollen 'nen Würfel ergeben, deine 'nen Ball – wie auf deiner Zeichnung da.«

Er blinzelt mich unschlüssig an, ich schätze, Eddi versucht herauszufinden, ob ich ihn für blöd verkaufen will. Grund genug hätte ich in seinen Augen wohl. Dann jedoch nickt er und beginnt ebenfalls, die Teile zusammenzuschieben.

»W…was hast d…du v…vorher gemacht?«, fragt er mich nach einer Weile.

»Ich hab im letzten Licht gearbeitet. In der Verbrennung.«

»Bei den Toten?« In seiner Stimme liegt ein Schaudern.

»Ach, der Job war gar nicht so übel«, sage ich.

»Ich war B...Bote«, erzählt Eddi.

Aha, das erklärt zumindest, weshalb er so flink und geschickt ist. Ein guter Bote sollte das sein, weil er in kürzester Zeit Nachrichten oder Waren bis in den letzten Winkel der Höhle bringen muss. Auf einmal frage ich mich, ob wir uns schon vorher begegnet sein könnten. »Und für wen hast du gearbeitet?« Hoffentlich nicht für jemanden auf dem Markt. Die Händler kennen mich alle.

»Für den Br...Br...Bra...Brandm...–«

»Für den Brandmarker?«, helfe ich, weil er den Namen nicht über die Lippen kriegt.

»G...genau der.« Er atmet durch und zeigt mir die große Narbe in seiner linken Handfläche: eine lodernde Flamme, um die ein Kreis gezogen ist. »K...kennst du ihn?«

Ich nicke. Jeder auf Ebene eins hat schon mal von dem Kerl gehört. Er hat in einem Viertel das Sagen, in dem man Reis gegen Spaß und dazu jede Menge Läuse tauschen kann. Das Erste, was ich über den Brandmarker wusste, war, auf welche Weise er die Menschen markiert, die für ihn arbeiten. Er soll kein Feuer benutzen, um sein Zeichen zu setzen, sondern ein so starkes Stromkabel, das reichen würde, um eine Ratte in wenigen Momenten zu grillen. Wo ich darüber nachdenke, fällt mir ein, wie entsetzt Eddie gestern reagiert hat, als Lost von den Ratten erzählt hat, die mit Strom gereizt wurden. Jetzt tut mir Eddi richtig leid. »Und hat er dich –«

Ich sehe, wie sich rote Flecken auf seinem Gesicht abzuzeichnen beginnen. »K...können wir das la...lassen? Ich muss das h... hier schaffen. Wenn ich w...w...wieder zurückmuss –«

Er beendet den Satz nicht. Macht nichts, ich verstehe auch so. Eddi wird den Brandmarker nicht um Erlaubnis gefragt haben, an der Blüte teilnehmen zu dürfen. Der hätte einen so geschickten Botenjungen nie ohne Entschädigung ziehen lassen, was nur eins bedeuten kann: Eddi ist abgehauen. Wenn er jetzt versagt und zurück auf unsere Ebene muss, wird der Brandmarker davon erfahren – und Eddi töten.

»M...Mist!« Eddi lässt sein Gebilde zerfallen und beginnt von vorn.

Bei mir läuft es auch nicht besser. Immer, wenn ich glaube, einen Weg gefunden zu haben, ist irgendwo eine Lücke oder etwas steht heraus. Ein vollkommener Würfel wie auf der Zeichnung wird es einfach nicht. Tja, aber nur, was vollkommen ist, zählt! *Vollkommen* ...Was für ein ätzendes Wort. *Vollkommen, vollkommen, vollkommen.* Das hier ist *vollkommener Mist,* sonst nichts.

Okay, nicht aufgeben. Ich atme einmal durch und probiere etwas anderes, sortiere die Teile nach ihrer Art und denke nach, statt nur herumzuprobieren. *Also. Der Würfel kann ja nicht breiter sein als die längste Seite von ...*

Der nächste Gongschlag reißt mich wieder raus. Nur noch eine Stunde. Mir läuft die Zeit davon! Mit einer Kiste, ohne gelöste Aufgabe, werde ich nur eine Blüte bekommen. Was bedeutet, dass ich bei den nächsten beiden Proben vier und fünf Blüten holen muss. *So ein Dreck! Nur sieben Teile. Das gibt's doch nicht!* Ich werde immer nervöser und mein genialer Gedankengang von eben ist auch futsch.

Gerade als ich nicht mehr weiß, was ich noch versuchen soll, höre ich scheppernde Schritte auf der Metalltreppe. Vaith? Ich schiebe die Holzteile hinter mich.

»Da hat er sich verkrochen!« Es ist Dom, gefolgt von dem Dusty.

Eddi sieht unsicher zu mir.

Alles in Ordnung, signalisiere ich ihm. Dass einer von den zweien uns unsere Beute wegnimmt, glaube ich nicht. Es soll nicht heißen, dass ich ihnen vertraue, ich glaube einfach nur nicht, dass Dom hinterhältig oder brutal sein kann. Und Chien ... na ja, Chien ist Chien.

»Kein Glück gehabt?«, frage ich.

»Waren keine Kisten mehr über. Das war's für uns«, meint Dom. »Wobei ... Er hatte eine, aber die hat der Schlachterjunge ihm abgenommen.«

»Vaith?«, vergewissere ich mich.

Chien kauert sich wortlos an die Wand.

»Jap«, antwortet Dom an seiner Stelle. »Vaith macht Jagd auf alle, die 'ne Kiste haben.« Er schielt hinter meinen Rücken. »Also, lass mal sehen. Was hast du da? Vielleicht kann ich helfen.«

»Äh – nein danke. Das schaffe ich auch allein.« *Irgendwann,* setze ich in Gedanken dazu.

Dom lacht. »Was? Hast du etwa Angst, dass ich recht behalte? Du siehst nämlich gerade so aus, als ob du einen Freund brauchen könntest.«

»W...wir k...k...könnten w...wirklich Hilfe ge...ge...gebrauchen«, presst Eddi heraus.

»Bitte. Versuch es, wenn du meinst.« Ich rücke zur Seite. »Hier. Ein beschissener, kaputter Würfel. Man muss ihn wieder zusammensetzen.«

»Hm, das ist alles? Sind doch nur sieben Teile«, meint Dom. *Ja, ein Kinderspiel ...* Ich verkneife mir den Kommentar und sehe stattdessen zu, wie Dom ein Stufenteil und das Kreuz ineinanderschiebt. Dabei nagt er an seiner Lippe. »Gut, dann wollen wir mal sehen. Ist das schon zu breit? Nein, das könnte –«

»Habe ich auch schon probiert, so geht es nicht!«, fahre ich dazwischen. »Gib her. Du verschwendest nur Zeit.«

Dom pustet sich eine Haarsträhne aus der Stirn. »Doch ... doch! Das funktioniert, aber nur, wenn man diesen hier drunterschiebt und den dabei festhält.«

Mir entschlüpft ein überraschter Laut. »Könnte doch klappen ...«

»K...kannst d...d...du mir auch h...helfen?«, fragt Eddi hoffnungsvoll.

»Na ja, eigentlich wollte ich gleich noch ’ne Runde auf den Förderbändern drehen, aber diese Würfelsache macht genauso viel Spaß«, meint er.

Bei dem Leuchten in seinen Augen glaube ich Dom das sofort. Genauso fasziniert wie ungläubig beobachte ich, wie er Teil um Teil ineinandersteckt. Hundertprozentig bei der Sache und auf einmal hat er das Unmögliche geschafft: In seinen Händen liegt ein vollkommener Würfel. Er stellt ihn vor mich hin und grinst. »Was sagst du nun?«

»Das gibt’s doch nicht«, entfährt es mir. Beim ersten Versuch! »Wirklich ... unglaublich.«

»Wirklich ... unglaublich!«, macht Chien mich nach. »Bei Amaterasus heiligem Schein – wenn ich das gewusst hätte! Scheiße, Mann!« Und schlägt sich ohne Vorwarnung mit der Faust gegen die Stirn, als wolle er dadurch etwas mit Gewalt zurechtrücken. »Man muss nur alle Teile zusammensetzen, um das ganze Gebilde sehen zu können!«

»Womit deine Klugheit außer Frage steht«, murmelt Dom und macht sich an Eddis Trümmerhaufen.

Etwas in mir bringt Chiens Darbietung zum Klingen, aber ich weiß nicht, worauf er hinauswill. Da dort oben ohnehin keine weißen Kisten mehr sind, mit denen ich mir noch ein paar Blüten holen könnte, betrachte ich den Würfel. »Was meinst du damit?«

»Wie schön, jemand, der zu denken versucht.« Chien rückt zu uns, nimmt Dom ein Holzstück weg und hält es mir so dicht vor die Augen, dass es verschwimmt. »Pass auf, unwissender Typ von Ebene eins. Wenn du nur das eine Stück kennst, wie kannst du dann wissen, dass das Ganze ein Würfel ist?«

»Es ist ein Ball. Das steht auf der Zeichnung«, antworte ich.

Er wedelt mit dem Teil. »Dann eben ein Ball. Die Zeichnung

habe aber ich, du kennst nur das eine Stück. Sonst nichts. Also?«

Vorsichtshalber lege ich meinen Würfel in die Pappschachtel und schließe sie, bevor Chien ihn auch noch in seine Erklärungen einbauen kann. »Keine Ahnung. Bei einem Teil kann ich das nicht wissen.«

»Genau! Aber du hast dich nie gefragt, wieso du nur ein Teil kennst?«

»Von was?«

»Den Ebenen natürlich.« Er sagt es, als sei das vollkommen klar. »Wieso sind die Ebenen getrennt, obwohl wir doch alle Susanoos Nachkommen sind und es uns gleich beschissen geht? Gibt es einen Unterschied? Bist du mehr Susanoo als ich? Oder weniger, nur weil du weiter unten lebst?«

Ich starre Chien an. Was er sagt, klingt gar nicht so verrückt. Gut, er ist wirklich eigenartig und sicher auch nicht ganz richtig im Kopf, aber nicht auf die hirnzerfressene Art eines Dustys. Warum auch immer er sich ständig kratzt, Entzugserscheinungen sind es nicht. Ich muss mir eingestehen, mich mit dem Sun-Dust vertan zu haben.

»Nein? Nichts?«, hakt Chien nach.

»K...könnt ihr m...m...mal die Fresse halten u...und das sch... scheiß Teil herg...geben?«, fährt Eddi dazwischen. Die Verzweiflung steht ihm ins Gesicht geschrieben.

»Hör zu, ich weiß nicht, worauf du hinauswillst«, sage ich zu Chien. »Aber gib ihm einfach das Teil zurück.«

»Natürlich, damit wir das Ganze nicht erkennen! Darum geht es doch. Du musst wirklich mehr mitdenken, wenn ich schon versuche, dir die Augen zu öffnen.« Chien lässt das Teil vor Dom fallen. »Mach was Ganzes draus, Jedermansfreund.«

Ehe ich weiter über das, was Chien da gesagt hat, nachdenken kann, werden die Metallgerüste plötzlich wieder von Tritten erschüttert. Jemand brüllt: »Da kommen noch welche! Aus der Wand!«

Ich springe auf. Tatsächlich. Lauter weiße Kisten. Auf den Bändern stoßen und schlagen sich die Jungs bereits darum wie ein Rudel Ratten, das einen geplatzten Sack Reis gewittert hat.

»Wir müssen direkt zur Luke«, sage ich zu den anderen. Ihre Blicke folgen der Richtung, in die mein Finger zeigt, zur gegenüberliegenden Wand.

»Wir. Es gibt ein Uns«, sagt Dom spitz.

Ja, ja, ich weiß. »Nur bei dieser Probe«, stelle ich klar. »Danach ist wieder jeder für sich.«

»A...aber d...dahin kommen w...w...wir n...nicht«, meint Eddi. »D...die L...lücke i...ist zu groß. «

Für den kleinen Eddi vielleicht. »Ich schaff das schon«, versichere ich. In dem Moment ertönt der vierte Gong, uns bleibt noch eine halbe Stunde. »Also, was sagt ihr?«

»Gibst du jetzt zu, dass du Freunde brauchst?«, fragt Dom.

Ich merke, wie ich mit den Zähnen knirsche. »Zusammenarbeit, keine Freundschaft.«

Dom seufzt, aber er stimmt mit einem Nicken zu. Er bleibt mit Chien an unserem Platz, während Eddi und ich losstürzen, um nach Kisten zu jagen, damit Dom die Holzteile zusammenbauen kann. Alles andere wäre Zeitverschwendung. Wir sind schneller, Dom ist schlauer.

Von oben fliegen uns bunte Kisten entgegen, der Boden ist voll davon. Ich trete sie beiseite, springe drüber, eine erwischt mich am Rücken. Egal. Diesmal bin ich vor Eddi bei der Leiter. In kürzester Zeit erreiche ich die letzte Stufe und springe auf das Förderband, strecke die Arme aus, bis ich mein Gleichgewicht gefunden habe. Dann beginne ich, gegen die Laufrichtung anzurennen, das heißt, es ist mehr ein Hüpfen und Hopsen über die ganzen farbigen Kisten hinweg.

Nicht nur wir, auch zwei andere Jungs, die aufs Haar gleich aussehen, versuchen, zur Luke zu gelangen. Sie sind schon verdammt nah und wir erreichen nur knapp vor ihnen die Schlucht. Bis zur Luke ist es locker eine Mannslänge.

»Versuch hierzubleiben!«, rufe ich Eddi zu.

»G…geht klar!«, ruft er zurück, da bin ich schon in der Luft.

Ich erwische gerade noch eine Strebe von dem Förderband an der Luke. Meine Füße baumeln in der Luft. *Los,* befehle ich mir. *Rauf da!* Nur mit aller Kraft komme ich hoch, schwinge meinen Oberkörper auf die Bahn – Kisten fallen – und ziehe mich seitlich vom Band ins Gestänge, um nicht wieder rückwärtszufahren. Eddi streckt auf der anderen Seite den Daumen hoch.

Rechts von ihm versucht der eine Zwilling ebenfalls den Sprung … Ich mache mich bereit, meinen Platz zu verteidigen, aber der Junge rutscht ab. Den anderen verlässt offensichtlich der Mut, er lässt sich zurückfahren. Auch gut.

Ich fixiere die Luke. Eine rote Kiste, zwei blaue, jede Menge gelbe und orange, dann gleich zwei weiße hintereinander. Perfekt! Ich schnappe sie mir und drehe mich um.

Eddi hat sich auf dem anderen Förderband in Position gehalten. Er läuft auf der Stelle und streckt die Arme aus. »Wirf!«

»Fang!«, rufe ich und werfe ihm die Kisten nacheinander zu.

Er greift sie mit Leichtigkeit. »B…bis g…gleich!« Schon ist er bei der Leiter.

Während ich mich wieder zur Luke wende, sorgt Eddi dafür, dass die Kisten zu Dom und Chien kommen. Das haben wir nicht abgesprochen, doch es ist genial. Eddi ist flinker und ich muss nicht wieder über die Schlucht springen. Als er zurück ist, habe ich drei weitere in der Hand. Aber das ist nicht Eddi, der auf der anderen Seite steht. Sondern ein muskulöser Junge, der in den Abgrund stiert. Er hat unsere Leiter entdeckt. Als er den Kopf hebt, sieht er mich und stiert auf die Kisten in meiner Hand.

Die Situation ist heikel. Ich überlege, die Kisten zu opfern, schon weil es sich mit ihnen kaum springen lässt. Aber meine Hände wollen sich nicht aus den Griffmulden lösen. Ich starre zurück, warte, bis der Typ zum Sprung ansetzt. Genau in dem Moment springe ich ebenfalls. Ich verliere beinahe das Gleichgewicht und damit die Kisten, mit rasendem Herzen lasse ich mich bis zur Leiter fahren. Ein Blick zurück. Der Kerl hat es zur Luke geschafft, aber er hat niemanden, dem er seine Kisten zuwerfen kann.

Eddi erscheint im richtigen Moment. Er nimmt mir zwei von unseren ab und ich klettere nach ihm runter.

Hoffnung erfüllt mich. Wir haben zu den ersten beiden fünf weitere Kisten geholt. Das sind in jedem Fall neun Blüten, wie auch immer wir sie aufteilen.

Nicht nur wir, auch Chien und Dom haben ganze Arbeit geleistet. Zurück an unserem Platz liegen auch in den beiden anderen Kisten fertig zusammengesetzte Holzteile, ein Würfel und sogar ein Stern. Sorgfältig in der Pappe verstaut.

»Alle Achtung«, sage ich.

»S…sauber«, meint auch Eddi und drückt Dom die Kisten in die Hand.

Er schaut rein und schiebt eine zu Chien. »Ein Stern. Den kannst du besser.«

»Wirklich?« Ich kann mein Erstaunen nicht verbergen. Langsam glaube ich, in Chien steckt viel mehr, als ich angenommen habe.

»U…u…und k…k…keiner hat euch entd…d…deckt?«, fragt Eddi, während die beiden anderen Jungs sich an die Teile machen.

Dom grinst. »Doch, aber Chien hat dem Typen gedroht, ihn zusammenzufalten und in eine der Kisten zu stecken.«

»Das hat er dir abgenommen?«, frage ich an Dom vorbei.

»Er hält mich für irreeeee«, meint Chien und hört sich dabei genau so an.

Gerade als Eddi und ich wieder loswollen, ertönt der letzte Gong. Jemand ruft, die Probe sei beendet. »Vorwärts! Alle Probanden nach vorn!«, brüllen Hüter von unten. Dom versucht noch die Teile aus der letzten Kiste zusammenzubauen, als einer der Hüter mit scheppernden Schritten die Wendeltreppe hochkommt. »Los! Runter da!«

Über eine Aufteilung der Kisten nachzudenken, dazu bleibt keine Zeit. Eddi und ich greifen uns zwei, weil es nur gerecht ist. Immerhin hatten wir schon jeder eine, als die anderen mit leeren Händen zu uns kamen. Drei Kisten haben wir noch. Dom und Chien sehen mich an. Was? Bin ich jetzt der Entscheider? Weil ich vorhin die Aufgaben verteilt habe?

»Habt ihr was an den Ohren? Nach vorn! Oder es gibt gar keine Blüten!«, brüllt der Gardist.

»Die zweite ist für Dom«, sage ich schnell. »Ohne ihn hätten wir nichts.« Ich drücke ihm die Kiste in die Hand. Niemand stellt meine Entscheidung infrage.

Zuckerblütengeschichten

Da die nächste Gruppe ankommt, müssen wir in einen angrenzenden Nebenraum. Auf der linken Seite ist eine Bühne aufgebaut worden. Ein Tisch steht darauf, hinter dem ein Gardist sitzt und die Kisten entgegennimmt. Ich stelle mich mit meinen beiden an, während ich zuhöre, wie ein anderer von der Garde den frisch eingetroffenen Probanden die Aufgabe erklärt. Hoffentlich holen sie die Totgetrampelten vom Boden, bevor es in die nächste Runde geht.

Etliche Probanden haben keine Kiste. Sie sind auf jeden Fall raus. Keine Kiste, keine Blüte. Während ich vorrücke, suche ich die Schlange nach mir bekannten Gesichtern ab. Jackson-Lee sehe ich mit drei Kisten! Nicht schlecht. Auch Lost hat drei, der andere Schönling nur eine. Und irgendwo steht Vaith mit fünf. Wie sehr hatte ich gehofft, dass der Kerl ausscheidet. Nun steht er am besten da. Wenn er die Aufgaben darin gelöst hat, hätte er schon bei der ersten Probe die zehn Blüten geholt. Aber ich halte ihn nicht für schlau, sondern nur für gnadenlos brutal.

Ich bin an der Reihe, steige die Stufen zur Bühne hinauf und zeige meine gelösten Aufgaben. Der Gardist nickt, als er den Würfel und die Kugel sieht, und fordert mich auf, ihm meine Binde mit der Nummer zu zeigen. Als ich ihm meinen Oberarm zuwende, fährt er mit dem Finger über die Seiten des Buches, eine lange Liste entlang, blättert um, bis er schließlich zu einem kleinen Holzstempel greift und vier rote Blüten aufs Papier setzt. Bei anderen auf der Liste habe ich fünf oder sogar sechs Blüten gesehen. Wenn sie sich bei den nächsten beiden Proben nicht völlig blöd anstellen, ist ihnen ein Leben da draußen sicher. Bei mir fühlt sich gar nichts sicher an. Hätte ich keine Hilfe gehabt, hätte ich nur eine Blüte geholt.

Etwas abseits an die Wand gelehnt, warte ich. Am liebsten würde ich mich auf dem Boden zusammenrollen und schlafen, so müde bin ich plötzlich, aber das wage ich natürlich nicht. Als Dom, Chien und Eddie ihre Stempel erhalten haben, gesellen sie sich zu mir. Wir sehen den anderen dabei zu, wie sie vor die Garde treten und ihre Zukunft in das Buch gestempelt bekommen. Erschreckend viele der Probanden humpeln oder sind sonst wie verletzt.

Auch Cailan, der Junge, der in dieser Anlage gearbeitet hat. Er hält sich die Seite, sein Gesicht ist dabei schmerzverzerrt. Ich hätte gewettet, dass er mindestens drei Kisten holt, nun steht er mit leeren Händen da. Sichtlich verzweifelt redet er auf den Gardisten ein. Als der verärgert den Kopf schüttelt, fährt Cailan herum. »Aber dieser Scheißkerl hat meine Kisten!«

Er spricht natürlich von Vaith, der mit seinen fünf Kisten hinter ihm steht. Im Raum ist es schlagartig still geworden. »Tja, dumm gelaufen«, höre ich Vaith sagen. »Du hast es eben verkackt, Mann.«

»Ich kann den Kerl nicht ausstehen«, flüstert Dom mir zu.

Da stimme ich ihm zu. »Frag mich mal.«

Cailan ist außer sich. »Aber ich hatte zwei Stück. Ich ... ich kann einen Ball zusammensetzen. Ich kann's beweisen. Gib mir einen! Bitte ... Bitte!«, fleht er den Gardisten an. Obwohl ich froh sein sollte um jeden, der schlechter als ich abschneidet, tut Cailan mir leid.

Der Gardist erhebt sich und stemmt die Arme auf den Tisch.

»Hör zu, Junge. Ich werte nur, was ich sehe. Und das ist nichts. Also mach Platz für den nächsten!« Seine Stimme ist zwar hoch wie bei einem Mädchen, aber seine Miene und das gebogene Messer im Gürtel seiner Uniform lassen keinen Zweifel. Ich bin erleichtert, als ich sehe, wie Cailan einknickt und der Gardist sich wieder setzt.

Vaith ist an der Reihe. »Sieben Blüten«, tippt Dom.

»Fünf«, wette ich dagegen. »Der hat keine Aufgabe gelöst«,

Vaith knallt die fünf Kisten auf den Tisch. »Zehn Blüten.« Sein Ausdruck ist so was von selbstgefällig. Zu gern würde ich ihm sein Grinsen aus dem Gesicht schlagen.

Der Gardist hebt einen Deckel nach dem anderen und schüttelt schließlich mit dem Kopf. »Fünf! Ungelöste Aufgaben zählen nicht.«

»Sag ich doch«, triumphiere ich.

Dom zieht eine Grimasse. »Wobei fünf immer noch zu viel sind.«

Vaith sieht ehrlich schockiert aus. Hat er das mit den Blüten wirklich nicht begriffen? »Die scheiß Teile sind auseinandergefallen!«, versucht er, sich herauszureden.

»Dann hättest du sie in die Pappen tun müssen«, sagt der Gardist und stellt die Kisten weg. Er greift zu dem Stempel. »Fünf Blüten.«

»Das ist doch für 'n Arsch!«, brüllt Vaith.

»Da wäre der Würfel zumindest nicht auseinandergefallen«, flüstert Dom mir zu.

Ich lache auf. Im selben Moment trifft mich Vaiths hasserfüllter Blick. »Hey! Niemand! Lachst du etwa über mich?«

Ich halte seinem Blick stand, auch wenn mir das Lachen vergeht. Was will er schon machen? Sich hier vor den Gardisten auf mich stürzen?

Dom stößt mich an und nickt nach links. Drei Gardisten kommen auf uns zu. Bei ihnen der Junge von Ebene eins, der den

Kaiser vor allen Probanden kritisiert hat. Heilige Amaterasu! Mir wird heiß und kalt zugleich. Deswegen hat der Prinz vorhin auf mich gezeigt. Es geht um die Beleidigung …

»Oh, scheiße!«, höre ich Dom leise fluchen. Er hat offenbar denselben Schluss gezogen.

Die Gruppe hat mich erreicht. »Du kommst mit uns!«, befiehlt man mir.

Ich bin wie erstarrt, trotzdem tue ich, was der Gardist sagt, bewege meine Füße vorwärts, ohne es zu wollen. Während ich aus dem Raum geführt werde, spüre ich die Blicke der anderen. Und ich hasse es, dass Vaiths voller Häme sein wird. Wir verlassen die Halle hinter den Rücken der anderen Probanden. Ihre Augen sind auf das Gerüst gerichtet, sie warten auf das Startsignal. Irgendjemand zählt rückwärts. Wenigstens haben sie die Toten weggebracht. Aber ihr Blut klebt noch auf dem Boden.

Erst als wir an dem Zylinder vorbei sind, einen schmalen, langen Gang entlangmüssen, bekomme ich richtig Angst um mich und fange an zu zittern. Ein Gardist geht mit schnellen Schritten vorweg, hinter ihm der Junge und ich, in unserem Rücken die anderen beiden aus der Garde. Zweimal biegen wir ab, danach geht es einige Treppenstufen nach unten und von dort in einen Flur, in dem die Beleuchtungseinheiten furchtbar flackern. Ich schaue verstohlen zu dem Jungen. Sein Ausdruck ist immer noch voll trotziger Wut, was ich von mir nicht behaupten kann. *Was haben sie mit uns vor? Wohin bringen sie uns?* Den ganzen Weg über sage ich mir, man wird uns nicht erst eine Probe machen lassen, um uns dann doch zu töten. Ich kann mich damit ein wenig beruhigen. Ein verdammt ungutes Gefühl bleibt trotzdem.

Schließlich halten wir. Zwei weitere Gardisten stehen Wache vor einer Tür. Sie treten zur Seite. Der vor mir klopft, kurz darauf steckt Tanaka seinen Kopf heraus. Als ich ihn sehe, bin ich mir nicht mehr sicher, dass man den Jungen und mich am Leben lässt.

Der Berater sieht von ihm zu mir und wieder zurück. Ich muss alleine eintreten. Hinter mir schließt jemand die Tür.

Im ersten Moment kann ich das Bild, was sich mir bietet, nicht begreifen. Auf einem mit kostbarem roten Stoff bezogenen Stuhl sitzt der Prinz. Womit auch immer ich gerechnet hatte, damit zumindest nicht. Er legt ein Buch zur Seite und betrachtet mich mit gerunzelter Stirn. Mein Herz will sich nicht beruhigen. Ich weiß nicht, ob ich den Prinzen auch ansehen darf oder wegschauen muss. Es ist schwer, ihn nicht anzustarren, denn sein bleiches Gesicht sticht unter den schwarzen Haaren und der dunklen Kleidung fast weiß hervor, als wäre er einer von uns.

Vielleicht liegt es aber auch nur an diesem Licht. Der Raum ist hell beleuchtet, sicher, weil der Prinz sonst die Sonne gewohnt ist. Man hat auch einen wertvollen Holztisch reingestellt, darauf ist eine Schale, randvoll mit herrlichen Früchten. In diesem Raum strahlt außer Tanaka nichts Gefahr aus. Nur ... was erwartet der Berater jetzt von mir? Soll ich etwas sagen? Um Verzeihung bitten? Flehen?

Der Prinz steht auf. »Zuckerblütenprinz ... was heißt das?«, fragt er mich unvermittelt.

Was? Ich blinzle ein paar Mal. *Aber – das muss er doch wissen!* Unsicher sehe ich zu Tanaka.

»Hoheit«, geht der dazwischen, »ich bin mir nach wie vor sicher, dass Ihr Euch verhört haben müsst.« Er wedelt aufgebracht mit seinem Fächer.

Kurz bin ich verwirrt, weil der Berater mich schützt, gleich darauf wird mir klar, dass er das niemals tun würde. Der Grund muss ein anderer sein.

»Lass mich mit dem Jungen allein«, verlangt Haruto mit ruhiger Stimme.

Tanaka tut entrüstet. »Aber Hoheit – ich kann Euch keinesfalls mit einem von Susanoos ...«

Haruto hebt die Hand und der Berater verstummt.

»Natürlich.« Tanaka deutet eine Verbeugung an. Und ich muss mir eingestehen, dass mich Harutos Macht gleichermaßen beeindruckt wie verunsichert. Plötzlich strahlt er … keine Ahnung … Größe aus. Was nicht an seiner edlen Kleidung oder seiner geraden Haltung liegt. Es kommt aus ihm.

Ehe der Berater den Raum verlässt, schielt er zu mir. Sein Blick ist eine einzige Warnung, besser den Mund zu halten. Ich weiß nicht, was er meint, was ich verschweigen soll, ich bin nur erleichtert, als Tanaka den Raum verlassen hat.

Der Prinz setzt sich an den Tisch mit der Fruchtschale und sieht zu mir. »Der Berater ist anderer Auffassung, allerdings bin ich mir sicher, Folgendes vernommen zu haben: *Niemand glaubt an den beschissenen Zuckerblütenprinzen.* Nun, warum nicht?«

Mir fallen zehntausend Steine vom Herzen. Deswegen also. Der Prinz denkt, ich sei furchtlos genug, ihm die Wahrheit zu sagen. Das war ich auch. Gestern, als ich noch dachte, es gäbe ihn wirklich nicht. Jetzt, wo ich ihm gegenüberstehe, ist meine Klappe nicht mehr so groß. Ein paar der Steine hüpfen wieder zurück.

»Weil wir angenommen hatten, dass es den Prinzen nicht gibt«, nehme ich allen Mut zusammen.

Überraschung zeichnet sich auf seinem Gesicht ab und er lehnt sich vor. »Und wieso gibt es mich nicht?«

Amaterasu, steh mir bei! »Es ist so …« Ich schlucke. »Niemand hat je ein Bild von dem Prinzen gesehen … oder etwas von einem Bild gehört. Vom Kaiser aber existieren sehr viele. Von dem Prinzen wird jedoch nur behauptet, es würde ihn geben.«

Haruto lächelt. »Nun, ich sitze hier vor dir. Also gibt es mich.«

»Es ist auch nur eine dumme Redensart«, wiegle ich ab.

»Und was bedeutet diese dumme Redensart?« Interessiert mustert er mich aus seinen leicht schräg stehenden Augen.

Ich versuche, mich davon nicht nervös machen zu lassen. »So viel wie, alles zu glauben, ohne es zu hinterfragen, denke ich.«

»Gut. Das habe ich verstanden. Aber was ich noch nicht begreife, ist, was das mit mir zu tun hat.«

»Na ja, nur noch Kinder glauben an den Prinzen. Wegen der Zuckerblüten zu seinem Geburtstag. Alle anderen ...« Ich stocke, weil mir ... *müssen ziemliche Idioten sein* ... auf der Zunge liegt.

»... sollten irgendwann damit beginnen zu hinterfragen?«, ergänzt der Prinz.

»Vor allem, wenn Zuckerblüten vom Himmel fallen«, sage ich.

Haruto lehnt sich zurück und legt die Fingerspitzen seiner weißen Hände vor seinem Gesicht zusammen. Mein Blick bleibt zu lange an seinen schönen, schlanken Fingern hängen. Ruckartig steht der Prinz auf und geht zur Tür. Er befiehlt dem Jungen hereinzukommen.

Kaum dass er den Raum betreten hat, fragt Haruto ihn: »Du hast gestern von Hunger und Krankheit gesprochen. Was genau meintest du damit?«

Der Junge schaut sich nicht um, er sieht nur den Prinzen an. Alles in diesem Blick ist Ausdruck seiner Wut. Der angespannte Kiefer, die geballten Fäuste, die hasserfüllten Augen. Er zögert nicht, von seiner Familie zu erzählen, der Knochenfresser-Krankheit, der Enge und dem ständigen Hunger bis in den Tod. Ich bemerke, wie er dabei die Fäuste ballt. Als er von dem Gefühl spricht, alleine zu sein, niemanden mehr zu haben, der sich um einen kümmert, wenn einen die Krankheit erwischt, und elendig zu verrecken, hängen seine Hände hingegen nur noch schlaff herab. Was er sagt ... wie er es sagt, klingt so schrecklich, so verzweifelt, dass mir ganz elend zumute wird.

Irgendwann unterbricht Haruto ihn. »Das kann so nicht stimmen. Davon hätte mein Vater mir ganz sicher erzählt.« Sein Tonfall ist überzeugt, dennoch bilde ich mir ein, leise Zweifel zu hören.

»Man glaubt wohl immer das, was man gesagt bekommt, solange man die Wahrheit nicht mit eigenen Augen sieht«, wende ich ein.

»Du denkst also, der Prinz sollte den Worten seines Vaters nicht vertrauen?« Jetzt liegt Schärfe in seiner Stimme und ich beiße mir auf die Lippe. Ich bin zu weit gegangen, es wäre mehr als dumm, dem Prinzen ins Gesicht zu sagen, dass sein Vater ein elender Lügner ist. Sogar der Junge neben mir deutet ein Kopfschütteln an.

»Ja«, antworte ich trotzdem. Das Wort kommt einfach aus meinem Mund, gegen meinen Willen.

Der Prinz schweigt eine nervenzerfetzende Weile, bis er schließlich nickt. »Juri – so ist doch dein Name, oder?«

Ich nicke.

»Außergewöhnlich. Wir nennen nur Mädchen so.«

Himmel! Er hat keine Ahnung, wie nah er an der Wahrheit ist. »Mein Vater hat mich nach einer Märchenfigur benannt«, erkläre ich schnell. »Das ... das war ein Junge. Er hieß Juri Gagarin und er konnte beinahe bis zur Sonne fliegen.«

»Die Sonne ...«, wiederholt Haruto verächtlich. »Alles dreht sich immer nur um die Sonne ...« Er nimmt eine Götterfrucht aus der Schale und lässt sie in der Hand kreisen. »Demnach hätte mein Vater mich besser Ikarus nennen sollen ...« Jetzt lacht er auf, sein Blick jedoch hat sich verdüstert. »Also, Juri ... Ich erwarte auch in Zukunft Aufrichtigkeit von dir.«

Ich versichere es ihm. Erst dann wird mir klar, was der Prinz da eben gesagt hat. In Zukunft! Es bedeutet, erneut geholt zu werden, um dem Prinzen von einer Welt zu erzählen, die der Berater ihm ganz offensichtlich verheimlichen will. Damit stecke ich in einer Zwickmühle, denn egal was ich tue, entweder mache ich mir Tanaka zum Feind oder ich verscherze es mir mit dem Prinzen.

Tanaka hin oder her … ein kleiner, ziemlich aufgewühlter Teil von mir will Haruto einfach nicht enttäuschen. Dass ich ihn mit dem Wesentlichsten – meiner Natur – belüge, schiebe ich dabei zur Seite.

»Nun gut.« Der Prinz legt die Götterfrucht zurück in die Schale, ohne hineingebissen zu haben.

Ich stelle mir vor, wie es ist, zu jeder Zeit zugreifen zu können. Es gelingt mir nicht. Der Gedanke ist zu abwegig.

»Das sind Kakipflaumen«, erklärt Haruto mit der Andeutung eines Lächelns. Er muss meinen Blick auf die Schale bemerkt haben. »Nur zu, nehmt euch ruhig.«

Der Junge verschränkt die Arme und ich komme mir vor wie eine Verräterin, weil ich erst eine und dann eine zweite in den Jackentaschen verschwinden lasse. »Danke«, murmle ich kaum hörbar.

Haruto nickt. »Ihr könnt gehen, zurück zu den anderen.«

Tanaka steht gleich hinter der Tür. Ich bin mir sicher, dass er jedes unserer Worte gehört hat, denn sein Blick ist genauso scharf wie die Klinge an seinem Messer. Während er uns zurückführt, denke ich, dass wir – wenn es nach ihm ginge – wahrscheinlich schon längst mit durchschnittenen Kehlen in unserem eigenen Blut lägen. Aber vielleicht kommt das noch.

Sie bringen uns in den Raum mit der Bühne, wo die Probanden in losen Gruppen herumstehen. Es sind nicht mehr als fünfzig. All die, die mindestens eine Blüte bekommen haben. Als wir hinter dem Berater, flankiert von drei Gardisten, durch die Tür treten, brechen die Gespräche ab. Die wundern sich vermutlich genauso wie ich, dass wir noch am Leben sind.

Der Tisch wurde mittlerweile von der Bühne geräumt. Stattdessen stehen jetzt zwei Gardisten dort und unterhalten sich. Tanaka entlässt uns und gesellt sich über die Stufen zu ihnen. Ich sehe mich um und entdecke Dom rechts von mir an einem Tisch, auf dem Wasser bereitgestellt wurde. Bei dem Anblick spüre ich, was für einen irren Durst ich habe.

Dom sieht mir sichtlich erleichtert entgegen, als ich auf ihn zusteuere. Ich schicke ihm ein kleines Lächeln, greife mir eine der Wasserrationen vom Tisch und stürze den Inhalt hinunter.

»Was wollten die von dir?«, fragt Dom sofort.

Ich stelle die leere Flasche auf den Tisch und sichere mir vorsichtshalber noch zwei, bevor ich antworte. »Zuckerblütengeschichten hören! Die haben –« Ich verstumme, weil ich sehe, wie Tanaka Vaith zu sich hochwinkt. Der Berater und der Schlachterjunge? Das gefällt mir noch weniger. Vor allem, da Tanaka ihm anerkennend auf die Schulter klopft, als beide in meine Richtung schauen und Vaith wie zur Bestätigung nickt.

»Und was hat das da jetzt zu bedeuten?«, raunt Dom mir zu.

»Nichts Gutes«, antworte ich finster.

Kurz darauf erscheint der Prinz, begleitet von den anderen beiden Wachen. Sie bauen sich ebenfalls auf der Bühne auf, Tanaka ruft uns zur Ordnung. Alle Augen sind jetzt auf ihn gerichtet. Als es vollkommen still ist, tritt der Berater vor. Dann besinnt er sich und wirft einen Blick nach hinten. »Möchte der Prinz auch diesmal wieder meinen Platz übernehmen?«

Ich schnappe überrascht nach Luft. Was er hier will, wenn er doch nichts tut, begreife ich auch nicht so richtig … aber hätte ein Nachfahre Susanoos eine solche Bemerkung gemacht wie Tanaka eben, hätte die Garde ihm auf der Stelle die Kehle durchgeschnitten! Der Prinz schüttelt jedoch nur leicht den Kopf und lässt sich nicht provozieren. Irgendwie beeindruckt mich das.

Wieder holt Tanaka dazu aus, in aller Breite Kaiser Yamamotos Vollkommenheit und seine göttliche Herkunft zu preisen. Ich muss grinsen, als ich sehe, wie Prinz Haruto einen kurzen Blick nach oben schickt, so als wolle er Amaterasu bitten, den Berater endlich zum Schweigen zu bringen. Ansonsten wirkt Haruto kühl und unnahbar.

Solange der Berater redet, berichte ich Dom leise von dem eigenartigen Zusammentreffen mit dem Prinzen.

»Du musst auf dich aufpassen«, raunt Dom. »Tanaka –«

»Was soll ich machen? Den Prinzen belügen?«

»Ich weiß nicht ... Ja, Junge, lüg ihn an und sieh zu, dass du es bis nach oben schaffst.«

Ich zucke mit der Schulter, auch wenn Dom recht haben könnte. Endlich ist Tanaka fertig mit seiner Lobrede und wir erfahren, dass morgen die zweite Blütenlese stattfinden wird. Die körperliche.

»Ach, Prinz Haruto ...«, sagt Tanaka beim Hinuntergehen von der Bühne, als hätte er es fast vergessen, »erhebt Ihr vielleicht irgendwelche Einwände gegen die erste Blütenlese?«

Harutos Blick gleitet über die Probanden. Für einen kurzen Moment ruht sein Blick auf mir. Hitze schießt mir ins Gesicht und mein Herz klopft, aber es fühlt sich merkwürdig gut an. Der Prinz schüttelt schließlich den Kopf. »Keine Einwände, Berater Tanaka. Nicht, was die Probanden betrifft.«

EBENE 4 : ORDNUNG UND SICHERHEIT

Mädchensachen

Man bringt uns ins Ausbildungszentrum der Hüter auf Ebene vier. Ordnung und Sicherheit, wie die Geisterstimme sie nennt. Zu Recht. Noch nie habe ich einen so ordentlichen und sicheren Ort gesehen, kein Dreck, keine Ratten, keine Kranken oder Toten, geschweige denn Bettler. Die Bewohner sehen gesund, gut genährt und gekleidet aus.

Von dem Zylinder aus kommt man auf einen großen Platz. Die Gebäude darum sehen gewaltig aus und sind unglaublich gut erhalten. An jedem prangt ein Bild des Himmlischen Herrschers. Hüter stehen an allen Ecken und sorgen dafür, dass es ordentlich und sicher bleibt.

»Hierher wollte ich eigentlich nicht mehr zurückkommen«, sagt Dom, als wir durch ein breites Tor in das Ausbildungszentrum der Hüter treten. Es ist durch nicht weniger als zwanzig Wachen gesichert.

»Er scheint auch nicht besonders begeistert zu sein …«, flüstere ich und meine damit den Kaiser. Sein überlebensgroßes Bild hängt auch hier. Und zwar so, dass man es wirklich nicht übersehen kann, wenn man in die Eingangshalle des Zentrums tritt. Neben dem Kaiser, der fetten Made, flattern zwei breite Stoffbahnen unter einem Ventilator. Darauf das Symbol des Kaiserhauses: die aufgehende Sonne.

Ich sehe mich weiter um. Alles ist so gut erhalten. Boden und Decke der großen Halle, in der wir warten müssen, sind mit blau schimmernden Platten ausgelegt. Die Wände sind wohl mit grauem Plastik oder etwas Ähnlichem beschichtet, auf beiden Seiten gehen Flure ab. Beschriebene Tafeln und Zettel hängen an den Wänden. Das sind die Einsatzpläne der Hüter, erklärt mir Dom. Damit jeder weiß, wann er wo arbeiten muss. So etwas gibt es bei uns nicht. Entweder man ist da oder ein anderer bekommt den Job.

Es wimmelt vor jungen Männern in hellblauen Uniformen. Rekruten, Hüter in Ausbildung, wie Dom es vor Kurzem auch noch war. Sie mustern uns neugierig, während wir warten, bis auch der letzte Proband im Gebäude ist. Dann wird der Eingang geschlossen.

Ein Hüter tritt zu uns. Mit seinem kantigen Kinn und dem kahl rasierten Kopf wirkt er Furcht einflößend. Er führt uns weiter durch das Gebäude, eine Treppe rauf in den nächsten Gang.

»Kennst du den?«, flüstere ich Dom zu.

Er nickt kaum merklich. »Ein Ausbilder.«

So etwas in der Art hatte ich mir gedacht. Die Uniform des Mannes ist dunkelblau. Außerdem brüllt er, während er den Flur durchschreitet und auf die abgehenden Räume deutet.

»Hier sind die Toiletten. Ihr werdet sie benutzen, um euer Geschäft zu machen! Es wird nicht auf die Flure geschissen oder gegen die Wände gepinkelt. Ist das klar?« Wir bejahen seine Frage. Ich verinnerliche das Wort *Toilette*. Es klingt merkwürdig. »Wer meint, er könne sich benehmen wie zu Hause, wird von der Blüte ausgeschlossen. Das gilt besonders für die Schlafboxen! Euer Lager.« Er stößt eine doppelte Tür auf der rechten Seite auf.

Als ich sehe, was er mit Schlafboxen meint, steht mir vor Staunen der Mund offen. So etwas wie dieses Nachtlager habe ich nie zuvor gesehen. Es sind nach vorn geöffnete graue Plastikkisten, die übereinandergestapelt wurden. Eine ganze lange Wand bis hoch oben zur Decke.

»Dies ist für heute euer Quartier«, brüllt der Ausbilder. »In jeder Einheit werden zwei von euch schlafen.«

Was? Nur zwei? Zusammengerollt oder im Sitzen hätten vier Erwachsene darin Platz. In jeder könnte eine kleine Familie wohnen! Außerdem sind die Fächer mit einer dicken Matte ausgelegt und ich sehe sogar Decken. So sieht es also aus, wenn man für den Himmlischen Herrscher unersetzlich ist. Weniger denn je kann ich verstehen, weshalb Dom das Leben eines Hüters aufgegeben hat. Und das sage ich ihm auch.

»Du bist auch kein Hüter, du kannst das nicht verstehen«, antwortet er grimmig, die Augen auf den Ausbilder gerichtet. »Es ist nicht gerade leicht.«

»Es ist nie leicht. Dann muss man eben kämpfen«, gebe ich bissig zurück. Ich kann Selbstmitleid nicht ausstehen. Dom hatte hier einen Schlafplatz für sich, einen festen Job und, soviel ich weiß, gutes Essen. Er konnte überleben und vor allem gesund bleiben.

Der Ausbilder schlägt im Vorbeigehen auf die Innenwand einer Schlafbox. »Die Einheiten sind vollkommen identisch. Es gibt also keinen Grund, sich wie die Mädchen um die besten Plätze zu streiten. Wer trotzdem Ärger macht, ist raus.« Er bleibt ohne Vorwarnung stehen und dreht sich zu uns um. Ich bilde mir ein, dass sein Blick dabei kurz an Dom hängen bleibt, bevor er ergänzt: »Das hier ist das Ausbildungslager der Hüterrekruten und nur während der zweiten Probe euer Quartier. Also furzt nicht in die Decke und lasst eure Popel in der Nase. Habt ihr mich verstanden?«

»War ja laut genug«, murmle ich.

Dom schnaubt. »Du wärst nie ein Hüter geworden.«

Ich merke, wie ich mit den Zähnen knirsche. »Und das weißt du, weil du mich so gut kennst, ja?«

»Gut genug, um zu wissen, dass du nie deine Klappe halten wirst.« Er tippt sich auf die Brust. »Zu viel Protest dadrin.«

Ich weiß nicht, wie er auf die Idee kommt. Ich rede ja nicht mal gerne. Außerdem bin ich weder für noch gegen etwas. Überleben ist das Einzige, was mich interessiert. »Du spinnst doch«, beende ich die Sache. Dom zuckt nur mit der Schulter und ich höre wieder dem Ausbilder zu.

»Ihr werdet nun essen und danach in den Einheiten warten, bis ihr morgen früh zur Probe geholt werdet«, verkündet er. »Am besten ihr nutzt die Zeit, um zu schlafen.«

Es geht zurück auf den Flur. Vor einer doppelten Tür am Ende eines Gangs bleibt er stehen. »Da ihr sie sowieso gleich sehen werdet: In einem anderen Bereich sind die Mädchen der Blüte untergebracht. Es gibt allerdings nur einen Speisesaal. Ihr werdet also auf weibliche Probanden treffen.«

Sofort muss ich an Rebecca denken. Ob sie es geschafft hat? Ich kann mir beim besten Willen nicht vorstellen, wie sie geduldig versucht, aus Holzteilen einen Würfel zusammenzusetzen. Eher wie sie *die scheißverfluchten Teile* gegen eine *gottverdammte Wand* schleudert. Bei der Vorstellung muss ich schmunzeln.

»Die Mädchen sind mehr als alles andere tabu. Für alle Idioten unter euch Hübschlingen: Tabu bedeutet verboten! Ihr seht euch die Mädchen nicht an, ihr sprecht die Mädchen nicht an und ihr denkt noch nicht mal daran, sie anzufassen!« Der Ausbilder mustert uns. »Macht einfach keinen Mist«, fügt er hinzu, bevor er uns die Tür öffnet.

Ich bin baff. Ein riesiger Raum nur zum Essen. Was für eine Verschwendung.

Rechts und links des Ganges stehen lange Reihen Metalltische. Zwei Hüterrekruten bereiten sie für die nächste Gruppe Probanden vor, stellen Wasserflaschen in die Mitte, räumen leere Reisschalen ab, die sie in Regale auf Rollen schieben. Eine Gruppe Mädchen sitzt auf der linken Seite. Natürlich sieht keiner der Jungs weg, als wir an ihnen vorbeigehen, und nicht wenige der Mädchen kichern albern. Man schickt uns ganz nach hinten auf die rechte Seite, mit dem größtmöglichen Abstand zu ihnen. Vom Ende des Saals aus sehe ich, wie der Ausbilder mit den beiden Hütern spricht. Er weist mit dem Kopf in unsere Richtung, dann schließt er die Tür.

Ich ziehe den Stuhl neben Dom zurück. Nicht dass wir jetzt Freunde wären oder so, weil er mir mit den Würfeln geholfen hat. Aber mit ihm ist es ein wenig wie mit Rebecca, ich beginne, mich an ihn zu gewöhnen. Als ich mich setze, gibt er mir eine Flasche Wasser und ich schenke ihm ein kleines Lächeln, bevor ich sie öffne und in einem Zug austrinke. Das Wasser schmeckt anders als bei uns. Noch sauberer. Richtig, richtig gut.

Einer der Hüter rollt eins dieser Regale zu uns. Er nimmt einen Zettel in die Hand. »Nummer 81?«, fragt er in die Runde. Eddi zeigt seine Armbinde. »Ist anwesend.« Der Hüter macht eine Notiz und stellt dann eine Schale mit Reispampe und übel riechender schwarzer Soße vor Eddi. Als ich meine Portion erhalte, meldet sich mein Magen. Wenn er wüsste, was gleich auf ihn zukommt, oder besser hineinkommt, würde er die Klappe halten.

Als Lost an der Reihe ist, bemerke ich, dass Dom übergangen wurde.

»Du has hier wen vergessen«, sagt Jackson-Lee. Ich glaube nicht an ein Versehen, aber Jackson ist viel zu gutherzig, um etwas anderes anzunehmen.

»Er hat mich nicht vergessen«, stellt Dom auch gleich klar. »Er befolgt nur die Anweisung seines Ausbilders.«

»Richtig ... Du warst ja einer von denen«, meint Lost, als würde er sich eben erst wieder daran erinnern. »Scheinst dich nicht besonders beliebt gemacht zu haben.«

»Als Hüter dient man dem Kaiser«, erwidert Dom säuerlich,

nachdem alle außer ihm ihre Portion erhalten haben und der Hüter das Regal wegrollt. »Diese Ehre wirft man nicht einfach weg, nur weil das Leben auf der Oberfläche winkt. Für sie bin ich ein Heuchler.«

»Wieso Heuchler?«, fragt Vaith. »Jetzt dienst du doch auch dem Kaiser, Mann. Nur dass du deine Ehre bald in seine Weiber steckst.«

Alle am Tisch lachen. Dom am lautesten, obwohl er Vaith doch nicht ausstehen kann. Er steckt seinen Finger in die Flaschenöffnung und zieht ihn wieder heraus.

»Ja, Mann. Genau so!«, ruft Vaith.

Jungs! In Gedanken verdrehe ich die Augen. Dann wird mir klar, dass ich eine Rolle zu spielen habe, und grinse so anzüglich, wie ich kann.

Bald drehen sich die Gespräche nur noch um die Frauen des Kaisers. Vor allem darum, wie sie aussehen.

»Hauptsache, die haben nicht so platte Titten wie Gesichter«, meint Vaith und erntet wieder Lacher.

Ich bringe einfach kein Lachen über die Lippen und puhle in meiner Schale nach Reis, der möglichst wenig von dem Soßenzeug abgekommen hat.

Vaiths Lachen bricht prompt ab. »Was ist los mit dir, Niemand?«

Oh, Mann! Was soll ich dazu sagen? Dass es leichter ist, seinen Schwengel irgendwo reinzustecken, als 'nen Würfel zusammenzubauen? »Ich steh mehr auf Hintern«, ringe ich mir ab.

»Bist du so 'ne widerliche Schwuchtel, oder was?« Ekel tritt in Vaiths Gesicht.

»Äh – nein. Ich stehe einfach nur mehr auf Hintern.« Die Richtung, die das einschlägt, gefällt mir nicht. Männer, die es mit Männern treiben, werden als nicht richtig im Kopf angesehen, weil sie keine Kinder machen. Das ist nun mal schlecht fürs Überleben. Sie werden nicht nur bespuckt und beschimpft, sondern oft genug auch totgeschlagen.

»Ich find Hintern auch wichtiger«, meint Dom mit einem Schulterzucken.

Vaith lässt seinen Löffel sinken und wischt sich über den Mund. »Ich sag euch was – 'ne Frau muss wie 'ne Milchkuh sein.«

Hä? Eine Milch– was?

»Sie muss dumm sein?«, erkundigt sich Lost sichtlich belustigt.

»Kühe sind schlauer als die meisten Weiber, Mann«, entgegnet Vaith mit vollem Ernst. »Aber bei beiden kommt es auf das Euter an. Ärsche sind für die Zucht vollkommen unwichtig.« Sein Blick gleitet über unsere Seite des Tisches hinweg zu den weiblichen Probanden. »Oh, scheiße, Mann. Ich mein, guck dir die an, die hat bestimmt perfekte Euter ...«

»Also, wenn so eure Milchkühe ausschauen, dann möchte ich gern mal die Frauen sehen«, entgegnet Lost.

Ich verrenke meinen Hals, weil ich wissen will, wen er meint. Gerade noch erhasche ich einen Blick auf braune, gewellte Haare, dann fällt die Tür hinter dem Mädchen zu und mir entschlüpft ein überraschter Laut. Das war Rebecca! Der Hüftschwung, ihre Figur ... ganz sicher.

Ich schiebe meine Schale zu Dom. »Du kannst den Rest essen. Mir ist übel.« Mit auf den Mund gepresster Hand springe ich auf, renne durch den Saal, Rebecca hinterher. Kurz darauf finde ich sie in dem Raum, der Toilette heißt.

Sie lehnt an der Wand, ihr Blick ist beinahe vorwurfsvoll. »Endlich. Ich musste dreimal pinkeln gehen, bis du mich bemerkt hast. Allein das verrät dich. Kerle übersehn mich nich. Wenn wir uns das nächste Mal begegnen, musst du mir hinterhergucken und dann sagst du irgendwas über meine Titties, in Ordnung?«

»Ich ... klar, werde ich ...«, bringe ich heraus und schlucke. Dabei kämpfe ich gegen das Bedürfnis an loszuheulen. Es kommt vollkommen unerwartet. Oh, Mann. Wenn jemand dem Begriff

Freundin jemals nahegekommen ist, dann sie. Erst jetzt merke ich, wie wenig ich damit gerechnet hatte, Rebecca wirklich wiederzusehen. »Alles in Ord–« Draußen hören wir jemanden näher kommen. Ich schaue zur Tür.

»Lass uns lieber da rein«, sagt Rebecca und meint eine der Pinkelkammern. Auf der gegenüberliegenden Seite haben sie eine Tür, die man sogar von innen verriegeln kann.

Gleich darauf haben wir Gesellschaft. Mehrere Mädchen, den Stimmen nach. Eine davon rüttelt an unserer Tür. »Rebecca?«

Sie presst den Finger auf die Lippen und wir sehen uns stumm an, bis die Mädchen aufgeben.

»Warte, ich muss noch«, ruft eine und die Tür der Kammer nebenan klappt.

»Pass auf, Yuma«, höre ich ein anderes Mädchen rufen. Ich horche auf. Hieß nicht Jackson-Lees Freundin so? »Deine Haare! Nicht dass sie im Loch landen. Moment, ich halte sie dir.«

»Hach, sie sind einfach zu lang«, höre ich Yuma stöhnen. Es klingt aufgesetzt. Und gar nicht nach dem göttlichen Wesen, das Jackson beschrieben hat. »Aber habt ihr gesehen, wie der Prinz mir nachgeschaut hat?«

Rebecca mir gegenüber verdreht die Augen.

»Hast du nicht gesagt, du hättest einen Freund?« Eine dritte Stimme. Sie klingt kühl.

»Was geht dich das an?« Wieder Yuma. Diesmal giftig. »Außerdem ist er nicht mehr mein Freund.« Dann ändert sich ihr Tonfall wieder. »Was meinst du? Soll ich die Haare zur nächsten Probe offen tragen? Ich glaube, Haruto mag das.«

Jackson sollte froh sein, dass bald ein anderer dieses Miststück ertragen muss. Aber egal. Nicht mein Problem.

Ich höre Wasser fließen, die Mädchen kichern darüber. Als sie raus sind, benutze ich selbst schnell das Pinkelloch und seufze erleichtert.

»Hast du schon mitbekommen, was mit deinem Pipi passiert, wenn du das Seil da benutzt?«, fragt Rebecca mich.

»Verrückt, oder?«

Ein paar Mal reißen wir an der Kordel und beobachten das Wasser dabei, wie es sich immer schneller dreht und schließlich mit einem gurgelnden Geräusch nach unten verschwindet. Dann tauschen wir uns über die vergangenen Tage aus. Ich erzähle Rebecca, wie ich splitterfasernackt mit einer zerlaufenden Schaumkrone vor dem Hüter stand und der nach meinem winzigen Kindermacher Ausschau gehalten hat, was Rebecca ungeheuer komisch findet. Sie berichtet mir von den Probanden ihrer Gruppe und schimpft über die Mädchen, die vorhin hier waren und sich fraglos für was Besseres halten.

Nur ab und zu müssen wir still sein, weil wieder jemand in den Raum kommt. Ich fühle mich fast wie früher in der Pinkelgasse. Dort sind wir auch immer zusammen Pipi machen gegangen. Das heißt, immer nur wenn das Licht schon ausgeschaltet war. So musste keine mit runtergelassener Hose allein in einem dunklen Tunnel hocken.

»Aber diese Pussis können sich von mir aus zehnmal besser vorkommen. Richtig viele von den oberen Ebenen sind nämlich raus«, erklärt sie. »Und wer ist noch dabei?« Rebecca zeigt mit beiden Daumen auf sich. »Unterschätze niemals eine professionelle Pussi!«

»Wie viele Aufgaben hast du gelöst?«, frage ich nach.

»Drei ... Und zwar so was von!« Sie grinst mich an, ich ziehe kritisch die Augenbrauen hoch und Rebecca stöhnt auf. »Ach, scheiße, komm schon, du weißt, dass ich das nich gepackt hätte mit diesen dämlichen Würfeln und Bällen und den ganzen komischen Holzteilen. Ich bin halt auf andre Weise klug. Zum Beispiel weiß ich, wen ich mir zum Freund machen muss.« Sie stupst mit ihrer Schuhspitze meinen Fuß an.

»Nicht der Fußknutscher!«, sage ich entsetzt.

Rebecca zieht einen Flunsch. »Weißt du, mich haben Männer schon wesentlich schlechter behandelt. Und außerdem ist er ganz nett. Das mit den sechs Stempeln im Buch hat er geregelt und er hat dafür gesorgt, dass ich eine Schlafbox für mich allein habe. Na ja, für ihn und mich«, räumt sie ein. »Uuuuund ... er hat mir das hier gegeben!« Sie öffnet die obersten beiden Knöpfe ihrer Jacke, um ein Päckchen hervorzuholen, das sie vermutlich zwischen ihren Brüsten versteckt hat. Vorsichtig schlägt sie mehrere Lagen feines, hauchdünnes Papier zurück, bis sie eine kleine Handvoll Zuckerblütenkrümel entblättert hat. »Die sind ganz frisch. Für den Geburtstag des Prinzen in vier Tagen ...« Rebecca bietet mir die Zuckerblüten an. »Ich meine nur, weil du ja immer behauptest, dass da Blut dranklebt ...«

»Nicht wortwörtlich ...«, sage ich und picke ein paar aus Rebeccas Hand. Als ich sie zum Mund führe, die staubige Süße rieche, wird mir wirklich übel. Zuckerblüten haben noch nie etwas Gutes für mich bedeutet. Sie fallen aus den Ventilatoren, die Menschen gieren danach und manchmal klebt eben doch Blut daran. Ganz wortwörtlich, weil die Leute sich abstechen oder niedertreten. Ich gebe ihr die Krümel zurück. »Bei der Probe haben sie welche totgetrampelt«, sage ich, in Gedanken immer noch bei Blut.

»Du hattest schon immer 'n Herz für die Toten«, meint Rebecca. Sie lässt sich die Reste aus ihrer hohlen Hand in den Mund rieseln. »Aber mir verdirbt das nicht den Hunger.«

»Ach du meine Güte!« Plötzlich fallen mir die Früchte wieder ein. Ich hatte sie vor Aufregung darüber, Rebecca zu sehen, ganz vergessen. »Warte mal ...«

»Götterfrüchte!«, staunt sie, als ich sie heraushole. Eine ist etwas kleiner. Ich ringe kurz mit mir, dann gebe ich Rebecca die andere.

Sie grinst verschmitzt. »Du scheinst aber auch 'nen Gönner zu haben.«

»Kann man so sagen«, druckse ich.

Ich sehe, wie es in Rebecca arbeitet. »Moment mal. Weiß er etwa, dass du eine Frau bist?« Ich schüttle den Kopf, sie zieht scharf die Luft ein. »Dann is er andersrum! Er fährt auf Jungs ab.«

»Nein, ich ... ich denke nicht«, sage ich, plötzlich unsicher geworden. Mag Haruto Jungs?

Rebecca schließt die Augen. Sie riecht an der Frucht und stöhnt leise. »Also, was hast du dann gemacht, um an so was zu kommen?«

»Ich fürchte, ich habe ihn beleidigt.«

»Beleidigt?« Rebecca stutzt. »Na ja, warum nich«, meint sie einen Moment später mit einem Schulterzucken. »Manche stehn halt drauf. Ich kannte mal einen, dem musste ich sagen, was für 'n erbärmliches Stück Scheiße er ist, 'ne Kakerlake im Dreck und all so 'n Zeug.« Sie winkt ab. »Wie hast du ihn genannt?«

»Einen beschissenen Zuckerblütenprinzen?« Ich kann es grad selbst nicht mehr glauben.

Rebecca lässt die Frucht sinken. »Wen?«, fragt sie nur.

»Ihn«, antworte ich. »Den Prinzen.«

»Wa- ... Das hast du nicht!«

»Doch, ich schätze, das habe ich«, sage ich zerknirscht und erkläre Rebecca, wie es dazu gekommen ist und was mich bewegt hat, dem Jungen von unserer Ebene beizustehen.

»Puh ... keine Ahnung, was mich mehr schockt«, meint sie, nachdem ich geendet habe. »Dass du Haruto vor allen 'nen beschissenen Zuckerblütenprinzen genannt hast oder du jemandem geholfen hast, der nicht tot ist. Aber mutiger als die meisten warste ja schon immer.« Sie beißt in die Frucht und verdreht die Augen vor Genuss. »Heilige Scheiße! Ich kenn noch 'ne Menge Beleidigungen, wenn das dabei rauskommt.«

»Da bin ich mir sicher«, erwidere ich mit leisem Lachen.

Während Rebecca ganz langsam die Götterfrucht verspeist, erzähle ich ihr von dem Treffen mit Haruto.

»Und weil ihr ihn beleidigt habt, vertraut der Prinz euch«, fasst sie meinen Bericht zusammen.

»So ungefähr«, murmle ich. Jetzt, wo ich es ausspreche, erscheint mir noch so einiges merkwürdig. Wieso schickt Yamamoto seinen Sohn in die Höhle, wenn er nicht will, dass Haruto etwas über unser Leben erfährt? Warum nicht nur seinen Berater? Und weshalb interessiert sich der Prinz überhaupt für uns? Und da ist noch etwas ... das Gefühl, etwas Grundlegendes übersehen zu haben.

Ich nehme mir vor, Prinz Haruto Fragen zu stellen. Wenn mich bis dahin nicht wieder der Mut verlässt.

Rebecca leckt sich ihre Finger ab. »Oh, Mann, ist das gut. Und so was hängt da oben einfach im Himmel!« Zwischen ihren perfekt geschwungenen Brauen zeichnet sich plötzlich eine zornige Falte ab. »Weißt du, was dem Prinzen mal jemand sagen sollte? Dass er seinen gezuckerten Arsch ganz nach unten schwingen soll, damit er sieht, was für 'nen Rattenmist der Kaiser ihm erzählt.«

»Das habe ich.«

»Ach, leck mich doch! Echt?«

Ich nicke. »Nicht exakt mit den Worten, aber ja.« Wobei ich mich immer noch darüber wundere, dass ich den Mut dazu aufgebracht habe.

»Gut gemacht!« Rebecca knufft mich. »Und jetzt beiß da endlich rein. Du glaubst, du bist im Himmel, sag ich dir.«

Nachdenklich blicke ich auf die Frucht. Noch vor zwei Tagen hätte ich alles drum gegeben, sie zu essen, stattdessen habe ich sie auf dem Markt gegen falsche Versprechungen für ein längeres Leben getauscht.

Ich schlage meine Zähne durch die feste Schale in das weiche Fruchtfleisch und sauge den süßen Saft heraus. Rebecca hat recht. Statt der klebrigen Süße der Zuckerblüten auf der Zunge verteilt sich ein himmlisch süßer Geschmack in meinem ganzen Mund und rinnt mir die Kehle hinab. Mein Magen jubelt. Nach einigen Bissen steigt mir die Frucht in den Kopf. Fast wie Sake. Ich kichere. Jetzt ist mir klar, weshalb sie Götterfrucht heißt …

Rebecca sieht mir an die Tür gelehnt dabei zu und grinst. »Biste dir sicher, dass der Prinz nicht auf Schwengel steht?«, bricht es lachend aus ihr hervor.

»Das kann uns doch egal sein.«

»Machst du Witze? Das ist ganz sicher nicht egal! Bei uns gibt es kaum ein anderes Thema. Hast doch gehört. *Habt ihr gesehen, wie der Prinz mir nachgeschaut hat?«*, macht sie albern Yuma nach und wirft dabei ihre Haare zurück. *»Ich glaube, Haruto mag es, wenn ich sie offen trage* … Jede will ihn. Nicht nur Yuma.«

»Wirklich?«, pruste ich.

»Klar. Er ist der Prinz. Und außerdem sieht er ziemlich gut aus, findest du nicht?«

Bei Rebeccas Frage rufe ich mir sein Gesicht in Erinnerung. Seine leicht schräg stehenden, dunkel schimmernden Augen, seine schlanken Hände, die schwarzen Haare, wie sie sein blasses Gesicht rahmen. Das gerade Kinn entschlossen vorgestreckt … Ja, er sieht gut aus, gestehe ich mir ein.

Wir hören Schritte draußen auf dem Flur, gleich darauf den Ausbilder. »Das hier sind die Toiletten«, erklärt er brüllend. Geht's noch lauter? Stumm äffe ich den Rest der Ansage samt Händefuchteln nach: »Ihr benutzt sie und pinkelt nicht gegen die Wände …« Rebecca hält sich die Hand vor den Mund, um nicht laut loszulachen.

Aber … oh, Göttin. Er führt schon die nächste Gruppe Probanden durch die Flure? Wie lange sind wir dann schon hier drin?

Meine Albernheit ist plötzlich verflogen. »Lass uns besser zurück«, flüstere ich Rebecca zu.

»Du zuerst.« Sie entriegelt die Tür. »Ich würd ja sagen, behaupte einfach, dass wir's getrieben haben. Wär gut für deinen Ruf und so ...«

Ich winke ab. »Kein Problem.« Ich verstehe das. Man darf uns nicht zusammen den Pinkelraum verlassen sehen. Kein Kontakt unter den männlichen und weiblichen Probanden. Wir würden von der Blüte ausgeschlossen, wenn sich das rumspricht. Vor allem aber gehören unsere Körper bald dem Kaiser, sie sollen seiner Familie Kinder schenken.

Rebecca sieht mich ernst an. »Du wirst abhauen, sobald du oben bist, oder?«

»Das ist der Plan«, sage ich. »Und du?«

Sie zuckt nur die Schultern, sieht dabei aber unendlich traurig aus. Fast komme ich in Versuchung, sie in den Arm zu nehmen.

Daumen hoch

In dem Raum mit den Schlafboxen stoße ich wieder auf die anderen. Die Hüter haben mit ihnen alle Hände voll zu tun. Ich bin froh über das Durcheinander. So gelingt es mir, mich unbemerkt unter die Leute zu mischen.

Fast wie zu Hause. Viel zu viele Menschen auf zu wenig Raum. Flüche füllen den schmalen Gang. Die Jungs stehen an den Leitern an, um in die oberen Boxen zu kommen. Ich muss mir wieder ins Gedächtnis rufen, keine Frau zu sein. Bloß nicht die Arme an den Körper pressen oder den Kopf einziehen!

So rücksichtslos wie möglich zwänge ich mich zwischen ihnen hindurch und halte nach Dom Ausschau. Der Gedanke, mit irgendjemand komplett Fremden die Schlafbox teilen zu müssen, ist nicht besonders angenehm. Dom stinkt nicht, er schnarcht nicht und wenn er nicht gerade in Panik gerät und dabei zittert wie die Schnurrhaare einer Ratte, schläft er vollkommen ruhig. Erst entdecke ich Jackson-Lee, groß und dunkel, unübersehbar eben, und neben ihm natürlich Eddi. Sie stehen mit Dom und Chien in einem Grüppchen zusammen. Ich bahne mir den Weg und überlege dabei, ob ich Jackson-Lee von Yuma erzählen soll. Nein, das lasse ich doch besser. Er würde mir womöglich nicht glauben. Und außerdem geht es mich auch gar nichts an.

»Ich hab noch nie so gekotzt«, erkläre ich meine lange Abwesenheit, bevor einer fragen kann. Allerdings scheint sich niemand das gefragt zu haben.

»S...sei f...froh«, meint Eddi finster.

»Wieso? Was ist los?« Ich blicke in die Runde.

»D...d...er d...der Schl...schl–« Eddi bricht ab und sieht Hilfe suchend zu Jackson-Lee.

»Der Schlachterjunge hat gemeint, unser Eddi hier gehört abgeschlachtet, weil er doch stottert«, erklärt Jackson mir. »Hat wieder mit dieser Menschensortieranlage angefang. Weißt schon. Nur die Besten nach obn. Alle Missgeburtn in die Futtertonne.«

»Und die Schwachen und Krüppel«, ergänzt Dom.

»Aber viele von uns ham Krüppel inner Familie. Ein von mein Schwestern hat kein Beine. Von Geburt an nich. Ich hab den Scheißkerl gefragt, ob sie dann auch in 'ne Futtertonne gehört. Er meint, wenn eins von seine Viecher verkrüppelt zur Welt komm oder zu klein un schwach is, würde er ihm an Ort und Stelle die Kehle durchschneidn.«

Sofort muss ich an Kanisterköpfchen denken. »Was für ein erbärmliches Stück Scheiße.« Rebeccas Beschimpfung für ihren Freier erscheint mir für Vaith passend.

Jackson-Lee nickt grimmig. »Das Scheißstück meint, inner Viehzucht dürfn nur die Stärksten am Leben bleibn. Aber wir sin doch nicht inner Viehzucht.«

»Na ja ... eigentlich ja doch irgendwie«, gebe ich zu bedenken.

»Pass auf, was du sagst«, droht Jackson. »Ich bekomm 'ne scheiß Wut, wenn ich so was hör!« Jetzt wirkt er nicht mehr gutmütig, sondern erschreckend Furcht einflößend.

»Ich kann Vaith nicht ausstehen«, stelle ich schnell klar. »Ich bin auf deiner Seite, nur, ich dachte, so wie ich das mit der Viehzucht verstehe, werden doch die besten Tiere ausgewählt, um miteinander Kinder zu machen, oder nicht?«

»Äh ... ja«, meint Dom. »Ja, ziemlich genau so funktioniert das.«

»Und der Kaiser sucht die Vollkommensten unter uns, um mit Amaterasus Nachkommen Kindern zu machen. Also ...?« Ich spreche den Satz nicht zu Ende. Der Vergleich ist klar. Die anderen sehen trotzdem aus, als wollten sie etwas dagegen sagen, aber anscheinend fällt ihnen nichts ein.

Chien findet zumindest Teile seiner Sprache wieder. »Das – genau das ...«, sagt er. Dabei tippt er sich bedeutungsvoll an den Kopf.

Und erst da begreife ich wirklich, was ich gerade gesagt habe: Der Kaiser will mit uns züchten! Das klingt so abwegig ... Ich muss auflachen. Warum sollte er das wollen? Geradezu verrückt. Auf der anderen Seite ist meine Schlussfolgerung einfach nur einleuchtend. Oder?

Ich nage an meiner Unterlippe. Dabei meldet sich mein Gefühl von vorhin zurück, das Entscheidendste übersehen zu haben. *Hm, trotzdem ... das alles passt nicht zusammen ...*

»I...ich g...gehör nicht in d...die F...Futtert...tonne«, unterbricht Eddi meine Grübelei.

»Hör einfach nicht auf das, was Vaith von sich gibt«, murmle ich, kaum bei der Sache. Die Fragen in meinem Kopf geben keine Ruhe. Wieso will der Kaiser mit uns züchten? Selbst die Vollkommensten von uns bleiben Susanoos Nachkommen. Wenn wir der göttlichen Familie Kinder machen, wird in ihren Adern also immer noch das unwerte Blut von Amaterasus Bruder fließen ... *Der Kaiser will uns mit seiner Familie vereinigen,* rufe ich mir in Erinnerung. Damit Amaterasu uns auf der Oberfläche billigt, sollen wir Teil ihrer Familie werden. *Nur mit dieser List kann Yamamoto uns helfen ...*

Kaum dass ich das gedacht habe, weiß ich, was ich übersehen habe. Was wir alle übersehen haben, in unserer verblendeten Sehnsucht nach der Sonne: Für Yamamoto sind die Nachkommen Susanoos weniger wert als der Dreck unter seinen Füßen. Unser

Schicksal hier unten ... Hunger, Leid, Krankheit, Tod ... hat ihn nie interessiert. Wieso also will er uns plötzlich helfen? Ich merke, wie sich meine Augen weiten. *Weil sich etwas da oben verändert hat ...*

»Also?« Jackson-Lee sieht mich eindringlich an.

Ich blinzle ein paar Mal. »Also was?«

»Bist du dabei?«, fragt er mit gesenkter Stimme.

Gleich darauf steht ein Hüter neben uns. Er sieht kurz in die Runde. »Vier, fünf, sechs. Ihr nehmt die dort. Dritte Reihe, immer zwei von euch Heulsusen in eine Schlafbox. Is mir verflucht noch mal egal, wer mit wem. Legt euch einfach hin!«

Er wartet mit hochgezogenen Brauen und grimmigem Blick, bis wir alle in die dritte Reihe geklettert sind. Chien macht für einen Zweier von unserem Tisch Platz. Jackson-Lee und Eddi teilen sich genauso selbstverständlich eine Box wie ich und Dom. Das Plastik ist spröde, die runden Ecken angeschlagen, ein dunkles, gesplittertes Bild hängt unter der Decke. Die Box ist immerhin so hoch, dass man aufrecht sitzen kann, die Matratze fest, mit rissigem blauem Gummi überzogen. Zwei sorgfältig zusammengefaltete Decken liegen auf ihr.

Ich lehne mich an die Wand und warte, bis der Hüter nicht mehr zu uns raufschaut. »Wo dabei? Was habt ihr vor?«, frage ich sofort darauf.

Dom legt seinen Zeigefinger auf den Mund, mit dem seiner anderen Hand deutet er auf die Boxen unter uns. »Wenn er bei der körperlichen Probe weiterkommt«, flüstert Dom kaum hörbar, »ist das für *Niemand* gut.«

Ich bedeute ihm mit einem Nicken, dass ich seine Anspielung verstehe. *Niemand.* Vaiths Bezeichnung für mich.

»Wir müssen das verhindern«, raunt Dom.

»Und wie?«, entgegne ich.

Wohl zu laut, denn Dom zischt mahnend. »Wir müssen dafür

sorgen, dass er keine weiteren Blüten bekommt. Eine Schwachstelle finden.«

»E...egal w...wie«, höre ich Eddi nebenan sagen.

Egal wie scheint mir eine gute Vorgehensweise zu sein, wenn es um Vaith geht. Ich lege mich auf den Bauch und stecke den Kopf aus der Box, um zu Eddi und Jackson-Lee sehen zu können. Leise sage ich: »Ich bin dabei.«

Der große dunkle Jackson-Lee und der kleine blasse Eddi halten beide gleichzeitig den Daumen hoch und grinsen mich an. Ich grinse zurück.

Eine Weile liege ich noch so da, lasse den Blick durch den Raum wandern und suche die Fächer nach Vaith ab, bis ich sein dämliches Gesicht links unten entdecke. Okay, leicht wird es nicht, ihn loszuwerden. Er ist stark, brutal und hinterhältig. In Losts Rattenlabyrinth wäre Vaith die Siegerratte. Schlau muss er nicht sein. Dafür hat er ja Tanaka. Ich möchte wirklich wissen, wieso es für ihn so wichtig ist, dass ich Haruto die Wahrheit über unser Leben verschweige. Irgendeinen Grund muss er haben. Und er könnte mich umbringen lassen. Aber dann würde er es sich mit dem Prinzen verscherzen.

Nein. Ich denke eher, der Berater wird Vaith damit beauftragt haben. Vorhin, als die beiden auf der Bühne standen und zu mir gesehen haben. Vaith soll sich mir irgendwie in den Weg stellen. Es reicht schon, wenn ich bei der nächsten Prüfung keine Blüten bekomme. Dann bin ich raus. Bloß, was hätte Vaith davon?

Hm, wahrscheinlich ist er dumm genug zu glauben, in dem Berater einen mächtigen Verbündeten zu haben. So, wie der ihm die Schulter getätschelt hat.

Oder bilde ich mir das alles auch nur ein? Oh, Mann! Ich glaub, ich dreh jetzt, kurz vor der nächsten Probe, einfach nur durch. So wie Dom letzte Nacht.

Gerade als ich mich in die Box zurückschieben will, sieht Vaith zu mir hoch. Er grinst böse. *Nicht einschüchtern lassen,* denke ich. Ich blecke meine Lippen und zeige Zähne. Böse grinsen kann ich auch. Da zieht Vaith ganz langsam die Handkante über die Kehle, lässt dabei die Zunge heraushängen. Nein, ich bilde mir nichts ein. Er hat es auf mich abgesehen. Ich grinse noch breiter. Aber als ich zurück in die Schlafbox robbe, ist mir ganz anders. Dom hat recht und Eddi auch. Wir müssen Vaith loswerden. Egal, wie.

Ich setze mich auf und blicke zu Dom. Er hat sich wie ein kleines Kind an die Rückwand gekauert, hält die angewinkelten Beine umschlungen. Ich seufze. »Schiebst du wieder Panik?« Bevor er antwortet, ahne ich, weshalb. »Die lassen uns wirklich die Hüterprüfung machen, oder?«

Dom sieht mich mit glasigen Augen an. »Wie kommst du darauf?«

»Weil es logisch ist. Wir sind hier. Im Ausbildungszentrum.«

»Nein, keine Sorge«, murmelt er. »Der Ausbilder wüsste davon.«

»Du hast den Ausbilder gefragt? Den, wegen dem du keinen Reis bekommen hast?«

»Wenn du es genau wissen willst ... Er hat gesagt, er wünschte, er könnte mich noch einmal Dreck fressen lassen. Nur leider hätte er mit der Probe nichts zu tun.«

»Wenn du es sagst ...«, entgegne ich, auch wenn ein Rest Misstrauen bleibt.

»Mach dir keine Gedanken«, erwidert Dom. »Wird nicht schlimmer werden als die letzte Probe.«

»Hm ... weiß nicht.« Ich denke an die totgetrampelten Jungs. »Fragst du dich nicht, was die uns bei der körperlichen machen lassen?«

»Was auch immer. Es schadet nicht, dabei die Augen aufhalten zu können.« Dom zieht sich eine der Decken über den Kopf. »Also. Schlaf jetzt.«

Na gut, wenn er zu müde ist, um sich vor der nächsten Prüfung zu fürchten, kann mir das nur recht sein. Die letzte Nacht neben Dom war kurz genug.

Das Licht im Mittelgang geht aus, aber an der Decke unserer Schlafbox schimmert eine winzige Lampe. Bald wird es stiller. Anspannung hin oder her – die Erschöpfung zwingt uns zur Ruhe.

Ich gähne, meine Lider beginnen zu flackern. Innerlich noch immer unruhig, aber ausgelaugt, verkrieche ich mich unter der verfilzten Decke. Sie riecht furchtbar, nach scharfem Schweiß und Schimmel, nicht wie meine ausgeräucherte, weiche Flickendecke unten im Wurm. Angeekelt strample ich sie wieder von mir, dann schließe ich die Augen und warte, dass der Schlaf kommt. Denn das erste Mal seit Jahren mag ich mich nicht in Amaterasus Schein träumen ...

Bis vor zwei Tagen war mein Leben zwar beschissen, aber ich glaubte zu verstehen, warum. Ich meine ... auch wenn ich wütend auf den Kaiser bin, weil er sich nicht um uns gekümmert hat, daran, dass wir in diese Höhle gehören, hab ich nie gezweifelt. Wir sind eben Susanoos. Wo sollten wir sonst leben? Jetzt aber ist plötzlich alles durcheinandergeraten. Wir Probanden sollen nicht nur mehr wert sein als andere Kinder Susanoos, einige sollen sogar *vollkommen* sein.

Aber wenn wir jetzt vollkommen genug sind, um oben zu leben, wieso waren wir dann vor wenigen Tagen noch wertlos genug, um unten zu sterben?

Sobald ich versuche, mir diese Frage zu beantworten, richtet sich meine Wut nicht mehr allein gegen den Kaiser.

Ich wälze mich hin und her. Der Schlaf kommt nicht. Zu viele Gedanken ... sinnlos, es weiter zu probieren. Schließlich lege ich mich auf den Rücken und starre auf das dunkle Bild über mir. Es ist von Rissen durchzogen, in einen Rahmen gefasst und beschriftet. Das Motiv ist mit der Zeit verblichen. Oder es ist doch kein Bild. Hm ... keine Ahnung, was es sonst sein könnte. Ich schiele zu Dom. Er hat die Decke zusammengerollt und unter seinen Kopf gestopft. Seine Augen sind offen, sein Blick geht durch mich hindurch.

»Was steht da oben?«, frage ich leise.

»Panasonic.« Dom antwortet, ohne hingesehen zu haben.

»Und wozu braucht man ein Panasonic?«

»Keine Ahnung«, sagt er abwesend.

Vielleicht ein Spiegel, überlege ich. Dann denke ich darüber nach, wie anders Dom nachts ist. Nicht so fröhlich und selbstsicher wie am Tag, sondern traurig, mutlos ... und, ja, auch furchtbar verloren. »Du hast doch Angst vor der körperlichen Probe, oder?«

»Ich habe dich angelogen ...« Doms Blick kehrt aus der Ferne zurück zu mir. »Sie werden uns die Hüterprüfung machen lassen.«

Ich stemme mich hoch. »Was? Wer hat dir das gesagt?«

»Niemand. Es ist, wie du meintest. Wir sind hier. Im Ausbildungszentrum. Es ist nur logisch.«

Jetzt bin ich wütend. »Und wieso sagst du das nicht gleich? Es wäre nämlich hilfreich zu wissen, was auf mich zukommt!«

»Hilfreich? Nein, sicher nicht. Du kannst dich nicht vorbereiten, nur fürchten.«

»Das lass mal meine Sorge sein. Ich fürchte mich nicht so leicht.«

»Tja, ich schon«, sagt Dom. »Und ich sehe diese Wand jede verdammte Nacht.«

Ich verstehe, was er sagen will, nicht das mit der Wand, aber Albträume plagen auch mich. Seit meiner Kindheit. Bei mir sind es Rohre, die enger und enger werden, bei ihm eine Wand. »Erzähl mir davon«, verlange ich.

Dom fährt sich durch die Haare. »Gut, mal sehen, wie hilfreich das ist«, sagt er gereizt. »Eine Wand. Dreißig Mannslängen breit, fünfzehn hoch. Ganz oben, kurz unter der Ebenendecke, ist eine Plattform. Wenn du die erreichst, hast du es geschafft.«

Ich versuche, mir das vorzustellen. Eine Wand, mit einer Plattform obenauf. Das Bild ist unvollständig. »Und wie komme ich da hoch? Hat die Wand Risse oder ...«

»Sie ist glatt, aber es gucken jede Menge Stangen raus«, sagt Dom. »Man muss sie packen, sicheren Halt finden, sich hochziehen und nach der nächsten Stange greifen.«

Hört sich nicht viel schwerer an als die letzte Probe und im Klettern bin ich gut. »Das klingt machbar.«

Dom lacht trocken. »Ja, wenn die Stangen blieben, wo sie sind. Aber das tun sie nicht. Einige ziehen sich ein, andere klappen einfach weg, manche stehen unter Strom. Man muss schnell, aber auch stark sein, da die Wand schräg ist. So – nicht so.« Er kippt seine Hand zu sich, um zu verdeutlichen, was er meint. »Als wenn sie jeden Moment auf dich drauffällt. Das heißt, du musst deinen Körper die ganze Zeit über anspannen, sonst ...«

»... bist du tot«, flüstere ich.

»Nein, dann gäbe es keine Hüter mehr«, erwidert Dom zu meiner Erleichterung. »Dicht unter dir hängt ein Netz. Es ist mit Metallfäden durchzogen. Und die stehen unter Strom. Als kleiner Ansporn sozusagen. Wenn du es berührst, hast du versagt. Und wenn du versagst, wirst du bestraft ...«

Ich beiße mir auf die Lippe. Plötzlich ergeben die Striemen auf Doms Rücken einen grausigen Sinn. »Deine Narben sind daher, oder?«

»Tja, ein paar. Mein Ausbilder meinte, wenn er mich mit freiem Oberkörper auf die Wand schickt, würde ich mich vielleicht mehr anstrengen und die Prüfung beim vierten Mal bestehen.«

»Aber du hast sie nicht bestanden.«

»Ich habe es danach nicht mehr versucht«, sagt Dom immer noch schroff. »Ich bin abgehauen. Hab geglaubt, das hier nie wiederzusehen.« Er nimmt die Decke und schleudert sie aus der Schlafbox. Seine Augen funkeln. »Und, Juri? Ist das jetzt hilfreich zu wissen?«

»Keine Ahnung ... vielleicht ...« Ich presse die Lippen aufeinander.

»Vielleicht?«

»Ich habe Angst. Vor dem Netz«, nuschle ich. Es wäre wohl doch besser gewesen, ahnungslos zu bleiben.

Doms Ausdruck wird versöhnlich. »Weißt du, was? Wenn wir die Wand wirklich packen, dann zeig ich dir was.«

»Etwas Gutes?«

»Ja. Etwas richtig Gutes.«

Ich bleibe neugierig, doch Dom will nicht mehr verraten. Also rolle ich mich zusammen, kurz darauf fallen mir die Augen zu.

Ein Geräusch vom Gang schreckt mich auf. Verstört blicke ich um mich. Doms ruhige Atemzüge sagen mir, er schläft tief und fest. Ich schaue aus der Box. Es ist Jackson-Lee, der mich wach gemacht hat. Er klettert nebenan die Leiter runter. Ich schiebe mich vor. »Hey! Wo willst du denn hin?«, rufe ich leise.

Er grinst. »Yuma suchen.«

»Bist du verrückt? Wenn dich die Hüter erwischen!«

»Wird schon gut gehn«, brummt er, springt von den letzten Stufen auf den Boden und läuft aus dem Schlafsaal. Dabei ist er so leise wie ein Marktschreier.

So ein verdammter Mist! Ich weiß, es geht mich nichts an, aber ich kann Jackson nicht einfach so in sein Unglück rennen lassen. Nicht, nachdem er auch mir helfen will.

Ich rüttle Dom wach. Auf mich hört Jackson ja nicht.

»Holen wir ihn zurück«, seufzt er, nachdem ich ihm von Jackson-Lees Blödsinnsidee erzählt habe.

Leise schleichen wir uns aus dem Schlafsaal. Es dauert ewig, bis wir Jackson finden. Erst eine Etage höher, dort, wo auch die Unterkünfte der Ausbilder sind. Trotzdem kostet es uns alle Mühe, diesen liebeskranken Idioten davon zu überzeugen, wieder mit zurückzukommen. Ich erinnere ihn an unseren Plan gegen Vaith. Doch Jackson willigt erst ein, nachdem Dom verspricht, ihm zu erklären, wie man zu den Mädchen kommt. Nach der Probe, versteht sich. Ich bete für Jackson, dass Yuma ihm dann weiterhin die große Liebe vorspielen wird. Es reicht, wenn er auf der Oberfläche aus seinem Traum aufwacht. Aber viel Hoffnung habe ich da nicht.

Je höher, desto tiefer

Kaum dass ich das Gefühl habe, eingeschlafen zu sein, werden wir brüllend zur zweiten Prüfung gerufen.

»Alles klar?«, fragt Dom. Sein Blick flackert.

Ich nicke, obwohl ich mich alles andere als bereit fühle, eine fünfzehn Mann hohe Wand zu erklimmen und dabei Stromschläge zu kassieren. Meine Knie sind wackelig, meine Hände zittern, mir ist schwindelig, als ich hinter Dom die Box verlasse. Kaum Schlaf und 'ne Menge Angst sind eine schlechte Mischung. »Und bei dir?«, frage ich zurück.

»Auch«, sagt er. Ich sehe Dom an, dass nichts klar ist, aber er versucht, tapfer zu sein. Das versuchen wir beide.

Man führt uns durch das Ausbildungszentrum zu einem lang gestreckten Raum, in dem wir warten sollen, bis wir an der Reihe sind.

»Das ist die Umkleidekabine«, sagt Dom, als wir durch die Tür gehen. »Durch die Scheibe da kann man den anderen dabei zusehen, wie sie vom Netz geröstet werden. Sich die Zeit vertreiben, bis man selbst dran ist.«

Ich ahne nur, was Dom meint. Alle drängen sich vor der Wand links von mir, so dicht, dass Jackson-Lee Eddi sogar auf die Schultern genommen hat. Ich sehe nichts außer Rücken.

Dom verzieht den Mund. »Stell dich ruhig dazu.«

Ich schüttle den Kopf. Gaffende Menschenansammlungen widern mich an.

Suchend sieht sich Dom um. »Dem Himmel sei Dank«, stößt er einen Moment später aus. »Das Mehl ist noch da.«

»Mehl?«, wiederhole ich, nicht sicher, richtig verstanden zu haben.

»Dahinten.« Dom deutet auf eine Reihe Bänke, die man übereinander an der gegenüberliegenden Seite gestapelt hat. Darunter stehen vier zerbeulte Eimer. »Komm mit. Du musst dir die Hände bemehlen. Schnell! Bevor es losgeht.«

Ich begreife nicht, was er meint, folge ihm aber durch den Raum. Dom geht in die Hocke und zieht einen der Eimer hervor. Er ist halb voll mit Reismehl.

»Pass auf, das Mehl muss in jede Falte. Tauch deine Hände tief rein. So.« Er macht es mir vor. »Damit schwitzen sie nicht so schnell und du hast viel besseren Halt an den Stangen. Okay, jetzt du.«

»Danke ...« Ich ahne, wie wertvoll diese kleine, entscheidende Hilfe sein kann. Nicht nur um selbst Halt zu haben, sondern auch um dem Schicksal im richtigen Moment einen Schubs zu geben, damit Vaith so wenig Blüten wie möglich bekommt. Oder am besten ganz ausscheidet. Ich erinnere mich an seinen Anblick auf den Förderbändern. »Vaith schwitzt schnell.«

»Hm ...« Dom sieht unschlüssig in den Eimer. »Vielleicht hast du recht. Könnte Vaith die Probe kosten, wenn er abrutscht.« Er reibt sich mit den bemehlten Fingern den Nacken. »Auf der anderen Seite bringen wir uns selbst in Gefahr ...«

»Nicht, wenn Eddi und Jackson mitziehen.«

Dom nickt. »Einverstanden.« Er kommt aus der Hocke hoch. »Bleib hier, ich hole die beiden.«

»Ist gut. Beeil dich.« Immer wieder wälze ich meine Hände in dem Mehl. Ich möchte unseren Vorteil, so gut es geht, nutzen.

Wenn wir aus vier Richtungen kommen, wird Vaith sich nicht halten können. Wir müssen ihn möglichst spät angreifen, überlege ich. Am besten kurz vor dem Ziel. Mit Glück fehlt ihm dann die Zeit, von vorn anzufangen, und er geht leer aus. Null Blüten bedeuten, er ist raus. Egal wie viele er schon geholt hat.

Ich stopfe mir auch noch Reismehl in die Taschen. Noch bevor ich zufrieden bin, steht Dom wieder vor mir. Allein. Ohne Jackson und Eddi. Seine Haut ist plötzlich weiß wie seine bemehlten Hände, dabei steht ihm Schweiß auf der Stirn und seine Augen glänzen glasig.

Unwillkürlich durchläuft mich ein Zittern. »Was ist los?«

»Das Netz ist weg«, sagt er tonlos.

»Was? Ich ... wie meinst du das?«

»Es gibt kein Sicherheitsnetz mehr. Wir werden auf den Boden knallen.« Seine Stimme versagt fast. »Und da ist ... Blut. Überall.«

Ich begreife kaum, was er da behauptet. Die werden uns doch nicht einfach sterben lassen? Aber dann denke ich an die Prüfung gestern, die Jungs, die niedergetrampelt wurden ...

Bevor ich etwas erwidern kann, platzt der Gardist, auf den wir gewartet haben, in den Umkleideraum. »Ihr seid an der Reihe! Alle Probanden folgen mir!«, brüllt er über den Lärm hinweg und winkt uns mit sich.

Gleich darauf stehen wir vor der Wand. Um uns mindestens zwanzig Hüter. Wahrscheinlich, um einzuschreiten, falls jemand durchdreht. Nicht wenige Probanden scheinen kurz davor zu sein. Mir ist übel. Aber ich versuche, mich von dem allgemeinen Schrecken nicht anstecken zu lassen. Dom hingegen ist gar nicht mehr richtig bei sich.

»Sieh mich an!«, fordere ich ihn auf. Er reagiert nicht, atmet viel zu schnell und dabei stoßweise. Ich muss ihn erst am Arm packen, damit sich seine Augen von der Wand lösen. Zugegeben, sie ist wirklich grauenvoll ... dunkel, erdrückend, so geneigt, als würde sie auf uns stürzen. Man will unwillkürlich die Arme hochreißen, um den Kopf zu schützen. Die zehn Reihen schmaler Pfeiler, die uns davor bewahren, tatsächlich erschlagen zu werden, ändern nichts an dem Gefühl.

Zum Glück sind die Stangen, von denen Dom gesprochen hat, anders als in meiner Vorstellung. Länger. So lang wie mein Unterarm. Und sie gucken gerade aus der Wand raus, nicht geneigt. Man sollte sich also gut festhalten können. Das heißt, solange einen nicht die Kraft verlässt oder ein Stromschlag trifft. Der Gedanke macht mir immer noch Angst. Ich schlucke sie runter und zwinge mich, zuversichtlich zu klingen. »Diesmal wirst du es schaffen.«

»Das werde ich nicht«, bringt Dom heraus. Seine Augen sind schon wieder nach oben gewandert.

»Du musst. Es gibt kein Netz.« Die Wahrheit ist hart, aber jetzt ist nicht der richtige Moment für Wiegenlieder.

Der Gardist, der bis eben noch mit einem Hüterausbilder gesprochen hat, kommt zu uns und klatscht in die Hände. »Alle zu mir!«

Wir stehen im Halbkreis um ihn, während er die Probe erklärt. »In der zweiten Prüfung werdet ihr eure körperliche Vollkommenheit beweisen. Ziel ist es, die Plattform dort oben zu erreichen.« Er zeigt hoch zum Ende der schrägen Wand, wo sich auf ganzer Breite Hüter verteilt haben.

»Niemand muss sich verletzen! Ihr entscheidet, ob ihr aufgebt und wann ihr aufgebt«, behauptet er dann.

Seine Worte klingen wie Hohn in meinen Ohren. Bei einem Stromschlag loszulassen, ist keine Entscheidung. Darüber, wie tückisch die Stäbe sind, verliert er natürlich kein Wort.

»Für diese Prüfung habt ihr nicht so viel Zeit wie bei der letzten«, meint er, als wenn Zeit das eigentliche Problem wäre. »Wer bis zum ersten Gong die Plattform erreicht, wird mit vier Blüten bewertet, wer es bis zum zweiten schafft, mit drei und so weiter. Generell gilt: Entweder ihr erreicht die Plattform bis zum vierten Gong oder ihr scheidet aus.«

... *oder ihr sterbt,* denke ich mit Blick auf die Blutspuren am Boden. Unseren Plan gegen Vaith können wir vergessen. Ohne Netz ist das Irrsinn. Ganz abgesehen davon wird die Wand uns auch so alles abverlangen. Vor allem Jackson-Lee und Eddi. Die beiden haben noch nicht mal Reismehl an ihren Händen. Dafür ging alles zu schnell. Erst der Schock wegen dem Netz, dann war schon der Gardist da ...

»Tretet zurück hinter die Linie!«

Sein Befehlston lässt mich zusammenzucken. Es geht los! Der Kreis der Probanden um den Gardisten löst sich schnell auf.

»Du kümmerst dich nur um dich«, sage ich schnell zu Dom. »Vergiss Vaith. Hörst du?« Als ich sehe, wie erleichtert er nickt, weiß ich, dass meine Entscheidung richtig ist.

Ein Hüter scheucht uns hinter die Bodenmarkierung. Wir stehen links außen. Ich beuge mich vor und suche die lange Reihe der Probanden nach Vaith ab. »Gar nicht gut ...«, murmle ich mit miesem Gefühl, weil ich ihn nicht ausmachen kann.

Der Gardist schreitet die Reihe ab, sorgt dafür, dass keiner die Markierung übertritt. Ich frage mich, wie viele Probanden er heute schon um ihr Leben hat klettern lassen. Und wie viele davon vor seinen Augen in den Tod gestürzt sind. Und ich frage mich, ob Haruto uns genauso tatenlos dabei zusehen wird. Mein Blick wandert zur Plattform hoch. Eins, zwei ... acht Hüter. Kein Prinz, kein Tanaka. Wut schießt in mir hoch. Nicht auf Tanaka. Von dem kann man nur Gleichgültigkeit erwarten. Sondern auf den Prinzen. Tja, wenn man nichts sieht, muss man auch nichts dagegen tun.

Am Ende der Linie hebt der Gardist die Hand. »Macht euch bereit!«, brüllt er. Wegen seiner hohen Stimme klingt es wie das Kreischen einer Ratte.

Mein Magen zieht sich zusammen. Auf einmal habe ich das Gefühl, dass nichts hiervon gut ausgehen wird. Vaith sehe ich immer noch nicht, dafür Eddi und Jackson. Sie haben sich in der Mitte in Startposition gebracht. Ich befühle den Mehlvorrat in meinen Taschen. Drauf geschissen. Mit wenigen Sätzen bin ich bei den beiden, komme ohne Umschweife auf den Punkt. »Steck deine Hände in meine Jacke!«, verlange ich von Eddi. Weiß der Himmel, weshalb ich erst jetzt draufkomme.

»W…warum?«

»Frag nicht! Mach es! Du auch, Jackson. Hier!« Ich halte ihnen die Taschen auf. Mein drängender Ton überzeugt sie.

Der Countdown ist bei drei … bei zwei … eins. Der Startgong dröhnt unheilvoll in meinen Ohren. Die Probanden stürzen nach vorn. Erst einen Moment später ziehen Eddi und Jackson ihre mehlweißen Hände aus meinen Taschen und auch ich kann losrennen. Die beiden sind nur kurz neben mir. Eine Reihe Pfosten spaltet uns auf. Ich renne links von ihnen weiter, sie rechts.

Schnell werden die Pfeiler kürzer, die Wand kommt näher. Die ersten Probanden haben sie erreicht. Sie klettern hoch, ich höre sie aufschreien und sehe sie auf den Boden knallen. Gleich werde auch ich nach einer Stange greifen müssen. *Nur noch wenige Schritte* … Innerlich mache ich mich auf einen Stromstoß gefasst, da registriert ein Teil von mir den eigenartigen Schatten am Boden. Er wird von etwas hinter dem letzten Pfeiler geworfen. Eine entsetzliche Ahnung lässt mir das Blut in den Adern stocken. *Vaith!*

Die Erkenntnis kommt zu spät. Ich bin schon auf Höhe des Schattens. Er ruckt vor. Gerade noch sehe ich die Faust auf mich zufliegen. Den Bruchteil eines Augenblicks bin ich erstaunt darüber, wirklich angegriffen zu werden. Dann trifft mich Vaiths Schlag mit solcher Wucht, dass ich zurückgeschleudert werde und mit dem Hinterkopf gegen den Pfeiler knalle.

Sofort wird mir schwarz vor Augen, ich merke, wie ich wegzusacken drohe. Mein Blut scheint nur noch nach unten zu fließen. Alles dreht sich, es summt in meinem Kopf, die Geräusche vermischen sich zu einem undefinierbaren Rauschen. Schmerz nehme ich kaum wahr ... Ich darf nicht nachgeben! Sonst bin ich Vaith machtlos ausgeliefert. *Er wird mich bewusstlos schlagen!*

Aus irgendeinem Grund schaffe ich es, auf den Beinen zu bleiben, taumle elend und orientierungslos dorthin, wo die Wand sein müsste. Sie ist die einzige Möglichkeit, *Vaith zu entkommen!*

Ich pralle gegen sie. Irgendwer reißt mich zur Seite, rammt mir beim Hochklettern den Fuß in den Unterleib. *Ich muss hier weg!* Zitternd greife ich nach der erstbesten Stange. Packe zu. Metall unter meinen Fingern. Glatt, rund, kalt ... kein Stromschlag. Dafür dreht sie sich. *Los. Weiter!* Bevor sich die Stange aus meiner Hand windet, gelingt es mir, mich hochzuziehen, schnell nach einer anderen zu greifen, die starr ist. Auch mein Fuß findet Halt. Ich stemme mich in die Höhe, strecke mich nach der nächsten ... Die Angst, Vaith könnte mich zurückreißen, treibt mich an.

Immer wieder gibt das Metall unter meinen Händen nach, klappt weg oder zieht sich in die Wand zurück. Ich reagiere bloß noch, hangle mich von Stange zu Stange weiter, kurz hänge ich an nur einem Arm, greife nach, fliehe nach oben, allein zu dem Gedanken fähig: *Ich lasse mich nicht ausschalten!*

Einen Moment darauf bin ich in einer Sackgasse. Keine Stange in meiner Reichweite. Mein Herz rast. Ich sehe über die Schulter nach unten. Noch nicht mal zwei Mannslängen hab ich geschafft. Drei Probanden sind in meiner Nähe, noch einer am Boden. Er rappelt sich gerade wieder auf. Zum Glück ist keiner von ihnen Vaith.

Meine Anspannung weicht etwas, dafür kommt der Schmerz. Als hätte man mir eine der Stangen in den Hinterkopf gejagt. Ich lege ihn trotzdem in den Nacken. Sofort wird mir furchtbar übel.

In meinen Ohren saust und fiept es. Der Schwindel ist beinahe unerträglich und die silbernen Stangen tanzen vor meinen Augen. Vielleicht tun sie es auch tatsächlich. Ich weiß es nicht. Nichts in meiner Umgebung ist, wie es sein sollte. Alles dreht sich, verschwimmt, gibt nach, verschwindet plötzlich, taucht unvermittelt wieder auf. Unmöglich zu sagen, was echt ist. Vaith hätte mir kaum wirkungsvoller schaden können.

Meine Bauchmuskeln beginnen zu brennen. Das jedenfalls ist echt. Ich werde meinen Körper nicht ewig auf Spannung halten können. Schwindel hin oder her, mir ist klar, dass ich weitermuss. Benommen taste ich nach Stangen über mir, von denen ich schwören könnte, dass sie eben noch nicht da waren. Ich greife mehrmals daneben. Schließlich spüre ich kaltes Metall und ziehe mich mühsam eine Armlänge weiter.

Der erste Gongschlag vibriert in meinen Ohren. Nein! Nicht jetzt schon. Noch bevor er verklungen ist, höre ich in dem Stimmengewirr aus Flüchen und Hilferufen um mich herum einen markerschütternden, anhaltenden Schrei. Einen Wimpernschlag darauf bricht er abrupt ab. Ich schließe die Augen und presse dabei die Lippen aufeinander, den Schrei immer noch in den Ohren.

Komm schon, Juri. Nicht an den Tod denken, nur an das Leben. Also, Augen auf und weiter!

Puh ... Den nächsten Stab über mir erreiche ich nur, wenn ich meinen sicheren Halt aufgebe. Aber mir bleibt nichts anderes übrig. Ich setze meinen Fuß neben den anderen. Die Stange hält. Gerade so bekomme ich die über mir zu fassen. Nichts geschieht. Bestens. Noch zweimal gelingt es mir problemlos, mich weiterzuziehen, dann tappe ich in die Falle.

Bis eben waren noch eine ganze Handvoll Stangen um mich herum. Doch kaum, dass ich nach einer davon greife, ziehen sie sich ein. Pfeilschnell und im selben Augenblick. Ich muss irgendeinen verfluchten Mechanismus ausgelöst haben. Womit auch immer.

Plötzlich taucht eine der Stangen wieder auf. Sie wäre perfekt, um von dort weiterzukommen. Zu perfekt. Ich traue ihr kein Stück. Aber was soll ich machen? Mir bricht der Schweiß aus. Ohne das Reismehl an meinen Händen läge ich schon am Boden.

Vorsichtig sehe ich nach unten. Drei Mannslängen etwa, schätze ich, mein Blick ist noch immer nicht klar. Durch die Schräge könnte es auch tiefer aussehen, als es ist. Mit Glück würde ich einen Sturz ohne großartigen Schaden überstehen. Wenn ich einen anderen Weg nehme ... Bis auf die eine sitzen die Stangen immer noch wie Pfropfen in der Wand. Ich bin mir sicher, dass sie auch nicht so schnell wieder herauskommen. Aber, nein. Ich bin schon zu weit gekommen. Freiwillig fange ich nicht noch mal von unten an. Soll die Stange mich doch zwingen!

Ich strecke mich, berühre das Metall misstrauisch mit dem Zeigefinger. Wie? Kein Strom? Ich hatte fest damit gerechnet, aber die Stange dreht sich nur und zieht sich dabei langsam ein. Bevor auch sie in der Wand verschwindet, packe ich zu. Im selben Moment bekomme ich einen Schlag wie noch nie. Der Schmerz peitscht durch meinen Arm, zwingt meine Hand, sich zu öffnen. Sie zuckt unkontrolliert. Ich umkrampfe die andere Stange umso fester, lasse nicht los. Jetzt durchschaue ich dieses Miststück von Wand.

Sobald ich meinen Körper wieder unter Kontrolle habe, berühre ich die Stange ein drittes Mal, nur ganz leicht. Diesmal bohren sich scharfkantige Splitter aus dem Metall wie die Zähne einer bissigen Ratte. Hätte ich zugepackt, wäre meine Handinnenfläche aufgeschlitzt gewesen. Ich zeige dem Biest meinen Mittelfinger. Es ist, wie ich vermutet habe: Die Stangen ändern ihre Abwehr mit jeder Berührung. Vielleicht geben sie irgendwann auf, wenn man sie nur oft genug attackiert?

Mir bleibt nicht mehr viel Kraft, es herauszufinden. Ich strecke meine Hand aus. Noch einmal versucht mich die Stange abzuschütteln, indem sie diesmal wie wild ruckelt, doch danach bestätigt sich mein Verdacht. Sie gibt Ruhe und ich packe ganz zu.

Der zweite Gong nach dem Start. Na super! Nur noch zwei Blüten. Ich ziehe mich an dem Mistviech von Stange hoch. Ein Blick zurück. Natürlich, alle Stangen sind wieder da. *Ihr könnt mich mal! Ich weiß jetzt, wie ich euch erledige.*

Armlänge um Armlänge hangle ich mich weiter nach oben. Immer wieder muss ich dabei um Probanden herum, die sich in eine ausweglose Lage gebracht haben. Einer hängt direkt über mir. Diesmal gibt es kein Vorbeikommen. *Hau ab, du Idiot!,* denke ich in dem Moment, als ihn die Kraft verlässt. Er greift im Fallen nach mir, erwischt noch meinen Hosensaum, ich höre den Stoff reißen, einen Schrei ... kneife die Augen zusammen, bis er verstummt. *Nicht nach unten sehen,* befehle ich mir und fasse mein nächstes Ziel ins Auge: eine Stange, länger als alle anderen, auf die ich mich mit Glück setzen und etwas ausruhen kann. Sie ist etwa drei Mannslängen über mir. Eigentlich nicht weit, wenn nicht jeder Zug schwerer werden würde. Es sind die Stromschläge. Nicht nur die Schmerzen. Sie legen meine Muskeln lahm und die Energie kehrt danach kaum wieder in sie zurück.

Die Halle ist inzwischen erfüllt von Gebrüll. Niemand flucht mehr. Stattdessen höre ich Heulen, klägliches Wimmern, Probanden verzweifelt um Hilfe brüllen. Und immer wieder durchgehende Schreie, die schlagartig verstummen. Es ist kaum zu ertragen.

Los! Weiter! Ich beiße die Zähne zusammen und quäle mich das letzte Stück bis zur rettenden Stange. Keine Ahnung, wie ich die Kraft aufbringe, mich auf sie zu ziehen und auch noch umzuwenden. Aber es gelingt. Gerade so. Die Beine rechts und links, die Wand im Rücken, habe ich das erste Mal sicheren Halt.

Der dritte Gong ertönt. Etwa die Hälfte der Wand habe ich bezwungen. *Nur kurz verschnaufen …*, schwöre ich mir, denn ans Weiterklettern ist vorerst nicht zu denken. Obwohl ich erst etwa die Hälfte der Wand bezwungen habe. Es geht nicht. Ich bin kaum noch in der Lage, die Stange über mir festzuhalten. Alle paar Atemzüge muss ich den Arm wechseln und dabei immer genau darauf achten, nie den Kontakt zu dem Metall zu verlieren.

Ich wage einen Blick nach unten. Oh, Mann. Fünf, nein sechs … sieben Körper, die sich nicht mehr regen. Mindestens genauso viele Probanden sind schwer verletzt, ihre Gliedmaßen unnatürlich abgeknickt. Trotzdem versuchen einige, wieder zur Wand zurückzukommen. Sie kriechen über den Boden. Wie im letzten Stadium der Knochenfresser-Krankheit. Leider ist Vaith nicht unter ihnen.

Ich suche die Wand nach ihm ab. Ein gutes Stück rechts von mir bleibt mein Blick an Chien hängen. Er baumelt wie viele nur noch an einer Stange. Ich kann kaum hinsehen.

Und Dom?

Er ist nirgends zu sehen. Dafür entdecke ich Jackson-Lee. Gut drei Armlängen über Chien. Mit seiner riesigen Hand patscht er immer wieder nach einer Stange, bis er zugreift. Also hat auch er herausgefunden, wie man sie austricksen kann. Gut. Dann kann er es bis zur Plattform schaffen.

Kurz darauf mache ich Eddi aus. Ihm fehlen nur drei, vier Armlängen, dann hätte er die Plattform erreicht. Ich bewundere ihn. Das harte Leben auf Ebene eins hat ihn zäher gemacht als die meisten anderen. Aber dann verpufft meine Begeisterung. Über Eddi haben sich die Stangen eingezogen. Alle! Ich bete, dass sie schnell wieder rauskommen. Einen Sturz aus der Höhe würde Eddi niemals überleben.

Wo ist Dom? Ihn kann ich nach wie vor nirgendwo entdecken. Ich merke, wie elend mir deswegen wird. Noch mehr als ohnehin schon. *Das kommt davon, wenn man seine Regeln bricht*, schimpfe ich mit mir selbst. Wie war das mit *Halte dich von Menschen fern, gehe keine Bindungen ein?* Wenn ich mich daran gehalten hätte, würde ich mir jetzt nur um mich selbst Sorgen machen. Nicht um Eddi, nicht um Dom. Nur mich selbst.

Ich wechsle den Arm und wische mir die freie Hand an der Hose ab. Die Stangen über Eddi sind immer noch nicht aufgetaucht. Doch das ist nicht das Schlimmste, sondern Vaith. Er ist etwa vier Mannslängen unter Eddi und arbeitet sich zur Plattform hoch.

Ich muss ihn warnen. »Eddiiiiii!« Die anderen Schreie ersticken meinen. Er reagiert nicht. »Unter diiiiir!«, rufe ich noch lauter. Mein Kopf schmerzt irrsinnig dabei. »Eddiiiiii!« Ich brülle aus vollem Hals. Endlich sieht er nach unten. Als er mich erkennt, deute ich wie wild auf Vaith.

Eddi hebt den Daumen. Ich meine, ihn dabei grinsen zu sehen. Mir wird heiß und kalt zugleich. *Himmel, nein! Er versteht mich vollkommen falsch!*

Unvermittelt und bevor ich etwas gegen das furchtbare Missverständnis tun kann, muss ich kotzen. Mein Körper zwingt mich nach vorn, mein Griff löst sich von der Stange über mir. Bevor ich weiß, was geschieht, bin ich ohne Halt. Ich spüre, wie ich das Gleichgewicht verliere ... und kippe. »Hiiiilfe!« Zu spät. Einen Wimpernschlag später hänge ich mit nur einer Hand an der Stange. *Oh, Göttin!* Panisch greife ich mit der anderen zu und trete in alle Richtungen, bis ich einen Widerstand finde. Nur ist er gleich wieder weg! Ein Blick nach unten: Die Stange hat sich eingezogen. *Scheiße! Nicht durchdrehen.* Sie kommt auch wieder raus – fragt sich nur, wann.

Kurz sehe ich zu Eddi hoch und traue meinen Augen kaum. Über der Kante ist plötzlich Doms Kopf aufgetaucht. Und sein ausgestreckter Arm. Als wolle er mich von dort oben retten. Das Bild ist so unwirklich ... ich brauche einen Moment, um zu begreifen, dass Dom bäuchlings auf der Plattform liegen muss und über den Rand schaut. Aber ... das heißt ja, er hat es geschafft. Dom hat diese entsetzliche Wand längst bezwungen!

Gleich darauf folgt die nächste Erkenntnis. Nicht mich will Dom retten. Das könnte er auch gar nicht. Sondern Eddi. Um ihn auf sich aufmerksam zu machen, schlägt Dom mit der Hand auf die Wand. Ich sehe, wie er Eddi etwas zuruft. Er könnte Doms Hand greifen, sich leicht auf die Plattform und in Sicherheit bringen. Aber er will nicht. Eddi schüttelt den Kopf, ohne auch nur zu Dom hochzublicken. Stattdessen sitzt er wie eine Fliege an der Wand. Um Vaith den Weg zu versperren, bis den die Kräfte verlassen. Er ist nahe dran. Und in seiner Nähe keine Stangen. Wie bei Eddi auch. Immer wieder brüllt Vaith Tanakas Namen. Weiter oben wird Dom von der Kante weggezerrt. Jetzt muss Eddi durchhalten.

Ich halte nicht mehr lange durch. Das spüre ich. Das Ziehen in meinen Armen wird immer unerträglicher, meine Hände krampfen, beginnen zu schwitzen, rutschen. Ein anderer Proband hangelt sich an mir vorbei. Ich flehe ihn an, mir zu helfen. Er sieht nicht mal her. Elend gestehe ich mir ein, dass ich am Ende bin. Wie hatte ich mir nur einbilden können, es bis zur Plattform zu schaffen? Wenn diese verdammte Stange nicht gleich wieder da ist, schaffe ich es noch nicht mal mehr lebend nach unten!

Verfluchte Scheiße! Komm schon.

Auf einmal spüre ich etwas, das mich mit noch größerem Entsetzen erfüllt. Meine Handflächen werden nicht wärmer, sie werden unnatürlich heiß. Es ist das Metall. Es erhitzt sich, erst jetzt, oder so langsam, dass ich es bis eben nicht bemerkt habe. Mein Blut jagt pochend durch meinen Körper. Mein Herz hämmert gegen meine Brust. Ein Grauen überkommt mich. Heftig und unvermittelt.

Was bis eben noch erträglich war, wird jetzt zur reinsten Qual. Und noch immer keine Stange unter mir. *So kann es nicht enden,* denke ich. Dann fühle ich nur noch grauenhafte Hitze, unendlich viele feurige Stiche. *Ich halte es nicht mehr aus* ... Ich lasse los ...

In dem letzten jammervollen Versuch, mein Leben zu retten, grapsche ich nach silbernen Schlieren, Stangen, an denen ich vorbeifalle, und schlage mit dem vierten Gongschlag auf den Boden.

Der Aufprall raubt mir die Luft. Ich versuche zu atmen. Es geht nicht! Verzweifelt und panisch schnappe ich nach Luft, glaube zu ersticken, als sich plötzlich meine Lungen doch noch füllen. Aber mit der Erleichterung kommt der Schmerz. Jeder Atemzug jagt einen grässlichen Stich durch meine Brust und Tränen in meine Augen. *Flach atmen,* ermahne ich mich und konzentriere mich nur darauf, bis der Schmerz so weit nachlässt, dass ich mich wieder bewegen kann.

Erst da bemerke ich, dass etwas unter mir ist. Ich muss auf einem anderen Körper gelandet sein. Ich blinzle. Auf alarmierende Weise verschwimmt alles. Auch in meinem Kopf. *Der Tote muss irgendwie aus der Schleuse. Die Frau von dem Dicken ziehen. Schnell! Bevor die nächste Leiche drauffällt. Aber wieso ist der Körper unter mir? Bin ich in der Schleuse? Nein ... nein, ich gehöre nicht in die Verbrennung ... Mir ist kalt. Wieso ist Feuer kalt?* Elend merke ich, wie Schwärze sich in meinem Kopf ausbreitet und mir die Welt zu entgleiten droht. *Erst muss ich aus der Schleuse ...*

Reiß dich zusammen, befehle ich mir, *du liegst immer noch unter der Wand!* Mit großer Anstrengung schaffe ich es, mich von der Leiche zu rollen. Ich bleibe auf der Seite liegen. Aber das Gefühl von Sicherheit will sich trotzdem nicht einstellen. *Egal. Ich kann nicht mehr.*

Mit halb geöffneten Lidern liege ich da und starre auf eine schlaffe Hand vor mir, betrachte die bemehlten Finger, den Dreck unter den Nägeln, ohne etwas zu fühlen. Keine Ahnung, wie viel Zeit bereits vergangen ist, als ich das Brandzeichen in der Innenfläche bemerke und eine furchtbare Erkenntnis durch den Dunst in meinem Kopf bricht: *Eddi …*

Unendlich mühevoll stemme ich mich hoch. Er ist es. Seine Augen sind offen, der Blick leer. Ich robbe zu ihm. *Nein, er hat das überlebt!* Ich lege einen Finger unter seine Nase, aber da ist kein warmer Atem. Ich presse mein Ohr auf seine Brust, warte auf den Herzschlag, warte und warte, weil es nicht sein kann, dass etwas von dem zähen, kämpferischen, unglaublichen Eddi aufgegeben hat. Aber das hat es. Ich hebe seinen Kopf und spüre warme Feuchtigkeit. Überall ist Blut. Sein Blut. Ich greife nach der Hand, die sich eben noch voller Lebenswillen an die Stangen geklammert hat, berühre mit meinen Lippen die Fingerkuppen, sie riechen nach Reis und schwarzer Soße …

Das ist zu viel. Ich lasse los. Auch die Welt um mich. Ich will sie gar nicht mehr sehen und verliere endlich das Bewusstsein …

EBENE 6 : MEDIZIN UND WISSENSCHAFT

Von Wundern und Heilung

Für kurze Momente ist es heller. Ich spüre, wie ich auf eine Leichenkarre gelegt werde, den Ruck, als sie angezogen wird. Dann wieder Dunkelheit. Vereinzelte Stimmen. Ich verstehe die Worte nicht, aber sie bilden eine Melodie. Ein Wechsel aus weichen und energischen Tönen.

Irgendwer fasst mich an ... ich kann mich nicht dagegen wehren, fühle mich unendlich ausgeliefert. Verzweifelt versuche ich, den Dunst aus meinem Kopf zu vertreiben, mich zu bewegen. Aber alles ist unendlich schwer. Ich werde herumgewälzt, jemand reißt an meinen Kleidern und dann bohrt sich etwas Spitzes in meine Armbeuge. *Heilige Amaterasu! Ich werde lebendig gehäutet!* Machtlos wie in einem Albtraum kann ich nichts dagegen tun ...

Jahre später, so fühlt es sich an, komme ich langsam zu mir. Es wird wieder heller. In der Gerberei bin ich nicht. Ich habe den widerlichen Gestank noch gut im Gedächtnis. Er war noch schlimmer als in der Leichenverbrennung. Hier riecht es nach ... überhaupt nichts.

Ich taste mit den Fingerspitzen nach meinem Arm und gleite zu meinem Brustkorb. Die Haut ist unversehrt. Erleichtert hebe ich langsam die Augenlider. Überall ist Licht, an der Decke, den Wänden, meine Augen tränen. Ich blinzle und versuche, mich daran zu gewöhnen.

Man hat mich bis zum Hals mit einem großen grauen Tuch zugedeckt. Ich liege auf etwas Weichem, in einem sauberen Bett aus hellem Plastik. Nicht so eines, wie Brexton hatte. Verrostet und verlaust und es stank so schlimm wie die Decken in den Schlafboxen. Ich habe mich immer gefragt, was daran besser sein sollte als an meinem Schlafplatz neben den Pinkeleimern ... Mir gegenüber hängt ein erleuchtetes Bild von einem menschlichen Knochengerüst über einem niedrigen Schrank mit mehreren Schubladen. Davor steht ein Mann in einem weißen, dünnen Mantel. Er hat mir den Rücken zugewandt. Neben ihm, auf einem kleinen Metalltisch, entdecke ich Werkzeuge. Davon erkenne ich nur ein Messer und eine Schere. Ich begreife nicht, wo ich bin, versuche, etwas zu sagen, aber es kommt nur ein Krächzen heraus. Der Mann dreht sich um. Er hat graues, glattes Haar und die Züge von Amaterasus Nachkommen. »Wo bin ich?«, flüstere ich. Mein Hals ist ganz trocken.

Er füllt Wasser aus einer Flasche in einen Metallbecher und reicht ihn mir, nachdem ich mich aufgerichtet habe. »In der medizinischen Abteilung«, sagt er. *Auf der sechsten?* So nah unter der Oberfläche ... Ich spüre, wie sich die Härchen auf meinen nackten Armen aufrichten. »Du bist letzte Nacht zur Untersuchung hergebracht worden.«

Schnell nehme ich ein paar Schlucke, wische mir über den Mund. »Untersuchung?«

»Ich bin Mediziner. Weißt du, was das ist?«

Langsam nicke ich. »Ja, weiß ich.« Ich habe Hüter darüber reden hören, dass Medizinmänner sich um die Gesundheit der Kaiserlichen Familie kümmern. Auf Ebene eins haben wir nur Heiler. Sie schienen Brüche, helfen bei Geburten, allerdings ist Sun-Dust die einzig wirksame Medizin, die sie kennen. Ich fühle mich seltsam benommen, aber besser. Die Schmerzen im Kopf sind verschwunden, auch kann ich wieder freier atmen. »Hast du mir Sun-Dust gegeben?«

»Das war nicht nötig. Dein Sturz hatte eine Gehirnerschütterung zur Folge, außerdem einige sehr große Hämatome im Bereich der Rippen. Da mir jedoch befohlen wurde, dir ein synthetisches Panazee zu injizieren, dürftest du wieder genesen sein.« Er furcht die Stirn. »Es musste ja unbedingt sein. Auch wenn wir kaum noch Ressourcen haben.«

Ich verstehe kein Wort von dem, was er sagt. Stattdessen entstehen Tausend neue Fragen in meinem Kopf. »Aber ...« Ich habe die Probe doch gar nicht bestanden. Man hätte mich den Regeln nach irgendwo auf Ebene eins abkippen müssen. Bloß darauf sollte ich den Medizinmann wohl besser nicht aufmerksam machen. Er leuchtet mir mit einer stabförmigen Lampe in die Augen. Es blendet. »Wieso?«, frage ich ihn.

»Um deinen Pupillenreflex zu testen.« Er nimmt die Lampe runter. »Es sei denn, du willst wissen, wieso du diese Sonderbehandlung genießt. Aber das musst du den Kaiserlichen Berater fragen.«

»Ach so«, sage ich nur. Ich bin nicht beunruhigt. Auf eine angenehme Weise ist mir Tanaka gleichgültig.

»Er war schon zweimal hier, um zu sehen, ob du wach bist«, sagt er säuerlich. »Dein Wohlbefinden scheint ihm enorm wichtig zu sein.«

»Nein«, flüstere ich. *Zumindest nicht ihm persönlich ...* Ich fühle, wie sich plötzlich ein Lächeln auf mein Gesicht stiehlt. *Tanaka hätte mich niemals retten lassen ...*

Der Medizinmann streckt seinen knorpeligen Zeigefinger und malt ein Kreuz in die Luft. »Folge der Bewegung mit deinen Augen«, fordert er mich auf.

Ich habe Schwierigkeiten damit. Weil sich mein Kopf noch immer so anfühlt, als wäre er mit Dunst gefüllt. Aber auch weil ich plötzlich wieder mit den Tränen kämpfe. Diesmal vor Glück. *Den Prinzen interessiert, wie es mir geht.* Seit einer Ewigkeit hat das niemand mehr getan.

»Du reagierst zu langsam«, sagt der Medizinmann ungerührt. »Aber ich nehme an, das ist das Panazee. Du kannst dich jetzt anziehen.« Er legt mir neue Kleidung und die Armbinde mit meiner Nummer auf meine bedeckten Beine.

Ich starre darauf. Der Anblick wirkt wie ein Kübel Wasser auf mich und ich bin sofort hellwach vor Entsetzen. *Ich bin nackt! Er weiß, dass ich eine Frau bin!* Und um es noch schlimmer zu machen, höre ich Schritte vor der einzigen Tür. Ich sehe an ihr keinen Griff zum Öffnen.

Mir bleibt keine Zeit. Ich muss alles riskieren. »Bitte, ich ... Verrat mich nicht!« Der Medizinmann runzelt die Stirn. Er lässt nicht erkennen, ob er überhaupt versteht, wovon ich rede. »Bitte ...«, flehe ich. »Man wird mich sonst umbring–« Ich verstumme.

Die Tür gleitet mit einem Zischen zur Seite und Tanaka flattert herein. Bunt, hektisch und irgendwie unwirklich, wie alles hier. Er streift mich mit einem kurzen, verachtenden Blick. »Er soll mitkommen. Der Prinz erwartet ihn.«

Mit angehaltenem Atem sehe ich zu dem Medizinmann, bete dabei um ein Wunder. »Wenn der Prinz ihn erwartet, sollte der Junge sich erst bekleiden«, antwortet der und wendet dem Berater unbeeindruckt den Rücken zu, um irgendwelche Dinge in die Schubladen zu räumen.

»Dann soll er sich bekleiden!«, giftet Tanaka. »Und er soll in den Zen-Garten gebracht werden. Ich schicke einen Fugu.«

Ich starre möglichst ausdruckslos vor mich hin, bis der Berater aus dem Raum gerauscht ist. »Danke«, stoße ich sofort danach unendlich erleichtert aus.

Der Medizinmann dreht sich um. »Du solltest dich beeilen. Es wäre dumm, den Berater herauszufordern.« Als ich etwas erwidern will, schüttelt er den Kopf. »Ich darf dumm sein, ich bin unverzichtbar.«

Nochmals murmle ich ein »Danke« und ziehe mich an, so rasch es unter dem Tuch möglich ist.

Der Junge, der mich abholt, ist vielleicht acht Jahre alt und ein Krüppelkind mit schiefem Gesicht, doch eindeutig ein Nachfahre Amaterasus. Ich versuche, ihm ein paar Fragen zu stellen, aber er antwortet nicht. Ich bin mir nicht mal sicher, ob er mich versteht oder reden kann. Stumm begleitet er mich über helle Flure, vorbei an mannsgroßen, milchig weißen Fenstern, bis wir schließlich zu einem runden Platz kommen.

Ich bleibe staunend stehen. Der Ort ist wunderschön, geradezu göttlich! Neben glänzenden, hölzernen Wegen hat man weiße, verschieden große Steine aufgestellt, der Boden dazwischen ist bedeckt mit vielen winzigen hellgrauen Steinchen. Ein kleiner Kanal umschließt in einem perfekten Kreis einen weiteren, kleineren Platz. Das Zentrum. Eine rote Brücke führt dorthin. Oder besser, zu einem Gebäude. Eine Hütte mit hellen, durchscheinenden Wänden und einem hohen, an den Seiten geschwungenen Dach, so schön, wie ich noch keinen Bau gesehen habe. Bevor ich den Jungen fragen kann, was da ist, kommt der Berater auf uns zugeschossen.

»Bist du zu dumm, den Weg zu finden?«, fährt er das Krüppelkind an. Es duckt sich neben mir. Doch der Berater holt mit seinem Fächer aus und schlägt ihm damit ins Gesicht. »Los! Verschwinde! Geh, geh, geh!«, kreischt er und ich kann nichts tun, als dem Jungen nachzusehen, wie er über den Platz flüchtet.

So ist Tanaka also, wenn niemand in seiner Nähe ist, auf den er angewiesen ist. So ein widerliches ... Ich sehe Tanaka fest in die schmalen Augen. »Erwartet der Prinz mich nicht?« Dem Berater steht für einen Moment der Mund offen, dann verengen sich seine Augen noch mehr. »Oder ist der Berater zu dumm, den Weg zu ihm zu finden?«, ahme ich ihn in seinem näselnden Tonfall nach. Dabei bin ich mindestens ebenso überrascht von meinem Mut, wie Tanaka darüber verärgert ist.

»Du hättest besser da unten sterben sollen«, zischt er. »Du gehörst hier nicht hin. Der Prinz geht zu weit. Ich werde ... ich werde dem Himmlischen Herrscher dazu meinen Rat unterbreiten!« Dann dreht er sich auf der Stelle um und eilt über die Holzbrücke vorweg zu der Hütte.

Vielleicht sollte ich Angst haben, aber aus irgendeinem Grund bin ich mir sicher, Haruto beschützt mich. Mit dem Gefühl, unbesiegbar zu sein, folge ich dem Berater.

Von Fischen und Fugus

Tanaka führt mich um die Hütte herum und verschwindet, nicht ohne mir vorher noch einen giftigen Blick zugeworfen zu haben.

Ich halte unschlüssig an. Der Prinz steht mit dem Rücken zu mir am Kanal und wirft irgendwas Krümeliges hinein. Vielleicht Zuckerblüten. Denn im Wasser kämpfen Tiere darum wie die Menschen auf Ebene eins am Zuckerblütentag.

»Das sind Kois«, erklärt der Prinz, ohne sich zu mir umzudrehen. Ich erschrecke, weil ich mir sicher war, dass er mich nicht bemerkt hat. »Kois sind Fische«, ergänzt Haruto und winkt mich zu sich.

Misstrauisch trete ich näher. Fische ... Das Wort habe ich zwar schon mal gehört, aber gesehen habe ich solche Kreaturen noch nie. Sie haben keine Beine, nur fächerartige Auswüchse an den Seiten und am Ende, mit denen sie ausschlagen. Mit ihrem komischen runden Maul schnappen sie derart gierig nach den Krümeln, dass sie halb aus dem Wasser rauskommen. Die Augen sind wie kleine schwarze Knöpfe. Sie haben kein Fell wie Ratten. Ihre Haut glänzt in mehreren Farben: rot, weiß, schwarz und silbrig. Jetzt fällt es mir wieder ein. *Fischzucht!* Auf Ebene zwei.

»Wenn du willst, kannst du sie füttern«, meint Haruto.

Verständnislos sehe ich auf die Krumen in seiner Hand. »Du

fütterst sie erst und dann isst du sie?« Da könnte man sie doch gleich essen, ohne Nahrung zu verschwenden.

»Nein. Diese hier nicht. Ich halte sie zu meinem Vergnügen.«

Ich schnaufe. »Mit Essen sollte man nicht spielen.«

Haruto lacht leise, wischt sich mit einem Tuch die letzten Krümel von den Händen und mustert mich. Ich werde verlegen unter seinem Blick und weiß selbst nicht, warum.

»Du hast sicher noch nichts gegessen und bist hungrig, oder?«

»Ein wenig«, gebe ich zu. Jetzt, da Haruto es sagt, spüre ich meinen leeren Magen.

Er geht zu der Hütte und schiebt eine Tür zur Seite. Sie scheint aus kostbarem, reinweißem Papier zu sein. »Nur zu!« Er weist mir mit der Hand den Weg.

Mir verschlägt es die Sprache. Durch die Papierwände fällt gedämpftes Licht von draußen, auf dem Boden liegen weiche Matten. Aber mein Blick hängt an einem langen Tisch in der Mitte des Raums, auf dem so viele Schälchen mit Essen stehen, dass man die Platte darunter kaum noch sieht. Ein Junge steht daneben. Sein Gesicht ist ähnlich schief wie von dem, der mich hergebracht hat. Er neigt den Kopf, als der Prinz nach mir eintritt. Links steht ein weiterer, sehr viel niedrigerer Tisch, an dessen Seiten dicke Kissen liegen. Haruto lässt sich kniend auf einem davon nieder. »Bitte, nimm Platz«, fordert er mich auf. Unsicher setze ich mich ihm gegenüber, dabei schiele ich zu den Schälchen auf dem anderen Tisch.

»Ich nehme an, deine ganze Familie könnte mehrere Tage davon leben.«

Seine Annahme verblüfft mich. Ich überlege sogar, ob der Prinz meinem Rat gefolgt ist und sich tatsächlich zwischen all die Kranken und Hungernden auf Ebene eins begeben hat. Aber ich verwerfe den Gedanken wieder. Wir sind so wenig gewohnt. Wenn Haruto da unten gewesen wäre, wüsste er, wie schlimm es um uns steht. Was sich hier in den Schälchen türmt, wäre ein Vermögen für uns.

»Ich habe keine Familie«, höre ich mich antworten. Keine Ahnung, weshalb ich ihm das anvertraue.

»Dann bist du also frei zu tun, was du möchtest«, stellt Haruto fest.

Obwohl auch ich genau das immer gedacht habe, gibt es mir plötzlich einen Stich. »Ich bin nicht frei. Es interessiert da unten nur niemanden, ob und wie ich lebe.« Ich beiße mir auf die Lippe. Jetzt ist sie ausgesprochen, die Wahrheit.

»Nun, mich hat es interessiert. Ich war dort unten.«

»Wirklich?«

»Wirklich.« Haruto winkt dem Jungen. Aus einem runden Gefäß mit einem winzigen Ausguss schüttet der uns heißes grünliches Wasser in hauchdünne, wundervoll bemalte Tassen. Es sieht aus wie Wassersuppe, riecht merkwürdig, aber nicht so schlecht wie das Wasser aus den Kanälen. Ich kann immer noch nicht ganz glauben, dass der Prinz dort gewesen sein soll.

Er lässt sich von dem Essen geben und schickt den Jungen danach zu mir. Schweigend wartet der, während ich nach Worten suche. Ich kenne fast nichts von den Speisen. Einiges ist mit Reis zubereitet wie kleine Päckchen, auf die rohes, rotes Fleisch gelegt wurde. In einer anderen Schale liegen hauchdünne Nudeln. Sie glänzen von dem Fett, in dem sie gewendet wurden. Bei dem Rest ahne ich noch nicht mal, was es sein könnte.

»Zeig einfach auf das, was du essen möchtest«, schlägt Haruto vor, der meine Überforderung bemerkt.

Schön. Das lasse ich mir nicht zweimal sagen. Ich habe mir noch nie einfach Essen nehmen können und erst recht wurde mir keins geschenkt. Ich sehe keinen Grund, mich zurückzuhalten. Als ich fertig mit Zeigen bin, türmen sich die Bällchen, Blüten, Nudeln und Reishappen auf meinem Teller.

Speichel sammelt sich in meinem Mund. Gierig greife ich mir das erste Stückchen, doch Haruto schüttelt den Kopf. Er zeigt auf zwei handlange Stöckchen neben dem Teller, nimmt sie übereinander zwischen die Finger seiner rechten Hand und hebt mit ihnen ein Reisbällchen hoch. »So«, erklärt er lächelnd.

Sieht recht einfach aus. Aber das hatte ich von dem Würfel bei der ersten Probe auch gedacht. Und wie sich zeigt, bekomme ich die Stöckchen noch nicht mal richtig zwischen die Finger geklemmt, geschweige denn, dass ich Essen damit festhalten kann. Aus lauter Protest zieht sich mein Magen zusammen. Was soll das überhaupt? In unseren Garküchen wird gleich alles so zubereitet, dass man es sich in den Mund stecken kann. Die Kakerlaken oder Ratten werden auf Stöckchen gespießt, geröstete Maden in eine Tüte gefüllt. Man kann sie mit den Fingern herauspicken oder einfach in sich hineinschütten. Suppe wird direkt aus der Schale getrunken.

»Du kennst natürlich keine Essstäbchen«, stellt Haruto fest, wobei sich seine Miene verzieht. Ob aus Ärger über meine Ungeschicktheit oder weil Bilder der unteren Ebene in seiner Vorstellung auftauchen, kann ich nicht erkennen. Schließlich lächelt er wieder. »Iss einfach, wie du magst.«

Verärgert über meine Ungeschicklichkeit versuche ich, das Essen mithilfe der Stäbchen und meiner Fingerspitzen in den Mund zu bekommen. Haruto stochert auf seinem Teller nur herum. »Eine Familie könnte von dem Essen hier dreißig oder vierzig Tage leben«, kann ich mir nicht verkneifen zu sagen. »Und zwar wie Maden im Reismehl!« Es ist wie ein Schlag ins Gesicht. Jemanden zu sehen, dem es so gut geht, dass er nichts isst, obwohl er mehr als genug hat. Ich lege die blöden Stabdinger beiseite und benutze stattdessen nur meine Hände.

»Mein Vater lässt euch verhungern.«

»Ach, wirklich?«, gebe ich biestig zwischen zwei köstlichen Bissen zurück. Keine Ahnung, was ich da esse, aber ich werde nicht einen Krümel auf meinem Teller liegen lassen!

Nachdenklich sieht Haruto mir dabei zu. »Man glaubt wohl immer nur das, was man gesagt bekommt, solange man es nicht mit eigenen Augen sieht.«

»Das waren meine Worte!«, halte ich ihm mit vollem Mund vor.

»Ich war darauf nicht vorbereitet ...«

»Auf was? Den Gestank? Die vielen Kranken? Die Enge?«

Der Prinz legt seine Stäbchen zur Seite. »Auf nichts davon.« Er greift nach seiner Tasse, hält sie mit beiden Händen und blickt hinein. Ich hoffe, er hat mitbekommen, welche dreckige Brühe die meisten Menschen weiter unten trinken müssen.

Ich zwinge mir unterdessen die letzten Reisbällchen hinein und unterdrücke ein Aufstoßen. Zum ersten Mal in meinem Leben bin ich so satt, dass ich aufhören möchte. Nie hätte ich gedacht, dass man auch zu viel essen kann und ein voller Magen fast so schmerzt wie ein leerer.

»Ich konnte mein Essen nicht bei mir behalten«, sagt Haruto leise. »In der Gasse dort saß ein Kind. Es hat mein Erbrochenes vom Boden gekratzt ... und es verschlungen.« Er kämpft sichtlich damit, seine Haltung zu bewahren. »Ich denke, darauf war ich am wenigsten vorbereitet.« Sein Gesichtsausdruck ist undurchdringlich, doch seine Hand zittert, als er die Tasse absetzt, ohne getrunken zu haben.

Ich lege das letzte Reisbällchen zurück. So dämlich es auch ist, ich möchte den Prinzen trösten. Ihn, der noch nie in seinem Leben diesen reißenden Dämon, genannt Hunger, gespürt hat. »Alles ist besser, als zu verhungern«, erwidere ich und versuche ein Lächeln. Aber dann fällt mein Blick wieder auf seinen unangetasteten Teller und ich überlege, wie leicht es für ihn ist, hier den Gönner zu spielen, um sein Gewissen zu erleichtern. Das nützt den Menschen nichts, die verzweifelt genug sind, Erbrochenes zu essen. Und so verzieht sich mein Lächeln zu einer schiefen Grimasse.

»Ich bin davon ausgegangen, euer Leben könnte nicht viel schlechter sein als unseres«, rechtfertigt sich Haruto. »Mir waren zwar ...« Er stockt, als er meine bittere Miene sieht, und weicht meinem Blick aus. »... Dinge bewusst. Aber ich habe nichts hinterfragt. Dazu war ich zu sehr mit meinem eigenen Schicksal beschäftigt.«

»Ja, muss furchtbar sein als Prinz.« Bei seinem Selbstmitleid könnte ich platzen. »All das Essen ... die ständige Sonne.«

Der Prinz springt so schnell auf, dass ich zusammenzucke. »Ob du es glaubst oder nicht, ich habe die Sonne derart selten gesehen, dass ich mich an jede einzelne Begegnung erinnere. Und diese Erinnerungen sind äußerst schmerzvoll.« Sein Blick geht zur Tür. »So unterschiedlich unser Leben auch ist, Juri Gagarin, etwas haben wir gemeinsam. Für uns beide ist die Sonne nur ein Märchen.«

Ich stehe ebenfalls auf, begreife nicht, was er damit meint, und das sage ich ihm auch.

»Nicht jeder verträgt die Sonne«, erklärt Haruto nicht mehr aufgebracht wie eben, sondern gequält. »Manchen Menschen schadet sie.«

»Amaterasu schadet dir?« Das hört sich beinahe wie ein Witz an. Der Prinz ist ihr Nachfahre.

Er kommt zu mir und schiebt seinen Ärmel hoch. »Sie verbrennt meine Haut. Sogar durch Kleidung hindurch.« Oh, Himmel! Sein Unterarm ist vernarbt, als hätte er ihn ins Feuer gehalten. Es heißt zwar, Amaterasu könne nicht nur heilen, sondern ihr Schein auch zerstören, aber ... das soll sie getan haben?

Ich strecke meine Hand nach seinem Arm aus, will es verstehen wie bei meinen Toten. »Darf ich?«, frage ich vorsichtig, schließlich lasse ich mich auch nicht gern ungefragt anfassen.

Haruto nickt.

Vorsichtig gleiten meine Fingerspitzen über die Narben. Sie erheben sich kaum, sind abgeheilt, anders als die offenen Wunden bei der Knochenfresser-Krankheit.

»Tut das weh?« Mein Blick wandert in sein Gesicht. Ihm so nah, erkenne ich auch hier feine, weiße Stellen – trotz der blassen Haut.

Er hebt langsam den Kopf. Überraschung steht in seinen Augen. Und noch etwas, das ich nicht deuten kann. »Es fühlt sich eher taub an.«

»Du spürst nichts?« Meine Finger fahren eine leicht erhabene Narbe entlang.

»Doch, etwas spüre ich«, erwidert Haruto heiser.

Ich auch, kann ich nur denken. Es prickelt in meinen Fingerspitzen und mein Herz schlägt plötzlich so laut, dass Haruto es hören muss. Wir haben den Moment überschritten, an dem die Situation noch unverfänglich war. Das, was in meinem Körper geschieht, ist in jedem Fall verfänglich. Ein leises Stöhnen kriecht aus meiner Kehle. Verfänglicher geht es schon nicht mehr.

Ein Ruck geht durch Haruto. »Ich denke, das reicht.« Er zieht den Stoff seines Hemdes wieder über den Arm, womit er meine Hand wegschiebt.

Himmel! Wie peinlich! Ich spüre, wie mir die Hitze ins Gesicht steigt und nuschle eine Entschuldigung. Aus lauter Verlegenheit fliehe ich regelrecht aus der Nähe des Prinzen, raus aus dem Raum, an den Kanal. Was passiert hier nur? Ich starre ins Wasser und versuche, meine Gefühle zu ordnen.

Nicht lange und Haruto steht wieder neben mir. »Ich habe die letzten achtzehn Jahre nicht mehr gesehen als diese ...« Er räuspert sich. »Jedenfalls habe ich die Sonne nur selten gesehen und verbringe die meiste Zeit in meinen Räumlichkeiten. Und wenn es nach meinem Vater ginge, wäre das auch so geblieben.«

Haruto greift in ein kleines Kästchen, das auf einem flachen

Stein steht, und nimmt eine Handvoll von dem krümeligen Zeug heraus, dann tastet er nach meiner Hand. Selbst bei dieser kleinen Berührung durchzuckt es mich bis in den Unterleib. Er öffnet meine Finger und dreht meine Handinnenfläche nach oben, um einige der Krümel hineinrieseln zu lassen. Meine Hand zittert, als er sie loslässt.

Noch verwirrter als ohnehin schon, mache ich es Haruto nach. Ich werfe die Krümel in winzigen Portionen den Fischen hin und sehe zu, wie sie sich in ihrer Gier beinahe umbringen. Verlangen ist anscheinend unkontrollierbar.

Wobei ... Falls Haruto ähnlich empfindet, lässt er es sich nicht anmerken. »Mein Vater würde mich am liebsten in meinen Räumen vergessen, aber er muss seiner Familie einen Nachfolger präsentieren«, sagt er und ich brauche einen Augenblick, um zu verstehen, dass der Prinz an unser Gespräch vor diesem verwirrenden Moment anknüpft. »Also gibt er jedes Jahr zu meinem Geburtstag ein großes Fest. In seinem Kirschgarten. Er betont, wie vollkommen ich bin. So, wie man es über die Blüten sagt. Denn alles, was weniger als vollkommen ist, ist für den Kaiser ein Misserfolg. Deshalb verschweigt er meine Sonnenkrankheit.«

Haruto wirft die letzten Krümel hinein, wendet sich ab und verschränkt die Hände im Rücken. »Ein direkter Nachfahre der Sonnengöttin verbrennt unter ihrem heiligen Schein ... Das sollte besser niemand erfahren, oder?«

»Nein«, murmle ich.

»Und um seine große Freude zu teilen und gleichzeitig zu beweisen, wie gut er sich um euch kümmert«, fährt Haruto fort, während wir zurück in die Hütte gehen, »lässt der Kaiser Zuckerblüten regnen.« Ich höre ihn spöttisch auflachen. »Die nächsten Monate sitze ich dann wieder in meinen Räumen, lese, spiele auf der Zither ... und lasse wie nach jedem Geburtstag meine verbrannte Haut an Händen und Gesicht abschälen, bis die sichtbaren Beweise meiner Unvollkommenheit verschwunden sind. In zwei Tagen ist es wieder so weit.«

Ich weiß nicht, was ich dazu sagen soll. Es ist schrecklich, aber längst nicht so schrecklich wie ein Leben auf Ebene eins. Das Schweigen breitet sich zwischen uns aus, bis ich mich auf eine Frage besinne, die ich Haruto stellen wollte. »Was ist deine Aufgabe bei der Blüte?«

»Meine Aufgabe?« Der Prinz wirkt ehrlich verblüfft. »Ich habe keine. Ich wollte raus aus meinen Räumen, mal etwas anderes sehen. Und da bei euch keine Sonne scheint, die mir schaden könnte, schien es mir ein machbares Abenteuer.«

»Ich hoffe, du hast Spaß und bekommst die vollkommenste aller Blüten!« Dass der Prinz die grausamen Proben als Abenteuer bezeichnet, ärgert mich wieder.

Er übergeht meine Ironie. »Der einzige Spaß war, sich meinem Vater zu widersetzen. Er war dagegen, aber ich habe gedroht, jedem von meiner Sonnenallergie zu erzählen. Außerdem ist für mich keine Blüte vorgesehen, da ich meine Krankheit an meine Nachkommen weitergeben könnte.«

Ooooh ... Das wird Yuma aber nicht gefallen.

»Mein Vater fürchtet um seinen Ruf in unserer Familie. Sie ... Ich selbst habe bis vor Kurzem noch geglaubt, er sei ein großmütiger, gerechter Herrscher. Er hat Berater Tanaka beauftragt, mich von alldem hier unten fernzuhalten ...« Haruto verzieht den Mund, als hätte er auf etwas Bitteres gebissen. »Ich musste mich während der zweiten Probe davonstehlen wie ein Dieb, um deine Ebene sehen zu können.«

Das ist also der Grund. Der Kaiser will nicht, dass seine Familie erfährt, wie schlecht er uns behandelt. »Wirst du es deinen Leuten denn sagen?«

»Nein.« Haruto sieht zur Seite. »Mein Vater würde mich dafür töten lassen, sobald er mich nicht mehr braucht.«

Was? Seinen eigenen Sohn? »Was meinst du? Wofür nicht mehr braucht?«

»Ich muss so lange als Thronfolger herhalten, bis der göttliche Kaiser einen anderen, einen würdigen, einen vollkommenen Nachfolger gezeugt hat.«

»Oh«, entfährt es mir. Ich hätte nicht gedacht, dass der Kaiser bislang nur einen Sohn gezeugt hat. »Ich habe auch keine Geschwister«, vertraue ich Haruto an.

Er schnaubt. »Ich habe Geschwister. Über fünfzig sogar. Lauter Fugus.« Der Prinz zeigt auf den verkrüppelten Jungen.

»Ein Fugu? Er hat noch nicht mal einen eigenen Namen?« Ich denke wieder an Kanisterköpfchen. »Das ist gemein.«

»Es ist die Bezeichnung, die mein Vater für die Unvollkommenheit meiner Geschwister benutzt«, erwidert Haruto. »Ich habe alle Fugus zu meinen Dienern ernannt, damit mein Vater sie überhaupt am Leben lässt.«

Das hätte ich nicht gedacht und insgeheim rechne ich es Haruto hoch an, dass ihm seine kranken Geschwister nicht gleichgültig sind.

Was mir der Prinz dann erzählt, nachdem wir uns wieder an den niedrigen Tisch gesetzt haben, hätte ich noch weniger erwartet: Amaterasu hat nicht mehr als fünfhundert Nachkommen.

Schon seit Generationen sorgen die Kaiser dafür, dass sie sich nicht mit dem Blut Susanoos vermischen können. So werden Gardisten und Diener bereits als Kinder entmannt. Viele sterben dabei. Denn um wirklich sicherzugehen, schneidet man ihnen gleich den ganzen Kindermacher ab. Frauen, die dem Kaiser dienen, werden zurück in die Höhle verstoßen oder getötet, falls sie schwanger werden. Und das alles, damit die Kaiserliche Familie vollkommen bleibt. Wenn ich das richtig begriffen habe, ist jedoch das Gegenteil passiert. Mit jeder Generation sind weniger lebensfähige

Menschen entstanden. Die meisten waren sogar von Geburt an verkrüppelt oder einfältig. Wie die Fugus.

Mit verlorenem Blick starrt Haruto auf den Boden. »Seit vier Jahren wurde kein Kind mehr geboren, das länger gelebt hätte als einen Monat.«

Was? Oh, Göttin! Und wir kämpfen darum, älter als fünfundzwanzig zu werden.

»Inzwischen lässt mein Vater es gar nicht mehr so weit kommen. Die Fugus werden gleich getötet, nachdem sie auf die Welt gekommen sind.«

Mein Magen verkrampft sich. »Sie schneiden ihnen die Kehle durch, richtig?«

Haruto sieht überrascht auf. »Woher weißt du davon?«

»Ich habe ihre Leichen in der Verbrennung entsorgt.«

Er nickt nur.

»Jetzt kennst du den wahren Grund der Blüte«, meint er nach einer Weile und mustert mich prüfend. Ich merke, dass er in meinem Gesicht nach einer Reaktion sucht. Da wird er nur Verwirrung finden. Der Prinz kräuselt die Stirn. »Nun, auf jeden Fall ist der Kaiser gezwungen, unser Blut mit eurem zu kreuzen. Um gesunde Nachkommen zu erschaffen. Ansonsten werden wir in weniger als zwei Generationen nicht mehr existieren.«

»Er will wirklich mit uns züchten«, stelle ich fassungslos fest. Keiner der anderen Probanden hatte das für möglich gehalten. Einen Moment später wird mir jedoch bewusst, die Gewissheit macht keinen Unterschied. Mir war doch von Anfang an klar, dass der Kaiser Susanoos Kinder nicht mit Amaterasus vereinen wollte, weil er so ein gutes Herz hat. Und dass wir seiner Familie Kinder machen sollen, wussten wir ebenfalls.

Ich muss an die vielen Kinder meiner Ebene denken. »Wirst du dich bei Amaterasu für Susanoos Nachkommen einsetzen?«, frage ich Haruto.

Der Prinz lacht auf. »Wie sollte ich das tun? Ich kann Amaterasu ja nicht mal unter die Augen treten.«

»Dann musst du deinen Vater überzeugen! Er muss die Susanoos ja nicht aus der Höhle lassen. Frag ihn nach mehr Reis. Und sauberem Wasser für alle.«

»Ich habe keinen Einfluss.« Haruto erhebt sich. »Es hätte keinen Sinn und würde ihn nur noch mehr gegen mich aufbringen. Er hält mich auch so schon für eine Strafe der Göttin. Es tut mir leid.«

Fassungslos starre ich ihn an. »Du willst noch nicht mal mit ihm reden?« Er hat doch gesehen, wie wir leben. Ein Kind hat sein Erbrochenes gegessen. Wie kann er es sich trotz seines Wissens so einfach machen? Ich stehe auf. »Du bist überhaupt nicht besser als dein Vater!«

»Du gehst zu weit!« Haruto fährt zu mir herum. So, wie seine Augen funkeln, habe ich einen wunden Punkt getroffen. »Du hast keine Ahnung, wie der Kaiser ist.«

»Du müsstest doch nur mit ihm reden!« Nur reden … Ist das denn zu viel verlangt? Er hat doch auch seinen Geschwistern geholfen. »Bitte«, flehe ich und gehe zu ihm.

Der Prinz schüttelt den Kopf.

»Dann lass mich zumindest hier raus«, verlange ich zitternd. »Gib mir die restlichen Blütenstempel.«

»Du überschätzt meine Macht immer noch.« Die Verärgerung steht jetzt deutlich in seinem Gesicht geschrieben. »Berater Tanaka ist für die Prüfungen zuständig. Er lässt das Buch nie unbewacht und die Gardisten fühlen sich ausschließlich dem Kaiser verpflichtet.«

»Aber –«

Haruto schneidet mir mit einer Geste das Wort ab und befiehlt dem Fugu, einen Gardisten zu holen, der mich nach unten begleiten soll. »Ich habe Einspruch für dich eingelegt, nachdem du bei der letzten Probe versagt hast. Schon das war nicht leicht. Der Berater weiß, dass Amaterasu mich nicht akzeptiert. Und er tut es auch nicht. Er verachtet mich wie ich ihn.« Haruto verschränkt die Arme vor der Brust. »Mehr kann ich nicht tun.«

So weit, wie ich schon gegangen bin, kann ich jetzt auch betteln. »Bitte! Ich habe erst vier Blüten!«

»Wenn du nach oben willst, musst du bei der nächsten Probe besser sein als bei den letzten.«

»Und wenn nicht, bin ich tot«, jammere ich elend und panisch, denn jetzt steht der Gardist in der Tür.

»Das reicht jetzt!«, sagt Haruto scharf. »Akzeptiere dein Schicksal. Das tue ich auch.«

Bevor ich etwas erwidern kann, hat der Gardist mich am Arm gepackt. »Wohin, Hoheit?«

»Lass ihn los.« Als der Mann seine Hand von mir nimmt, wendet der Prinz sich ab. »Führe den Probanden einfach zurück zu den anderen.«

Ich folge dem Gardisten, mit Wuttränen in den Augen. Auf der Brücke drehe ich mich noch einmal um. »Haruto!« Der Fugu schiebt schnell die Papiertür zu. Hören wird der Prinz mich trotzdem. »In zwei Tagen, wenn dich die Menschen da oben feiern und dein Vater Zuckerblüten rieseln lässt, dann stell dir die Fische hier vor. Und frag dich, was sie tun würden, wenn sie Hände hätten!«

EBENE 4 : ORDNUNG UND SICHERHEIT

Ein Lichtblick

Der Gardist führt mich über den Platz bis zum Ausbildungszentrum. Er berührt mich nicht mehr, trotzdem fühle ich mich bewacht, nicht begleitet. Das Gefühl verstärkt sich, als ich die vielen Wachen am Tor sehe. Ihre Anzahl hat sich mindestens verdoppelt. Für den Gardisten öffnen sie ohne Zögern. Er befiehlt einer der Wachen, sich um mich zu kümmern, dann verschwindet er.

In der Halle, wo das Bild des Kaisers hängt, fragt mich die Wache, in welchen Bereich ich gehöre. Erst denke ich, er meint, ob Männer- oder Frauenbereich, und komme schon ins Schwitzen. Aber dann stellt sich heraus, dass die Probanden, die die zweite Probe bestanden haben, in einem höheren Stockwerk untergebracht wurden.

Wir steigen zwei Treppen hinauf. Die Wache ruckt einmal kurz mit dem Kopf nach rechts. »Der Schlafsaal. Die Tür am Ende. Da, wo der Junge steht.«

Der Junge ist Dom. Er eilt auf mich zu. »Geht es dir gut?«, fragt er ohne Begrüßung.

»Ich habe was gegen die Schmerzen bekommen«, entgegne ich, weil ich nicht weiß, wie es mir geht. Irgendwas zwischen furchtbar verwirrt und ziemlich mies.

Dom wartet, bis die Schritte des Hüters verhallen. »Hab gehört, du warst wieder beim Prinzen.«

»Woher?«, frage ich baff.

»Die Hüter reden darüber. Sie haben es von Gardisten und die von Tanaka, schätze ich.«

»Tanaka ...«, wiederhole ich finster.

»Hör zu, es gibt das Gerücht ...« Dom verstummt, weil sich die Tür hinter uns öffnet und ein Proband schlaftrunken an uns vorbei zum Pinkelraum stakst. »Der Prinz und du ... du sollst ihm zu Willen sein.«

»Was?« Erschrocken starre ich Dom an. »Wer sagt so was?«

»Es sind nur Gerüchte, aber ich wollte dich vorwarnen. Dich abfangen ... und dich mitnehmen.« Bevor ich etwas erwidern kann, fragt Dom: »Erinnerst du dich noch, dass ich gesagt hab, ich zeig dir etwas? Wenn wir die Probe überstehen? Etwas richtig Gutes?«

Stimmt ja. Das hatte ich schon ganz vergessen. »Was is–«

»Verrat ich nicht«, schneidet er mir das Wort ab. »Aber wenn, dann muss es jetzt sein.«

»Jetzt, sofort?«

»Sonst wirst du es vielleicht nie sehen. Bald geht das Licht an. Die letzte Probe ... Wer weiß ...« Dom führt seine Bedenken nicht aus. Mir ist trotzdem klar, was er sagen will. Wer weiß, ob wir danach noch leben.

Wütender Trotz steigt in mir hoch. Er hat recht. Und wenn es bei dem ganzen Scheiß noch etwas Gutes gibt, dann will ich es sehen. »Bring mich dahin«, sage ich entschlossen.

»Du wirst es nicht bereuen!«, versichert Dom mir gleich zweimal.

Kurz darauf huschen wir durch die Gebäude. Die Lichter sind überall gedämmt, Hüter stehen Wache, aber Dom weiß, wie er gewisse Bereiche umgehen kann. Zweimal werden wir trotzdem ertappt, die Hüter fordern uns harsch auf, zu den anderen Probanden zurückzukehren. Dom behauptet beide Male, wir hätten uns verlaufen. Er lässt sich sogar den Weg erklären, bedankt sich artig und wir tun so, als ob wir uns auf den Rückweg machen.

Ich bin weit weniger gelassen als er. Vor allem, weil außerhalb unseres Schlafbereichs plötzlich nicht nur die Wachen, sondern auch viele der Hüter Pistolen in ihren Gürteln tragen.

»Es gab Fluchtversuche«, erklärt Dom. »Wegen der letzten Probe. Viele haben Angst, bei der nächsten draufzugehen.«

Wen wundert's, denke ich. Im Grunde hatte ich schon längst damit gerechnet, dass man uns schärfer bewacht. Das erinnert mich an meine eigenen Fluchtpläne. »Und? Konnten sie fliehen?«

Dom deutet ein Kopfschütteln an. »Bei der Probe hätten sie bessere Überlebenschancen gehabt.«

Diese ganze verdammte Blüte widert mich immer mehr an.

Bald sind wir an unserem Ziel. Dom betätigt einen Schalter, mit dem man das Licht anknipsen kann, und ich sehe mich in dem Raum um. Er ist groß und es riecht nach Seife. Links von mir stehen große Gitterkörbe voller blauer Hüterkleidung, ordentlich an die Wand geschoben, rechts sieht man eine lange Reihe aufeinandergestapelter Maschinen. Dom erklärt, dass hier die Kleidung der Hüter gereinigt wird. Sie kommt in die Maschinen und wenig später ist sie dann ohne irgendein Zutun sauber. Eine Wäscherei nennt man das. Wegen der Blüte ist sie aber nicht in Betrieb.

Die Maschinen faszinieren mich. Auf Ebene eins erledigen Wäscherinnen diesen mühevollen Job für weniger als eine halbe Handvoll Reis pro Korb. Dafür waschen sie die Kleidung im Kanalwasser aus, weshalb man fast immer Ausschlag bekommt. Ich sehe wieder zu Dom. »Aber das ist es nicht, was du mir zeigen wolltest, oder?«

Er lächelt verschmitzt. »Nein, darauf müssen wir dort hinten warten.«

Wieso auch immer wir *dort hinten* warten müssen, Dom schaltet das Licht wieder aus und wir verziehen uns im Halbdunkel der Notbeleuchtung in die hinterletzte Ecke des Raums. Irgendwo hinter eine Gittertreppe zwischen lauter Rohre. Ich nehme an, dass durch sie die Dämpfe der Maschinen abgeleitet werden. Wir machen es uns halbwegs bequem.

Als ich Dom von dem Treffen mit dem Prinzen berichte, spüre ich wieder eine Riesenwut im Bauch.

»Wenn er nicht eingegriffen hätte, wärst du schon wieder auf eins«, wirft Dom ein.

»Mag sein. Er könnte trotzdem mehr tun. Er ist der Prinz.«

Dom wiegt den Kopf. »Ich weiß nicht ... Vielleicht ist sein Einfluss wirklich begrenzt. Wie er gesagt hat.«

Ich werfe ihm einen finsteren Blick zu. »Jeder ist in der Lage, für etwas zu kämpfen. Oder zumindest, es zu versuchen.«

»Wahrscheinlich hast du recht«, lenkt Dom ein.

Ich schätze, er will sich nicht streiten. Mir egal. Grimmig starre ich vor mich hin und denke daran, wie man uns kämpfen lässt. Und sterben.

»Worüber denkst du nach?«, fragt Dom prompt.

»Daran, wie Eddi gekämpft hat.«

Ich werde von der Seite beäugt. »Du weißt, dass er ...«

»Ja«, sage ich schnell. Ich will nicht hören: *Eddi ist tot. Eddi lebt nicht mehr. Eddi hat es nicht geschafft.* Denn das würde es endgültig machen, Eddi nie wieder Reis mit schwarzer Soße in sich hineinschaufeln zu sehen. Oder wie er mich angrinst und seinen Daumen hochhält.

Plötzlich fühlt sich mein Hals verstopft an. Als wenn darin ein Pfropfen sitzen würde. Ich schlucke, doch er steckt da, wo die Luft durchgeht. »Ich bin schuld daran«, platze ich heraus, mit dem sicheren Gefühl zu ersticken, wenn ich die Wahrheit weiter für mich behalte.

»Woran?«, fragt Dom verständnislos.

»An seinem Tod.« Oh, Himmel! Die Worte aus dem eigenen Mund zu hören, ist noch schrecklicher.

»Juri ... Also, wieso auch immer du das glaubst ... Schuld bist sicherlich nicht du. Es sei denn, du bist der Kais–«

»Du begreifst das nicht!«, falle ich Dom ins Wort. Er ist immer so furchtbar nett und verständnisvoll. Wieso ist er nie wütend? Ich bin ständig wütend. Jetzt gerade am allermeisten auf mich selbst. »Ich habe Eddi ermutigt, Vaith anzugreifen!«, rufe ich aufgebracht. »Ich habe wie wild auf ihn gezeigt, als er da oben unter Eddi hing. Verstehst du?«

»Nein, tut mir leid, beim besten Willen nicht.«

Göttin! »Eddi hat mich missverstanden!« Ich schlage mit der Faust auf mein Knie. »Wegen unserer Abmachung, Vaith loszuwerden. Egal auf welche Weise.« *Egal wie,* höre ich ihn sagen und das Bild von Eddi flammt in meinem Kopf auf, wie er mich zusammen mit Jackson angrinst, beide den Daumen durchgestreckt.

»Ja, ich weiß«, bestätigt Dom. »Egal wie ...«

»Ich wollte Eddi doch nur warnen ...«, jammere ich und schlinge die Arme um meine angewinkelten Knie. »Aber er hat es so verstanden, als wenn ich ihn auffordern wollte, etwas gegen Vaith zu tun, verstehst du? «

»So ein Schwachsinn!«, platzt es aus Dom heraus. Erschrocken zucke ich zusammen. Er kann ja doch wütend werden. »Glaubst du etwa, Eddi hätte deine Aufforderung gebraucht? Auf irgendein Zeichen von dir gewartet?«

»Ich habe ihn ermutigt«, beharre ich, allerdings klingt meine Stimme kraftlos.

»Ermutigt«, schnaubt Dom. »Ich habe Eddi angeschrien. Und? Hat es ihn interessiert?« Er zieht herausfordernd die Brauen hoch. Ich presse die Lippen aufeinander. »Vielleicht ist es besser, wenn du nichts sagst«, grollt Dom. »Dann kommt zumindest kein

Schwachsinn mehr raus.« Er wendet den Blick von mir ab und schüttelt enttäuscht den Kopf. »Du überschätzt deine Bedeutung und dein blödes Rumgefuchtel gewaltig, Juri. Nur weil dir einmal ein Mensch wichtig war, heißt das noch lange nicht, dass du auch für ihn wichtig gewesen bist.«

Das sitzt. Doms Worte sind wie eine Ohrfeige. Schlimmer! Sie verletzen so sehr, ich will mit voller Wucht zurückschlagen, ihn anschreien und beschimpfen. Nur steht mir nichts davon zu. Dom hat bloß die Wahrheit gesagt. Und nicht nur das. Während ich selbstgerecht herumjammere, muss er damit klarkommen, Eddi tatsächlich nicht gerettet zu haben. Dafür bekomme ich jetzt Doms ganze Wut ab. Er starrt zornig auf den Boden.

»Erzählst du mir, wie es passiert ist?«, frage ich vorsichtig.

Er hebt seinen Blick. Der Zorn darin erlischt. »Ich weiß es auch nur von Jackson. Die Hüter haben mich rausgezerrt, weil ich Eddi auf die Plattform helfen wollte. Jackson meint, Vaith hätte nicht mehr lange durchgehalten.«

Sicher nicht …

»Er hat wie 'n Baby nach Tanaka geschrien. Und rate, was kurz darauf passiert ist.«

»Alle Stangen waren wieder da?«

»Wie auf Knopfdruck«, bestätigt Dom, »kamen sie überall um Vaith herum aus der Wand geschossen.«

»Tanaka braucht Vaith eben noch.«

»Mir egal. Und von mir aus kann Vaith dafür in Tanakas Hintern kriechen!« Dom fährt sich durch die Haare. »Dieser Scheißkerl hätte sich an Eddi vorbei auf die Plattform retten können …«

»Aber das hat er nicht«, schließe ich aus seinem hasserfüllten Blick.

»Nein, er hat ihn gepackt und in den Tod gerissen.«

»Oh, nein …« Ich schließe kurz die Augen, sehe wieder Eddis vor mir … groß und erloschen … und dann Vaiths … kalt und gleichgültig. Das erste Mal in meinem Leben wünsche ich jemandem den Tod. »Ich könnte Vaith umbringen«, sage ich aus vollem Herzen.

»Ich auch«, stimmt Dom mir zu, und als ich ihm von Vaiths Angriff auf mich erzähle, überlegen wir gemeinsam, wie wir ihn töten könnten. Über Rache nachzudenken, hilft. Doch letztendlich ist uns beiden klar, dass wir nicht dazu fähig sein werden. Was bleibt, ist schmerzvolle Leere. Und die ist fürchterlich. Ich habe keine Ahnung, wie ich mit ihr umgehen soll.

Mein Körper leider schon. Tränen sammeln sich unter meinen Augenlidern. Energisch dränge ich sie zurück, schon allein, weil Rumheulen kein Männerding ist. Auch wenn Dom neben mir das anders zu sehen scheint. Sein ganzes Gesicht ist tränennass.

Ich schlucke hart. »Wer ist noch tot?«

»Weiß nicht genau ... fast die Hälfte«, sagt Dom erstickt.

»Wer?«, dränge ich.

»Der Junge, mit dem du beim Prinzen warst.«

Hart beiße ich die Zähne aufeinander.

»Von den anderen kannte ich niemanden«, versichert Dom mir. Dann fasst er zusammen, wie die zweite Probe ausgegangen ist.

Zum Schluss gab es mindestens genauso viele Verletzte wie Tote. Einige sind mit Brüchen davongekommen, wie der schöne Ruben oder der Zweier, der sich mit Chien die Box geteilt hat. Raus sind sie natürlich trotzdem. Die Probe bestanden haben von den gut fünfzig, die mit mir angetreten sind, nur dreizehn. Allen voran Dom. Sogar noch vor dem ersten Gong, weswegen er vier Blüten geholt hat. Jetzt fehlen ihm nur noch zwei für die Oberfläche.

Die anderen zwölf Probanden zählt Dom an den Fingern ab. Von Ebene sechs ist es Chien mit drei Blüten. Er hat es also doch geschafft. So, wie er dort oben an nur einer Stange gebaumelt hat, hätte ich nicht damit gerechnet. Mit den Blüten von der ersten Probe müsste er dann fünf haben.

Von Ebene fünf hat es Lost geschafft. Er hat drei neue Blüten geholt und damit insgesamt acht. Außer Lost ist es noch zwei weiteren Probanden seiner Ebene gelungen, hoch auf die Plattform zu kommen.

Vier der Gewinner stammen von Ebene drei, zum Glück auch Jackson-Lee. Er hat wie Lost fünf Blüten und muss fünf weitere bei der nächsten und letzten Probe holen.

Von Ebene zwei haben es außer Vaith noch zwei Typen geschafft. Ich habe kein Gesicht von ihnen vor Augen. Was Vaith betrifft: Da er von Eddi blockiert wurde, konnte er nur eine Blüte holen. Trotzdem hat er mit den fünf Blüten der ersten Probe schon sechs. Der Scheißkerl kann es also nach oben schaffen.

Tja. Von Ebene eins bin nur ich noch dabei. Mit mickrigen vier Blüten ...

»Eddi hätte locker vier Blüten geholt«, sage ich aus meinen Gedanken heraus.

»Das hätte er. Aber es war ihm wichtiger, dass Vaith keine bekommt.« Dom schüttelt traurig den Kopf. »Ich gehör nicht in die Futtertonne, hat Eddi immer wieder gesagt. Ich habe nie jemanden so um etwas kämpfen sehen.«

»Wann hat er das gesagt?«

»Als ich ihn angeschrien habe, er soll den Scheiß lassen und auf die verdammte Plattform kommen.«

Das war's. Ich schluchze laut auf. Die Vorstellung ist zu viel, meine Selbstkontrolle dahin. Ohne es verhindern zu können, kommen die Tränen. Ich weine bitterlich. Es ist nicht nur Eddis Tod, sondern ... irgendwie alles, was da mit der salzigen Flüssigkeit und dem Rotz aus mir herausgespült wird. Sogar der Pfropfen in meinem Hals verflüssigt sich.

Und weil es auf seltsame Weise guttut, den Schmerz rauszulassen, erzähle ich Dom von meiner Arbeit mit den Toten, dem letzten Licht, dem Feuer, das Eddi wahrscheinlich schon verschlungen hat, und davon, wie gern ich Reis für ihn auf den Altar gelegt hätte.

»Das hätte er zu schätzen gewusst.« Dom lächelt trotz der Tränen.

»Stimmt«, schniefe ich und lächle auch ein wenig. »Gut möglich und Eddi wäre sogar von den Toten zurückgekommen, um sich den Reis zu holen.«

Doms Mundwinkel zuckt. »Aber nur, wenn du schwarze Soße dazugestellt hättest ...« Angestrengt versucht er, ernst zu bleiben. Dabei sieht er so komisch aus, dass ich losprusten muss, und im nächsten Moment lachen wir beide. Wir lachen und ringen nach Luft, lachen, bis die Wangen schmerzen und uns die Tränen über das Gesicht laufen. Schon wieder.

Diese ganzen Gefühle sind furchtbar verwirrend, aber erstaunlicherweise weniger schlimm, wenn man sie teilt.

Irgendwann sind wir nach all dem Lachen und Weinen ganz erschöpft. Ich lege den Kopf auf die herangezogenen Knie. Dom verrät mir immer noch nicht, worauf wir warten.

Er lehnt sich zurück und streckt seine Beine, soweit es die Rohre zulassen. Ich sehe ihm schweigend dabei zu, wie er über die Tränenflecken am Boden wischt und irgendwelche Muster in dem Staub zeichnet. »Du mochtest deine Arbeit in der Verbrennung, oder?«, fragt er.

»Ja, auch wenn es merkwürdig klingt.«

»Tut es nicht.« Dom zerreibt den feuchten Staub zwischen seinen Fingern. »Es muss schön sein, sich seine Arbeit aussuchen zu können.«

Ich runzle die Stirn. Mir ist zwar klar, worauf er anspielt. Alle männlichen Bewohner der Ebene vier werden zu Hütern ausgebildet. Sie haben da keine Wahl. Doch nur, weil man uns auf Ebene eins keinen Job vorschreibt, heißt es nicht, dass wir uns einen aussuchen könnten. Wir nehmen, was da ist. Hauptsache, am Ende des Tages kommen Marken für Reis und sauberes Wasser dabei raus. »Ich denke, es muss schön sein, nie hungern zu müssen«, entgegne ich, lächle aber dabei. Es soll kein Vorwurf sein.

Dom sieht mich betroffen an. »Es tut mir leid. Darüber habe ich nicht nachgedacht.«

»Schon gut«, erwidere ich. »Du kannst dir das eben nicht vorstellen.« Hüter haben immer zu essen. Dom könnte einer von ihnen sein. »Jetzt würdest du die Hüterprüfung bestehen. Sogar ohne Netz.«

»Weißt du, was das Verrückte daran ist? Ich habe es nur aus diesem Grund gepackt. Weil kein Netz da war.« Dom schüttelt den Kopf, als könne er es immer noch nicht glauben. »Wie du gesagt hast. Ich musste eben.«

»Und glaubst du, die würden dich die Hüterprüfung noch mal machen lassen?«

»Wie kommst du darauf, dass ich das will?«

Liegt das nicht auf der Hand? »Äh ... weil du hier überleben würdest?«

»Überleben ... mehr aber auch nicht.«

»Was willst du denn noch?« Ich wüsste nicht, was wichtiger wäre. Vor allem, da nicht gesagt ist, dass wir die nächste Probe überleben. Wozu will er das Risiko eingehen?

»Menschen brauchen Liebe«, antwortet Dom, als ich ihn genau das frage. Hm ... das sehe ich anders. Menschen brauchen Nahrung und Sonnenlicht. Liebe kann sie nicht vor Krankheit und Hunger bewahren. Gefühle für andere bringen nur Ärger. Weil man sich um die, die man liebt, sorgt und irgendwann um sie trauert. Oder sich Gedanken darum macht, was sie von einem denken oder von einem wollen. Sehe ich ja bei Eddi. Oder Dom. Ich mache mir sogar schon Gedanken um den Prinzen. Und das fühlt sich an, als wäre ich in eine Falle getappt, der ich mein Leben lang erfolgreich aus dem Weg gegangen bin.

Ganz abgesehen davon muss Dom ziemlich naiv sein, wenn er glaubt, auf der Oberfläche Liebe zu finden. Er soll den Frauen Kinder machen. Das ist alles.

»So viel Liebe wie da oben findest du auch hier«, versuche ich ihm klarzumachen.

Dom verzieht verächtlich das Gesicht. »Sicher nicht. Auf Ebene vier ist nur für Pflicht und Ehre Platz ... ›Es ist nicht nur unsere Pflicht, dem Kaiser zu dienen, es ist vor allem eine Ehre!‹«, macht er irgendjemanden nach.

»Klingt, als hättest du das schon öfter gehört.«

»Mein ganzes Leben. Wir werden von Kindheit an auf diese ›Ehre‹ vorbereitet.« Das eine Wort speit Dom regelrecht aus. »Es braucht nämlich jede Menge Gehorsam, Disziplin und Stärke, um ein guter Hüter zu werden.«

»Und was ist so schlimm daran?« Ich verstehe nicht, warum Dom so viel Verachtung empfindet.

»Man bringt uns in einer Schule Lesen, Schreiben und Rechnen bei. Aber alles andere lernst du zu Hause.« Doms Züge verhärten sich. »Gehorsam, indem du eine Schale mit Reiskörnern zählst und dein Vater dich immer wieder nachrechnen lässt, aber nie verrät, ob das Ergebnis stimmt. Disziplin, wenn du die Nacht über stehen musst, statt zu schlafen. Oder Tage allein, in absoluter Dunkelheit verbringst, ohne um Hilfe rufen zu dürfen ...«

Oh, Himmel! Daher Doms Angst vor der Dunkelheit. »Und Stärke?«, frage ich kaum hörbar.

»Tja, die lernst du, wenn man dich barfuß an eine Stange hängt und auf dem Boden Glasscherben verstreut. Aber wenn du trotzdem nicht gut genug funktionierst ... weil du zu weich oder zu schwach oder zu anders bist«, Dom hebt seinen Finger, als hätte er einen Einfall, »dann hilft bestimmt der gute, alte Lederriemen.«

Ich bin entsetzt. Bislang dachte ich, etwas Schlimmeres als mir könnte niemandem widerfahren, aber ich hatte jedenfalls einen

Vater, der mich geliebt hat. Ich weiß nicht, was ich sagen soll. »Deine ganzen Narben …«, setze ich an.

»Ich habe eben ziemlich oft nicht funktioniert.« Dom streicht sich die Hose glatt. »Aber damit müssen meine Eltern jetzt klarkommen. In meinem Leben wird es nie wieder um Pflicht und Ehre gehen, sondern um Liebe und Freundschaft.«

Ich gönne es ihm. Und wünsche es ihm … so sehr …

»Vielleicht könnte ich ein Freund sein«, höre ich mich sagen. Kaum haben die Worte meinen Mund verlassen, bekomme ich Angst, überlege aufzulachen, um sie zu einem Witz zu machen. Stattdessen strecke ich die Hand aus … Mein ganzes Überlebensgerüst ist in wenigen Tagen zusammengebrochen. Meine Regeln sind zu Tränen im Staub geworden, der zwischen Doms Fingern zerkrümelt ist.

»Das bedeutet mir mehr, als du dir vorstellen kannst«, erwidert er und legt seine Hand in meine.

»Ich hoffe, ich … ich mache das richtig«, stammle ich. Die Situation überfordert mich. Doms Berührung ist nicht leicht auszuhalten und ich muss dem Impuls widerstehen, meine Hand zurückzureißen. Ohnehin wird es langsam merkwürdig. Zwei Kerle, die Händchen halten. Kein Puffen oder Schulterklopfen …

Dom scheint es nicht zu stören. Er drückt meine Hand sogar und bevor er sie freigibt, meint er mit einem Zwinkern: »Ab jetzt bist du offiziell keine Einzelgängerin mehr.«

»Was?«, kiekse ich. Dabei bin ich sicher, mich nicht verhört zu haben. Und Doms Zwinkern sagt mir, dass er sich auch nicht versprochen hat.

»Das hast du von dir behauptet«, sagt Dom amüsiert. Ich bin sprachlos. Vor Entsetzen. Doms Gesicht nimmt einen grimmigen Ausdruck an. »›Pass auf, ich suche keinen Freund, okay? Ich bin Einzelgängerin‹«, macht er mich nach. Dabei funkeln seine Augen belustigt. »Erinnerst du dich?«

»Du hast es die ganze Zeit gewusst ...?«, krächze ich.

»War verdammt kalt, das Wasser«, stichelt Dom und deutet mit Daumen und Zeigefinger einen winzigen Kindermacher an. Sein breites Grinsen ist Bestätigung genug. Er hat es die ganze Zeit gewusst und mir mit einem Fingerzeig das Leben gerettet.

»Aber du hast nichts gesagt ...«

»Ich wollte erst sichergehen, dass wir Freunde sind«, meint er, plötzlich ernst geworden und sieht mir prüfend in die Augen, »und du mich nicht verrätst.«

»Ich dich?« Jetzt verstehe ich gar nichts mehr.

»Du hast mich doch gefragt, weshalb ich nicht hierbleibe«, hebt er zu einer Erklärung an. Erst als ich nicke, fährt er fort. »Ich habe da jemanden. Auf der Oberfläche ...«

»Wie? Aus der Familie des Kaisers?« Ich falle von einer Fassungslosigkeit in die nächste. »Aber wie könnt ihr euch denn kennen?«

»Von Ebene sechs. Wir haben uns nur einmal gesehen, zu Beginn meiner Ausbildung ... Aber wir schreiben uns Briefe ...« Dom lächelt. »Ein Freund schmuggelt sie. Ein Hüter. Er wird oft auf Ebene sechs eingesetzt. Das ist die medizinische.«

»Ich weiß. Ich war vorhin dort.«

»Richtig«, meint Dom fahrig. Er wirkt plötzlich sehr nervös. »Wusstest du auch, dass auf sechs vor allem Sun-Dust hergestellt wird? Und zwar für die Oberwelt?«

Ich spüre meine Augen groß werden. »Nein.«

»Sie experimentieren dort. Entwickeln alles Mögliche, was glücklich macht. In regelmäßigen Abständen kommen dann welche von der Oberfläche, um Nachschub für die Kaiserliche Familie zu holen. Meistens Gardisten. Sie lassen sich mit Sun-Dust bestechen. Erst recht, wenn sie dafür nur ein paar Briefe schmuggeln müssen.«

»Wow ... okay.«

»Schockiert?«, fragt Dom.

»Keine Ahnung … vielleicht«, gebe ich zu. Vor allem aber komme ich mir schrecklich ahnungslos und mindestens genauso naiv vor. Dabei war ich eben noch der Meinung, *Dom* sei naiv, weil er glaubt, auf der Oberfläche Liebe finden zu können. Aber das hat er längst. »Du brauchst nur noch zwei Blüten, um mit ihr zusammen sein zu können«, überlege ich laut. »Und meinst du, der Kaiser lässt euch? Oder kann es sein, dass du einem anderen Mädchen Kinder machen musst?«

»Nein«, meint Dom bedrückt. »Der Kaiser wird uns nicht lassen. Weil wir …« Er stockt und beginnt nervös an seiner Kleidung herumzunesteln. *Weil wir?,* will ich nachfragen, da sagt Dom: »Weil ich einen Jungen liebe.« Er sieht mir wieder in die Augen. »So, jetzt kannst du schockiert sein.«

Puh. Oh, Mann … das bin ich. Dom ist also eine Zuckerblüte. Ich blinzle, um meinen Schock zu verbergen. Und zu verkraften. Wobei es mir nicht darum geht, dass er einen Jungen liebt. Irgendwie verbindet uns sein Geheimnis noch mehr. Sondern, was ihm deswegen droht. Der Kaiser ist nicht nur besessen von Vollkommenheit, er ist auch darauf angewiesen, dass wir sie an seine Familie weitergeben. Und zwar an jeden, der von denen da oben noch gesund ist. Selbst wenn sein eigener Sohn eine Zuckerblüte wäre, Yamamoto könnte niemals eine Ausnahme akzeptieren. »Meinst du, der Prinz mag auch auf diese Weise Männer?«, frage ich Dom.

Er runzelt die Stirn. »Das ist es, was dich beschäftigt?«

»Nein, ich dachte nur …« Ich beiße mir auf die Lippe. Dom hat recht. Wen Haruto mag, sollte mich nicht interessieren.

»Am besten, du verlierst kein Wort über den Prinzen«, warnt mich Dom. »Du würdest die Gerüchte nur schüren. Vor allen Dingen, wenn man sieht, wie deine Augen funkeln, wenn du über ihn sprichst.«

»Wenn, dann funkeln sie vor Wut«, empöre ich mich.

Dom geht gar nicht darauf ein. »Du musst deine Gefühle für dich behalten. Ich weiß, wovon ich rede.«

Ich nicke. »Werdet ihr abhauen?«

»Sobald ich oben bin.« Dom ist plötzlich wieder voller Zuversicht. »Und ich nehme an, du hast dasselbe vor? Ich meine, mit dem Kindermachen wird es ja wohl bei uns beiden nichts. Also, ich könnte natürlich, wenn ich wollte. Da funktioniert alles. Ich meine, er steht wie das Rohr hier.«

»Schon gut!« Abwehrend fuchtle ich mit der Hand.

»Was ich eigentlich vorschlagen wollte, ist ... Wir könnten gemeinsam abhauen.«

»Dom, ich –«

»Sag nicht Nein. Denk drüber nach.«

Ich muss das alles erst mal sortieren, wollte ich eigentlich sagen. Dass Vaith Eddi auf dem Gewissen hat, Dom meine Tarnung vom ersten Moment an durchschaut hat, Haruto womöglich ebenso und wenn nicht, er wohl auf Jungs steht, so, wie Dom es tut ...

Ich schiele zu ihm. Er hält seine Hand unter ein abgebrochenes Rohr, als würde er erwarten, dass gleich Wasser herausläuft. Mir fällt auf, wie groß seine Hände sind. Haruto hat feinere Hände ... *Haruto,* wiederhole ich seinen Namen in Gedanken. Der Prinz, der mir das Leben gerettet hat. *Nein! Der Prinz, der ein Arschloch ist,* weil er mich bei der nächsten Probe vielleicht trotzdem sterben lässt.

Das Einzige, worüber ich nicht nachdenken muss, ist Doms Angebot. Denn der Gedanke, gemeinsam zu flüchten, nimmt mir etwas die Angst davor. In drei Tagen schon ist der Tag der Blüte ... Harutos Geburtstag ... und der Tag unserer Flucht. Sie wird vielleicht die gefährlichste Probe werden. Der Kaiser wird sicher nicht so einen Aufwand betreiben, um seinen Blüten dann noch eine Chance zu geben abzuhauen.

Ich verspreche Dom mitzukommen, ohne ein *Falls-ich-sechs-Blüten-hole*, und lasse sogar seine Umarmung zu.

Schweigend sitzen wir auf dem Boden und warten. Ich bin müde. Das dämmrige Licht und der wenige Schlaf tun ihr Übriges. Meine Lider werden schwer …

Dom rüttelt mich. *Scheiße! Die Probe!* Ich reiße die Augen auf, mein Kopf liegt auf seiner Schulter. Ich will aufspringen. »Müssen wir los?« Dom hält mich zurück.

»Nein, bald erst. Schau, Juri … es ist so weit!« Er meint einen hellen, kreisrunden Lichtfleck auf seiner Haut, der aus dem Rohr kommt. Das Rohr ist eine Lampe? »Wie hast du sie angemacht?«

»Das habe ich nicht. Es war Amaterasu«, sagt er lächelnd.

Ein Prickeln erfasst mich. »Du glaubst, es kommt von draußen?«

»Nicht nur das. Ich denke, es ist ihr Schein«, entgegnet Dom. Er zieht seine Hand zurück und lässt mich an seine Stelle. »Siehst du? Das Licht ist ganz anders.«

Das ist es. Meine Haut glitzert darin. Sie sieht viel weicher aus und ich bilde mir ein, Wärme zu spüren. Nichts an diesem Licht ist kalt oder hart. Es ist ein Leuchten, das sich in unzähligen feinen Strahlen verliert. Langsam lasse ich es über meine Hand wandern, betrachte die winzigen Staubflocken, die zum Leben erweckt über ihr tanzen. Der Anblick ist überwältigend. *Als ob Amaterasu zu uns herabsieht.* Ein Schauer überläuft meinen Körper. »Wie ist das möglich?«

Dom zuckt mit der Schulter. »Keine Ahnung, aber das Licht taucht jeden Morgen auf, wird über den Tag stärker und am Abend erlischt es wieder. Wieso auch immer es das tut. Ich glaube, dieses Rohr ist eine Verbindung nach draußen.«

Bei Doms Erklärung bekomme ich Schuldgefühle. Wir haben kein Recht auf Amaterasus Licht. Obwohl ich weiß, dass es nicht so ist, fühlt es sich auf einmal an, als hätten wir den Kaiser bestohlen. »Weiß noch jemand hiervon?«

Dom zögert. »Ich glaube nicht. Ich habe es zumindest nur durch Zufall entdeckt. Als ich ... Ich brauchte einen Ort, um ...« Er sieht nach oben und blinzelt. »Oh, Mann ... einfach, um weinen zu können. Die Maschinen sind ziemlich laut, wenn sie laufen ...« Er ringt sich ein Lächeln ab. »Vor dir habe ich das hier noch niemandem gezeigt.«

»Danke«, flüstere ich.

»Wofür?«

Wofür? »Für ...« *Dafür, dass du ein Freund bist, dafür, dass du mir das Leben gerettet hast, dafür, dass du mir etwas so viel Besseres gezeigt hast als alles, was ich zuvor gesehen habe* ... Meine Stimme ist belegt. Ich muss mich räuspern. »Für alles.«

»Kein Ding«, erwidert Dom, als wenn es keine große Sache wäre, mich in sein Herz gucken zu lassen.

Wir sehen dem Licht dabei zu, wie es immer stärker strahlt. Es verblasst, als die Deckenbeleuchtung mit dem üblichen *Klonk* eingeschaltet wird. Der Tag der letzten Probe ist angebrochen.

Dom steht auf, ergreift meine Hand, um mich hochzuziehen. »Wir müssen los.«

Ein Schnipsel

Auf den Fluren ist jetzt einiges los. Diesmal nuschelt Dom nur eine Entschuldigung, wenn uns ein Hüter zurechtweist, und wir eilen bis zu unserem neuen Schlafraum. Dom geht vor, um weitere Gerüchte zu vermeiden. Er kann es sich nicht mehr leisten, alleine mit mir gesehen zu werden. Schließlich heißt es bereits, ich würde Jungs mögen. Also warte ich eine Weile an der Treppe.

Als ich schließlich den Raum betrete, sitzt Dom schon mit den anderen an einem Tisch. Die Gespräche verstummen und alle starren mich an. Vaith mit einem blauen Auge, das nach Faustschlag aussieht und nicht nach einem Überbleibsel der letzten Probe. Was auch immer vorgefallen ist. Es ist blaugrün unterlaufen und beinahe zugeschwollen.

Die Freude darüber bleibt mir im Hals stecken. So, wie die anderen mich ansehen – voller Abscheu und Ekel, im besten Fall mit Spott –, kann ich mir denken, dass sie gerade noch über mich und den Prinzen hergezogen sind. Es ist ausgerechnet Dom, der das Schweigen bricht.

»Na, aufregende Nacht gehabt?«, frotzelt er. Es versetzt mir einen Stich. Weshalb hält er nicht einfach die Klappe? Und überhaupt, interessiert denn niemanden, wo *er* die letzte Nacht verbracht hat? Wütend funkle ihn an. Dom lacht auf. »Nur ein

Scherz, Mann. Wir haben davon gehört, wie du den Fummel-Prinzen einfach stehen gelassen hast.«

»Haben wir?«, fragt Lost.

Ich frage mich gerade das Gleiche.

»Sonst wäre er wohl kaum hier«, entgegnet Dom. Er spielt seine Rolle wirklich gut, lässt die anderen sogar doof dastehen. »Wenn's nach dem Prinzen gegangen wäre, hätte der Junge auf die Oberfläche gekonnt. Er wollte ihm die sechs Blüten dafür schenken. Aber unser Juri hat gemeint, lieber geht er bei der nächsten Probe drauf.«

In einigen Gesichtern meine ich nun Anerkennung zu lesen, in den meisten jedoch Argwohn.

»Und was hat der Prinz geantwortet?«, fragt irgendjemand am Tisch.

»Dass ich draufgehen soll«, sage ich leise.

»Der Prinz hat dich also zu sich auf die Oberfläche geholt«, stellt Chien fest. Sein Ton ist voller Hohn. »Aber du hast dich entschieden, lieber hier unten bei uns zu bleiben.«

»Nein, ich ...« *Bloß nicht ins Detail gehen.* »Ich war auf Ebene sechs. Der Prinz hat mich dort ...« *Gebeten, mit ihm zu essen? Mir sein Herz ausgeschüttet? Seine Hand gereicht?* »... zu sich gebeten«, beende ich meinen Satz. Jetzt klingt es wirklich so, als würden die Gerüchte stimmen.

»Ich möchte nicht wissen, was der Kaiser zu so einem Sohn sagt«, meint Lost.

»Widerliche Schwuchtel!« Ein Junge mit den wohl dichtesten Wimpern, die ich je gesehen habe, spuckt auf den Boden. »Das ist, was ich sagen würde.«

»Schwuchtel.« Vaith macht es ihm nach. Und dann Lost, der neben Vaith sitzt. Bis auf Chien spucken alle reihum auf den Boden. Dom sogar mit besonderer Abscheu. Schließlich bleibe nur ich übrig. Die anderen sehen mich lauernd an. Ich versuche zu spucken. Es ist furchtbar, Haruto in den Rücken zu fallen. Vielleicht ist mein Mund deswegen so trocken, heraus kommt nur ein klägliches: »Schwcht.«

Sofort ist die feindselige Stimmung am Tisch wieder da.

»Und wo auf Ebene sechs hat er dich *zu sich gebeten?«*, bohrt Chien nach.

Innerlich fluche ich. Was interessiert ihn das? Äußerlich bleibe ich gelassen. »Auf dem Platz mit der Brücke.«

Chien kneift die Augen zusammen. »Auf Ebene sechs gibt es keinen Platz mit einer Brücke.«

»Doch, klar ... gibt es den ...«, erwidere ich unsicher geworden. Habe ich was Falsches gesagt? Ich sehe zu Dom.

»Komm, setz dich zu uns«, meint er mit einem entwaffnenden Lachen. Er will einen Stuhl zurückziehen, aber Vaith stellt seinen Fuß davor.

»Ich glaub kein Wort von dem Scheiß. Dann hätte der Prinz unserem *Niemand* doch kein Geschenk schicken lassen.«

Bitte was? Aus den Augenwinkeln nehme ich wahr, wie sogar Doms Züge für einen kurzen Moment entgleisen. Vaith sieht zum Glück zu Lost. »Los, zeig es ihm.«

Lost hat mein Geschenk vom Prinzen? Als ich ihn in seine Tasche greifen sehe, ist mir, als würde er gleich ein Messer herausziehen, um es mir in den Hals zu rammen. Was kann der Prinz mir geschenkt haben? Etwa doch die sechs Blüten?

Es ist ein Kästchen. Aus tiefschwarzem, glänzendem Holz. In den Deckel wurden unzählige helle Splitter eingelegt. Sie ergeben das Bild von Amaterasus lächelndem Gesicht, darüber bersten ihre Strahlen in alle Richtungen. So eine kunstvolle Arbeit habe ich noch nie gesehen. Mir verschlägt es fast den Atem. Das Kästchen muss sehr wertvoll sein. Zu wertvoll, um es einfach so zu verschenken.

Lost schiebt das Geschenk über den Tisch und lässt es vor mir aufschnappen. Auf weichem roten Stoff liegt ein Zettel. Mehr ein Schnipsel, viel kleiner als das Kästchen und offensichtlich aus einem Buch herausgerissen. Ich wage nicht, danach zu greifen. Die Sache ist zu heikel.

»Eine Liebesbotschaft von deiner Schwuchtel«, speit da Vaith auch schon aus.

Chien beugt sich vor. »Kann ich es jetzt endlich sehen?«

Lost beachtet ihn nicht. »Ihr Vierer könnt doch lesen.«

Dom nickt und nimmt den Zettel. Ich erstarre vor Anspannung. Nicht im Ansatz kann ich mir vorstellen, welche Botschaft der Prinz für mich hat. »Was ist das denn für ein Mist? Ein Rezept für Reiskuchen?«, höre ich Dom fragen. Ohne hinzusehen, weiß ich, dass er lügt. Es gibt kein Rezept für Reiskuchen, das länger wäre als ein paar Wörter. Reis kochen, mit zerriebenen Zuckerblüten vermengen, in Schüssel geben.

»Is mir egal«, blafft Vaith. Er steht auf, nimmt das Kästchen an sich und stellt es unter ein Stuhlbein, bevor er sich wieder setzt. Als ich es zerbersten höre, blutet mir das Herz. »Für mich bleibt der 'ne schwuchtelige Ratte. Und die gehörn zerquetscht.«

Lost grinst Vaith an. »Hey, Schlachterjunge, Ratten machen so was Widerliches nicht. Das sind edle Tiere.«

Vaith nickt, ohne den Blick von mir zu lassen. Na, super, jetzt haben sich sogar die beiden gegen mich verbündet. »Los! Erzähl mal. Musstest du sein Ding lutschen?«

Dom haut auf den Tisch. »Schluss damit! Ich will mir das gar nicht vorstellen.«

Die anderen stimmen ihm zu. So langsam bekomme ich eine Vorstellung davon, wie es Dom ergehen würde, käme auch nur der Verdacht auf … Auch wenn ich Vaith am liebsten das Stuhlbein ins andere Auge rammen würde, sage ich nichts. Ich möchte Dom nicht noch mehr Anlass geben, mich verteidigen zu müssen.

Dom sieht sich um, als sei das Thema beendet. »Wo bleibt eigentlich Jackson?« *Stimmt, er ist ja gar nicht da!*

»Keine Ahnung, Mann. Ich denk, du warst letzte Nacht mit ihm bei den Weibern?«, bemerkt Vaith.

Oh! Okay … das hat Dom die anderen also glauben lassen.

»War ich auch.« Dom setzt ein Grinsen auf, das sagt: *Ich hatte meinen Spaß.* »Aber mir scheint, Jackson treibt es etwas zu doll. Oder lang …« Lacher von allen Seiten. Mit einem schwerfälligen Seufzen erhebt Dom sich. »Ich sollte nach ihm sehen.«

»Ich komme mit«, sage ich schnell.

»Hey! Wenn ihr ihn seht, richtet ihm aus, dass ich ihn totschlage«, ruft Vaith hinter uns her.

»Hat Jackson-Lee ihm etwa das blaue Auge verpasst?«, frage ich Dom vor der Tür.

Er grinst. »Kaum dass Vaith auf der Plattform war. Wie ich gehört habe, brauchten sie vier Hüter, um Jackson von dem Scheißkerl wegzubekommen.«

»Und ist er wirklich bei den Mädchen?«

»Zumindest habe ich ihn letzte Nacht dorthin gebracht«, bestätigt Dom. »Ich fand's zwar verrückt, aber versprochen ist versprochen.«

»Irgendwie hab ich kein gutes Gefühl dabei …« Ich nage an meiner Unterlippe. Es ist nicht unwahrscheinlich, dass Yuma ausgeschieden ist, wenn nicht sogar tot. Und wenn sie doch noch dabei ist, wird sie die Oberfläche nicht für Jackson aufs Spiel setzen. Egal was, er wird es kaum verkraften. Ich beginne, mir Sorgen zu machen. »Wo ist denn der Mädchenbereich?«

»Auf der anderen Seite des Speisesaals«, sagt Dom. »Aber Jackson ist alt genug, um zu wissen, was er tut. Außerdem bleibt keine Zeit, nach ihm zu sehen.« Er holt den Zettel aus seiner Tasche. »Ich wollte dir eigentlich auch nur das hier vorlesen. Ich hoffe, für dich ergibt das einen Sinn.«

Ich schiebe meine Sorgen beiseite und atme durch. »Lass hören.«

»Juri Alexejewitsch Gagarin war ein sowjetischer Kosmonaut. Er war der erste Mensch im Weltraum und –«

»Stopp mal«, halte ich Dom auf, weil ich nur *Juri Gagarin* und *erste Mensch* verstehe. Na ja, und dass der Prinz sich wohl gemerkt hat, wieso mein Vater mir den Namen Juri gab. Aber was Dom da vorgelesen hat, klingt nicht wie das Märchen von Juri Gagarin. *Weltraum* und *Kosmo... Kosmodings* ... »Was bedeutet das alles?«

»Ich sag ja. Ich hatte gehofft, du könntest was damit anfangen«, entgegnet er. »Bei den meisten Wörtern kann ich noch nicht mal sagen, ob ich sie richtig ausspreche.«

Komisch. Niemand weiß mehr über unsere Welt als die Hüter. Dass Dom die Botschaft nicht versteht, macht sie noch rätselhafter. »Lies weiter«, bitte ich ihn.

»Er war der erste Mensch im Weltraum und Oberst der sowjetischen Luftstreitkräfte. Er trug die Auszeichnung ›Held der Sow... Sow... je... tunion‹.«

»Ein Held«, flüstere ich. Vielleicht hat es doch etwas mit meinem Märchen zu tun. Juri war immer ein Held für mich.

»Dann steht hier nur noch, dass er eins-neun-drei-vier geboren ist.« Dom runzelt die Stirn. »Versteh ich nicht.«

»Die Zahlen haben eine andere Bedeutung«, hören wir jemanden hinter uns sagen und fahren herum. Es ist Chien. Anscheinend hat er unser Gespräch mitangehört. Er schließt die Tür in seinem Rücken und kommt zu uns. »Darf ich das mal lesen?«

»Du kannst doch gar nicht lesen«, sagt Dom misstrauisch.

»Ich hatte genug Zeit, es mir beizubringen«, entgegnet Chien gelassen. Er streckt die Hand nach dem Zettel aus. »Also, darf ich?«

Dom wirft mir einen warnenden Blick zu. Ich nicke trotzdem.

Falls Chien irgendetwas davon begreift, will ich, dass er es mir erklärt. Zögernd reicht Dom ihm den Zettel.

Ich verfolge, wie seine schmalen Augen langsam über die Zeichen wandern, er dabei die Brauen runzelt, bis sich sein Ausdruck endlich erhellt und er aufsieht. »Die Zahlen sind eine Zeitangabe. Sie sagen, wann der Mann, um den es hier geht, geboren wurde.«

»Und der Rest?«, frage ich hoffnungsvoll.

»Den Rest verstehe ich auch nicht«, räumt Chien ein. »Darf ich den Zettel trotzdem behalten?«

»Ganz bestimmt nicht.« Ich nehme ihn wieder an mich.

»Dann …« Chien will sich umdrehen.

»Nicht so schnell«, hält Dom ihn zurück. »Woher weißt du das mit der Zeitangabe?«

Statt einer Antwort entblößt Chien seinen Arm. Er zeigt uns eine Tätowierung. Im Grunde nichts Besonderes. Viele lassen sich Bilder in die Haut stechen. Bei Chien allerdings sind es keine Bilder, sondern Zeichen. »Ich weiß ganz sicher, dass das hier eine Zeitangabe ist«, sagt er.

»Zwei-null-neun-acht«, liest Dom laut. »Und?«

»Es sind auch vier Zahlen, wie die auf dem Zettel da. Bislang habe ich mich immer gefragt, ob mit den Zahlen Tage oder Jahre gemeint sind. Aber wenn dieser Juri …«

»Juri Gagarin«, helfe ich ihm aus.

»… Juri Gagarin 1934 geboren ist, müssen die Angaben in Jahren sein. Oder würdest du von dir behaupten, dass du nach oder vor 1.934 Tagen geboren wurdest?« Chiens Frage gilt mir.

»Nein, würde ich nicht.« Ich weiß, worauf er hinauswill. Wie alle, die nach Haruto auf die Welt kamen, rechne ich in Zuckerblütenjahren. Die Älteren tun das noch in Kaiserjahren. Denn der hat zu seinem Geburtstag Bilder von sich austeilen lassen. Das war, bevor das mit den Zuckerblüten anfing. Einmal im Jahr bekam man eins zusammen mit dem Reis an der Fürsorge. Es war immer das gleiche Bild. Ein junger, in Gold gehüllter Kaiser mit starrem Lächeln. Noch jetzt gibt es Tausende davon und kaum etwas, das wertloser ist. Aber ob Zuckerblüten oder Kaiserbild, niemand denkt länger als dreißig, vierzig Jahre zurück. Wozu auch? Wir haben andere Sorgen, als über das Leben von Menschen nachzudenken, die schon lange tot sind.

Mein Blick klebt auf Chiens Tätowierung. Was soll dort stehen? 2098? Allein bei dem Gedanken an eine so große Anzahl von Jahren wird mir schwindelig. *Was war da? Wieso ist diese Zahl so wichtig? Und überhaupt, wann soll das gewesen sein?* »Sag mir, was du weißt«, verlange ich von Chien. »Dann kannst du den Zettel behalten.«

»Das kann ich nicht …« Chien blickt über meine Schulter. Ich drehe mich um, sehe am Ende des Flurs Hüter die Treppe hochkommen. Vorneweg ein Gardist.

Sofort wird mir ganz anders. Der Schnipsel ist nicht mehr wichtig. Wir werden zur letzten Probe geholt. Jetzt geht es um den Rest unseres Lebens. Und der kann kürzer sein, als uns allen lieb ist.

EBENE 5 : LEBENSERHALTUNG UND WARTUNG

Rattenlabyrinth

Ebene fünf – Lebenserhaltung und Wartung, Zone sieben.«

Was für ein Witz, denke ich, als wir dort aus dem Zylinder steigen. Die kommende Probe dient sicher nicht dazu, unser Leben zu erhalten. Innerliche Stärke. Noch immer weiß ich nicht so richtig, was ich mir darunter vorstellen soll. Vielleicht war es gut, dass ich nach der letzten Probe kaum Gelegenheit hatte, mich verrückt zu machen. Denn jetzt male ich mir die schlimmsten Dinge aus. Solche, wie Dom als Kind ertragen musste – nur schlimmer. Egal was ich mir vorstelle, jedes Bild endet mit meinem Tod. Ich schüttle den Kopf, um die düsteren Gedanken loszuwerden. Ich mag einfach nicht mehr über den Tod nachdenken. Mein ganzes Leben hat sich schon darum gedreht.

Sechs Blüten, sage ich mir, *und ich werde leben.*

Der Zylinder hat uns nicht wie sonst zu einem Platz gebracht, sondern auf eine Plattform, weit über dem Boden. Sie ist rundum vergittertet. Wie ein Käfig. Unter uns Lärm von unzähligen Maschinen. Sie stampfen, klackern und zischen …

Wie immer sind wir die Ersten. Genauso nervös wie neugierig trete ich an das Gitter und presse meine Stirn dagegen. Wow! Hunderte von unterschiedlich dicken Rohren verlaufen auf dem Boden in alle Richtungen. So weit das Auge reicht. Aus manchen quillt Dampf. Die Luft ist feucht und noch wärmer als auf Ebene eins. Außerdem stinkt es nach Schmieröl und Metall. Gebäude gibt es keine, zumindest hier nicht. In der Ferne sehe ich Arbeiter.

Ein Bereich der Anlage ist großflächig abgesperrt. Für die Probe, wie es scheint. Denn ich sehe etliche Gardisten zwischen den Rohren rumstehen. Mir fällt auf, dass sie sich ausschließlich an Stellen postiert haben, wo die Rohre senkrecht aus dem Gewirr am Boden ragen. Obendrauf sitzen mächtige Ventile.

Ich seufze. Was auch immer uns erwartet, eins steht fest, es hat mit Rohren zu tun. Eigentlich sollte mich diese Tatsache freuen, denn mit Rohren kenne ich mich aus. Stattdessen macht sich ein mulmiges Gefühl in meinem Bauch breit.

Vielleicht weiß Dom etwas über die Anlage. Ich stelle mich neben ihn an die geschlossene Gittertür. Durch sie, das heißt, über eine Wendeltreppe, geht's nach unten. Noch stehen zwei bewaffnete Hüter auf der anderen Seite. »Warst du schon mal –« Ich verstumme, weil Dom den Finger auf den Mund legt. Er weist mit dem Kopf nach links zu Vaith. Ich lausche. Wie es sich anhört, versucht er, Lost über die Anlage auszufragen. Immerhin kommt der von dieser Ebene. Doch was immer er weiß, er behält es für sich.

Die anderen beiden Fünfer sind weniger berechnend. Sie erzählen Vaith bereitwillig, dass diese Ebene ein einziger Maschinenraum ist. Sieht man von einem kargen Wohnbereich am Rand der Höhle ab. »Von hier aus werden alle Ebenen mit Luft, Wasser, Wärme und Energie versorgt«, sagt einer. Er klingt stolz. »Ebene fünf ist das Herz der ganzen Höhle.«

»Na, dann sind wir unten wohl der Arsch«, raune ich Dom zu und er prustet los. Es ist ansteckend, ich lache auch, obwohl eigentlich nichts daran lustig ist. Denn es stimmt. Wir sind der Arsch.

Unsere Heiterkeit dauert nicht lange an. Immer wieder öffnet sich der Zylinder und bringt weitere Probanden zu uns. Mal weniger als zehn, mal um die zwanzig. Der traurige Rest aus den anderen Hundertergruppen. Jedes Mal hoffe ich, Jackson-Lee ist dabei. Doch er bleibt verschwunden.

Dann wird es um mich herum unruhig und ein Gardist steigt die Wendeltreppe zu uns nach oben. Jetzt geht es los. Wir sind vollzählig. Alles in allem dürften es hundertfünfzig Probanden sein, die übergeblieben sind. Für die kleine Plattform trotzdem zu viele.

Auf der obersten Stufe angekommen, direkt vor der vergitterten Tür, bleibt der Gardist stehen. Die Hüter drücken sich ans Geländer, während der Gardist sich Gehör verschafft. *Komm schon! Mach das verdammte Ding auf!* »Bei dieser Probe könnt ihr acht Blüten holen«, brüllt er durch das Gitter.

Was? So viele? Das bedeutet, selbst mit nur zwei Blüten hat man noch eine Chance. Und mit vier erst recht! Ich sehe zu Dom. Ihm fehlen nur noch zwei. Er ist so gut wie an der Oberfläche.

Bei der Erwähnung von acht Blüten ist die allgemeine Unruhe zu hörbarer Aufregung angeschwollen. Der Gardist schlägt gegen das Gitter. »Wie ihr euch denken könnt, findet eure Probe in den Rohren da unten statt! Der Teil wurde dafür vom System abgekoppelt. Eure Aufgabe ist es, euch in den Rohren zu orientieren und so lange wie möglich darin zu bleiben. Das ist alles.« *Blödsinn!*, denke ich sofort. *Das kann nicht alles sein. Irgendetwas müssen wir doch dadrinnen machen!* »Wenn ihr euch entscheidet, die Anlage zu verlassen, gibt es an insgesamt zwanzig Stellen die Möglichkeit dazu.«

»Die senkrechten Rohre sind also Ausgänge. Das ist gut«, überlegt Dom.

»Hm, ich weiß nicht …« Der Umstand, jederzeit rauszukönnen, macht mich eher misstrauisch, als dass er mich beruhigt. Ich schiele hinab zu den Gardisten. Sie stehen auf Metallbrücken, die das Wirrwarr an Rohren überspannen, bereit, uns in Empfang zu nehmen, sobald wir irgendwo den Kopf herausstrecken. Allein die Tatsache, dass es diesmal Gardisten sind. Sonst sind es immer Hüter, die auf uns aufpassen. Nein, ich traue der Sache nicht.

Der Gardist auf der Treppe versorgt uns noch mit ein paar technischen Details. In erster Linie geht es um Gitter in den Ausgangsrohren, die sich ausschließlich von innen öffnen lassen. Sobald sich das Gitter unter den Füßen schließt, gibt es kein Zurück mehr. Man ist raus. »... und die Probe damit beendet!«, ruft er und kehrt uns den Rücken zu, um die Treppe runterzueilen.

Moment mal. »Was ist mit dem Gong?«, schreie ich ihm nach. Natürlich erhalte ich keine Antwort.

Die Wachen entriegeln die Tür. Ich werde rausgeschoben. Panik steigt in mir auf. Es muss doch einen Gong geben! Wie sonst soll ich wissen, ob ich lange genug in den Rohren war, um die sechs Blüten zu bekommen?

Der Weg nach unten reicht nicht, um den Sinn der Probe zu begreifen. Schon sehe ich den Eingang in das Labyrinth. Ein offenes Rohr am Boden, im Durchmesser etwas mehr als eine Armlänge. Rechts und links stehen Hüter, keine Gardisten. Die Waffen in der Hand sorgen sie dafür, dass die Probanden ohne Aufmucken in das dunkle Loch kriechen. Meine allgemeine Beklemmung vor der Enge wird zur greifbaren Angst, in den Rohren zu sterben.

Ich blicke mich nach Dom um. Er sieht selbst ganz elend aus. Ähnlich die vier Probanden hinter ihm. Auf den letzten Stufen der Wendeltreppe entdecke ich auch noch Vaith. Bei der Vorstellung, gleich mit ihm dadrinnen gefangen zu sein, graust es mir. Seit dem Gerücht um den Prinzen sieht er mich auf eine Weise an ... nicht mehr feindselig wie zuvor, sondern hasszerfressen. *Für mich bleibt der 'ne schwuchtelige Ratte. Und die gehörn zerquetscht*, geistern seine Worte durch meinen Kopf und ich höre das Geräusch des Kästchens, wie es unter seinem Stuhlbein zerbricht. Bei Eddi hat er nicht gezögert ... Ich bin mir sicher, Vaith würde auch mich umbringen, selbst wenn er Tanaka damit keinen Gefallen täte.

Viel zu schnell sind Dom und ich zum Eingang vorgerückt. Das dunkle Loch erscheint mir plötzlich wie ein Dämonenschlund. *Oh, scheiße.* Ich atme tief durch, sehe noch einmal zu Dom. Dann gehe ich auf alle viere, um wieder zu einem Rohrkind zu werden.

Das Innere ist erschreckend vertraut. Der Boden ist feucht, Wasser steht knöcheltief darin. Es riecht metallisch. Unter meinen Händen spüre ich Rost. Brüchige Splitter, die in der Senke liegen bleiben, weil sie zu schwer sind, um herausgespült zu werden, und zu klein, um sich in Netzen zu verfangen.

Alles wie damals. Nur sind die Rohre um einiges größer, aber das bin ich inzwischen auch. Ich kann den Kopf kaum heben, ohne anzustoßen, und bezweifle, dass zwei Probanden so einfach aneinander vorbeikommen können. Der Gedanke gefällt mir nicht.

»Alles klar?«, fragt Dom hinter mir.

»Mir geht es gut«, antworte ich. Seltsam, aber mir geht es wirklich nicht schlecht. Sieht man von dem mulmigen Gefühl im Magen ab. Solange alle Probanden hintereinander bleiben, niemand drängt, komme ich klar. Allerdings mache ich mir Sorgen, ob Dom das Ganze genauso gut aushält. Es wird schnell düsterer. Schon jetzt erahne ich meinen Vordermann nur noch. »Und was ist mit dir?«, frage ich zurück.

»Mach dir keine Gedanken«, sagt er heiser. Armer Dom. Nach allem, was er mir über seine Kindheit erzählt hat, die vielen Tage in völliger Finsternis, kann ich mir vorstellen, wie viel Selbstbeherrschung er für diese Worte aufbringen muss.

Plötzlich teilt sich die Röhre. Der Junge vor mir biegt nach rechts ab. Ich sehe ihm nach, bis er mit der Dunkelheit verschmilzt, und wende mich dann nach links. Wenige Augenblicke später ist es auch für Dom und mich fast vollkommen finster. Das Licht vom Eingang kann man vergessen. Wenn überhaupt, dringt nur noch welches durch winzige Löcher, die der Rost in das Rohr gefressen hat. Es spiegelt sich schwach im Wasser. Ansonsten ist alles schwarz.

Bald hallen Rufe durch die Rohre. Vor allem Flüche. Und auch ein spitzer Schrei, weil irgendjemand *Buh* gerufen hat. Ich höre Gelächter. Nun, es gibt so wenig, worüber wir lachen können und jeder geht anders mit der Situation um.

»Juri?« In Doms Stimme liegt jetzt Furcht.

»Hier! Gleich vor dir!«, beruhige ich ihn. Dabei bin ich selbst in höchster Alarmbereitschaft. Jeden Moment erwarte ich, auf ein Hindernis zu stoßen. Oder aus der Dunkelheit angegriffen zu werden. Dass bis jetzt nichts davon geschehen ist, beruhigt mich kein Stück. Die werden uns nicht einfach nur in den Rohren rumkrabbeln lassen. Das Wasser hier drin kann man notfalls trinken und damit zehn oder mehr Tage durchhalten. Doch schon übermorgen ist die Blüte. Nein ... irgendetwas wird kommen. Da bin ich mir sicher.

Ich warte, bis Dom aufgeschlossen hat, erst dann krieche ich weiter. Alle paar Mannslängen rufen wir uns gegenseitig. Um möglichst viele Probanden hinter mir zu lassen, biege ich ab, wann immer ich kann. Dabei muss ich aufpassen, nicht an den Schotts hängen zu bleiben. Sie sitzen überall dort, wo ein Rohr an ein anderes anschließt. Stumpfe Metallkränze in der Innenwand, die sich ringförmig schließen können. Auf diese Weise werden Teile der Anlage abgekoppelt. Wie jetzt. Normalerweise jedoch nur, um sie zu reinigen oder zu reparieren.

Es dauert nicht lange, bis die ersten Probanden mir entgegenkommen. Mühsam und umständlich quetschen wir uns aneinander vorbei. Für mich ein Grund zur Panik. Ich kämpfe sie herunter. Auch sonst überkommt mich immer größere Beklemmung. Das hier ist ein verdammtes Labyrinth. Längst habe ich die Orientierung verloren ...

Als Rohrkind hatte ich eine feste Schnur dabei, die am Eingang angebunden wurde und mich im Notfall zurückführen sollte. Brexton bestand darauf, egal wie gut wir glaubten, uns in den Rohren auszukennen. Hier drin, ohne eine solche Verbindung, fühlt es sich schon jetzt so an, als gäbe es kein Draußen mehr.

Es wird stickiger und es ist nur eine Frage der Zeit, bis die Luft in den Rohren aufgebraucht sein wird. Das Krabbeln fällt mir immer schwerer und vom hastigen Atmen ist mir schwindlig. Wann werden endlich die verdammten Ventile abgeschraubt?

Ich beschließe, nach einem Ausgang zu suchen, und taste die Röhre nun auch über mir ab. Nach einiger Zeit greifen meine Hände tatsächlich ins Leere. *Der Göttin sei Dank*. Ich richte mich in dem Ausgangsrohr auf und atme einmal tief durch. Bilde ich es mir ein oder ist die Luft hier oben wirklich schon besser?

»Juri? Wo bist du?«, ruft Dom alarmiert, weil ich mich nicht mehr gemeldet habe

»Alles gut«, beruhige ich ihn. »Hier ist ein Ausgang.«

Dom stößt gegen meine Beine. »Du willst doch nicht aufgeben!«, sagt er entsetzt.

»Nein!« *Natürlich nicht. Erst, wenn ich tot bin.* »Ich will nur frische Luft. Irgendwann müssen ja die verfluchten Ventile abgeschraubt werden.« Meine Hände erkunden das Innere der Ausgangsröhre und finden Sprossen. »Ich guck mal, wie weit ich komme.« Gut eine Mannslänge höher stoße ich schon an. »Ah! Verdammte –«

»Was ist los?«, ruft Dom von unten.

Ich taste die Sperre über mir ab. »Nur das Gitter!« Es gibt nach. »Ich kann es öffnen!«

»Siehst du irgendwas?«

»Nein!« Ich lasse das Gitter los. Es schnappt ein. Und meine

Hände erkunden weiter das Rohr. »Hier rechts geht auch noch eins ab!«

Kurzes Schweigen. »Ein zweiter Ausgang?«

»Keine Ahnung.« Ich befühle die Rundung. Es scheint ein ganz normales Rohr zu sein, das waagerecht weiterläuft. Eher kein Ausgang. Trotzdem ein guter Platz. »Komm rauf, wir bleiben hier!«, rufe ich Dom zu und schiebe mich in die Röhre. Noch bevor ich ganz drin bin, lässt mich etwas erstarren. Was, weiß ich nicht. Es ist zu dunkel, um die eigene Hand zu erkennen. Ganz langsam strecke ich meine Fingerspitzen aus. *Oh, scheiße!* Ich reiße den Arm zurück. Da bewegt sich was!

Okay ... ganz ruhig. Ich zähle bis drei, dann schiebe ich die Hand wieder vor.

»Haut ab!«, blafft da jemand.

Die Stimme kommt aus dem Rohr und ich zucke heftig zusammen, bevor ich durchatme. *Nur ein Proband.* »Du hättest ruhig was sagen können«, fahre ich ihn an. Der Schreck sitzt mir doch noch in den Knochen.

»Hab ich ja. Dass ihr Idioten abhauen sollt. Hier ist nur Platz für einen.«

Dieser überhebliche Tonfall kommt mir bekannt vor. »Wer sagt das?« Ich blinzle, erkenne aber nicht mal einen Umriss.

Der Typ antwortet nicht.

»Wir können auch woanders hin«, schlägt Dom aus dem Fallrohr vor. Wie immer ist er viel zu nett.

»Wir bleiben hier!«, fauche ich. Der Kerl vor mir soll wissen, dass ich es ernst meine. Hier oben ist die Luft viel, viel besser.

»Komm lieber wieder runter, Juri.«

»Juri?« Der Typ in der Röhre schnaubt. »Tatsch mich nicht noch mal an, Prinzenherz.«

»Lost?«, ruft Dom verblüfft.

Oh, nein. Nun kann ich die Stimme auch zuordnen. Und mir den abfälligen Gesichtsausdruck dazu vorstellen. So wie, als er meinte: *Ratten machen so was Widerliches nicht. Das sind edle Tiere.* Idiot! »Rück weiter«, rate ich ihm, »oder ich komm kuscheln.«

Dom gibt einen eigenartigen Laut aus Husten und Lachen von sich.

»Du passt besser auf«, droht Lost mir. Als er nicht wegrückt, zwänge ich mich einfach an ihm vorbei. Lost drückt sich an die Wand, als wenn ich fiebrigen Husten hätte. Dom macht er bereitwillig Platz. Wenn Lost wüsste. Ich muss grinsen.

Das Rohr führt nicht weit. Es windet sich wenig später in eine steile Biegung, in der ein Gitter sitzt, das sich nicht aufdrücken lässt.

Hier oben steht kein Wasser in der Senke. Ich zupfe die durchfeuchtete Hose von meinen Knien. Sie fühlen sich schon wund an. »Na dann, warten wir. Worauf auch immer ...«, sage ich halblaut, während Dom sich dicht neben mich zwängt.

»Ja, sonst könnten wir ja ewig hier drin bleiben«, stimmt er mir zu. »Ich meine, nur so im Dunkeln rumsitzen ...«

Mir ist klar, dass er das sagt, weil Lost ihn hören kann. Tatsächlich dürfte es Dom ziemlich mies gehen. »Übermorgen ist das Fest der Blüte«, erinnere ich ihn. »Bis dahin muss die Probe spätestens beendet sein.«

»Das sind zwei Tage ...«, murmelt Dom.

»Ach, die gehen vorbei. Wir bleiben einfach so lange hier sitzen.«

»Ist gut«, meint er. Ob Dom mir meine Unbekümmertheit wirklich abnimmt, kann ich nicht einschätzen. Er ist viel geübter als ich darin, anderen etwas vorzumachen.

Danach sagt niemand mehr etwas. Über das, was uns bewegt, können wir in Losts Gegenwart ohnehin nicht offen reden.

Von den anderen Probanden hören wir kaum noch etwas. Ich starre in die Dunkelheit, bis ich rechts von mir ein Kratzen vernehme.

Ich spüre an meinem Arm, wie Dom zusammenzuckt. »Was ist das?«, fragt er sofort.

»Ratten ...«, zischt Lost.

Ich verdrehe die Augen. Keine Ratte ist so laut. »Es ist Lost«, stelle ich klar. »Er vermisst seine Viecher.«

»Sie sind überall ... Kannst du sie hören?« Jetzt tippelt Lost mit den Fingern über das Metall.

So gelangweilt wie möglich sage ich: »Ich höre nur eine Ratte.«

»Aber die ist vollkommen«, erwidert Lost, wohl weil er schon neun Punkte hat. Er lacht leise vor sich hin. Soll er doch.

Ich denke daran, wie er am ersten Tag die Blüte mit seiner Rattenzucht verglichen hat. Im Grunde hat er recht behalten. Allerdings war der Vergleich bei keiner Probe so passend wie dieser. *Ratten in einem Labyrinth* ... Als ich mir in Erinnerung rufe, was Lost mit den Tieren angestellt hat, um die vollkommensten zu finden, läuft es mir kalt den Rücken runter.

Kurze Zeit später hat Lost die Freude an seinem Kratzspielchen verloren oder er ist eingeschlafen. Von Dom höre ich nur gleichmäßige Atemzüge. In der Stille drohe auch ich, in den Schlaf abzugleiten. Trotz aller Anspannung. Ich weiß, dass ich nicht ewig wach bleiben kann, nicht mal die zwei Tage bis zur Blüte. Dazu bin ich zu erschöpft. Die schlechte Luft und Dunkelheit helfen auch nicht dabei. Und schon wenig später wird das Wachbleiben zur Probe an sich.

Fluchtinstinkt

Ich schrecke auf. Mein Kopf lehnt an Doms Schulter und es durchläuft mich heiß, als ich begreife, dass ich doch eingeschlafen bin. Mit angehaltenem Atem lausche ich den Geräuschen um mich herum. Aber es sind nur andere Probanden, die mich geweckt haben. Ich höre wütende Flüche. Jemand schreit panisch, irgendwer schlägt gegen die Rohre, als könnte er sich so einen Weg hinausbrechen.

Es dauert einen Augenblick, bis die Geräusche wieder leiser werden. Ich horche in die Dunkelheit ...

Das Unheil kündigt sich durch einen stechenden Geruch an. Er erinnert mich sofort an den Urin in den Pinkelgassen. Noch vor wenigen Tagen hätte er mich nicht mal aufblicken lassen, aber jetzt und hier ...

»Hat sich einer von euch eingepisst?«, fragt Lost in diesem Moment.

Nun bin ich alarmiert. »Dom!« Ich taste panisch nach ihm, schreie, dass er aufwachen soll.

»Was? Was ist passiert?«, fragt er verwirrt.

»Das Prinzenherz hat sich vollgepinkelt.«

Ein paar Atemzüge lang sagt Dom nichts. Mein Herz rast. Dann ruft er: »Das ist Amongas!«

»Was?«

»Eine unsichtbare Substanz!«, erklärt er hastig. »Legt sich auf die Haut. Brennt wie Feuer!«

»Ihr könnt mir keine Angst machen«, meint Lost betont gelangweilt.

Denkt er etwa, wir wollen uns für sein blödes Kratzspielchen rächen? »Sieh zu, dass du da wegkommst!«, schreie ich ihn an. »Wir müssen aus diesem Rohr raus!«

»Warte!« Dom hält mein Handgelenk fest. »Amongas sinkt von oben nach unten. Wenn es unten eingeleitet wird, kommt es vielleicht nicht bis hier hoch.«

Dann hätten die unten es doch aber schon längst bemerkt, denke ich. Im selben Moment spüre ich das Gas auf meiner Haut. Kleine, glühend heiße Zähne beißen sich fest. Vor allem da, wo ich unbedeckt bin. Das Gas wird durch dieses Rohr eingeleitet. Wir sitzen in der Falle! »Es kommt durch das Gitter!«, rufe ich panisch. »Von oben!«

Im nächsten Augenblick hat das Gas Dom erreicht. »Runter!«, brüllt er, dann schreit Lost wie ein Wahnsinniger los. Ich höre, wie er nach unten flieht.

»Juri! Du auch.« Dom zerrt an meinem Arm.

»Aber dahin sinkt doch das Gas!«, kreische ich.

»Los jetzt!«, befiehlt er, plötzlich ganz Hüter.

Erschrocken gehorche ich. Schiebe mich rückwärts, bis ich das Ausgangsrohr spüre, und lasse mich fallen. Die Schmerzen werden sofort erträglicher. Dafür muss ich würgen.

Dom packt mich am Hosenbein und zerrt daran. »Komm weiter!«

»Sterben wir?«, krächze ich.

»Nein. Es ist nicht tödlich.«

»Woher weißt du das?«

»Hüter trainieren mit Amongas. Falls es zu Aufständen kommt.«

Aufstände? Wie sollte man sich denn gegen den Kaiser aufleh-

nen? Und wenn, was interessiert es ihn? Kaum weniger beunruhigt gehe ich auf die Knie und krabble blind hinter Dom her, weg von dem Fallrohr, so sinnlos es auch scheint.

Und tatsächlich. Wir hätten noch nicht mal bis zehn zählen können, da ist das Gas herabgesunken und frisst sich durch die Rohre. Wie unvorbereitet es die anderen trifft, höre ich an ihren Schreien. Erst voller Entsetzen und dann voll Panik. Dass sie das Gas nicht umbringt, dürften die wenigsten wissen. Dabei ist es eigentlich klar. Wir sind nicht mehr viele. Und wenn der Kaiser will, dass wir seiner Familie Kinder machen, braucht er uns lebendig. Bloß das geht mir auch erst jetzt auf, wo der Schmerz und die Angst nachlassen.

»Dom?« Keine Antwort. Nein. Nein! Auf einmal weiß ich nicht mehr, ob Dom noch in meiner Nähe ist. Die Anlage ist von Jammern und Wehklagen erfüllt. Meine Rufe nach ihm gehen völlig unter. Als ich tief Luft hole, um Doms Namen hinauszubrüllen, füllt plötzlich ein widerlicher, bitterer Geschmack meinen Mund. Beim nächsten Atemzug brennt meine Kehle wie Feuer. Das Gas hat mich eingeholt. Nur wenige Augenblicke später bin ich unfähig, weiterzukriechen oder nach Dom zu rufen.

Ich mache mich ganz klein, rolle mich ein, um mich vor dem Zeug zu schützen. Zwecklos. Ebenso könnte ich versuchen, es durch Anschreien davon abzuhalten, durch meine Kleidung zu kriechen und mich zu verätzen. Meine Haut steht in Flammen. Brennend heiße Stiche ... Die Qualen sind mörderisch. Ich presse die Kiefer aufeinander und hoffe dabei, Haruto möge ebenso leiden, wenn sein Vater ihn in Amaterasus Licht zwingt.

Als ob die Göttin ihren Namen gehört hätte, wird es plötzlich blendend hell. Ich versuche, die Augen zu öffnen. Sie tränen wie verrückt. Ich erkenne nichts. Egal. Für die schlagartige Helligkeit kann es ohnehin nur eine Erklärung geben: Die Ausgänge wurden geöffnet!

Ein beinahe übermächtiger Impuls zu fliehen durchzuckt mich. Zum ersten Mal bekommt die Redewendung *seine Haut retten* einen Sinn für mich. In meinem Inneren tobt ein Kampf. *Innere Stärke.* Nun begreife ich endlich, was es bedeutet. *Wenn du jetzt aufgibst, war alles umsonst!*

Interessiert mich nicht, ich muss hier raus!

Nein, musst du nicht! Sechs Blüten, reiß dich zusammen! Du wirst das hier überleben, auf Ebene eins aber nicht!

Um mich herrscht blinde Panik. Ich kann sie hören und spüren. Ich reibe mir die Augen. Was ich dann sehe, ist weit beängstigender als die Schmerzen auf meiner Haut.

Jede Menge andere Probanden. Wie ein Rudel Ratten auf der Flucht stürmen sie auf mich zu. Vorneweg Lost. Der Ausgang ist irgendwo in meinem Rücken und ich versperre ihnen den Weg.

Noch bevor ich reagieren kann, prallt Lost gegen mich. Er versucht, mit aller Macht an mir vorbeizudrängen. Was vorhin noch möglich war, wird hier zur Falle für uns beide. Wir stecken fest. Lost presst mich gegen die Rohrwand. Ich tue alles, um freizukommen. Boxe, so gut ich kann, beiße ihn, schreie, dass ich Platz mache, wenn er mich denn lässt. Sein Überlebenstrieb macht ihn taub für alles. Er will nur eins: raus.

Unter dem Druck seiner Hand knickt meine Schulter ein. Und schon ist er über mir. Ich kann nichts mehr tun. Sein schwerer Körper presst mich in die Senke. Ich spüre seine Knie im Rücken, sein Handballen drückt mein Gesicht ins Wasser. Es läuft mir durch die Nase bis in meinen Schlund. Ich muss husten, will hoch. Doch kaum dass Lost mich überwunden hat, werde ich vom nächsten Probanden niedergedrückt und schlucke noch mehr Wasser. Ich durchlebe meinen Albtraum.

Wie lange er anhält, wie viele Jungs sich über meinen Körper zum Ausgang wälzen, erbarmungslos, als wäre ich nichts als ein lästiges Hindernis, weiß ich nicht, nur dass ich eine grausam lange Zeit nicht einatmen kann.

Als es vorbei ist, fühle ich mich halbtot, jeder Knochen, jeder Muskel schmerzt, ich bin nicht fähig hochzukommen. Meine Lunge brennt, unwichtig ob vom Gas oder dem Wasser. Jeder Atemzug ist eine Qual. Ich weiß nicht, wie lange ich sie noch aushalte.

Ich bin allein. Zumindest in diesem Rohr. Durch das Ächzen und Stöhnen der anderen nehme ich plötzlich das Geräusch von Ventilatoren wahr. Oh, Himmel! Luft! Endlich! Ich weiß es, noch bevor der kühle Strom meine verätzte Haut streift und das Amongas durch irgendein Gitter hinauspustet. Mit halb geschlossenen Augen bleibe ich liegen, warte, bis das Brennen erträglich wird. Dabei betrachte ich meine Hand. Die Haut ist rot, jedoch nicht verätzt, wie ich dachte. Ich sollte darüber erleichtert sein ... doch ich werde wütend. Der Kaiser will weder tote Blüten noch für immer entstellte. Er will vollkommene.

Ich fahre mir mit der Zunge über die Lippe. Sofort habe ich wieder den bitteren Geschmack im Mund. Das Amongas liegt noch immer auf meiner Haut. Mit zittrigen Händen schöpfe ich Wasser aus der Senke, um mir das scheußliche Zeug abzuwaschen. Ich spüle auch den Mund aus, gurgle und reinige meine Augen. Viel bringt es nicht. Mit letzter Kraft schleppe ich mich zum Ausgang.

Im Wasser liegend schaue ich durch das Rohr nach oben ins Licht. Sind das wirklich zwei Gitter? Vielleicht sehe ich auch nur wegen dem Amongas doppelt. Ich blinzle. Nein, eindeutig zwei. Das erste etwa eine Mannslänge über mir, das andere sitzt direkt vor der Öffnung. Eine Schleuse also. Wobei beide Gitter mit einem durchsichtigen Deckel verschlossen sind. *Ihr Kakerlaken,* denke ich. Damit bloß kein Gas entweicht, wenn ein Proband die Rohre verlässt.

Ob Dom sie verlassen hat?

Am Ende taucht plötzlich ein Gesicht auf. Es erscheint verschwommen, wegen der Scheibe zwischen uns, trotzdem erkenne ich in ihm einen Gardisten. Er muss mich ebenso sehen wie ich ihn und ich wette, er wartet nur darauf, dass ich aufgebe und meinen Kopf aus dem Rattenloch stecke. »Vergiss es!«, schreie ich zu ihm hoch. Sein Gesicht verschwindet. *Ja, hau bloß ab!*

Ich beschließe, nach Dom zu suchen. Wenn er noch hier drinnen ist, braucht er mich. Na gut. Zugegeben, ich ihn irgendwie auch. Es war erträglicher, als wir gemeinsam um Eddi getrauert haben, und es wird erträglicher sein, gemeinsam bis zum Ende die Probe durchzustehen. Ächzend rapple ich mich auf. Nach all den Knien und Ellenbogen auf meinem Körper fühlt er sich geschunden an wie nie.

Während ich durch die Rohre krieche, rufe ich ohne Unterlass Doms Namen, hoffe seine Stimme unter denen der anderen herauszuhören. Das Gas muss über die Hälfte der Probanden hinausgetrieben haben. In vielen der Rohre treffe ich auf überhaupt niemanden, woanders drücken sich Probanden verängstigt an die Wand und sind nicht mehr ansprechbar. Einen Gang weiter fragt mich ein Junge, ob die Probe vorbei ist, und ich verneine. *Woher ich das weiß?* Ich weiß es nicht, ich befürchte es nur.

Hinter einer Biegung treffe ich auf Chien. Wir wechseln wenige Worte. Er ist okay. Dom hat er nicht gesehen. Als ich weiterwill, erinnert er mich an den Schnipsel aus dem Kästchen und unsere Abmachung. Dafür habe ich jetzt keinen Kopf. Wahrscheinlich ist das Papierstück eh verloren gegangen.

Ich denke schon, dass Dom aufgegeben hat, da glaube ich, meinen Namen zu hören. Ich halte inne. Da. Wieder! Ganz leise.

»Dom?«

»Juuuri …« Diesmal lauter.

Der Göttin sei Dank. Er ist es. »Dom!« Ich halte den Atem an, horche.

»Hiiiier!« Es kommt von links. Alles klar.

Bei der ersten Gelegenheit biege ich ab, brülle wieder Doms Namen, lausche, folge seiner Antwort, bis es nicht mehr weitergeht. Direkt vor meiner Nase schließt sich ein Schott. Oh, scheiße.

Ich traue mich nicht mehr hindurch, presse mich wie gelähmt an die Wand. Woher auch immer die unvermittelte Panik kommt, mein Körper ist wie erstarrt. Nur mein Verstand arbeitet noch. Mit immer mieserem Gefühl sehe ich dabei zu, wie der Metallkranz größer wird und das Loch in der Mitte kleiner. Wenn sie die Schotts schließen, muss das einen Grund haben. Und so viel ist sicher: der ist nicht, die Rohre zu reinigen.

Das Loch schrumpft zu der Größe eines Reiskorns, gleich darauf ist das Schott dicht. Ich atme tief durch, kann mich wieder bewegen, wende mich mühsam um. Auch hier. Dicht. Nach nur zwei Mannslängen. Direkt davor macht das Rohr allerdings einen Knick. Von dort dringt auch das Licht in diesen Tunnel. Hinter der Ecke muss also ein Ausgang sein. *Und eine Zuleitung*, denke ich mit Schrecken. Auf der Suche nach Dom habe ich drei weitere Ausgänge untersucht. Jeder hatte eine Zuleitung. Von wie vielen Ausgängen hatte der Gardist gleich gesprochen? Zwanzig? Dann werden die Schotts die Anlage wohl in zwanzig Sektionen unterteilen, sodass jede einen Ausgang und eine Zuleitung hat. Denn ohne eine Möglichkeit zur Flucht lässt sich innere Stärke nicht beweisen. Die Erkenntnis bringt mich allerdings auch nicht weiter.

Ich warte, die Sinne aufs Höchste angespannt. Eine Zeit lang ist es totenstill. Die Schotts sperren jedes Geräusch aus. Dann höre ich es rauschen. Meinen Körper durchläuft ein kaltes Zittern. Was auch immer sie einleiten – es kommt.

Wasser! Kaum dass es um die Ecke drängt, umspült es auch schon meine Handgelenke. *Heilige Scheiße! Ist das kalt!* Meine Handrücken sind sofort knallrot. Ich vollführe einen aberwitzigen

Tanz, um Hände und Füße aus dem Wasser zu halten. Es steigt rasend schnell an. *Hilfe!*

Zwischen den Schotts gefangen, bleiben mir nicht viele Möglichkeiten. Ich krabble los. Hinter der Biegung ist ein Ausgang, wie ich es mir gedacht habe. Das Wasser fließt in erschreckend großen Mengen aus dem Fallrohr. Ich sehe nur kurz hin, krabble schnell weiter, bevor die Rohre volllaufen und ich tauchen muss.

Noch zweimal kann ich abbiegen, bis ein Schott mir endgültig den Weg versperrt. Kein anderer Proband ist mehr zu hören. Nur das Rauschen des Wassers. Es ist beängstigend. Um mich herum nichts als dunkel schimmerndes Wasser, auf dem lauter Plastikteile treiben. Sie sind halb durchsichtig. Als Rohrkind war Plastik ein toller Fund. Ich schöpfe ein Stück aus dem Wasser heraus und erschaudere. Nie habe ich so etwas Kaltes gespürt. Das da ist sicher kein Plastik. Ich lasse es wieder ins Wasser gleiten und starre meine Hand an. Eben war sie noch rot, jetzt ist sie blau. Außerdem kann ich die Finger nicht mehr schließen, sie sind schrecklich steif. Und ich friere erbärmlich.

Eine ganz neue Art von Entsetzen überkommt mich, weil ich merke, dass die Kälte meinen Körper übernimmt. Nicht nur die Hände. Ich zittere unkontrolliert und meine Zähne schlagen wie wild aufeinander.

Mittlerweile steht das Wasser fast bis zu den Ellbogen. »D-D-Dom?« Mein Schrei nach ihm ist nur ein Krächzen. Die Kälte raubt mir sogar meine Stimme. »Ha-haallo …?« *Irgendwer? Niemand*, denke ich bestürzt, und das erste Mal macht es mir Angst, allein zu sein.

Elend und panisch wate ich auf allen vieren zurück zum Ausgang, kaure mich neben das Rohr und schlottere. Das Wasser steigt, bis die Röhre halb voll ist, erst dann bricht der Strom ab. Ich richte mich auf. Unendlich mühevoll. Jede Bewegung ist eine Qual. In meinen Händen ist kein anderes Gefühl mehr als

Schmerz. Als Kind habe ich mich in der Nähstube meines Vaters mehr als einmal mit der Nadel gestochen. Jetzt ist es, als ob Tausende davon alleine in meinen Fingern stecken würden.

Irgendwie gelingt es mir trotzdem, bis zum Gitter zu kommen. Mein Plan ist, in das Zuleitungsrohr zu kriechen, dort dürfte kaum Wasser stehen und es war herrlich warm dort. Ich werde bitter enttäuscht. Das Rohr ist verschlossen. Natürlich – Wasser drin, Schott zu.

Ich blicke nach oben. Meine Möglichkeiten stehen fest. Es gibt nur zwei. Aushalten oder aufgeben. Ein paar Sprossen weiter und mir wäre wieder warm. Aber die Probe für mich beendet. Wenn ich nur wüsste, ob ich lange genug in diesem Labyrinth war, um sechs Blüten geholt zu haben. *Whaaa!* Ich möchte schreien, so wütend bin ich. Nur hat die Kälte mir die Stimme genommen. Jederzeit rauszukönnen, ist keine Erleichterung, sondern Folter.

Und genau darum geht es, oder? Nicht das Gas oder das scheißkalte Wasser. Zu widerstehen ist die eigentliche Probe. »Widerstehe …«, bibbere ich heiser und mein Atem beschlägt die Scheibe zwischen mir und der Wärme da draußen.

Ich denke darüber nach, weshalb man die Schotts geschlossen hat. Vielleicht, um uns voneinander zu trennen. Nein, wohl eher, damit die Kälte sich besser hält. Oder … keine Ahnung. Ich merke, wie meine Gedanken wirr werden.

Eine Zeit lang gelingt es mir noch, in dem trockenen Fallrohr zu bleiben. Den Rücken gegen die Wand gestemmt, unter einer der Sprossen die Füße verkeilt. Zumindest glaube ich, dass sie dort sind. Ich spüre sie nicht mehr. Dann kann ich meine Beine nicht mehr auf Spannung halten. Sie knicken ein, ich plumpse zurück ins Wasser, wo ich halb aufgerichtet liegen bleibe.

Als ich kurze Zeit später an meinen tauben Fingern saugen will, schaffe ich es nicht mal mehr, meine Hand zu heben. Selbst wenn ich jetzt aufgeben wollte – ohne es zu merken, habe ich den Punkt überschritten, an dem ich noch konnte.

Meine Wahrnehmung schrumpft dabei auf den Anblick meiner Hand. Madenweiß und nutzlos schwimmt sie unter der Wasseroberfläche.

Eigenartig, mir ist nicht mehr kalt. Ich schlottere auch nicht mehr. Es ist jetzt ganz still und ich lausche meinem flachen Atem. Da ist noch ein Gedanke … Ich versuche, ihn festzuhalten. Irgendetwas mit … den Kampf gegen mich habe ich gewonnen, aber gegen die Kälte … die Kälte … oder war es der Kaiser …

Egal, es ist ohne Bedeutung.

In der Falle

Wieso bin ich nicht tot?, ist mein erster Gedanke, als ich zu mir komme. Mehr verwundert, denn erleichtert. Ein tief verwurzelter Überlebenstrieb muss mich aufrecht gehalten haben, sonst wäre ich ersoffen.

Ich schaue um mich. Immer noch ist es unsagbar kalt. Das einzig Gute: Die Schotts sind wieder offen. Durch sie fließt das Wasser sogar schneller ab, als es gekommen ist. Während ich darüber nachdenke, wohin es wohl verschwindet, wittere ich eine Chance. Vielleicht könnte ich auf demselben Weg hier rauskommen! Es sei denn, da ist auch ein Gitter.

Keine Ahnung, wie lange es dauert, bis mir bewusst wird, dass ich nur die Sprossen hochklettern muss, um in Freiheit zu sein. Das heißt, sofern ich schon wieder dazu in der Lage bin. In meine Finger ist zumindest etwas Gefühl zurückgekehrt. Ich probiere, ob es reicht, sie um eine Sprosse zu schließen. Der Versuch schmerzt, aber er gelingt. *Sechs Blüten*, sage ich mir und widerstehe. Noch.

Ich bin nicht der einzig verbliebende Proband. Jetzt, wo die Schotts offen sind, höre ich auch die anderen wieder. Keine Gespräche, eher unbestimmte Laute.

Träge und kraftlos sehe ich den Tunnel hinunter, verfolge, wie das Wasser weiter sinkt. An einer Stelle, ein ganzes Stück entfernt, beginnt es plötzlich, etwas zu umfließen. Es wäre gar nicht zu erkennen, wenn nicht das Licht aus einem anderen Tunnel drauffallen würde. Ich kneife die Augen zusammen. *Oh, Mann, ist das …?*

Das Wasser ist beinahe fort, bis aus meiner Ahnung Gewissheit wird. Es ist ein Proband. Er liegt mit dem Gesicht nach unten. Er muss ersoffen sein.

Was für ein Dreck!

Die ganze Blüte ist ein Riesendreck. Ich meine, es ist eine Sache, wenn man stirbt, weil man keine Alternative hat, aber eine andere, wenn man so kurz davor ist zu leben. Auf einmal durchläuft es mich heiß. Was, wenn das Dom ist? Ich rapple mich auf. »Dom?« Mit der Angst kommt das Leben in meinen Körper zurück. »Dom!«

Ich höre nicht auf, seinen Namen zu brüllen, bis ich die Leiche erreicht und ihren Kopf angehoben habe. *Oh, Göttin!* Der Junge ist nicht Dom. Kantiges Gesicht, eine niedrige Stirn. Er ist ihm nicht mal ähnlich. Trotzdem bringe ich es nicht über mich, ihn einfach so liegen zu lassen, wahrscheinlich, weil ich mich immer um die Toten gekümmert habe.

Ich versuche, ihn auf den Rücken zu drehen, damit sein Gesicht zumindest nicht mehr im Wasser liegt. Normalerweise keine große Sache. Allerdings habe ich, anders als im letzten Licht, hier kaum Platz. Und kaum noch Kraft, wie ich mir bald darauf eingestehen muss.

Hm … vielleicht, wenn ich es von der Seite probiere …

Ich wälze mich über den Jungen in das angrenzende Rohr und erstarre. Am Ende des Tunnels kauert eine Gestalt. Das Licht des Ausgangs fällt von hinten auf sie, weswegen ich nur den Umriss erkenne, aber meine Intuition sagt mir: *Es ist Vaith!*

Langsam und mit der Hoffnung, er möge mich nicht erkannt haben, bewege ich mich rückwärts und schiebe mich um die Ecke.

»Schwuuuchtel!«, hallt es mir hinterher. Er hat mich erkannt.

Und es ist Vaith. Allerdings klingt seine Stimme derart hilflos, dass ich irritiert innehalte. »Schwuuuuchtel!«, ruft er wieder und da begreife ich: Er ahmt meine verzweifelten Rufe nach Dom nach! Wenn die ihn nicht sogar erst zu mir geführt haben.

Mein Blick fliegt zum Ausgang. Der tote Junge liegt zwischen ihm und mir. »Schwuuuchtel!«, höre ich Vaith. Jetzt so nah, dass ich rückwärts zum Ausgang flüchte. Oder eher davonkrieche, denn flüchten ist hier drin genauso leicht möglich wie fliegen.

Vaith ist schon um die Ecke. Er verliert keine Zeit mehr mit Nachäffen, sondern treibt mich mit schnellen, entschlossenen Bewegungen weiter. *Diesmal bringt er dich um*, schießt es mir durch den Kopf. Im selben Moment stoße ich mit den Füßen irgendwo gegen.

Ich sitze in der Falle.

»Lass mich doch einfach in Ruhe und kümmere dich um deinen Scheiß!«, schreie ich ihm entgegen. Vaith lacht nicht mal. Panisch blicke ich hinter mich. Ein Glück! Doch keine Sackgasse. Die Röhre macht nur eine Biegung. Ich dränge mich herum, schaue wieder über meine Schulter. Ein Ausgang! Plötzlich weiß ich, dass er die einzig sichere Chance ist, um Vaith zu entkommen.

Es sei denn, ein Schott schließt sich zwischen uns, denke ich voller Unglauben, weil genau das geschieht, als ich wieder zurückblicke. Der Metallkranz in der Rohröffnung ist bereits deutlich zu sehen. Das Loch allerdings noch groß genug, um selbst einen Brocken wie Vaith durchzulassen. *Komm schon! Geh zu!* Diesmal kann es mir nicht schnell genug gehen. *Los, los, los, los!* Mein Herz rast. Vaith muss jeden Augenblick auftauchen. *Scheiße!* Ich kann nicht darauf warten.

Und richtig, noch während ich mich wie ein hilfloses Insekt rückwärts Richtung Ausgang schiebe, taucht Vaith hinter dem Schott auf. Er schnellt herum. *Oh, Göttin! Das kann doch nicht ... Er passt noch durch!*

Der Moment, den diese Erkenntnis braucht, reicht, um zu sehen, wie falsch sie ist. Vaith knallt auf den Boden. So abrupt, als hätte man ihm ein Bein gestellt, und irgendwie trifft das auch zu. Beinahe hysterisch lache ich auf. Der Metallkranz hat sich um seinen Unterschenkel geschlossen! Er hält ihn fest wie ein Maul.

Vaith brüllt wie verrückt, windet sich, versucht, mit dem anderen Fuß das Schott einzutreten. Keine Chance. Das weiß ich aus Erfahrung. Als auch er merkt, wie sinnlos seine Bemühungen sind, schreit er mich an. Sein Gesicht ist rot vor Wut und Schmerz. Zumindest da, wo es nicht blau und grün von Jacksons Schlägen ist. »Mach was, Schwuchtel! Das beschissene Scheißteil klemmt mir meinen Fuß ab!«

Ich presse die Hand vor den Mund. Nicht aus Entsetzen über Vaiths Situation, sondern weil sie unvermittelt eine Erinnerung zurückgebracht hat. *Das weiß ich aus Erfahrung,* habe ich eben noch gedacht. Und nun weiß ich, woher ich Vaith kenne. Es ist nicht das erste Mal, dass ein Schott sich zwischen ihm und mir geschlossen hat …

Brexton hatte mich rausgeworfen. Ich stand vor dem Bau, der vier Jahre mein Zuhause gewesen war, und sah den anderen Kindern nach, wie sie mit ihren Netzen und kleinen Ölfunzeln zu der Arbeit in den Rohren abzogen. In den Tagen davor hatte ich so viel Reisbrei und Suppe gegessen, wie ich konnte. Brextons Köchin hatte mehr als ein Auge zugedrückt. Ihr war genauso klar wie mir, dass es die letzten Mahlzeiten für mich sein würden. Zumindest für lange Zeit.

In einem hatte ich Glück. Mein Rauswurf kam kurz vor dem Zuckerblütentag. Mein Plan war, möglichst große Mengen zu erbeuten, um sie gegen Reismehl zu tauschen. Daraus würde ich Brot backen und meinen eigenen, kleinen Handel eröffnen. Ein verzweifelter Plan. Ich hielt trotzdem daran fest.

Die nächsten Tage strich ich durch die Gassen, trank Kanalwasser und versuchte, nicht an meinen Hunger zu denken. Dann brach der Tag der Zuckerblüten an. Bereits vor dem Lichteinschalten kämpften die Leute um die besten Plätze, möglichst direkt unter einem der Ventilatoren. Durch die würden wie jedes Jahr die Köstlichkeiten rieseln, oder besser, geschleudert werden. Die meisten Blüten landeten dabei auf Dächern, weswegen sich um diese Flächen ein eigener Handel aufgetan hatte. Er war in den Händen von Leuten wie dem Brandmarker. Man musste für einen Platz bezahlen. Je höher der lag, desto teurer wurde es, auch wenn nicht selten Dächer unter der Last einbrachen und man letztendlich mit gebrochenen Knochen oder sogar dem eigenen Tod bezahlte. Da ich nichts hatte, womit ich bezahlen konnte, blieb ich am Boden. Wie unzählige andere Menschen auch. Dicht an dicht, den Kopf im Nacken, starrten wir zu den Ventilatoren hoch und warteten auf die Blüten.

Als sie endlich kamen, brach der Kampf um sie los. Ich war darauf eingestellt. Das geschah jedes Jahr. Normalerweise blieb ich genau aus diesem Grund den Gassen fern. Nun aber war ich darauf angewiesen, diesen Kampf zu gewinnen. Ich stürzte mich auf die Blüten, schlug andere Bewohner weg, drängte, schubste und biss sogar.

Zum Schluss hatte ich zwei gebrochene Finger und weniger als eine Handvoll erbeutet. Genauer gesagt: mit Dreck vermischte Zuckerkrümel, an denen Blut klebte. Jedenfalls nichts, was ich gegen Reismehl hätte tauschen können. Ich ließ die mickrige Ausbeute in meinen Mund rieseln und wollte nur noch eins: raus aus den überfüllten Gassen. Doch es gab kein Raus. Am Tag der Zuckerblüten waren alle Gassen überfüllt. Immer noch biss mir der Hunger in den Magen. Beides zusammen, Hunger und Menschenmassen, brachten mich auf die rettende Idee. Niemand arbeitete heute. Also auch in den Rohren nicht.

Ich hatte es auf die Ratten darin abgesehen und nicht auf die Wertstoffe. Mir war klar, dass ich Brexton trotzdem hinterging, aber was sollte ich tun? Verhungern?

Noch passte ich durch die Rohre, wenn auch nur so gerade. Mein Ziel war die Wiederaufbereitungsanlage. Dort kam das Schmutzwasser aller Ebenen an und nach meiner Erfahrung tummelten sich auch genau dort die meisten Ratten.

Ich wählte das Amüsierviertel, um in die Kanalisation zu steigen, wo mich niemand kannte. Allerdings wurde mir schon nach wenigen Hundert Mannslängen klar, dass ich bei Weitem nicht die Einzige war, die den Tag der Zuckerblüten ausnutzte. In den Rohren wimmelte es von Kindern. Augenscheinlich hatten sie dieselbe Idee wie ich gehabt.

Als ich unter dem Gebäude der Wasseraufbereitung ankam, waren die Schotts zum Kessel, dem wichtigsten Teil der Anlage, offen. Das war sonst nur der Fall, wenn er von Schlacken gereinigt wurde und das Schmutzwasser deswegen zuvor abgeleitet werden musste.

Ich tastete mich weiter heran. Anscheinend arbeitete man heute auf keiner der Ebenen. Denn statt dem Schmutzwasser der oberen Ebenen strömten Kinder von dort durch das dicke Zuflussrohr. Mitten im Kessel stand, im Licht weniger Ölfunzeln, ein Junge. Älter, kräftig, herrisch. Offensichtlich hatte er das Sagen. Sobald ein Kind aus dem Rohr plumpste, wurde es von ihm mit mehreren grünen Päckchen versorgt, die er aus einem Sack hinter sich holte.

Es dauerte eine Weile, bis ich begriff, was ich dort beobachtete: den Schmuggel von Sun-Dust. Solche in grünes Plastik geschlagene Päckchen hatte ich schon mal beim zahnlosen Riesen gesehen, der meiner Mutter das Zeugs verkauft hatte. Nur hatte ich mir nie darüber Gedanken gemacht, woher es kam.

An keinem anderen Tag wäre der Schmuggel möglich gewesen. Die Kinder wären ertrunken. Wenn nicht schon auf dem Weg durch das Rohr, dann im Wasserkessel. Der Junge schickte die Kinder von dort in die abgehenden Rohre, durch die sie ungesehen in jeden Winkel der untersten Ebene kamen.

Ich beschloss, mich vom Ausgang zurückzuziehen. Die Ratten konnte ich jetzt ohnehin vergessen. Bei einem derartigen Treiben war kein einziges Tier in der Nähe. Doch da traf mich der Blick des Jungen. Ich weiß noch, wie erstaunt ich über seine außergewöhnlich blauen Augen war. Im nächsten Moment hatte er mich schon am aufgestützten Arm gepackt und in den Kessel gezerrt.

»Was willst du hier?« Seine Augen blitzten böse.

»Ich ... Ratten. Ich wollte nur Ratten«, stammelte ich.

»Wem wirste hiervon erzählen, hä?«

»Keinem.« Das war die Wahrheit. Ich hätte nicht mal gewusst, an wen ich mich hätte wenden sollen.

Der Junge musterte mich argwöhnisch, dann schüttelte er den Kopf. »Du redest Scheiße!« Er zerrte mich an den Haaren durch den Kessel und drängte mich in eines der anderen abgehenden Rohre. Ein Blick nach hinten genügte. Es war, wie nicht selten der Fall, eingebrochen, dicht und voller Schutt.

Als ich wieder nach vorne blickte, hatte der Junge eine Kurbel in der Hand. Mit denen konnte man die Schotts im Notfall von Hand öffnen und schließen. Das wusste ich, denn Brexton besaß mehrere solcher Kurbeln. Wo auch immer der Junge diese herhatte, jetzt war klar, wie er den Schmuggelkindern die Rohre zum Kessel geöffnet hatte. Ohne Zögern setzte er das Ding ein, kurbelte mit schnellen, kraftvollen Bewegungen.

Ich fing an zu schreien, worauf er mich durch das kleiner werdende Loch angrinste. Ich bettelte, heulte, flehte. Der Junge hatte kein Erbarmen. Das Loch schloss sich.

In dem verschütteten Rohrstück war nicht mal genug Platz, um die Arme ausstrecken zu können. Ich würde dadrin sterben, das war mir klar. Wahrscheinlich ersticken. Sollte das Schott jedoch gegen alle Wahrscheinlichkeit undicht sein und Luft durchlassen, würde ich spätestens am nächsten Morgen, wenn der Kessel sich wieder mit Wasser füllte, ertrinken.

Es dauerte nicht lange, bis ich Atemnot bekam, überzeugt, die Luft wäre so gut wie aufgebraucht. Mein Hals schwoll an. In meiner Todesangst trat ich mit nackten Füßen gegen das Schott. Ich wollte mich nicht mit dem Tod abfinden. Erst als wohl jeder meiner Zehen gebrochen war, sah ich ein, dass meine Befreiungsversuche zwecklos waren. Im Gegensatz zu den Rohren rosteten Schotts nicht. Sie hatten keine Schwachstelle.

Ich sackte in mich zusammen. Das Empfinden für Zeit ging mir verloren. Es war wie eine Ohnmacht. Oder mehr ein Gefühl von ... von nicht mehr richtig da zu sein. Nicht mehr ich selbst zu sein. Und als sich das Schott irgendwann wieder öffnete, wusste ich tatsächlich nicht mehr, wer ich war. Ich wusste nur, dass ein Wunder geschehen war.

Der Mann, der für das Wunder verantwortlich war, war es auch für den Kessel. Bevor wieder Wasser hineinlief, musste er ihn und alle Schotts überprüfen.

Er saß in der Hocke und blickte mit seinem bärtigen Gesicht zu mir in das Rohr. »Wie ist dein Name?« Ich konnte nur mit der Schulter zucken. »Du weißt nicht, wer du bist?« Er betrachtete mich zweifelnd. »Und weißt du, wer das mit dir gemacht hat?« Vergebens wartete er auf meine Antwort. »Du willst den Kerl nicht verraten, was?« Ich blieb sprachlos. »Bei Susanoo! Was hattest du denn überhaupt hier zu suchen, Mädchen?« Ich wusste es selbst nicht mehr. Alles war weg. Und abgesehen von meinem Namen kam auch nichts davon wieder zurück. Bis eben, als ich Vaith auf das Schott eintreten sah ...

Er hat aufgehört, mich anzuschreien. Seine Augen sind blutunterlaufen, die Adern durch das viele Brüllen geplatzt. Jetzt versucht er es auf eine andere Tour. »Du hast keine Ahnung, Mann. Der Berater und ich sind Freunde. Er braucht mich, okay? Du musst da raus und Tanaka sagen, dass ich feststecke. Verstanden?«

»Ich muss gar nichts«, erwidere ich so kalt wie das Wasser vorhin. Dabei möchte ich Vaith ins Gesicht schleudern, dass er es nicht anders verdient hat, als hier zu verrotten. Die Worte bilden sich schon in meinem Kopf. *Weißt du noch, was du mir angetan hast? Nein? Vielleicht erinnerst du dich, wenn die Luft hier drin aufgebraucht ist, du immer noch festhängst. Du mit jedem Atemzug dem Tode näher kommst. Du …*

Ich höre auf damit, mir diese Genugtuung auszumalen. Sie ist nur Wunschdenken. Wenn Vaith sich überhaupt an diesen Tag erinnert, dann an ein abgemagertes Mädchen, das er an seinen langen blonden Haaren durch den Kessel geschleift hat. Nein, ich würde mich selbst verraten. Und sobald das Schott Vaith freigibt, würde er mich an Tanaka verraten. *An seinen Freund,* denke ich spöttisch.

»Du bist Tanaka völlig egal«, stecke ich Vaith.

Ganz kurz wird er bleich, dann färbt sich sein Gesicht noch dunkler als zuvor. *Jedenfalls eine kleine Genugtuung.* »Ich werde dafür sorgen, dass –«

Was Vaith verstummen lässt, ist ein Zischen. Es verrät, dass wieder etwas zu uns geleitet wird. Ein Blick zurück genügt. *Oh, verdammt!* Weißer Dampf quillt aus dem Rohr. Nur einen Atemzug später ist es feucht und unsagbar heiß. Am liebsten würde ich mir die Jacke vom Leib reißen. Nur die Sorge, meine Brüste könnten sich in der feuchtheißen Luft unter dem dünnen Unterhemd abzeichnen, hält mich davon ab.

Der Dampf wabert über meine Schultern auf Vaith zu. Seine marmorierten Augen weiten sich vor Schrecken. »Du scheiß

Schwuchtel tust besser, was ich dir sage, oder ich sorge dafür, dass Tanaka dich umbringt!«

»Mach das«, sage ich, imitiere sein fieses Grinsen, wende ich mich um und krabble zum Ausgang. Es ist nicht der heiße Dampf, der mich raustreibt, obwohl er mir fast den Atem raubt, als ich die Sprossen hoch an dem Zuleitungsrohr vorbeiklettere. Es ist Vaiths Anwesenheit, die ich nicht mehr ertrage. Es reicht, ich kann nicht mehr. Es muss einfach für sechs Blüten gereicht haben.

Mit zittrigen Händen drücke ich das zweite Gitter hoch. Der Gardist sieht zu, wie ich mich heraushieve, wackelig auf die Füße komme und wieder zusammenbreche. Er ruft nach einem anderen aus der Garde. Ich bleibe bewegungslos und gleichgültig zwischen zwei Rohren liegen, bis man mich am Arm hochzerrt. Er wird verdreht, damit der zweite Gardist die Nummer auf der Binde sehen kann. »Neunundachtzig«, liest er laut ab.

Etwas, das ich aus den Augenwinkeln wahrgenommen habe, lässt mich den Kopf heben. Feuerrotes Haar, blasse Haut, klein gewachsene Statur ... Fußi. Er hat das Blütenbuch dabei und schlägt es auf. Sein Anblick bringt die Sorge um Rebecca zurück. Ich weiß noch nicht mal, ob sie die letzte Probe überlebt hat. »Rebecca?«, krächze ich. Seine Finger verharren auf der unteren Ecke einer Seite. Er sieht auf und ich räuspere mich. »Geht es ihr gut?«

Argwöhnisch kneift Fußi die Augen zusammen. Erst da wird mir bewusst, dass er mich ja als Mädchen an Rebeccas Seite kennengelernt hat. Als jungenhaftes Mädchen! Sich sogar mit seinem elften Finger darüber lustig gemacht hat. Die Qual der vergangenen Tage hat alles verblassen lassen. Ohne viel Hoffnung suche ich in Fußis schmutziggrünen Augen nach einem Zeichen, dass er sich nicht an mich erinnert. Sein Blick sagt jedoch etwas anderes.

Ich schlucke schwer. Nun ist es auch egal. »Lebt sie?« Ich muss es wissen. »Rebecca ist ... Sie ist eine Freundin.« Jetzt, wo ich es ausspreche, spüre ich, dass sie genau das ist. Eine Freundin. Wahrscheinlich die einzige, die ich je haben werde.

Fußi sieht wieder in das Buch. Dabei nickt er langsam.

Was soll das heißen? *Ja, Rebecca lebt?*

Oder nickt er nur, weil er meine Nummer gefunden hat? Ich weiß, dass sie gleich auf der ersten Seite steht. Ganz unten. Aber weiß Fußi, dass ein Mädchen zu dieser Nummer gehört? *Nein, dann würde er sicher anders reagieren*, versuche ich mich zu beruhigen.

Umständlich sucht er die Taschen seiner Uniform ab. Dabei hält er das Buch so nach unten, dass ich die Einträge sehen kann. Mein Blick huscht zum Ende der Liste. Da! Erst die beiden Kreise der Acht, dann ein Kreis mit Haken – die Neun. Dahinter die vier Blüten der ersten Probe.

Und Dom? Eine Zeile tiefer reihen sich ... Wahnsinn! Wie viele? Acht, neun ... zwölf Blüten aneinander! Dom hat es geschafft. Mein Herz macht einen erleichterten Hüpfer, aber dann wird es wieder schwer.

Und ich?

Fußi legt seine Hand unter den Buchdeckel. In der anderen hat er jetzt den Stempel. *Mein Leben entscheidet sich in diesem Moment,* denke ich, und wage nicht mal zu atmen. »Wie viele?«, fragt Fußi den anderen Gardisten.

»Bis kurz nach der dritten Einleitung«, erwidert der mit Seitenblick auf einen dicken, geriffelten Schlauch. *Sag schon!* »Fünf Blüten also.«

Seine Worte ziehen mir den Boden unter den Füßen weg. *Eine ... nur eine verdammte Blüte fehlt mir ...*

»Wetten, acht schafft keiner?«, höre ich Fußi wie aus weiter Ferne sagen. Dabei stempelt er meine zerbrochene Hoffnung auf das Papier. Dreimal, viermal, fünfmal ...

Was? Sechsmal?

Ich blinzle. Mit einem klatschenden Geräusch schlägt Fußi das Buch vor meinen Augen zu. Ich sehe fassungslos auf.

»Zehn Blüten. Du bist vollkommen«, sagt er ohne erkennbare Emotion und winkt einen Hüter heran, der mich zurückbegleiten soll.

EBENE 4 : ORDNUNG UND SICHERHEIT

Einer von uns

Ich werde die Sonne sehen. Das ist mein einziger Gedanke. Er ist derart berauschend, dass ich erst bemerke, wohin mich der Zylinder gebracht hat, als er sich wieder öffnet. »Ebene vier – Ordnung und Sicherheit, Zone acht.« Ich bewege mich nicht von der Stelle.

»Brauchst du 'ne Extraaufforderung?«, raunzt der Hüter mich an. Er hält seine Hand vor ein blaues Licht in der Tür, damit sie sich nicht wieder schließt.

»Wieso Ebene vier?«, frage ich beunruhigt. Bis eben war ich sicher, direkt auf die Oberfläche gebracht zu werden. »Ich hab die zehn Blüten«, schiebe ich schnell hinterher, um jedes Missverständnis auszuschließen.

Der Hüter stemmt den freien Arm in die Seite. »Und jetzt hältst du es hier keinen Tag mehr aus, was?« Ich sehe ihn groß an. Was soll denn das? »Komm jetzt. Ich soll dich in den Speisesaal bringen.« Er packt mich am Arm.

»Schon gut!«, fauche ich. »Ich komm ja.«

»Geht doch.« Der Hüter lässt los.

Während ich wütend hinter ihm herstapfe, reibe ich mir das Handgelenk. Sein Griff war unnötig hart. Ich ahne, wieso. In seinen Augen habe ich die Seiten gewechselt. Ich bin jetzt einer von oben. Und damit steht jemand von ganz unten über ihm in der

Hackordnung. In Zukunft ist er mir genauso Gehorsam schuldig wie dem Kaiser. Ich überlege, ihm was Nettes zu sagen, aber mir fällt nichts ein.

In der Halle des Ausbildungszentrums werden wir von einem anderen Hüter aufgehalten. Die beiden verziehen sich in die gegenüberliegende Ecke und lassen mich unter dem Bild des Kaisers warten. Mich überkommt meine alte Hoffnungslosigkeit. Leise zischt sie mir zu: *Du bist nicht mehr wert, selbst wenn die Hüter das glauben. Du wirst die Sonne nie sehen. Irgendetwas kommt dazwischen.*

Die Hüter reden immer noch. Der eine deutet gerade zu einem Gang, mein Begleiter hebt die Schulter, dann bedeutet er mir mitzukommen und durchquert mit schnellen Schritten die Halle.

»Alles in Ordnung?«, frage ich, während ich ihm hinterherlaufe.

»Das geht dich nichts an.«

Hm, umso besser. Wenn es mich nichts angeht, dann hat es auch nichts mit mir zu tun, sage ich mir. Aber so wirklich beruhigt mich das nicht.

Nachdem wir eine Treppe hoch sind und ein drittes Mal um die Ecke biegen, sehe ich die anderen wieder. Sie warten am Ende des Gangs vor einer Tür. Meiner Erinnerung nach ist dahinter der Speisesaal. Offensichtlich noch verschlossen. Die meisten Probanden lehnen an der Wand. Einige schlafen auf dem Boden, erschöpft von der dritten Probe. Ein paar nicken mir zu. Ich nicke zurück. Dann entdecke ich Dom. Er unterhält sich mit einem Jungen, aber lässt ihn stehen, als er mich bemerkt, und läuft mir entgegen.

»Wie lange dauert es noch?«, fragt er den Hüter. Dabei berührt er mich an der Schulter.

»Noch einer, der es nicht abwarten kann, hä?«

Ich schüttle genervt den Kopf. Dom meinte sicher, wie lange wir noch vor der Tür warten müssen. Aber der Hüter geht weg, ohne dass Dom das Missverständnis aufklären kann. Jetzt sieht er mich an. »Du hast es geschafft!«

Ich lächle matt. »Sieht so aus.«

»Wir beide.« Dom nimmt mich fest in den Arm, ganz gleich, ob die anderen es sehen. Unsere Kleidung ist immer noch nicht trocken, sein Körper viel kühler als meiner. Trotzdem breitet sich Wärme in mir aus.

Tief atme ich durch.

Als er mich wieder freigibt, bin ich allerdings doch etwas verlegen. Ich boxe Dom gegen die harte Brust. »Zwölf Sterne! Ich meine ... Wahnsinn!«

Er ist viel zu glücklich, um sich zu fragen, woher ich das weiß. Sein Lächeln reicht fast bis zu den Ohren. »Bin nach dem Wasser raus, aber es hat gelangt. Und du?«

»Nicht viel später, nehme ich an.« Ohne Vaith zu erwähnen, erzähle ich Dom von dem heißen Dampf. »Da war's irgendwie vorbei.«

»Und du hast trotzdem sechs Sterne bekommen?« Zweifelnd runzelt er die Stirn.

Ich deute an, dass ich nicht offen reden kann und wir gehen ein paar Schritte. Erst nachdem der halbe Gang zwischen uns und den anderen liegt, flüstere ich: »Die hab ich einem Gardisten zu verdanken. Er heißt Fußi ...«

Dom starrt mich verwirrt an. Kein Wunder. Es dauert eine Weile, bis ich ihm erklärt habe, wer Fußi ist, woher ich ihn kenne und dass ich glaube zu wissen, weshalb er mir geholfen hat. Dom erinnert sich an Rebecca, auch an Vaiths Kommentar über *ihre Euter*. Als ich ihm nun auch von meinem Zusammentreffen mit Vaith in den Rohren erzähle, verfinstert sich sein Blick. »Ich hoffe, du hast dem Scheißkerl nicht geholfen.«

Ich schüttle den Kopf. »Das Schott hat ihm vielleicht den Fuß abgetrennt.«

»Na ja, dann hat Fußi jedenfalls etwas, worüber er sich freuen kann. Falls es mit Rebecca nicht klappt«, meint Dom leise.

Ich muss lachen, egal wie grausig die Vorstellung ist. Allerdings bringt Doms Scherz auch die Sorgen um Rebecca zurück.

Dom schüttelt sich. »Weißt du, was? Lass uns einfach nicht mehr über den Schlachterjungen reden. Wir werden ihn nie wiedersehen.«

»Hm, ich weiß nicht … vielleicht doch.« Vaith ist immerhin mit acht Blüten gestartet und er hat länger durchgehalten als ich, wenn auch nicht freiwillig. So oder so wird er locker zehn Blüten haben. Selbst wenn das Schott ihn ernsthaft verletzt hat, solange Vaith nicht verblutet ist … »Füße braucht er ja nicht zum Kindermachen«, sage ich aus meiner Überlegung heraus.

»Und wenn schon, wir haun doch eh ab.« Plötzlich wirkt Dom beunruhigt. »Es bleibt doch dabei, oder?«

»Ja klar«, versichere ich ohne viele Worte, denn in diesem Augenblick bringt ein anderer Hüter Chien zu uns. Er ist tropfnass, wankt vor Erschöpfung, aber er stößt eine Siegerfaust in die Luft.

»Und?«, ruft Dom ihm zu.

Chien öffnet zweimal die geballte Hand und nimmt einen Daumen dazu. »Elf Blüten!«

»Bravo!« Als Chien uns erreicht hat, klopft Dom ihm auf die Schulter.

Ich wende mich an den Hüter. »Gibt es einen Grund, weshalb wir nicht in den Speisesaal dürfen?« Der Mann ist Ausbilder, das erkenne ich an seiner dunkelblauen Kleidung, er muss mehr wissen. Sein Gesicht ist lang, die Augen stehen eng zusammen, was ihn verschlagen wirken lässt.

»Aber sicher gibt es einen Grund«, erwidert er – zu freundlich für meinen Geschmack. Und dann, ohne stehen geblieben zu sein: »Wir warten noch auf Anweisung von oben.«

Ich hefte mich an seine Seite. »Was für eine Anweisung?«

Der Ausbilder bedenkt mich nur mit einem höhnischen Blick. Sofort ist mein Misstrauen zurück. *Der Kaiser lässt niemanden von uns hier raus. Und der Kerl weiß das. Er freut sich darauf, unsere Gesichter zu sehen, wenn wir erfahren, dass alles eine Lüge war und wir genauso wenig ein Leben auf der Oberfläche führen werden wie er.*

Noch während ich mir meine Ängste ausmale, hat der Ausbilder die Tür erreicht und pocht dagegen. »Gwen hier. Macht auf!«

»Fehlt nur noch Lost«, höre ich Dom zu Chien sagen. Sie scheinen sich kein bisschen Sorgen zu machen.

Ich wende mich zu den beiden um. »Lost ist nicht mehr dabei.«

»Ach, Quatsch.« Der Unglauben steht Dom ins Gesicht geschrieben. »Dem fehlten doch nur zwei Blüten.«

»Tja, dann hätte er nicht gleich rausstürmen sollen, als die Ausgänge geöffnet wurden.«

»Ist er?«, fragt Chien.

»Wie eine angesengte Ratte«, bestätige ich.

Dom grinst. »War wohl nix mit vollkommen.«

Ich bin erschöpft und hungrig. Vor allem aber will ich nach draußen. Endlich zur Sonne. »Wann, meint ihr, lassen die uns auf die Oberfläche?«

»Na, ich schätze, wie du gesagt hast. Übermorgen zum Blütenfest«, meint Dom.

»Hoffentlich früher«, entgegne ich.

Chien linst über meine Schulter zur Tür. »Erst mal gibt's jetzt was zu essen. Wir können rein.«

Kaum hat er die letzten Worte ausgesprochen, schreit jemand »Oh, scheiße!«. Und noch während ich mich umdrehe, weiß ich, dass etwas wirklich Schlimmes passiert ist. Die anderen Probanden stehen wie erstarrt in der Tür, eine Mauer aus Rücken und Köpfen, über die ich nicht hinwegblicken kann. Groß bin ich nur für eine Frau.

Ich schaue zu Dom hoch. »Was ist los?« Nur langsam löst er sich und begegnet meinem fragenden Blick. Er schaut derart verstört, dass mein Herz wie wild zu klopfen beginnt. Ich gehe auf die Zehenspitzen. »Was? Was ist da?«

»Jackson.« Dom flüstert seinen Namen nur, doch es fährt mir durch den ganzen Körper.

Ich lasse Dom stehen und durchbreche die Mauer der Probanden.

»Neiiin!« Entsetzt schlage ich die Hand vor den Mund, schüttle den Kopf, weil ich es nicht glauben kann, nicht glauben will. *Nein. Nein, nein ...*

Ich habe das Gefühl, der Boden unter meinen Füßen schwankt. Dabei sehe ich nach oben. Dorthin, wo Jackson-Lee von der hohen Decke baumelt. Er hat sich ein Stromkabel als Strick genommen und zuvor mit seinen irrsinnigen Kräften zwei der schweren Metalltische aufeinandergewuchtet. Jetzt ist sein Kopf vornüber gekippt. Die halb offenen Augen blicken auf mich herab. *Wieso hängt er hier noch?*

»Holt ihn da runter!«, schreie ich den Ausbilder an. Er steht mit locker verschränkten Armen neben Jackson-Lee und nickt zufrieden, einen Mundwinkel hochgezogen. Er braucht nichts zu sagen, man sieht ihm die Genugtuung an. *Seht! Das geschieht, wenn man zu hoch hinauswill.*

Nein! Ich werde nicht zusehen, wie er sich an Jackson-Lees Tod weidet. Oder an unserer Erschütterung. Ich gehe auf die Hüter an seiner Seite zu. »Hey, ihr! Worauf wartet ihr noch?«

Der Ausbilder löst die Arme und schlägt mit einem Klatschen die Hände zusammen. »Alle – Probanden – setzen sich – an den Tisch«, sagt er überdeutlich. »Und essen!«

Wie bitte? Das kann er doch nicht ernst meinen. »Auf keinen Fall!«, platze ich heraus. Mein halbes Leben habe ich dafür gesorgt, dass Menschen friedlich zu den Ahnen gehen können, da werde ich bei Jackson-Lee nicht aufhören. »Dann holen *wir* ihn eben runter.« Ich drehe dem Ausbilder den Rücken zu. Die anderen stehen immer noch da, als wären sie aus Stein. Nur ihren Blick senken – das können sie. Ich verstehe. Keiner will etwas riskieren. Nicht für einen Toten und nicht jetzt, so kurz vor dem Ziel. »Dom! Chien! Kommt schon. Helft mir!«

Nur Dom tritt zögernd vor.

»Ihr setzt euch!«, warnt der Ausbilder in schneidendem Ton. Dom sieht hilflos zwischen ihm und mir hin und her. Der Ausbilder ruckt mit dem Kopf, worauf Bewegung in die Hüter kommt. Zwei zücken ihre Waffen. Schwere, silbern glänzende Pistolen mit schwarzem Griff.

»Schon gut«, lenke ich zähneknirschend ein. Jackson-Lee ist nicht damit geholfen, wenn ich ebenfalls tot bin. Ich tue, was der Ausbilder verlangt, auch wenn sich alles in mir sträubt. Die anderen sitzen eh schon.

Noch bevor wir ein Wort über Jackson-Lee verlieren können, wird die Tür zum Bereich der weiblichen Probanden entriegelt. Sie waren uns immer einen halben Tag voraus, die dritte Probe müssen sie bereits abgelegt haben. Hat Jackson auf ihre Rückkehr gewartet? War Yuma nicht mehr dabei? Hat er sich deshalb umgebracht?

Als die Mädchen ihn sehen, schreien sie los. Vor Panik stolpern sie ineinander. Dann fällt Yumas Name. Eine Gasse öffnet sich, um ein Mädchen mit hüftlangem dunklem Haar hindurchzulassen. Ihre Züge sind derart gleichmäßig, dass man sie nur als vollkommen bezeichnen kann. *Vollkommen ... und kalt wie Stahl.*

Was auch immer letzte Nacht vorgefallen ist. Jackson hat sich hier erhängt, weil er wollte, dass seine große Liebe ihn sieht, wird mir klar. Aber Yuma berührt sein Anblick überhaupt nicht. Sie sieht kurz zu ihm hin und schüttelt verächtlich den Kopf. »Was für ein Idiot!«

»Wirklich ein Herzchen«, bemerkt Dom.

»Kann man wohl sagen«, stimme ich grimmig zu.

»Hey! Miststück! Er hängt wegen dir da!«, ruft ein Mädchen ihr hinterher. Mir wird gleich leichter ums Herz, weil ich Rebeccas Stimme erkenne. Himmel, sie hat es geschafft! Sie drängt sich durch die Probandinnen und stemmt die Arme in die Seiten. »Ich möcht mal wissen, wie man sich deinetwegen erhängen kann!«

Yuma, die schon beim Tisch war, fährt herum. »Ich werde das da ...«, sie stößt mit dem Finger in Jackson-Lees Richtung, während ihr giftiger Blick auf Rebecca hängt, »... nicht zu meinem Problem machen.« Dann setzt sie sich und wirft ihre langen Haare über die Stuhllehne. Yuma hat Glück, dass sie hier ist und Rebecca sich ihr gegenüber zurückhalten muss. Auf Ebene eins hätte sie ihr die Bösartigkeit aus dem Gesicht geprügelt, so, wie ich Rebecca kenne.

Sie schaut endlich zu uns rüber. Ich strecke meine Arme über den Kopf, als wenn ich mich dehnen wollte, und winke ihr dabei kaum merklich zu. Erleichterung huscht über ihr Gesicht, dann ein Lächeln. Oh, Mann. Wie sehr wünschte ich, wir könnten jetzt reden. Über Jackson-Lee und Fußi ... Aber dies ist nicht der Moment, um gemeinsam im Pinkelraum zu verschwinden. Der Ausbilder lässt uns keine Sekunde aus den Augen. Er verbietet uns sogar aufzustehen.

Wir sitzen am Tisch. Ein richtiges Gespräch kommt nicht auf. Selbst nachdem die restlichen Probanden zu uns gebracht wurden, wechseln wir nur wenige Worte. Wir erfahren, dass sie nach dem Dampf mit schrillen Geräuschen gequält wurden, sodass sie glaubten, der Kopf würde ihnen platzen. Dann war die Probe beendet. Die Jungs sind so erschöpft, dass sie sich kaum aufrecht halten können. Auf die offensichtliche Tragödie reagieren sie fast nicht.

Ich überschlage, wie viele von den je Tausend Probanden übrig geblieben sind. Zu wenige. Gut sechzig auf der Mädchenseite, etwas weniger auf unserer. Damit hat nur etwa jeder zwanzigste es geschafft. Jeder zweite dürfte in der letzten Probe sein Leben in der Hoffnung auf ein besseres verloren haben. Was für ein Dreck ...

Die Hüter verteilen das Essen, als wäre nichts weiter. Es gibt den üblichen Reis mit schwarzer Soße. Ich schiebe die Schale sofort von mir.

Chien verzieht den Mund und macht es mir nach. »Das ist wirklich zum Kotzen!« Er sagt es für alle hörbar. Wir wissen, dass ausnahmsweise nicht der Reis gemeint ist.

»Widerlich«, krächzt ein Junge, dem die schweißnassen Haare im Gesicht kleben. Er gehört zu den Letzten, die von der Probe gekommen sind.

Und auf einmal ist das Schaben von gut hundert Schalen zu hören. Ein kreischender Protest nach der bedrückten Stille von eben. Der Ausbilder klatscht einmal laut in die Hände. Die Hüter zücken die Pistolen ...

Da wird mir etwas klar.

Ich springe auf, schnelle zu den Tischen, die Jackson-Lee übereinandergestapelt hat, und klettere hinauf. »Er kann nicht mehr als klatschen!«, rufe ich. Die anderen sehen mich an, als hätte ich nicht alle beisammen. Mir ist bewusst, dass ich nicht gut reden kann. Das war noch nie meine Stärke. Aber dann geht mir auf, die anderen glauben, ich meine Jackson-Lee, der vor mir von der Decke baumelt. Oh, Himmel! »Nein ... Er da! Der –« Bevor ich klarstellen kann, dass ich den Ausbilder meine, stehen die Hüter mit gezogenen Waffen vor mir. Ich blicke in die dunklen Löcher der Pistolenmündungen und einen Augenblick lang verlässt mich der Mut.

Der Ausbilder spürt es. »Du kommst da runter«, zischt er. »Sonst –«

»Sonst was?«, falle ich ihm ins Wort. Jetzt weiß ich, was ich zu sagen habe. »Sonst lässt du uns erschießen? Die wertvollen Blüten des Kaisers? Nur zu!« Ich breite die Arme aus. »Aber dann kannst du dir auch einen Strick nehmen.«

»Hier tut ihr, was ich sage!« Seine eng stehenden Augen zucken nervös.

Ich sehe in die erschrockenen Mienen der Jungs. »Er kann nicht mehr als klatschen! Der Kaiser lässt ihm die Kehle durchschneiden, wenn er uns etwas tut.« Ich zwinge ein überlegenes Grinsen in mein Gesicht. »Dom! Du weißt, ich habe recht. Du kennst die Wahrheit.«

»Holen wir Jackson da runter«, sagt er und stemmt sich hoch zu mir auf die Tische. Rebecca ist die Nächste.

»Hinsetzen!«, schreit der Ausbilder, das lange Gesicht rot vor Wut. Er droht, den Schießbefehl zu geben, aber es bleibt bei einer Drohung. Stattdessen klatscht er so wild in die Hände, dass es wie Beifall klingt.

»Ihr seht es doch! Er macht nichts«, rufe ich den anderen zu.

»Außer sich lächerlich«, raunt Dom.

Das merkt der Ausbilder anscheinend auch gerade. Jedenfalls dreht er sich auf der Stelle um und stürmt aus dem Saal.

Endlich trauen sich die anderen, uns zu helfen. Immer mehr klettern auf den Tisch, bis keine Handbreit mehr Platz ist. Ein paar Jungs heben Jackson-Lee an. Sein Gewicht würde den Knoten sonst wieder zuziehen. Rebecca und ich versuchen, ihn so schnell wie möglich zu lösen. Es ist nicht leicht. Das Kabel liegt eng um Jacksons dunklen Hals. Ich schiebe zwei Finger darunter, damit Rebecca mehr Spielraum hat.

Jeder tut, was er kann, ohne viele Worte zu verlieren. Einige der Mädchen räumen die Schalen von einem Tisch. Ein anderes hat irgendwoher ein großes Tuch geholt und breitet es darauf aus. Mindestens zehn der Jungs stehen wie eine Wand vor den Wachen. Zwar halten die immer noch ihre Pistolen in der Hand, aber ihre Hände sind gesenkt.

»Geht es?«, frage ich Rebecca leise.

»Ich weiß nicht ... Kannst du vielleicht seinen Kopf anheben?«

»Sicher ...« Als ich es versuche, merke ich, dass die Leichenstarre schon den Nacken erreicht hat. Jackson-Lee muss bereits einen halben Tag hier hängen. »Was ist letzte Nacht zwischen den beiden vorgefallen?«, frage ich Rebecca.

»Nich viel.« Sie zuckt mit einer Schulter. »Wir sind von 'ner Probe zurückgekommen. Da war er schon da. Hat auf sein Mädchen gewartet. Aber das Zuckerpüppchen da unten hat ihm ins Gesicht geknallt, er is noch dämlicher, als alle denken.«

Ich folge Rebeccas Blick zu Yumas Tisch. So, wie sie da sitzt, aufrecht und mit verbissener Miene, habe ich Lust, das Kabel um ihren dürren Hals zu schlingen.

»Die ist sich immer noch sicher, der Prinz wählt sie.«

Ich schnaube verächtlich. »Da kann sie lange warten. Er wird keine der Frauen kriegen.«

»Heilige Scheiße!« Rebecca hört für einen Moment auf, an dem Knoten herumzunesteln. »Steht er doch auf –?«

»Nein«, beeile ich mich zu sagen. »Oder ja. Keine Ahnung. Ich weiß es nicht. Später, in Ordnung?« Rebecca nickt und zwinkert mir dabei zu. Da fällt mir ein, dass ich sie jetzt vielleicht wirklich das letzte Mal sehe und es diesmal kein Später für uns gibt. Es fühlt sich beschissen an. »Komm mit uns«, flüstere ich ihr zu.

»Uns?«

»Ein paar werden abhauen«, erkläre ich so leise wie möglich.

Sie schüttelt den Kopf. »Ronan ... Ich mein, Fußi wird den Kaiser bitten, dass wir zusammenleben dürfen.«

»Ronan?«, wiederhole ich und sehe, wie Rebecca errötet. Sie ist verliebt!

»Ich hab mehr Kindermacher zwischen den Beinen gehabt als Filzläuse, aber keiner von den Schwengelschwingern hat was Netteres zu mir gesagt als *Zieh dich aus, Süße!*«

»Du musst dich nicht rechtfertigen«, murmle ich. Ich wünschte, ich könnte Rebecca etwas sagen, das ihr Hoffnung gibt.

Sie zerrt an dem Knoten. »Außerdem kann ich eh keine Kinder kriegen. Vielleicht will der Kaiser mich gar nich.«

Du meine Güte! Erst jetzt, wo Rebecca es sagt, wird mir klar, dass sie bei ihrem bisherigen Job längst hätte schwanger sein müssen. Glaubt Fußi da wirklich, der Kaiser lässt die beiden zusammenleben? Ich fürchte, es ist Rebeccas Todesurteil! »Dann müsst ihr beide mitkommen«, beschwöre ich sie.

»Ronan meint, das wär unmöglich ...« Ihre Finger haben den Knoten endlich gelöst. Jackson-Lees schwerer Oberkörper kippt zur Seite und wirft uns beinahe vom Tisch.

Rasch klettere ich runter. Dom springt hinterher und kommt neben mir auf. »Scheint, als wär der Einzelgänger zum Kämpfer für andere geworden«, raunt er mir zu.

»Einer muss es ja tun«, erwidere ich finster, wobei ich an den Prinzen denke, der zwar die Möglichkeit hätte, für uns zu kämpfen, aber dem es an Mut fehlt.

Zig Hände nehmen Jackson-Lee entgegen, tragen ihn über den Köpfen zu dem vorbereiteten Tisch, um ihn behutsam auf das Tuch zu betten. Die Hüter beobachten uns dabei, aber sie greifen nicht ein.

Ohne dass jemand den Vorschlag gemacht hätte, versammeln wir uns um den Tisch. Einige Mädchen fassen sich an den Händen. Ich sehe zu Yuma rüber. Sie sitzt nach wie vor auf ihrem Platz, die Augen starr auf die Tür gerichtet, durch die der Ausbilder verschwunden ist. Sicher hofft sie, er möge schnell zurückkommen und sie aus der unangenehmen Situation befreien.

Als ich mich wieder Jackson zuwende, merke ich, dass die anderen auf ein Zeichen von mir warten. Normalerweise würde ich jetzt die Bahre hochpumpen und Jacksons Körper in die Flammen rutschen lassen. Ich überlege, ob ich stattdessen etwas sagen könnte. Nur was?

Ihn einfach hier liegen zu lassen, bringe ich aber auch nicht fertig. In der Verbrennung hatte ich meinen kleinen Altar und damit ein Ritual. Hm, warum nicht? Die Reisschalen stehen an der Wand auf der Erde. Ich schabe ein wenig aus einer heraus und forme einen Ball. Weil es keinen Altar gibt, verschränke ich Jackson-Lees Finger vorsichtig miteinander. Er sieht immer noch so kraftvoll aus, unbesiegbar, nicht, als wäre er an einem gebrochenen Herzen gestorben. Vorsichtig lege ich das Reisbällchen in seine riesigen Hände.

Mein Zeichen wird akzeptiert. Wobei es wohl gleichgültig ist, was wir opfern, solange es keine Blüten sind. »Gib Eddi etwas ab«, flüstere ich und schließe Jacksons Augen.

Kaum dass wir von der Bahre zurückgetreten sind, springt die Tür auf und der Ausbilder platzt gemeinsam mit Tanaka in den Speisesaal. Nichts könnte einen größeren Kontrast zu unserer Zeremonie bilden als dessen bunte Erscheinung und erst recht das blöde Rumgeflatter. Der Frieden ist vorbei.

Der Berater sticht mit seinem Fächer in Jackson-Lees Richtung. »Wieso liegt er noch da?«

»Wir wussten nicht, was wir mit ihm machen sollen«, gibt der Ausbilder zu. Er ist im Türrahmen stehen geblieben und wirkt nicht mehr so selbstsicher wie vorhin. »Eine Blüte des Kaisers ...«

»Was soll der Kaiser wohl mit einer verwelkten Blüte anfangen?«, faucht Tanaka. Dabei fächert er sich Luft zu, als würde Jackson-Lee schon Verwesungsgestank ausdünsten. »Schafft das da weg!«

Die Hüter kommen, wir treten vom Tisch zurück, sie nehmen Jackson an Armen und Beinen. Mir entgeht nicht, wie behutsam sie plötzlich dabei sind.

Kaum wurde Jackson aus dem Saal gebracht, bin ich Mittelpunkt von Tanakas Aufmerksamkeit. Ich habe die Befürchtung, er weiß, dass ich den kleinen Aufstand angezettelt habe. Zumindest mustert Tanaka mich eindringlich. Unbeirrt blicke ich zurück. Direkt in seine Augen. Ich werde nicht wegsehen, nicht mal blinzeln. Egal was er als Nächstes tut. Aber Tanaka lächelt nur. Auf eine Weise … Wissend, dass alles in seinem Sinne verlaufen wird. Ich steh ihm nicht mehr im Weg. Er hat das Problem mit Haruto gelöst.

Das Lächeln verschwindet aus seinem Gesicht und er wendet sich den anderen Probanden zu. »Ihr seid die Blüten des Kaisers. Aber noch habt ihr die Hässlichkeit einer Sojasprosse und beleidigt sein Auge.« *Sein* Auge? Ich dachte, wir sollen Amaterasu mit unserer *Vollkommenheit* erfreuen und nicht den Kaiser. Niemand außer mir scheint zu merken, dass der Berater die Lüge nicht mehr aufrechterhält. »Morgen früh«, verkündet er, »werdet ihr zu ansehnlichen Blüten hergerichtet. Bis dahin dürft ihr schlafen.«

Sonne, liebe Sonne

Fast den ganzen nächsten Tag über geschieht nichts. Es heißt: Wir müssen darauf warten, dass die weiblichen Blüten fertig hergerichtet sind, bevor wir drankommen. Mittags erhalten wir die übliche Reispampe und Wasser, ansonsten vertreiben wir uns den Tag mit Schlafen oder damit, uns das Leben auf der Oberfläche auszumalen. Je weiter die Zeit voranschreitet, desto unruhiger werden wir. Es muss bereits Abend sein, als das Warten ein Ende hat und wir endlich geholt werden.

Das erste Mal traue ich mich, wirklich an ein Leben unter der Sonne zu glauben. Und mich vorsichtig darauf zu freuen. Nichts spricht mehr dafür, dass mein Traum im letzten Augenblick doch noch zerplatzt. Im Gegenteil. Wir spüren, wir sind etwas Besonderes. Es beginnt damit, dass wir in den Speisesaal der Ausbilder geführt werden. Ein Stockwerk höher. Er ist mit vielen einzelnen Tischen bestückt, die Stühle sind gepolstert und an der Wand hängt ein großes Bild, auch wenn es so gut wie verblasst ist. Gegenüber der Tür, auf einer langen Tafel, warten Krüge mit gezuckertem Wasser und drei ausladende Körbe mit Früchten auf uns.

Ich schenke mir süßes Wasser in einen Becher, aber die Früchte rühre ich nicht an. Mir ist flau. Trotz aller Vorfreude. Außerdem stürzen die anderen sich darauf wie Verhungernde auf die Krumen am Zuckerblütentag. Von einer Ecke aus sehe ich ihnen dabei zu.

Schon morgen ist das Fest der Blüte. Und damit rückt nicht nur mein Traum von der Sonne in greifbare Nähe, sondern auch meine Flucht. Vielleicht werden wir sogar heute noch rausgelassen! Ein Prickeln überläuft meine Arme. Die Vorfreude ist genauso groß wie die Angst davor.

Was weiß ich schon über die Welt da draußen? Mein ganzes Bild von ihr besteht aus Sonne, Reisfeldern und Blüten. Ich kann nicht ausschließen, dass es auch auf der Oberfläche Grenzen gibt, die uns gefangen halten. Mauern oder … keine Ahnung, einen Zaun?

Die anderen scheinen keine Zweifel zu haben. Sie lassen es sich schmecken. Die Proben, Jackson-Lees Selbstmord, die vielen anderen Opfer der Blüte. Das alles liegt jetzt hinter ihnen. Sie haben es geschafft. Aber mit ihnen zu feiern, wäre, wie das Schicksal noch einmal herauszufordern. Und dann antwortet es: Ätsch. Zu früh gefreut.

Dom gesellt sich zu mir. Er leckt sich den Fruchtsaft vom Mundwinkel und stöhnt genüsslich. »So was bekommen selbst Hüter nicht.«

»Pass auf, die Süße steigt einem zu Kopf«, warne ich ihn.

»Wie man hört«, lacht er, denn jemand hat gerade in dem Moment ein Lied angestimmt.

Sonne, liebe Sonne.

»Kennst du das?«, fragt Dom.

»Jap.« Es wird bei jedem Sakegelage gesungen und hat sich anscheinend trotz Ebenentrennung verbreitet. *Sonne, liebe Sonne, komm ein bisschen runter …* Ab der zweiten Strophe stimmen alle mit ein. Sogar die Hüter.

Sonne, liebe Sonne, was willst du denn da oben?
Lass den Kaiser doch im Dunkeln,
hier unten sollst du funkeln.

Aus vollem Hals singt Dom mit und klatscht dazu im Takt. Weil ich die Lippen aufeinanderpresse, stößt er mich an. »Freust du dich denn gar nicht?«

»Doch!« Ich wippe mit dem Fuß. »Siehst du?« Dom schaut so glücklich aus. Das will ich ihm nicht durch meine Grübeleien kaputt machen.

»Ach komm, so doch nicht ... Na los! Sing mit!«, ruft er und hebt seine Stimme. *»Sonne, liebe Sonne, pass auf, was dann passiert! Dann ist dem Kaiser seine Welt nämlich nicht mehr lang erhellt ...«* Gejohle erhebt sich. *»Sonne, liebe Sonne, weiß du, wo er dann ist?«* Dom zieht die Brauen hoch und sieht mich auffordernd an. *»Da, wo die Sonne niemals scheint!«,* brüllen die anderen. »Nämlich?«, fragt Dom.

»Im Arsch! Und weint!«, sage ich gedämpft.

»Im Arsch! Und weint!«, grölen fünfzig Jungs. »Noch mal von vorn!«, ruft einer von ihnen.

Nun wird Dom doch ernst. »Du hast Angst wegen der Flucht, oder?«

»Ja«, gebe ich leise zu, obwohl die anderen so laut sind, sie würden es eh nicht hören. Ich seufze. »Machst du dir keine Gedanken darüber, wie wir es anstellen? Ich meine, was wenn –«

»Fugu hat einen Plan«, unterbricht Dom mich.

»Moment mal.« Ich sehe ihn groß an. »Dein Freund ist ein Fugu?«

»Was? Nein. Fugu ist sein Name«, stellt Dom klar. Offensichtlich war in den Briefen der beiden keine Rede davon, wie viele aus der Kaiserlichen Familie Fugu genannt werden und aus welchem Grund.

»Und wie sieht er so aus?«, frage ich vorsichtig nach. Dom lächelt versonnen. »Nachtschwarze Haare, tiefgründige braune Augen und ein Lächeln, das mich umhaut ...«

»Sonst nichts?«

Dom starrt mich an. »Was meinst du damit?«, fragt er spitz.

Ich erzähle ihm von den Fugus, die ich gesehen habe, und dass sie Harutos Halbgeschwister sind.

»Ein Arm ist verkürzt. Das ist alles«, sagt Dom beinahe schroff. »Und wenn es anders wäre, wäre es mir auch egal.«

Reden ist echt nicht mein Ding. »So hab ich das nicht gemeint ...«, hebe ich zu einer Entschuldigung an.

»Schon gut.« Dom lächelt, schon wieder versöhnt.

»Und? Hat er dir geschrieben, was genau sein Plan ist?«

»Zu gefährlich«, erwidert Dom.

»Hm ... Und irgendetwas von draußen?«, hake ich nach.

»Juri ... Es waren nur ein paar Briefe. Da ging es um andere Sachen. Um uns.«

»Verstehe ...« Ich will an einen Plan glauben und gerade ein Fugu hat wohl jeden Grund abzuhauen, aber mein Gefühl sagt mir: *Es gibt keinen Plan.* Oder ist es nur mein alter Verbündeter, das Misstrauen, das mich verrückt macht?

Ich befühle in meiner Tasche den Zettel, auf den Chien so wild ist. Er steht vor dem verblassten Bild und betrachtet es eingehend, völlig versunken, trotz der anderen Probanden, die hinter ihm auf Tischen tanzen. »Ich komm gleich wieder«, informiere ich Dom. Was auch immer Chien wissen mag, vielleicht hilft es mir, einen eigenen Plan zu schmieden. Nur für den Fall ...

»Was, denkst du, war mal hier drauf zu sehen?«, fragt er mich, als ich neben ihn trete.

Ich lege den Kopf schräg. Auf dem vergilbten Untergrund lässt sich nur noch ein Schatten erkennen. »Keine Ahnung. Der Kaiser vielleicht?« Die meisten Bilder zeigen ihn.

Chien zieht seine dichten Brauen zusammen. »Der Schatten ist doch blau.«

»Und wenn schon. Dann eben ein blauer Kaiser.« Ich hole den Zettel aus meiner Tasche. »Den wolltest du haben.«

»Ist er noch lesbar?«

»Woher soll ich das bitte wissen?« Das Papier ist ein wenig wellig, weil das Wasser in den Rohren es durchfeuchtet hat. Die meisten Zeichen sind aber noch zu erkennen. Zumindest nehme ich das an. Ich halte Chien den Zettel unter die Nase.

Er nickt. »Glück gehabt.«

»Gut.« Ich ziehe die Hand zurück. »Weißt du irgendetwas über die Welt da draußen?«

»Mag sein«, sagt Chien vorsichtig. »Warum?«

»Wieso ist der Zettel so wichtig für dich?«, frage ich zurück.

»Hab ich dir doch schon gesagt.« Auf seinem Gesicht, das Amaterasus Nachfahren zwar ähnelt, aber doch runder und flacher wirkt, spiegelt sich Verärgerung. »Wenn wir immer nur einen Teil kennen, wie sollen wir dann das Ganze sehen? Ich sammle eben Teile. Hier einen Schnipsel, da einen blauen Schatten ...«

Ich seufze innerlich. So kommen wir nicht weiter. »Hör zu. Wenn du es mir nicht sagen willst, dann –« Ich sperre den Mund auf und lasse den Zettel darüber schweben, als wäre er eine köstliche, geröstete Kakerlake.

»Nicht!« Chien fährt sich über seine kurz geschorenen Haare. »Ich kann es dir nicht sagen. Nur zeigen, okay?«

»Ach, vergiss es«, fauche ich. Immer nur Andeutungen ... und jetzt werde ich auch noch vertröstet.

»Ich müsste mich ausziehen«, rechtfertigt er sich.

»Ausziehen«, wiederhole ich stumpf.

»Hast du ein Problem damit?«

»Äh, nein. Wenn du nackt bist, ergibt sicher alles viel mehr Sinn.«

Ruckartig wendet Chien mir den Rücken zu. Ich denke schon, er will mich stehen lassen, aber er schiebt nur seine Jacke und das Hemd hoch. Gerade so weit, dass ich den Teil einer Tätowierung sehen kann. Ich stutze. »Was ist das?«

»Zumindest kein blauer Kaiser.« Chien bedeckt sich wieder.

Plötzlich bin ich wie elektrisiert. Ich bilde mir ein, dass die

Tätowierung uns auf irgendeine Weise zur Flucht verhelfen wird. »Zeig mir das Ganze!«, verlange ich.

»Das Ganze, ja?« Chien grinst. »Auch eine Idee, wo?«

Noch während ich überlege, ob ich auf dem Weg nach oben einen Pinkelraum gesehen habe, wird die Tür aufgestoßen. Tanaka steht im Rahmen, dahinter zwei Gardisten. Das Lied bricht genau bei *Arsch* ab. *Passt,* denke ich.

Der Berater zeigt sich nur kurz irritiert, dann hat er sich wieder im Griff. »Da sind ja die Kaiserlichen Blüten! In Hochstimmung, wie ich sehe.« Dass auch er in Hochstimmung ist, kann nichts Gutes bedeuten. Er zieht die Mundwinkel nach oben. Der Ausdruck versteinert in seinem Gesicht, bis der letzte Proband vom Tisch gestiegen ist. »Dann wollen wir euch mal erblühen lassen!« Mit einer Handbewegung fordert er uns auf, mit ihm zu kommen. Das Gerangel ist groß, jeder will diesmal der Erste sein. Ich lasse mir Zeit und bin eine der Letzten.

Wie sich herausstellt, haben die Ausbilder nicht nur ihren eigenen Speisesaal, sondern auch ihre eigene Küche. Inzwischen habe ich aufgehört, mich über die Platzverschwendung zu ärgern, aber eins verblüfft mich doch: In der Küche gibt es keine Feuerstelle. Ich kann mir beim besten Willen nicht vorstellen, wie man ohne kochen soll.

Es wird wohl ein Geheimnis bleiben. Denn gekocht wird an diesem Tag nicht. Die Küche wurde in ein Badehaus verwandelt. Na ja, beinahe zumindest. Eine Handvoll Frauen, unverkennbar von der Oberfläche, wartet darauf, *uns aufblühen zu lassen,* wie Tanaka es ausdrückte.

Während er redet, wandern ihre Blicke begierig über unsere Körper. Schon morgen werden wir ihnen gehören. Um mich herum sehe ich lange Gesichter. In den letzten Tagen haben die Jungs selten eine Gelegenheit ausgelassen, sich die Frauen von der Oberfläche in den schönsten Farben auszumalen. Graue Haare, gelbliche, zerknitterte Haut mit braunen Malen gehörten sicher nicht dazu. Ich schlinge die Arme um mich. Keine Ahnung, wie Rebecca es aushält, immer auf diese Weise angestarrt zu werden. Egal ob von Mann oder Frau – ich finde es furchtbar.

Als der Berater geendet hat, ist klar, dass wir erst morgen im Laufe des Tages auf die Oberfläche gebracht werden. Zuvor wird es noch eine Unterweisung geben, wie wir uns der Kaiserlichen Familie gegenüber zu benehmen haben. Gerade stehen, lächeln und nicht ausgehungert wirken, nehme ich an.

Dom und ich stellen uns zum Haarewaschen an. Wie in den Badehäusern auf Ebene eins wird der Job von Frauen erledigt. Nur dass hier das Wasser aus gebogenen Rohren in ein Becken läuft und nicht mit Kübeln herbeigeschleppt werden muss. Die Frauen arbeiten zügig. Als ich an der Reihe bin, winkt mich die eine der beiden zu sich. Über Stirn und Schläfe zieht sich ein Blutschwamm, so groß wie meine Hand.

Mit harschem Ton gibt sie mir Anweisungen, den Kopf unter das laufende Wasser zu halten. Vornübergebeugt muss ich stehen bleiben, während sie grob Zeug in meine Haare einmassiert und es wieder auswäscht. Ich begreife nicht, wie man so garstig sein kann, wenn man so lange leben durfte. In Gedanken nenne ich sie *olle Kratzbürste*, was passt. Denn zum Schluss kratzt sie mit einem Metallkamm über meinen Kopf, um sicherzugehen, dass sich nicht doch wieder Läuse eingenistet haben. Plötzlich keift sie los: »Was ist mit deinen Haaren, hä?«

Oh, nein. Ich weiß es schon, bevor sie es mir zeigt. In den Zinken haben sich unzählige meiner losen Haare verfangen. »Sie fallen aus«, gebe ich zu. Es ist ohnehin offensichtlich.

»Alle?« Ohne Vorwarnung reißt sie mich am Schopf. Ich schreie auf. »Sieht man nicht«, schimpft sie. »Du hast genug Haare.« Dann nimmt sie mein Kinn und dreht meinen Kopf von links nach rechts, als wollte sie auch den abreißen. »Und dein Gesicht?«

Sofort ist mir klar, dass sie meinen Bartwuchs meint. Obwohl bei allen anderen Jungs die Haare aus dem Gesicht sprießen, habe ich keinen Tag darüber nachgedacht. Zu meinem Glück auch sonst niemand. »Das ist auch der Haarausfall«, erkläre ich und versuche, dabei besonders kummervoll dreinzublicken. Insgeheim feixe ich über meine geniale Ausrede.

»Dann bist du fertig.« Ich werde zu einem Metalltresen geschickt, an dem die Haare geschnitten werden. Der Boden liegt voll davon. Ein breitschultriger Proband steht gerade auf. Das Ergebnis kann sich sehen lassen. Allein die Rasur und die sorgfältig geschnittenen Haare haben ihn vollkommen gewandelt.

Ich setze mich auf den frei gewordenen Platz. Ein zierliches Mädchen, das einzige in unserem Alter, greift nach einer Schere. Während sie sich an meinen Haaren zu schaffen macht, starre ich in einen Kochtopf, der mit anderen an einer Stange über dem Metalltresen hängt. Darin verzerrt sich mein Spiegelbild. Bin ich das wirklich? Ich schneide eine Grimasse. Aus irgendeinem Grund hatte ich immer noch ein gepflegtes Bild von mir im Kopf. Jetzt sehen meine Haare aus, als hätte ein Rudel Ratten darin gewütet.

Strähne für Strähne landet auf dem Boden und ich beginne, langsam Konturen zu erkennen.

Plötzlich lässt das Mädchen die Schere fallen. »Der Prinz«, entfährt es ihr.

Haruto?

Noch während ich mich umdrehe, gerät mein Herzschlag außer Kontrolle. Und dann setzt es mindestens zwei Schläge aus. Sein Anblick haut mich um. In einem schwarzen, schmal geschnittenen Anzug, ruhig und überlegen, die Arme hinter dem Rücken verschränkt, steht der Prinz vor uns. Die Gardisten haben Haltung angenommen. Die Frauen seiner Familie erheben sich, senken den Blick und verbeugen sich tief. Bis auf Tanaka, der sich mit überheblichem Gesichtsausdruck Luft zufächert, sehen alle in Haruto ganz klar den Thronfolger. Das merkt man deutlich. Wahrscheinlich ist Tanaka wirklich der Einzige, der von der Sonnenkrankheit des Prinzen weiß, und kann ihn deshalb nicht respektieren.

Haruto lässt seinen Blick bis zu mir schweifen. Ich fahre nervös mit der Zunge über meine trockenen Lippen und komme ungelenk hoch. »Macht weiter«, sagt er schließlich und geht auf mich zu.

In der Garküche ist es so still, man könnte ein Reiskorn fallen hören.

Keinen Schritt vor mir bleibt er stehen. »Hast du meine Entschuldigung erhalten?«

Das Geschenk sollte eine Entschuldigung sein? Wofür? Dass er nicht bereit ist zu kämpfen? *Für Feigheit gibt es keine Entschuldigung,* liegt mir auf der Zunge. Aber mein Mund ist trocken wie Reismehl. Außerdem bin ich plötzlich beschämt. Weil ich nun weiß, wie furchtbar ich aussehe mit meiner verdreckten Kleidung, dem zerfransten Rattennest von Haaren auf dem Kopf ...

Mit einem erwartungsvollen Funkeln blicken Harutos Augen in meine. Ich stehe einfach nur da, scheinbar zu Stein erstarrt, und versuche, mich daran zu erinnern, wie man atmet.

»Willst du nichts dazu sagen?« Die Aufforderung ist deutlich.

Mir ist bewusst, dass alle uns anglotzen. Den Prinzen und den struppigen Jungen, denen man nachsagt, widernatürliche Dinge miteinander zu tun. Ist ihm das Gerede wirklich gleichgültig? Wenn er mich noch länger auf diese Weise ansieht, wird er die Gerüchte nur wieder hochkochen. Dieses Funkeln in seinen Augen ... *Atme!,* befehle ich mir.

Als ich endlich Luft in meine Lunge ziehe, hört es sich für meine Ohren genauso laut an wie der zischende Dampf in einem Zuleitungsrohr. Ich presse sie mit meiner Antwort wieder heraus. »Die Entschuldigung ist kaputt.«

»Weshalb?«, fragt Haruto. Er zieht die Brauen zusammen.

»Ich habe sie unter einen Stuhl gelegt, dann habe ich mich

draufgesetzt.« Die Augen des Mädchens, das mir die Haare geschnitten hat, werden groß wie Flaschenböden. So mit dem Prinzen zu reden, ist ungeheuerlich. Das ist mir klar. Ein Raunen geht durch die anderen Probanden. Mir doch egal, was die denken!

Haruto zeigt nicht, wie sehr ich ihn beschämt habe. Er bewahrt Haltung. Nur das erloschene Funkeln macht deutlich, wie enttäuscht er ist. Mit einem Nicken an die Frauen seiner Familie dreht er sich um und verlässt den Raum.

Mein Herz setzt mehrere Schläge aus. Haruto wird nicht zurückkommen. Und mich auch nicht wieder zu sich rufen. Dafür habe ich soeben gesorgt. Ich musste. Um mich zu schützen.

Oh, Göttin! Ich falle zurück in den Stuhl, vergrabe das Gesicht in den Händen und zerre dabei an meinen Haaren. Sollen sie doch alle ausfallen! Selbst wenn ich nicht so zerrupft aussähe ... und Haruto ein Mädchen in mir sehen würde ... er ist der Prinz.

Mein dummes, viel zu laut pochendes Herz hat sich eben den Falschen ausgesucht!

Ich warte, bis ich mich wieder im Griff habe, erst dann sehe ich zu dem Mädchen mit der Schere auf. »Es kann weitergehen.« Alle anderen Menschen im Raum ignoriere ich.

Als sie schließlich fertig ist, stelze ich ohne einen weiteren Blick in den Kochtopfspiegel zu der Kleiderausgabe an der Tür. Ein Gardist misst meine Körpergröße mit einem Stab ab und reicht mir dann mehrere Kleidungsstücke. Ich nehme sie, ohne einen Blick darauf zu werfen, und lasse mich zum Baden weiterschicken.

Baden kommt natürlich nicht infrage. Ich starre auf die offen stehende Tür. Die Stimmen von nicht weniger als einer Handvoll Jungs dringen zu mir in den Gang. Tja ... und jetzt?

Ein Blick zu beiden Seiten. Jede Menge Türen gehen von dem Flur ab. Im Augenblick ist er menschenleer. Schnell und so leise es geht, drücke ich Klinken, bis ich einen Raum finde, der nicht verriegelt ist, und flüchte hinein.

Er entpuppt sich als eine kleine Kammer. Besen, Eimer, Schwämme, Tücher und Flaschen sind darin verstaut. Ich ziehe ohne Zögern meine verdreckten Sachen aus, greife zu einem Schwamm und schütte eine seifige Flüssigkeit darauf. In einem Kanister finde ich einen Rest Wasser. Kurz darauf schlüpfe ich in die neuen Sachen: eine schwarze, eng sitzende Hose und ein straff gewickeltes Hemd. Beides aus einem glänzenden und so leichten Stoff, dass man kaum das Gefühl hat, etwas zu tragen. Trotzdem fühle ich mich darin wohler.

Meine alten Sachen verschwinden in einem vollgestellten Regal hinter einer Reihe Flaschen. Unter einer davon verwahre ich den Zettel über Juri Gagarin, weil die Hose keine Taschen hat, dann streife ich die Armbinde wieder über und streiche meine neue Kleidung glatt. Geschafft. Ich bin sauber und umgezogen.

Vorsichtig spähe ich durch den Türspalt. Die Luft ist rein. Gerade als ich hinausschlüpfe, öffnet sich die Küchentür. Es ist Chien, der hinaustritt. Die frische Kleidung über dem Arm gelegt, sieht er mich groß an. *Bleib ruhig,* ermahne ich mich und tue so, als ob ich schon eine ganze Weile auf Chien gewartet hätte, damit er mir seine Tätowierung zeigen kann.

»Na, endlich!«, zische ich und winke ihn zu mir, zurück in den Raum. »Du wolltest mir was zeigen.«

Das große Ganze

Chien zieht sich Jacke und Hemd aus. »Ich hoffe, du bist bereit dafür«, meint er, bevor er sich umwendet. Sein Rücken ist schmal, aber sehnig, und von den Schultern an mit schwarzen Linien überzogen. Mir ist sofort klar, dass dies genauso wenig eine gewöhnliche Tätowierung ist wie die Zahlen auf seinem Arm. Diese zeigt eine gestreckte Halbkugel, die in nach unten größer werdende Ringe unterteilt ist. Jeder Ring ist wie ein Reiskuchen in Stücke aufgeteilt. Darin sitzen, scheinbar wahllos verstreut, kleine Quadrate, Rechtecke und Kreise. Die meisten sind mit winzigen Zeichen beschriftet. Was auch immer es darstellt, die Tätowierung muss ganz frisch sein, denn die Haut ist noch gerötet.

»Du hast gedacht, ich wäre 'n Dusty, richtig?«, vermutet Chien.

»Ja«, gestehe ich, im selben Moment überkommt mich das schlechte Gewissen. »Es tut mir leid.«

»Bin ich gewohnt. Auch wenn ich normalerweise nur für verrückt gehalten werden«, entgegnet Chien. »Deswegen habe ich aufgehört, den Leuten hiervon zu erzählen. Stattdessen höre ich zu und sammle Informationen. Also, so was schon mal gesehen?«

»Nein, noch nie«, sage ich ehrlich.

Er schnaubt. »Doch, hast du.«

»Habe ich?«

»Pass auf. Nimm deinen Finger und tipp mal damit auf den kleinsten Kreis. Den ganz oben.« Weil ich zögere, schiebt Chien hinterher: »Keine Sorge, ist mir egal, wenn du Kerle magst.«

Ich lasse ihn in dem Glauben. Es trifft ja auch irgendwie zu. Allerdings achte ich darauf, die Stelle zwischen seinen Schulterblättern nur ganz leicht zu berühren. »Dort?«

»Genau. Und jetzt runter ...« Er dirigiert mich Wirbel für Wirbel, Ring für Ring, seinen Rücken hinab. Als ich auf der Höhe seiner Hüften angekommen bin, befiehlt er: »Und bleiben.«

Mein Finger verharrt auf einem Kreis, der schräg links in dem Ring sitzt. »Und was nun?«

»Etwas links davon stehst du. Jetzt gerade«, sagt Chien. »Der Kasten neben dem Kreis ist das Ausbildungszentrum.«

»Nicht im Ernst«, sage ich sofort, doch dann ahne ich etwas. »Ist das etwa ein Plan unserer Höhle?«

»Exakt«, bestätigt Chien. Ich meine, ihn über meine Verblüffung leise lachen zu hören. »Der Kreis stellt den Aufzug dar. Zylinder oder was du dazu sagst. Von dort aus sind wir über den runden Platz gegangen zu dem Gebäude links. Dem kleinen Kästchen in Zone acht. Siehst du?« Chien macht den Rücken krumm, damit sich die Haut spannt, und ich beuge mich darüber.

Tatsächlich! In einem der Kuchenstücke entdecke ich die Zahl Acht. »Sind das die Zonen?« Ich fahre ein paar Linien nach.

»Genau. Die Ebenen sind fast alle gleich aufgebaut.« Chien ist jetzt voller Eifer. »Acht Zonen, ein zentraler Platz, auf dem die wichtigsten Gebäude stehen. Auf Ebene vier zum Beispiel die Ressourcenverwaltung, die Einwohnerregistrierung und so weiter.«

Wieder einmal sagen mir die Begriffe nichts, aber es ist trotzdem faszinierend, die Höhle auf diese Art zu sehen. »Und was sollen die ganzen Ringe darüber?«

»Weitere Ebenen.«

»Ach, Quatsch«, sage ich verächtlich. »Das sind doch …« Ich zähle schnell nach. »Noch mal sieben.«

»Acht, mit der kleinen ganz oben«, korrigiert Chien mich. Ich warte auf den Witz an der Sache, aber er sagt nur: »Insgesamt sind es zwölf Ebenen.«

»Schwachsinn!« Es gibt sechs Ebenen. Alles andere würde ja bedeuten … »Sechs Ebenen! Und dann kommt die Oberfläche!«, beharre ich.

»Das ist kein Schwachsinn, sondern die Wahrheit.« Chiens Stimme bleibt ruhig. Er meint es ernst. »Und wir sind noch nicht mal in der Nähe der Oberfläche.«

Ich weiche zurück, bis ich scheppernd gegen das Regal stoße.

»Na, siehst du jetzt das Ganze?«, fragt Chien. Nun klingt er spöttisch. »Oder willst du es nicht sehen?« Ich schüttle den Kopf, was Chien natürlich nicht mitbekommt, aber es war auch keine Antwort auf seine Frage. Sondern Fassungslosigkeit. *Wenn das wahr ist, wenn es wirklich zwölf Ebenen gibt … wieso wissen wir nichts davon? Und überhaupt …* »Was soll denn da sein?«

»Das ist einfach zu beantworten.« Chien nimmt seinen rechten Arm hoch, wodurch Schrift sichtbar wird, die untereinander auf seine Rippen tätowiert ist. Von jedem Wort führt ein Strich bis zum Rand eines Rings. »Bei Ebene sieben steht ›Versorgung und Reinigung‹, acht und neun sind mit ›Unterkünfte‹ gekennzeichnet, auf zehn dann ›Rat und Versammlung‹ und –«

»Stopp mal«, unterbreche ich ihn. »Unterkünfte? Und was für ein Rat?« Chiens Erklärungen, oder besser Behauptungen, gehen mir viel zu schnell.

Er zuckt mit einer Schulter. »Keine Ahnung. War noch nie da. Das warst nur du.«

Blödsinn, will ich wieder ausrufen, doch in meinem Kopf hallt plötzlich wider, was er zu mir gesagt hat, als ich von dem Essen mit Haruto zurückkam. *Auf Ebene sechs gibt es keinen Platz mit einer Brücke.* Mir klappt beinahe die Kinnlade runter. »Du meinst, ich war auf der zehnten Ebene?«

»Zumindest passt alles«, sagt Chien gelassen. »Der Kreis in der Mitte, der Wasserlauf, von dem du erzählt hast. Der Ort nennt sich Zen-Garten.«

Zen-Garten ... Das Wort schwebt in der kleinen Kammer und will wegsortiert werden wie die ganzen Putzmittel in den Regalen. Dann hab ich es. *Zen-Garten!* So hat Tanaka den Ort auch genannt. Ich starre auf Chiens Rücken. Es stimmt, ich erkenne den Platz in der einfachen Zeichnung wieder. Sogar die Brücke. Ich war dort. Es gibt diese Ebenen. »Woher weißt du von alldem?«

Chien dreht sich zu mir. »Vor vielen Jahren habe ich ein Blatt hinter einem Schrank gefunden ... verblichen, staubig und die Kante ausgefranst. Wahrscheinlich wurde es irgendwo herausgerissen. Wie auch immer, darauf war diese Zeichnung.«

Ich bin nicht die Einzige mit einem Geheimnis, wie mir scheint. Wir haben beide etwas zu verstecken. Keine Ahnung, wie er es bisher geschafft hat, die Tätowierung geheim zu halten.

Chien greift zu dem frischen Oberteil, das er in ein Regalfach gelegt hat, zieht es aber nicht über. »Weißt du, auf Ebene sechs machen 'ne Menge Leute nichts anderes, als Heilmittel an sich ausprobieren zu lassen.«

»Ich dachte, da wird Sun-Dust hergestellt.« Sofort werde ich wieder misstrauisch.

»Nicht nur. Auch Tinkturen, Pulver, Tabletten, Cremes, Salben. Alles für die Familie des Kaisers, versteht sich. Wenn man sie freiwillig ausprobiert, gibt's zweimal am Tag Reis und Wasser. Sonst liegst du nur rum und es geht dir ziemlich mies. Wie mies genau, musst du dann den Medizinmännern erzählen, die regelmäßig von der Oberfläche kommen. Und die probieren dann ein anderes Mittel. Ich hatte also jede Menge Zeit und nichts, womit sich mein Geist beschäftigen konnte. Nur dieses Blatt.«

Ja, das ist schon übel, wenn man nichts hat, um seinen Geist zu beschäftigen und nur rumliegen muss. Am liebsten würde ich Chien etwas in dieser Richtung an den Kopf knallen, aber da fährt er schon fort. »Die haben, seit ich zehn war, so ziemlich alles in mich reingepumpt.«

Chien erzählt mir in wenigen Sätzen den Rest seiner Geschichte. Erstaunlicherweise ist sie meiner ähnlich. Als er von der Blüte gehört hat, war ihm klar, dass es wahrscheinlich seine einzige Chance sein wird, mehr als den einen Teil, sprich seine Ebene, zu sehen. Er riskierte alles, stahl kostbare Heilmittel und bestach damit einen Gardisten. Sobald Chien die Blütenkarte in den Händen hielt, ließ er sich den Höhlenplan auf den Rücken tätowieren, damit ihm die Information nicht verloren gehen konnte.

»Für den Notfall«, meint Chien. »Es ist zwar alles hier drin«, er tippt sich an den Kopf, »aber wenn das mit der Medizin rausgekommen wäre, hätte man mich einen Kopf kürzer gemacht. Und die Wahrheit wäre mit mir gestorben.«

Ich denke darüber nach, dass Chien dann einem der Männer im letzten Licht in die Hände gefallen wäre. Sie hätten sich allenfalls über die Linien gewundert. Wahrscheinlich nicht mal das. »Kannst du dich noch mal umdrehen?«, bitte ich ihn. Ich möchte meine Ebene sehen.

»Klar.« Er macht eine halbe Drehung.

Mein Blick gleitet von der vierten Ebene über die dritte, zweite ... »Wo ist eins?«, frage ich irritiert. Chien fasst sich an den Hosenbund. »Schon gut!«, halte ich ihn zurück. »Is schon klar. Am Arsch, wo sonst.« Während mein Blick über Chiens Rücken wieder nach oben wandert, erinnere ich mich, dass ich genau das gestern gedacht habe.

Über der kleinsten Ebene ist ein Symbol, eine Kugel, von zwei Händen getragen. »Was steht neben den Händen?«, frage ich Chien.

»Hirota Industries Tokio.«

»Hört sich merkwürdig an. Was soll das sein?«

Chien seufzt. »Eine von vielen ungeklärten Fragen ...«

»Was glaubst du«, stelle ich eine Frage, die mir gerade durch den Kopf geht, »wenn Ebene eins der Arsch ist ... und Ebene fünf das Herz ... ist zwölf dann der Kopf?«

Chien dreht sich wieder zu mir und das erste Mal überhaupt sehe ich ihn lächeln. »Ich habe mein ganzes Leben darauf gewartet, dass jemand denkt«, entgegnet er. Bei jedem anderen hätte so ein Ausspruch überheblich geklungen, bei Chien jedoch nur erleichtert. Er zieht das Hemd über. »Ja, ich denke, dort oben sitzt sein Gehirn.«

»Von wem?« Das mit dem Kopf war mehr sinnbildlich gemeint. Wenn Chien *sein Gehirn* sagt, hört es sich an, als spräche er über einen Menschen.

Er sieht mich irritiert an. »Von dem, der das hier erschaffen hat, natürlich.«

»Unsere Höhle?« Jetzt habe ich das Gefühl, wir reden aneinander vorbei. »Du meinst Amaterasu?«

»Das kannst du doch nicht ernst meinen, Juri«, erwidert Chien mit vorwurfsvollem Unterton. »Nicht nachdem, was ich dir gezeigt habe. Oder glaubst du tatsächlich, eine Göttin zeichnet einen Bauplan?«

»Nein, ich glaube, irgendjemand hat den Plan gezeichnet, nachdem alles fertig war«, stelle ich klar. So blöd bin ich nun auch wieder nicht.

»Was alles?«, bohrt Chien nach. Auch sein Blick ist bohrend. »Die Fahrstühle, die Amaterasu erschaffen hat? Oder die ganze andere Technik? Das Ausbildungszentrum hier?«

Für einen Moment weiß ich nicht, was ich darauf antworten soll, zu schweigen käme einem Zugeständnis gleich. »Ja, sicher«, sage ich daher. Leider klingt es unsicher.

»Sehr überzeugend«, bemerkt Chien spöttisch. »Und der Reis, was glaubst du, wo der herkommt?«

»Von Amaterasu«, beharre ich. »Sie hat Reis für die Ewigkeit in die Höhle geworfen.«

»Und wie lang ist eine Ewigkeit?«

»Keine Ahnung – für immer, eben!«

»Für immer, ja?« Chien schnaubt verächtlich. »Dann lass mal hören: Wo lagert denn der ewige Reisvorrat?«

»Was weiß ich, vielleicht auf den beschissenen anderen Ebenen!« Ich komme mir angegriffen vor. Ich kann doch nur sagen, was ich weiß.

Chien verdreht die Augen und schüttelt den Kopf, aus lauter Ärger über mich. »Okay, dann so«, hebt er an. »Warum hat Amaterasu uns in die Höhle geworfen?«

»Damit wir büßen«, antworte ich gereizt.

»Und dazu brauchen wir Aufzüge und Gebäude? Können wir mit denen besser büßen?« Chien feuert seine Fragen hintereinander ab. »Woher kommen die ganzen Dinge?«

Und ich schieße zurück. »Die haben Menschen gebaut.«

»Woraus?«

»Aus Wertstoffen.«

»Woher kommen die?«

»Aus ... aus den Rohren«, stoße ich hervor. Im selben Moment weiß ich, dass mir die Munition ausgegangen ist. Chien sieht mich an, als hätte ich sie nicht alle beisammen. Insgeheim pflichte ich ihm bei. Wertstoffe kommen natürlich nicht aus Rohren. Nicht ursprünglich zumindest. »Ich weiß es nicht«, gebe ich zähneknirschend zu.

Er lässt mir trotzdem keine Ruhe. »Wieso sind die Ebenen getrennt? Wieso, wenn wir doch alle Susanoos Nachkommen sind?«

»Weil ... damit ...«

»Weil … damit …«, ahmt er mein Gestammel nach. »Komm schon, Mann! Die Frage hatten wir schon mal.«

Irgendwie ist es in diesem Raum noch enger geworden. »Weil wir Dinge nicht erfahren sollen …«

»Welche Dinge?«

»Was weiß ich!«

»Welche Dinge?«, drängt er.

»Lass mich.«

»Welche – Dinge?«

»Dass alles eine Lüge ist!« Die Antwort bricht aus mir heraus. Amaterasu, Susanoo, unsere Buße, die sechs Ebenen … »Was willst du noch hören? Wahrscheinlich mein ganzes verfluchtes Leben!« Wuttränen schwimmen in meinen Augen.

Chien schenkt mir ein zweites Lächeln. »Und? Wie fühlt sich die Wahrheit an?«

»Beschissen«, antworte ich.

Chiens enttäuschtem Ausdruck nach kann er meine Reaktion nicht nachvollziehen. »Mann, die Wahrheit ist niemals beschissen! Nur darum geht es doch!«

Für Chien vielleicht. Für mich bedeutet sie, dass all unser Leid nicht nötig gewesen wäre. Dass es nichts zu büßen gab. Dass wir – so abwegig es sich anfühlt – das gleiche Recht auf Leben gehabt hätten wie Yamamotos Familie. In einem Satz: Unser Schicksal war nie gottgegeben.

Ich hole den Schnipsel unter der Flasche hervor, streiche ihn glatt, bevor ich ihn Chien gebe.

»Was hast du jetzt vor?«, fragt er mich.

»Die Wahrheit mit eigenen Augen sehen!«

EBENE 10 : RAT UND VERSAMMLUNG

Honne und Tatemae

Nimm mich mit!«, brüllt Chien mir hinterher. »Warte!«

Ich sehe kurz hinter mich. Er stolpert mir nach, während er noch versucht, in seine neue Hose zu steigen. Wäre ich nicht so unsagbar sauer, würde ich auflachen. Doch ich bin wütend. Scheiß wütend! Dass der Kaiser uns belogen hat, ist eine Sache, aber Haruto, der Aufrichtigkeit von mir fordert, dem Ehrlichkeit so wahnsinnig wichtig ist ...

»Zieh dich erst an!«, rufe ich Chien zu, keinen Augenblick später reiße ich die Küchentür auf. Die Anwesenden blicken erschrocken zu mir. Ich beachte sie nicht, sondern steuere auf den nächstbesten Gardisten zu. »Wo ist der Prinz?«

Er lacht spöttisch. »Was glaubst du, wer du bist? Der Kaiser persönlich?«

»Dann wäre ich nicht so abgemagert!«, fauche ich.

Dom, der zwischen Waschbecken und Frisiertisch stehen geblieben ist, schüttelt den tropfnassen Kopf. *Ja, ich weiß. Immer schön den Mund halten und nicken.* Dass er ... ach, nicht nur Dom. Dass wir alle so unterwürfig sind, stachelt mich nur noch mehr an. *Wir sind nicht weniger wert!*

Hinter mir höre ich Tanakas näselnde Stimme. »Gibt es hier ein Problem?« Mit Wut im Bauch und zusammengebissenen Zähnen drehe ich mich langsam zu ihm um. Der Berater steht im Türrahmen und sieht an mir vorbei, als wüsste er nicht genau, dass ich das Problem bin.

»Der Prinz erwartet mich«, entgegne ich ebenso herablassend. *Ich bin nicht weniger wert.*

Zwei der Gardisten haben plötzlich die Hand an ihrem Messer und warten nur auf ein Zeichen des Beraters. Für einen Moment erlischt jede Wut in mir und Furcht breitet sich aus.

Tanaka winkt jedoch mit seinem Fächer ab. »Wenn der Prinz den Jungen erwartet … Wir wollen die Himmlische Majestät doch nicht verärgern.«

Seine Antwort klingt höhnisch, der Gardist wird unsicher. »Prinz Haruto ist aber nicht mehr auf dieser Ebene, ehrwürdiger Kaiserlicher Berater …«

»Gleichgültig. Führe ihn zum Prinzen«, befiehlt Tanaka mit plötzlicher Schärfe.

Sein Untergebener verbeugt sich tief und ich atme kaum hörbar durch. Fürs Erste zumindest. Die gute Laune des Beraters hat mir vorhin schon nicht gefallen. Wenn er mir jetzt sogar entgegenkommt, mahnt es mich, verdammt wachsam zu sein.

Während ich dem Gardisten aus dem Raum folge, meine ich, Dom *Oh, Juri!* keuchen zu hören. Aber ich wende mich nicht mehr um. Hinter der Tür wartet Chien, zum Glück vollständig bekleidet. Ich rucke mit dem Kopf. *Komm mit!* Obwohl er es so unbedingt wollte, macht er nun keine Anstalten, sich uns anzuschließen. Ihn hat der Mut verlassen, stelle ich enttäuscht fest.

Der Gardist lässt mich spüren, wie sehr es unter seiner Würde ist, mich zu begleiten. Auf dem Weg nach unten beachtet er mich nicht, stolziert vorweg bis in die Eingangshalle. Die Wachen öffnen ihm das Tor zum zentralen Platz, er schaut nicht mal hinter sich, ob ich noch da bin.

»Wo ist der Prinz jetzt?«, frage ich, während wir auf den Aufzug im Zylinder warten. Natürlich erhalte ich keine Antwort.

Auf der Oberfläche!, wird mir einen Augenblick später klar. *Wo sollte er sonst sein?* Und im selben Moment werden meine Hände feucht vor Aufregung. *Oh, Himmel! Ich werde die Sonne sehen. Jetzt gleich!*

Die Tür öffnet sich und zwei Frauen, unverkennbar aus der Familie des Kaisers, treten heraus. Auf ihren Armen ein hoher Stapel sorgfältig zusammengelegter zartrosa Kleidung. Sicher für die weiblichen Probanden.

Kaum dass wir in den Aufzug getreten sind, kommen mir wieder Bedenken. Wir werden doch nicht einfach so nach draußen fahren können ... Hm, wie gelangt man überhaupt auf die Oberfläche? Nach Ebene zwölf, meine ich. Noch vor wenigen Tagen bin ich in meinen Träumen über eine Strickleiter, die starke Hände zu mir herabließen, aus der Höhle geklettert.

Der Gardist schließt eine Klappe auf. Sie muss in der Metallwand versenkt gewesen sein, zumindest habe ich sie zuvor nicht bemerkt. Ich schiele an seinem Arm vorbei. Sechs Zahlen sind da, je drei untereinander. Eine davon ist die mir so vertraute Acht. Es gibt sie also wirklich, die zwölf Ebenen. So ganz wahrhaben will ich es immer noch nicht.

Als ich sehe, wie der Gardist den Schlüssel schräg über der Neun einsteckt und ihn dreht, wird mir klar, dass es nicht bis nach draußen gehen wird. Die Enttäuschung ist hart. Ich hätte mich nicht freuen dürfen.

»Wir fahren auf die zehnte, oder?«, frage ich ernüchtert. Der Gardist schweigt. Die Antwort erhalte ich kurz darauf von der Frauenstimme: »Ebene zehn, Rat und Versammlung, Zentrum.«

Wir steigen aus. Der Aufzug schließt sich hinter uns. »Warte hier!«, befiehlt der Gardist.

Er lässt mich auf einem großen Platz zurück. Ich kenne diesen Ort. Erst vor zwei Tagen war ich hier, nach der zweiten Probe. Chien hatte recht. Es war Ebene zehn, nicht sechs. So viele Lügen ...

Vor mir spannt sich die rote Brücke bis zu dem Häuschen mit den Papierwänden. Glänzende Holzwege rechts und links, große weiße Steine. Dazwischen der Kanal mit den Fischen. Aber nirgends ein Mensch. Ich war noch nie an einem Ort, der so still ist. Jetzt, wo ich allein bin, fällt es mir auf. Man hört nicht mal die Ventilatoren an der Decke. Es ist geradezu unheimlich. Als wenn alle Menschen auf dieser Ebene gestorben wären ... Mich überläuft ein Schauer und ich schlinge die Arme um mich.

Es dauert eine Ewigkeit, bis der Prinz auftaucht, hinter ihm zwei Fugus. Wahrscheinlich wurde er von der Oberfläche geholt. Seine Schritte sind entschlossen. Seine Haltung aufrecht. Ich werde nervös bei seinem Anblick und muss mir in Erinnerung rufen, wie wütend ich bin. Dann steht er vor mir, die Hände auf dem Rücken verschränkt. Seine Augen huschen über meinen Körper und bleiben an meinem Gesicht hängen.

»Es ist keine Reue, die ich sehe«, stellt er schmallippig fest.

Also ohne Begrüßung. Auch gut. Ich lächle dünn. »Bei dir sehe ich auch keine Reue.«

Haruto zieht scharf die Luft ein. »Dann bist du also hier, um mich weiter zu beleidigen?« Offensichtlich ist er genauso zornig wie ich.

Ich versuche, mich davon nicht beeindrucken zu lassen. »Ich bin hier, weil ich die verfluchte –«

»Du vergisst schon wieder, mit wem du sprichst!«

Mit einem Lügner! »... die verfluchte Wahrheit sehen will«, zische ich.

»Die Wahrheit?«, wiederholt Haruto verstört. Er lässt die Hände sinken.

Seine plötzliche Unsicherheit gibt mir Auftrieb. »Ja, die dir so wahnsinnig wichtig ist. *Ich erwarte auch in Zukunft Aufrichtigkeit von dir, Juri«,* mache ich ihn nach. »Erinnerst du dich an diese Worte?«

In diesem Moment wird mir bewusst, dass der Prinz mir gegenüber nie Aufrichtigkeit versprochen hat. Ich bin einfach davon ausgegangen. *Ich bin ehrlich – er ist ehrlich.* Ein klarer Handel. Haruto runzelt die Stirn, während ich versuche, mir meine Zweifel nicht anmerken zu lassen.

»Worauf spielst du an?«, fragt er, jetzt wieder selbstsicher.

»Es existieren zwölf Ebenen. Darauf.«

Seine Miene verhärtet sich. »Wer sagt das?«

»Keine Ahnung.« Ich verschränke die Arme. Chien werde ich auf keinen Fall verraten. »Gerüchte eben. Einer sagt es dem anderen. Wie das so ist.«

»Diese Gerüchte sind gefährlich.« Haruto winkt nach einem der Fugus, die mit einigem Abstand zu ihm stehen geblieben sind. »Bring den Probanden zurück«, befiehlt er ihm und dann mir: »Du musst deinen Leuten sagen, sie sollen aufhören, solche Gerüchte zu verbreiten.«

»Wieso? Morgen werden sie es doch selbst sehen. Dass nach Ebene sechs noch eine Ebene kommt und noch eine und noch eine ...«, rede ich mich in Rage. Es sei denn, auch das war eine Lüge. Und es geht für uns nicht nach draußen ... Wie mein Misstrauen es mir die ganze Zeit über schon zuflüstert. Der Gedanke reicht und ich fühle mich wieder mutlos und das Herz wird mir schwer. »Wir werden die Sonne nie sehen, oder?«

Haruto wiegt den Kopf. »Doch, doch. Ihr werdet sie sehen«, sagt er müde.

Ich glaube ihm nicht. Keine Ahnung, vielleicht, weil er gezögert hat. »Ich will sie jetzt sehen!«

»Die Sonne?«

»Alles. Auch die anderen Ebenen.«

»Hm ...« Der Prinz nickt verständig, darüber hinaus sagt er nichts.

»Also?«, bohre ich ungeduldig nach.

Er lässt sich nicht unter Druck setzen, sondern sieht über den Platz, während ich nervös an meiner neuen Kleidung zupfe.

»Die Nachkommen Amaterasus …«, setzt Haruto schließlich an, aber dann unterbricht er sich schon wieder und seufzt. »In unserer Kultur wird vieles anders gehandhabt, Juri. Die Offenheit, die ich von dir verlangt habe, ist für mich schwer zu erwidern.«

»Wieso?« So leicht lasse ich ihn da nicht raus.

»Honne und Tatemae – das eine ist, was wir denken, das andere, was wir zeigen«, erklärt er. »Honne bezieht sich auf die wahren Gefühle, die eigene Einstellung. Tatemae darauf, beides hinter einer Maske zu verstecken. Das ist notwendig. Um Frieden und Harmonie zu bewahren.« Zweifelnd runzle ich die Stirn. Für mich bedeutet etwas zu verstecken nur, etwas zu verheimlichen. Was muss die Kaiserliche Familie verheimlichen, um welchen Frieden zu wahren? »Für mich ist Tatemae nur ein anderes Wort für Lügen.«

Der Prinz schüttelt enttäuscht den Kopf. *Na, großartig! Das scheint heute jeder zu tun.* »Vielleicht begreifst du es, wenn du alles gesehen hast.«

»Nur zu«, fordere ich ihn auf. »Fangen wir gleich hier an.«

»Also gut …« Er gibt sich geschlagen. »Was soll's … Ebene zehn kennst du.«

»Diesen Teil, ja. Und den Medizinraum.«

Haruto deutet um sich. »Die Ebene ist nicht allzu groß. Nach oben hin werden sie kleiner.«

Ich kann mir grad noch verkneifen, *wie auf Chiens Rücken* hinzuzufügen.

Zu meinem Erstaunen geht Haruto an dem Zylinder vorbei, der uns nach oben oder unten bringen könnte, und biegt stattdessen in einen hellen Gang ab. Die Fugus folgen uns in einigem Abstand. Sie tragen offene Schuhe aus Holz, ihre Schritte hallen überlaut.

»Wieso ist hier niemand?«, will ich wissen. Auch hinter den milchig weißen Fenstern, die immer wieder die Wand durchbrechen, regt sich nichts.

»Die Leute sind beschäftigt«, erklärt Haruto.

Müsste man sie dann nicht erst recht sehen? »Womit?« Ich bin entschlossen, keine Antwort so einfach hinzunehmen.

»Mit den Vorbereitungen für das Fest.«

Der Gang öffnet sich bald zu einem weiteren Zen-Garten. Er ist noch prachtvoller als der vorhin. Zwar keine Kanäle mit Fischen, dafür läuft Wasser durch zahlreiche Steinschalen, von einer in die nächste. Was auch immer das soll, es sieht hübsch aus. Drum herum liegen weiße Steine. Auch hier in allen Größen. Ein Tor. Dahinter eine Behausung mit Wänden aus Papier. Sie wird von vier Gardisten bewacht, die sich tief verbeugen.

Ich bleibe stehen. »Was für eine Hütte ist das?« Sie muss wichtig sein, wenn sie bewacht wird.

»Später. Erst zeige ich dir die anderen Ebenen.« Haruto befiehlt den Fugus, auf uns zu warten, während wir zu einem Zylinder seitlich des Platzes gehen. Er ist mit lackiertem Holz eingefasst. Rote und schwarze Stäbe. Ich hätte ihn fast nicht als einen Fahrstuhl, wie Haruto ihn nennt, erkannt. *Fahrstuhl* ... Das Wort ist eigenartig. Hier fährt doch gar kein Stuhl. *Schwebetopf* wäre passender.

Innen sieht er zumindest genauso aus wie jeder andere Zylinder. Das heißt, es gibt keine Klappe und ein Schlüssel ist auch nicht nötig. Haruto drückt einfach auf einen von sechs Knöpfen und schon geht es los.

Ich versuche, die Zahlen zu entziffern. »Wo ist Ebene eins?«

»Dieser Fahrstuhl bewegt sich ausschließlich zwischen sieben und zwölf«, erläutert er, während wir nach unten gleiten. »Die Ebenen sind wenig spektakulär. Erwarte also nicht zu viel.«

»Was ich erwarte, ist Aufrichtigkeit«, stelle ich klar. Trotzdem bin ich ernüchtert, als sich die Tür öffnet und die Geisterstimme verkündet: Ebene sieben, Versorgung und Reinigung, Zone eins.

Wie überall umschließt den Zylinder ein Platz. Dieser allerdings ist besonders klein und trist. Ich sehe mich um. »Eine reine Arbeitsebene. Aber den Menschen geht es gut«, versichert Haruto mir. »Deswegen ging ich davon aus, dass es euch nicht schlechter ergehen kann.«

Ich lasse Harutos Erklärung unkommentiert, auch wenn ich glaube, dass er sich damit selbst belügt. »Du warst schon früher hier?«

»Selten.«

Selten, wiederhole ich in Gedanken. Wieso war er es überhaupt?

Wir nehmen einen von sechs Gängen. Es scheint beliebig zu sein, für welchen man sich entscheidet, denn auf den ersten Blick sehen alle gleich trostlos aus. Schmale, glatte, graue, beschriftete Tunnel mit Beleuchtungseinheiten an der Decke. Schon nach wenigen Schritten kommt uns eine Gruppe Frauen entgegen. *Wenigstens ist diese Ebene bevölkert,* denke ich, zum ersten Mal erleichtert darüber, Menschen zu begegnen. Die Frauen sind gleich gekleidet. Was sie anhaben, passt zu dieser Ebene. Einen grauen, langen Rock und ein braunes Hemd mit grauem Kragen. Sie drücken sich an die Wand, um Platz zu machen, und verbeugen sich tief, bevor sie weitereilen. Haruto beachtet sie nicht weiter.

»Auf dieser Ebene leben ausschließlich Frauen«, erklärt der Prinz, als ich danach frage. »Sie kümmern sich um unsere Wäsche, Sauberkeit und unser Essen.«

Ich sehe ihnen hinterher. »Im Ernst?« So richtig habe ich mich zwar nie gefragt, wer für die Familie des Kaisers kocht, aber wenn ich es getan hätte, dann wären es in meiner Vorstellung wohl Gardisten gewesen. »Dürfen sie denn auf die Oberfläche?«

»Im Rahmen ihrer Pflichten dürfen sie bis zur zwölften Ebene.«

Während wir den Beschriftungen an der Wand folgen und uns immer mehr geschäftige Frauen begegnen, beantwortet der Prinz meine Fragen. Endlich ohne drum herum zu reden.

»Wo sind die Kinder?«, will ich wissen. Ganz anders als auf Ebene eins hat keine der Frauen einen Säugling bei sich oder ein Kleinkind am Rockzipfel hängen.

»Sie sind in einem Hort in Zone drei.« Haruto deutet eine ungefähre Richtung an. »Dort werden sie zu Dienern und Gardisten erzogen.«

»Und die Väter?« Ohne Mann geht's nicht. Das wird ja wohl auch auf Ebene sieben nicht anders sein.

»Die Kinder kommen als Säuglinge zu uns. Von Ebene sechs.«

»Sie werden ihren Müttern also weggenommen.«

»Die Mütter verkaufen sie, soviel ich weiß«, erwidert Haruto nur. *Nicht immer die schlechteste Entscheidung,* denke ich und kämpfe mit der alten Bitterkeit.

Während wir durch die Flure gehen, überlege ich, was mit Harutos Mutter ist. Von einer Kaiserin habe ich nie gehört. »Sie ist früh gestorben«, erzählt er auf meine Frage hin. »Von ihr habe ich die Sonnenkrankheit. Als sich zeigte, dass sie sich nicht heilen lässt, hat meine Mutter sich das Leben genommen.«

»Weil sie ohne Sonne nicht leben wollte?« Auch wenn es der letzte Ausweg ist, verstehe ich ihre Entscheidung.

»Nein. Um die Familie von ihrer Schande zu befreien.«

Das verstehe ich allerdings nicht. »Aber dafür konnte sie doch nichts!«

»Unsere Lebensweise ist eine andere. Sie verlangt es.« Haruto beschleunigt seine Schritte. Ich grüble darüber nach, wie man jemand anderen von Schande befreien kann, indem man sich umbringt, bis wir eine doppelte Metalltür erreichen. Sie schwingt auf, als Haruto dagegenstößt. »Die Küche. Momentan dürften Vorbereitungen für das Fest getroffen werden.«

An etlichen halbhohen Kochstellen dampft, qualmt und brutzelt es. Ich schnuppere. Die Gerüche, die mir in die Nase steigen, sind köstlich und lassen mir Speichel in den Mund fließen. Die Arbeiterinnen bemerken uns nicht gleich. Sie wuseln geschäftig umher, klappern mit Töpfen und Geschirr, schneiden Zutaten, bis eine auf uns aufmerksam wird. Erschrocken verneigt sie sich vor dem Prinzen. Einen Moment später starren alle uns an.

»Möchtest du noch etwas wissen?«, erkundigt Haruto sich.

Mein Magen knurrt. »Was wird da vorn gekocht?«

Der Prinz lächelt. Wohl das erste Mal, seit ich von ihm verlangt habe, sich gegen seinen Vater zu stellen. »Ich meinte eigentlich mehr über diese Ebene. Aber gut. Finden wir es heraus.«

Ich bemerke, wie unsicher die Frauen sind, was mich angeht. Man sieht in ihren Gesichtern, was sie denken. *Ist das der Junge, von dem man sagt, der Prinz würde ihm seine Aufmerksamkeit schenken?* Als ich an seiner Seite an die Kochstelle trete, deutet eine der Frauen eine Verbeugung an. »Bitte nicht«, nuschle ich. Auch wenn ich mich dem Gefühl, endlich was wert zu sein, nur schwer entziehen kann. Ich sehe zu Haruto.

»Was bereitest du zu?«, fragt er sie.

»Yosenabe mit Nameko und Bīfun.« Sie hebt den Deckel. Ich erkenne einiges wieder, was ich beim Mahl mit dem Prinzen gegessen habe: Fischstücke, dünn geschnittene Pilze und Reisnudeln schwimmen reichlich in einer himmlisch duftenden Brühe. Unwillkürlich ziehe ich den Vergleich zu unseren Garküchen: graue Fleischbrocken in dünner Suppe, die nach Kanalwasser und Kloake stinkt, ganz egal, was man sonst noch in den Topf schmeißt. Ich wedle mir den Dampf zu, der emporsteigt. »Mhmmm ... Es schmeckt sicher wunderbar«, lobe ich ihre Suppe.

Sie strahlt über das erhitzte Gesicht und greift zu einer kleinen Schale. »Darf ich sie kosten lassen, Hoheit?«

Sie? Mein Lächeln versteinert, gleichzeitig läuft es mir kalt den

Rücken runter. Oh, scheiße …! Entsetzt warte ich auf Harutos Reaktion. Er ist unbewegt, wie so oft.

»Wir freuen uns, morgen davon zu kosten«, meint er nur und dreht sich zur Tür. Verstört folge ich ihm nach draußen. Er muss es gehört haben. Das *Sie* war überdeutlich!

»Ich …«, hebe ich zu einer Erklärung an.

»Die Frau wollte dich nicht kränken«, wirft Haruto ein, bevor ich mich verraten kann. *Er weiß es!,* denke ich nur. Sehe es schon daran, wie sein Blick über meinen Körper huscht. »Es ist diese Kleidung. Und das Haar.« Er berührt es mit den Fingerspitzen, zögert, dann streicht er mir die Strähne aus der Stirn. »Du siehst verändert aus.«

Die Berührung seiner Finger geht mir durch und durch, wie vor ein paar Tagen im Zen-Garten. Ich stehe stocksteif vor ihm und suche in seinem Gesicht nach einem Zeichen des Erkennens. Es ist da. Seine Augen glitzern dunkel, sie nehmen mich gefangen. Alles andere verblasst, wird bedeutungslos.

Und auf einmal stehen wir nur noch da und versinken in dem Blick des anderen. Je länger er andauert, desto unerträglicher wird die Spannung. Ich höre mich atmen, schlucke trocken. Einer muss wegsehen. Haruto senkt die Wimpern. Meine Lippen öffnen sich …

Genau in diesem Moment wird die Tür zur Küche von innen aufgestoßen. Die Frau entschuldigt sich erschrocken und drückt sich an der anderen Wand an uns vorbei. Harutos Blick ruht noch ein, zwei Atemzüge auf mir, erst dann löst er ihn. »Auf zur nächsten Ebene, oder?«

Ich nicke. Mehr ist gerade nicht drin. Mir ist zu schwindelig.

Erst im Zylinder bekommt meine Umgebung wieder Konturen.

»Auf Ebene acht sind die Männerquartiere, vor allem die der Gardisten«, sagt Haruto, nachdem sich die Tür geschlossen hat.

Ich räuspere mich, weil ich mir alles andere als sicher bin, sprechen zu können. Aber es geht. »Ich dachte, Gardisten leben auch unter der Sonne.«

»Sie arbeiten dort«, erzählt Haruto, »aber sie wohnen hier unten.«

»Ah«, sage ich nur. Denn die Frage, ob Haruto mich eben küssen wollte, beherrscht meine Gedanken.

Jetzt wirkt er wieder gefasst wie eh und je.

Haruto will mir eine der Gardistenunterkünfte zeigen. Er macht wenige Anmerkungen zu der Ebene, während wir durch die Flure laufen. Acht ist ähnlich trostlos wie sieben. Die Gardisten nehmen erschrocken Haltung an, als wir in ihr Quartier platzen. Ein Raum mit Schlafboxen. Im Grunde wie im Ausbildungszentrum. Nur sind die Boxen hier dreimal so groß und jeder Gardist hat eine für sich. Ich werfe einen kurzen Blick hinein. Neben dem Lager findet ein aus der Wand klappbarer Tisch Platz. Darüber sind Fächer, um Kleidung zu verstauen.

»Reicht dir, was du hier siehst?«, fragt Haruto. »Ansonsten gehören zu jeder Zone noch drei Waschräume, ein Speisesaal und ein großer Gemeinschaftsbereich im Zentrum.«

»Es reicht«, murmle ich. Ich frage mich allerdings, woher er so gut Bescheid weiß, wo er doch so selten seine Räumlichkeiten verlässt. Auch entgeht mir nicht, wie er an dem Saum seiner Jacke herumnestelt. Auf dem kurzen Weg nach oben nimmt seine Anspannung sogar noch zu.

Ich bin aufgeregt, durcheinander. Alles auf einmal. Was erwartet mich auf Ebene neun? Auf Chiens Rücken war auch sie mit ›Unterkünfte‹ gekennzeichnet. Als der Zylinder sich wieder öffnet, heißt es jedoch: »Ebene zehn, Rat und Versammlung, Zone eins.«

Draußen warten die Fugus. Ich sehe von ihnen über den Platz zu den Wachen vor der Papierwand. Was soll das? »Wieso haben wir nicht auf Ebene neun gehalten?«, frage ich Haruto.

Ich werde ohne Antwort stehen gelassen. *Hey!*, will ich ihm hinterherbrüllen, tue es nur nicht, um ihn nicht schon wieder gegen mich aufzubringen. Zuerst will ich alles sehen, dann werde ich damit fortfahren, den Prinzen zu verärgern.

Er winkt mir über seine Schulter hinweg, ihm zur Hütte zu folgen. Mit einem Schnauben stapfe ich hinterher.

Die Wachen schieben die Papiertüren für ihn auf. Unsicher bleibe ich neben ihm stehen. »Auf Ebene neun wohnt die Kaiserliche Familie«, beantwortet Haruto meine Frage von eben ruhig. Er deutet ins Innere. »Und hier wohne ich.«

»Wie? Während der Blüte?«, frage ich verwirrt, doch im Grunde liegt die Antwort vor mir. Oder vielmehr, hinter dem Prinzen. Ein sehr großer Raum, der Boden nur mit Matten ausgelegt, aber die Wände sind es, die meine Aufmerksamkeit auf sich ziehen. Sie sind kunstvoll bemalt. Mit hellrosa Zuckerblüten. Und der Kaiserlichen Familie.

»Nein, nicht nur für die Blüte. Immer«, höre ich Haruto neben mir sagen und habe das Gefühl, dass sich der Boden unter meinen Füßen auflöst.

»Nein!« Jetzt bin ich es, die den Kopf schüttelt. Es muss noch eine Erklärung geben. Irgendeine ... Hauptsache, sie lässt einen anderen Schluss zu, nur nicht diesen einen! Aber egal, wie sehr ich mich bemühe, mir fällt keine ein. »Es gibt überhaupt kein Draußen ...«, sage ich, wobei meine Stimme zu einem kehligen Flüstern geschrumpft ist. »Oder?«

Haruto lächelt traurig. Die Tatemae, seine Maske, ist gefallen und damit alles, woran ich je geglaubt habe.

Offenheit und Gefühle

Ich muss die Schuhe ausziehen, bevor wir den Raum betreten. Die Wachen schieben die Türen zu. Türen aus Papier. Die trotzdem so viel verbergen. Die beiden Fugus verziehen sich nach hinten. Wir bleiben in Harutos Empfang, wie er den riesigen Raum nennt. Der Boden ist mit weichen Matten ausgelegt. *Tatamis*, werde ich aufgeklärt. Sie werden aus den Teilen der Reispflanze gemacht, die man nicht essen kann. Ich habe noch nicht mal eine ungefähre Vorstellung davon, wie diese Pflanze aussieht, geschweige denn, was eine Pflanze ist.

Der Raum ist kaum möbliert. Gemessen an dem vielen Platz zumindest. Ein niedriger dunkler Tisch. Auf ihm steht eine Schale, die zerbrochen war und wieder geklebt wurde. Wie es aussieht mit reinem Gold. Um den Tisch liegen nur ein paar dicke Kissen. Ich muss mir eingestehen, dass ich die vielen freien Flächen mag. Platzverschwendung hin oder her.

An der hinteren Wand befindet sich noch eine kniehohe, aufwändig gearbeitete Truhe und ein eigenartiges Brett, auf das man Drähte gespannt hat. Das ist alles. Eine Zither, erklärt Haruto, der sieht, woran mein Blick hängen geblieben ist. Auf ihr könne man Musik machen, behauptet er. Ich kann ihm kaum folgen.

Meine Gedanken gehen immer wieder zu der einen Frage zurück. Hätten wir nicht an irgendetwas merken müssen, dass die

Kaiserliche Familie mit uns in der Höhle eingesperrt ist? Sie oben, wir unten? Wobei auf Ebene zehn nur Haruto und seine nächsten Verwandten leben, die weiter entfernten haben ihre Quartiere auf Ebene neun. Weil sie in ihrer Stellung niedriger sind. Dann kommen die Gardisten und Diener, danach die Frauen, die kochen und reinigen, darunter wir, die nichts zählen. Und über alledem, auf Ebene zwölf: der Kaiser.

Mühsam hole ich Luft. »Man glaubt wohl immer nur das, was man gesagt bekommt, solange man die Wahrheit nicht mit eigenen Augen sieht.«

»Ich gebe zu, dass das wohl auf uns beide zutrifft.«

Harutos Eingeständnis regt mich nur noch mehr auf. »Sag mir nur eins! Wie ist es möglich, dass wir in dieser Höhle leben, so nah beieinander, ohne voneinander zu wissen?«

»Nun, wir wussten, dass ihr dort unten lebt.«

»Ja, aber nicht das Zuckerblütenleben, wie dein Vater es allen weismachen will!« Ich steche mit dem Finger in Richtung der Wandbemalung. Das Bild ist eine Ohrfeige für jeden, der schon mal gehungert hat. So satt und zufrieden, wie die Kaiserliche Familie da sitzt. Kostbar bekleidet, mit hoch aufgetürmten Haaren, unter einem Dach aus Zuckerblüten. Vor ihnen eine überreiche Tafel, dahinter der Kaiser in einem goldenen Gewand. »Du willst nicht wissen, was man auf Ebene eins mit seinem Gesicht macht.«

»Es spielt keine Rolle«, erwidert Haruto. Natürlich, er will es nicht hören. »Dieser Mann ist nicht mein Vater.«

Was? Ich schaue ungläubig von dem Wandbild zum Prinzen. »Aber ... wer soll das denn sonst sein?«

»Der Kami-Kaiser.« *Kami-Kaiser? Von ihm habe ich noch nie gehört.* »Den Namen hat er sich selbst gegeben. Er bedeutet so viel wie Gottheit«, erklärt Haruto. »Aber er ist schon vor langer Zeit gestorben.« Er räuspert sich. »Jedenfalls haben wir keine Ressourcen, um Bilder meines Vaters zu reproduzieren. Da er jedoch der

Auffassung ist, es würde das Vertrauen in seine Person stärken, wenn ihr ein Bild vor Augen habt, hat er dieses …« Haruto winkt ab. »Es ist gleichgültig.«

»Ist es nicht!«, widerspreche ich heftig. »Was glaubst du, was wir fühlen, wenn wir ihn sehen? So fett wie eine Made, während wir verhungern …«

»Ich nehme an: Wut.«

»Hass!«, stoße ich hervor. Haruto zuckt bei dem Wort zusammen. *Ja, ich weiß. Offenheit und Gefühle. Nicht sein Ding.*

Haruto starrt auf die Wand. »Ich überlege die ganze Zeit, wie ich dir die Wahrheit schonend beibringen kann.«

Schonend? Das kann er doch nicht ernst meinen! »Wenn du mich hättest schonen wollen, dann vor der dritten Probe«, entgegne ich wütend. »Jetzt muss ich nicht mehr geschont werden.«

Haruto schüttelt den Kopf, aber dann seufzt er und wendet den Blick endlich von der verdammten Wand ab. »Es gibt ein Draußen.«

Was? Oh, Himmel! Was auch immer ihn überzeugt hat, er hat keine Ahnung, welche Erleichterung diese vier Worte in mir auslösen!

»Bloß ist die Welt wohl nicht so, wie du sie dir vorstellst«, fügt er hinzu.

Egal. Hauptsache, es gibt ein Draußen. »Kann ich es sehen?«, frage ich aufgewühlt.

Er nickt und holt eine Art Stock aus der Truhe, an dem zusammengefaltetes rotes Papier hängt, bevor er zur Tür geht und sie aufschiebt. »Wir müssen nur eine Ebene höher … auf elf.«

Ich verbiete mir jede Freude. Immer wenn ich geglaubt habe, es ist so weit, wurde ich doch nur enttäuscht. »Elf ist der Ausgang?«, frage ich auf dem Weg zu seinem privaten Zylinder.

»Auf elf kannst du die Sonne sehen und die Sterne«, versichert mir Haruto und wir treten ein.

Als der Zylinder hält, heißt es ›Agrar und Energie‹ und nicht ›Sonne und Sterne‹ oder einfach ›Ausgang‹. Auch was ich kurz darauf sehe, ist eine Enttäuschung. Mit oder ohne Vorfreude. Wieder nur ein runder Platz, der gerade mal zwei Mannslängen dahinter von einer Wand umschlossen wird.

Darin eine Tür, auf die Haruto zugeht. Ich zögere. »Was für Energie?« Plötzlich habe ich Angst vor dem, was dahinter ist.

»Mit Energie ist Strom gemeint.«

»Ah«, entgegne ich nur. Spätestens seit den Proben ist Strom ein zweischneidiges Schwert für mich. »Und der wird hier gemacht?«

»Der wird hier gewonnen, ja.« Haruto lächelt, jedoch nicht abfällig. »Riesige Solarfelder, die ...« Er unterbricht sich, irgendetwas in meinem Gesichtsausdruck muss ihm gezeigt haben, dass mich schon der Ansatz seiner Erklärung überfordert. »Er wird hier gemacht.«

»Und Agrar?« Ich weiß, dass ich Zeit schinde.

»Reis, auch Früchte, Gemüse. Aber vor allem Reis. Komm, ich zeige es dir.« Er legt die Hand auf die Klinke. »Bereit?«

»Ja ...«, entgegne ich, obwohl ich mich überhaupt nicht bereit fühle. Nur furchtbar verwirrt und ängstlich. *Verdammt, Juri! Solange es ein Draußen gibt, kannst du abhauen. Und alles andere ist egal, oder? Fang jetzt nicht an, ein Schisser zu sein!* Ich atme tief durch. »Okay, lass sehen.«

Haruto drückt die Klinke und öffnet die Tür.

Ich kriege einen Riesenschreck. »Die Welt ist ja dunkel.«

»Es ist Nacht.«

»Die Sonne schläft gerade«, schlussfolgere ich.

»Ja, jetzt wachen die Sterne.«

Sterne ... Um sie ranken sich so viele unserer Geschichten. Ich trete hinaus.

»Wahnsinn ...« Mich überläuft ein Schauer. Vom Kopf bis in die Zehen.

Die Tür fällt hinter uns zu und schließt damit das letzte Licht aus. Haruto tritt hinter mich. »Gefallen sie dir?«

»Sie sind wunderschön ...« Ich starre nach oben, drehe mich langsam im Kreis. Überall um mich herum glitzern helle Pünktchen an der Decke ... nein, am Himmel ... Es sind so viele, dass man wohl ein Leben bräuchte, um sie zu zählen. Manche Sterne sind größer als andere, an einigen Stellen sitzen sie dicht an dicht, an anderen nur versprenkelt. Nicht gleichmäßig verteilt wie die Lichter bei uns an der Decke. Und sie scheinen unendlich weit entfernt zu sein.

Bei dem Anblick muss ich an Juri Gagarin denken, an den Jungen, der sich zu den Sternen abstieß. Ich wünschte, ich könnte auch so hoch springen. »Wieso hast du mir diesen Schnipsel geschenkt?« Ich versuche, in Harutos Gesicht zu lesen. Aber mehr als einen Umriss sehe ich nicht.

»Ich wollte dir zeigen, dass es Juri Gagarin wirklich gab. Dass Märchen wahr sein können, alles möglich ist.«

Ich wusste es. »Er war also ein Held«, stelle ich befriedigt fest. Schon verrückt. Das, was ich für ein Märchen hielt, ist die Wahrheit. Und was ich für die Wahrheit hielt ...? »Und Susanoos Legende?«

»Lass uns ein paar Schritte gehen«, schlägt Haruto vor.

»Wohin?«

»Einfach gehen.«

Wir folgen einem Steg aus Gitterblech. Auf dem Boden leuchten alle Mannslängen kleine Lichter. Rechts und links sind Geländer.

Es ist zu dunkel, um mehr zu erkennen. Bald schlägt mir feuchtwarme Luft entgegen. Unsere Schritte hallen auf dem Metall. Ansonsten ist es still.

»In gewisser Weise ist die Legende wahr«, durchbricht der Prinz nach einer Weile die Stille. »Die Erde wurde vor langer Zeit tatsächlich von Stürmen zerstört. Feuerstürme, die Reisfelder verbrannten, und solche, die den Boden unter den Füßen zum Zerreißen brachten und sogar das Wasser aufpeitschten. So sehr, dass es große Teile Land verschluckte. Kannst du das verstehen?«

Ich nicke, was er nicht sehen kann. »Ja«, beeile ich mich deshalb zu sagen. So, wie Haruto es erklärt, entstehen Bilder in meinem Kopf. Von großen Wasserflächen und aufgeworfenem, verbranntem Boden. Nur weiß ich nicht, wie die Menschen da reinpassen. Der Legende nach hat Amaterasu sie in die Höhle gesteckt. Aber das kann nicht stimmen. Ich frage Haruto danach.

»Niemand hat Menschen hier reingesteckt«, gibt er unumwunden zu. »Die Menschen haben hier drinnen Schutz gesucht. Schutz vor den Stürmen.«

Dann wurde aus etwas Gutem also etwas Schlechtes. Ich frage mich, warum die Menschen irgendwann glaubten, es wäre unsere Strafe.

Während wir dem Weg, der kein Ende zu haben scheint, immer weiter folgen, erzählt Haruto mir von einem Volk, das sich Japaner nannte. Ihre Heimat wurde besonders oft von Stürmen heimgesucht, weshalb sie eine riesenhafte Zuflucht errichteten. Nur für den Fall, dass ein Überleben auf der Oberfläche nicht mehr möglich wäre.

Die Höhle sollte die Menschen also retten und nicht verenden lassen. Sie wurden nicht bestraft. »Aber jetzt ist es wieder möglich, hier draußen zu überleben?«

»Ja.«

Worauf wartest du dann noch?, denke ich plötzlich und ein beinahe übermächtiger Impuls zu fliehen durchzuckt mich. *Das ist deine Chance!,* schreit es in mir. *Renn los. Jetzt! Komm schon. Die Freiheit liegt vor dir!*

Ich bleibe stehen. Es ist nicht die Angst, die mich lähmt, sondern der Gedanke an Dom und Rebecca. Ich würde sie im Stich lassen. *Na toll,* stöhnt der unterlegene Teil in mir. *Das hast du jetzt davon.* Ja, ich weiß. Ohne Freunde wäre ich frei. Ich muss ein Idiot sein.

Haruto wartet, bis ich zu ihm aufgeschlossen habe. »Das alles ist schwer zu verstehen, oder?«

Anscheinend glaubt der Prinz, ich hätte über seine Geschichte nachgedacht. »Das ist es«, sage ich schnell. *Nur eine halbe Lüge.* »Wie viele Menschen konnten vor den Stürmen gerettet werden?«

»Exakt 7084. In den Aufzeichnungen heißt es, aus über zweihundert verschiedenen Völkern«, erklärt Haruto. »Der damalige Kaiser war sehr großmütig.«

»Ein großmütiger Kaiser«, wiederhole ich mit unüberhörbarem Spott.

»Aber das war er«, versichert Haruto. »Er hätte nur sein eigenes Volk überleben lassen können. Die Japaner. Doch er hat dafür gesorgt, dass es möglichst viele unterschiedliche Menschen sind.«

»Ist er das, auf den Bildern?«

»Der Kami-Kaiser? Nein. Das war sein Sohn. Der hat seinen Vater entmachtet. Er war nämlich keinesfalls der Meinung, dass alle das gleiche Recht auf Leben haben«, sagt Haruto und ich denke, dass wir uns dann zumindest nicht mit dem falschen Gesicht den Hintern abgewischt haben. Und je mehr ich über den Kami-Kaiser erfahre, desto größer wird meine Verachtung.

Er war fest überzeugt, die Wiedergeburt von Jimmu, dem ersten Kaiser Japans zu sein. Und damit ein direkter Nachfahre von Amaterasu. Wahrhaft göttlich also. Seiner Ansicht nach hatte nur die Kaiserliche Familie ein Recht zu überleben. Haruto glaubt, er war wahnsinnig.

Wie auch immer, Kami musste sich damit abfinden, den wenigen Platz mit nicht göttlichen Menschen zu teilen. Zumindest solange auf der Oberfläche die Stürme tobten. Wütend darüber gab er Susanoo die Schuld, ernannte die Menschen zu dessen Kindern und verbannte sie auf die unteren Ebenen. Töten konnte er sie nicht. Er brauchte sie, um alles am Laufen zu halten.

Auf den oberen Ebenen blieb, wer nach wie vor von rein göttlicher Abstammung war. Und die Diener und Wachen natürlich, die er kurzerhand entmannen ließ. Auf diese Weise wollte der Kami-Kaiser verhindern, dass sich das göttliche Blut seiner Familie mit dem der Unwürdigen vermischte.

»Aber, wie sich gezeigt hat, braucht es diese Vermischung«, endet Haruto und bleibt stehen.

Ich reibe mir den Kiefer. Er ist ganz verspannt vom vielen Zähneknirschen. »Und wann hat dieser Kami-Kaiser gelebt?«

»Vor knapp dreihundert Jahren.«

Dreihundert Jahre ... Die Zahl muss ich erst mal verdauen. So weit habe ich noch nie gedacht. Ich weiß nicht einmal, wer vor fünfzig Jahren Kaiser war, als mein Vater geboren wurde.

So ist es eben, wenn die Gedanken nur um Essen und Licht kreisen. Alles andere gerät mehr und mehr in Vergessenheit, bis die Wahrheit zum Märchen wird und das Märchen zur Wahrheit.

Während wir den Steg entlanggehen, wird es heller. Nicht sofort, wie ich es erwartet hätte, sondern langsam. Die Welt um mich herum nimmt grau Gestalt an. Zwar sind die Sterne verblasst, dafür kann ich endlich etwas erkennen!

Wohin ich sehe, steht der Boden unter Wasser. Es ragen dicht an dicht dünne Stöckchen daraus hervor. Ich bleibe stehen und lehne mich über das Geländer, um eines davon zu berühren.

»Das ist der Reis«, klärt Haruto mich auf.

»Das?« Ich kann es kaum glauben. In meiner Vorstellung schwebten die Reisfelder im Himmel. Aneinandergereihte Körbe mit Reis, über die Amaterasu wacht.

»Wahrscheinlich, weil in der Legende von den Himmlischen Reisfeldern die Rede ist«, entgegnet Haruto, als ich ihm davon erzähle.

»Und die Rohre?« Ich meine dünne Kupferrohre, die seitlich des Stegs verlaufen und sich dann in dem Reisfeld verzweigen. Ich erahne, dass durch eins davon das Licht gefallen ist, das Dom mir vor zwei Tagen gezeigt hat. Jedenfalls steigt Dampf aus ihnen empor.

»Die sorgen für das feuchte Klima«, erklärt der Prinz geduldig. »Damit wächst der Reis besser.«

Das Ende der Felder kann ich nicht ausmachen. So riesig sind sie. In weiter Ferne zeichnet sich ein Fremdkörper ab. Ein Zylinder von gigantischem Ausmaß. »Was ist das Ding dahinten?«

»Der Reisspeicher.« Was? Mir klappt fast die Kinnlade runter. Darin muss genug Reis für die Ewigkeit sein. »Dadrauf ist die zwölfte Ebene. Siehst du das Gebäude da?«

Ich kneife die Augen zusammen. Tatsächlich. Oben auf dem Speicher ist die Kontur eines Turms zu erahnen. »Das ist der Kaiserpalast«, meint Haruto. »Mein Vater verlässt ihn fast nie.«

Ich verziehe den Mund. »Er sitzt auf unendlich viel Reis ... und wir müssen hungern!«

»Die unendlichen Vorräte Amaterasus ...«, bemerkt Haruto.

Der Hohn in seiner Stimme lässt mich aufhorchen. »Wie meinst du das?«

»Ich meine, dass der Reis ziemlich endlich ist. Es erscheint viel, aber was von einer Pflanze bleibt, sind nur eine Handvoll Körner.« Haruto reißt eines der Stöckchen für mich ab.

Ehrfürchtig lasse ich meine Finger über den langen Halm bis zum Ende gleiten. Dort hängen die einzelnen Reiskörner, umhüllt von einer hellen Schale. Ich puhle eine auf und stecke mir das Körnchen in den Mund. Ein Fehler, wie sich rausstellt. »Der schmeckt ja furchtbar!«

Haruto schmunzelt. »Er ist noch nicht reif und muss noch wachsen. Reis braucht ein halbes Jahr, erst dann können wir ihn ernten. Deshalb reicht er auch nicht für alle. Der Speicher ist gerade mal zwei Mann hoch gefüllt.«

»Dann müsst ihr eben mehr machen«, sage ich verärgert. Allein auf Ebene eins gibt es ein paar Tausend Menschen, die mit anpacken könnten. Wenn man sie nur nach draußen ließe.

»Das ist nicht möglich«, entgegnet Haruto.

Ich begreife nicht, wieso. Platz spielt doch keine Rolle. Aber eine Erklärung gibt er mir nicht.

Mit dem Hellerwerden senkt sich der Dampf und ein breiter Kranz von silbrig grauen Platten wird erkennbar, der neue Fragen bei mir aufwirft. Dem Anschein nach umschließt er die Reisfelder. »Der Kranz dahinten. Was ist das?«.

»Solarfelder. Sie erzeugen den Strom.«

Um weiterblicken zu können, kneife ich die Augen zusammen. Aber nach den Stromfeldern kommt nichts. Als hätte jemand ein rundes Stück aus einem Bild geschnitten und wir stehen mittendrauf. Alles drum herum zerfließt wie graues Wasser. Das heißt …

Ich blinzle. Was ist das? In dem Grau zeichnet sich eine Wölbung am Himmel ab. Sie ist durchzogen von dunklen … keine Ahnung … Streben? »Ein Himmelsdach?«, frage ich. Mir ist unklar, ob der Himmel von allein hält oder nicht.

»In etwa«, erwidert Haruto ausweichend.

Ein unangenehmes Gefühl entsteht bei mir in der Magengrube. Irgendetwas stimmt nicht. Wenige Momente danach ist es hell genug geworden, um zu erkennen, was nicht stimmt. Der Himmel ist eine Kuppel, die sich bis zum Boden zieht. Sie endet direkt hinter den Stromfeldern.

Eine Kuppel. Wie auf Chiens Tätowierung! Da war über die Ebenen eine Halbkugel gestülpt. Nicht nur über die obersten. Über alle! *Siehst du jetzt das Ganze?*, höre ich Chien sagen. *Oder willst du es nicht sehen?* Auf einmal fühle ich mich ganz zittrig. »Was ist das hier?«

»Lass mich erklären –«, setzt Haruto an.

»Nein«, bricht es aus mir hervor, »keine Erklärungen mehr!«

Aufgewühlt und verstört dränge ich an ihm vorbei und beginne zu rennen.

Ich höre Haruto fluchen. »Warte!« Seine Schritte folgen mir über den Steg. Ich laufe noch schneller. Meine Füße berühren kaum den Boden, bis es nicht mehr weitergeht. Der Steg endet einfach. Direkt vor dem Stromfeld.

Keuchend sehe ich zu beiden Seiten. Nichts als Reispflanzen. Aber ich lasse mich nicht mehr aufhalten. Erst recht nicht von einem Nahrungsmittel. Schon bin ich im Wasser, wate durch die hohen Halme, bis ich zwischen den Platten eine Gasse entdecke. Ein Metallgitter.

Irgendwo hinter mir macht es platsch!

»Juri!«

»Nein!« Ich komme aus dem Wasser und laufe auf die Begrenzung zu. Mit jedem Schritt wird deutlicher, wie gigantisch allein das Stahlgerüst ist.

Doch dann geht es wirklich nicht mehr weiter.

Riesige Scheiben trennen mich von ...

Wasser! Überall ist Wasser!

Ich presse meine Stirn gegen das kalte Glas, schiele nach unten. Überall nur eine gewölbte Wand aus Stahl, die sich im Dunst der Tiefe verliert. In einer schwindelerregenden Tiefe, die mir höhnisch entgegenlacht.

»Nein«, keuche ich. Egal wie gut ich klettern kann, die Höhe ist unüberwindbar, die Wand viel zu steil. Eine Flucht ist unmöglich. Mit dieser Erkenntnis wird mir das volle Ausmaß der Tragödie bewusst. Tränen stürzen aus meinen Augen. Mein Leben lang war ich auf der Erdoberfläche. Und dann habe ich gekämpft und mein Leben riskiert, nur um mich von ihr zu entfernen.

Was für ein unheimlich mieser Witz!

Haruto ist hinter mir aufgetaucht. Er berührt mich an der Schulter.

»Sag mir, dass es irgendeinen Weg hier raus gibt«, verlange ich erstickt.

»Es tut mir leid«, flüstert er.

Nein ... Nein! Ich presse die Zähne aufeinander und schüttle wie wild den Kopf. Nein! Das kann nicht sein. »Es muss einen Ausgang geben!« Wie sonst sind die Menschen hier reingekommen?

»Juri ...«

Mit der flachen Hand schlage ich gegen die Scheibe. »Es gibt einen!«, brülle ich. Und wenn nicht, dann ... Ich trommle gegen das Glas. Mit beiden Fäusten. Und all meiner Kraft. Und Wut. Und Verzweiflung.

Haruto versucht, mich abzuhalten. »Du kannst sie nicht einschlagen. Der Kokon wurde gebaut, um Stürmen und Erdbeben standzuhalten.«

»Is mir egal!«, kreische ich und schlage wie von Sinnen weiter gegen die Kuppel. Ich schreie und schreie, irgendwann nur noch das eine Wort: »Nein! Nein ... Nein ... Neeein! Nein!«

Mythos und Wahrheit

Haruto lässt mich toben, bis ich nicht mehr kann, meine Stimme versagt und ich mit dem Rücken an der Glasscheibe hinabgleite. *Alles war umsonst. Nichts wird gut.* Ich kaure auf dem Boden, das Gesicht in meinen Armen vergraben, und schluchze vor mich hin. Ich will nicht mehr ums Überleben kämpfen, will nicht mal gesund werden. Und eigentlich will ich noch nicht mal aufsehen, als Haruto mich am Oberarm berührt. »Schau …«

Schniefend hebe ich den Kopf. Haruto zeigt in den Himmel. Er glüht plötzlich orange. »Was ist da los?«, frage ich verunsichert.

»Die Sonne …«, entgegnet Haruto.

»Was?« Ich springe auf, bis ins Mark erschrocken. »Verbrennt sie etwa?«

»Keine Sorge.« Der Prinz schmunzelt und mein Herzschlag normalisiert sich wieder etwas. »Die Sonne strahlt nur. So sehr, dass der Himmel sich färbt, noch bevor sie erscheint.«

»Er errötet …«, flüstere ich.

»Ein schöner Gedanke«, meint Haruto. Ich lächle ihn an. »Sieh hin. Es dauert nicht mehr lange, bis sie sich zeigt.«

Wirklich? Meine Hände beginnen zu schwitzen, ich wische sie mir unauffällig an der Hose ab und sehe aus den großen Scheiben. Mein Leben lang habe ich von diesem Augenblick geträumt. Jetzt kommt es mir wie ein Traum vor, ihn wirklich zu erleben.

Ich wage kaum zu atmen, beobachte gebannt, wie die Farben im Himmel zerfließen. Oben blau, darunter gelb. Der Streifen direkt über dem Wasser tieforange. Haruto steht jetzt so nah hinter mir, ich spüre seinen warmen Atem an meinem Hals. Mein Herz klopft bis dorthin. »Jetzt«, sagt er leise, als ein gleißend heller Fleck sich genau da erhebt, wo das Wasser endet. Für einen Moment verdunkelt sich der Himmel wieder, während der Fleck, umgeben von einem gelben Ring, zu einer Scheibe anwächst.

»Das ist die Sonne?« Meine Stimme klingt ungläubig.

»Du hast sie dir anders vorgestellt, oder?«

»Ja«, gebe ich zu. Bilder zeigten Amaterasu immer als menschähnliche Gestalt mit einem Strahlenkranz aus Licht, der in meiner Vorstellung rot war, nicht gelb. Niemals als Scheibe. Ich drehe mich um, damit ich in Harutos Gesicht sehen kann. »Dann gibt es Amaterasu wirklich nicht.«

Der Prinz wiegt den Kopf. »Ich habe sie nie getroffen, aber Juri Gagarin ebenso wenig. Es ist wohl eine Frage des Glaubens. Nicht des Wissens.«

»Und was glaubst du?«, frage ich zittrig.

Er runzelt die Stirn. »Glauben? An was?«

»Denkst du auch, ihr seid göttlich? Ich meine, mehr wert als wir?« Nun zittern auch meine Hände. Ich verschränke sie ineinander, damit Haruto nicht merkt, wie wichtig mir seine Antwort ist.

Er lässt sich damit Zeit. »Ich denke, selbst wenn ich so fest wie mein Vater davon überzeugt wäre, von Amaterasu abzustammen, bedeutet es nicht, dass wir mehr wert sind.«

»Wieso nicht?« Haruto ist geschickt mit Worten. Ich bleibe wachsam.

»Nun, wenn ihr von Susanoo abstammt, sind wir dann nicht eine Familie?« Verschmitzt blickt er mich an. »Immerhin haben wir gemeinsame Großeltern. Die Schöpfer dieser Welt.«

So habe ich es nie gesehen. Aber es stimmt! Seine Worte hauen mich um. »Wenn du genau das deinem Vater sagen würdest ...«

»Der seine eigenen Kinder töten lässt, weil sie unvollkommen sind?« Haruto reibt sich die Handrücken. Sie sind gerötet. »Ich denke, mit dem Familiensinn meines Vaters ist es nicht weit her.«

»Es geht ihm wirklich nur um Vollkommenheit, oder?«

»Es geht ihm darum, seine Macht zu erhalten«, stellt der Prinz klar. Sein Blick wandert über die glitzernden Stromplatten zu der zwölften Ebene, wo irgendwo sein Vater sitzt. Trotz der Entfernung ist der Palast jetzt ganz klar erkennbar. Der Anblick übertrifft alles, was ich jemals an Schönheit gesehen habe. Das Gebäude auf dem Dach des Zylinders ist so prachtvoll und leuchtend weiß, wie für einen Gott gemacht. Erhaben ragt es aus rosa Büscheln, die Farbe von Zuckerblüten. Ich verstehe, dass Haruto sich unbedeutend fühlt. Nein, nicht mal in meiner Fantasie könnte ich mir irgendetwas vorstellen, was es mit dieser Pracht auf sich nehmen könnte. *Und dieser Macht. Die der Kaiser nur hat, weil er uns einsperrt. Und weil er auf dem Reis sitzt ...*

»Die Frage ist, über wen der Kaiser noch Macht hätte, wenn es die Ausgänge wirklich gäbe«, gibt Haruto zu bedenken. Ein Echo meiner Gedanken. Und meiner Hoffnungen!

»Was für Ausgänge?« Ich bin mir sicher, dass mein Herz für mindestens fünf Schläge aussetzt. Es wartet auf Harutos Bestätigung.

»Hast du die Wulste an der Außenwand gesehen?«

Wulste? Ich stürze an die Scheibe, schirme das helle Licht mit der Hand ab. Der Dunst hat sich gelegt. Für einen Moment nimmt mich der Anblick einer langen Stahlbrücke gefangen, ähnlich dem Gerippe. Sie führt von dem Kokon weg, über das Wasser, hin zu einer anderen Welt. Festem Boden. Land! Das Wort ist plötzlich da. Ich muss es irgendwo schon einmal gehört haben.

Ich reiße mich nur schwer los. Was meint er mit Wulsten? Über die riesige Außenwand laufen in großen Abständen so etwas wie dicke Narben. Von oben nach unten.

»Genau die«, bestätigt Haruto, als ich ihn frage. »Angeblich sind Treppen dadrin. Aber das ist schwer zu glauben. Ich denke, es ist wahrscheinlicher, dass die Ausgänge ein Mythos sind.« Er streicht sich die schwarzen Haare aus dem Gesicht. »Müsste man sonst nicht Türen sehen, die dorthin führen?«

Das stimmt schon. Auf der anderen Seite ... wie sollen die Menschen hier reingekommen sein? Ohne Türen. Ich komme nicht dazu, den Gedanken zu Ende zu führen. Mit einem Sirren fahren die Stromplatten um uns hoch. Sie strecken sich dabei nach der Sonne. Anscheinend ein Zeichen für Haruto. Er spannt den Stock zu einem Papierschirm auf und hält ihn schützend gegen das Licht.

»Sie saugen es ein, ich halte es ab«, sagt er mit einem schmerzhaften Lächeln. »Die Kuppel lässt auch die Strahlen durch, die mir schaden.«

»Möchtest du nach unten?«, frage ich, ohne nachzudenken.

»Noch halte ich es aus.« Sein Lächeln wird tapfer und ich begreife, dass er die Schmerzen meinetwegen aushält. Damit ich den Anblick der Sonne länger genießen kann.

Vor lauter schlechtem Gewissen beiße ich mir auf die Lippe. Natürlich möchte ich nicht, dass Haruto leidet, aber genauso wenig möchte ich zurück. Nicht wegen der Sonne. Sondern, weil ein Zurück Ebene eins bedeutet. Dort könnte ich mein altes Leben weiterführen, bis es eben nicht mehr geht. Ein Teil von mir hat diesen Plan geschmiedet, als klar wurde, wie ausweglos meine Lage ist. Kein Ausgang, kein Ausweg.

Haruto sieht zu den Reisfeldern. »Setzen wir uns zwischen die Solarplatten. Die Arbeiter kommen.«

Ein erschrockener Laut entfährt mir. In meinem Rücken sind überall Zylinder aus dem Boden aufgetaucht. Wohin ich schaue, silbrig glänzende Pfeiler, in einem grünen Teppich aus Reispflanzen. Er beginnt nur hundert Schritte von uns entfernt.

Mit den Arbeitern erscheinen Gardisten, sicher, damit kein einziges Reiskorn in einer Tasche verschwindet. Die uns am nächsten sind, bleiben stehen, um mit unverhohlener Neugier zu uns zu sehen. Kein Wunder. Harutos roter, runder Schirm könnte zwischen den eckigen silbergrauen Platten nicht auffälliger sein.

Sein Körper verkrampft sich. »Gardisten ... Schlimmer als jedes Waschweib auf Ebene sieben. Gerede und Gerüchte. Dafür leben sie.« Voller Abscheu wendet er den Blick ab. »Komm.«

»Nichts lieber als das.« Abgesehen von Fußi kann ich Gardisten weniger ausstehen denn je. Schon ihre gelbe Kleidung erregt Übelkeit bei mir. Von ihren schrillen Stimmen ganz zu schweigen.

Wir klettern über Stahlträger und suchen hinter der nächsten Stromplatte Schutz vor den neugierigen Blicken.

Als wir uns nebeneinander auf den Boden setzen, denke ich daran, dass der Tag der Blüte angebrochen ist. Dies sind meine letzten Momente mit Haruto.

Ich knüpfe an unser Gespräch an. »Weiß dein Vater etwas über diese Wulste?« Noch habe ich mich nicht mit Ebene eins abgefunden.

»Wenn es jemand weiß, dann er«, erwidert Haruto. »Mythos oder Wahrheit. Das wird wohl er wohl nur dem neuen Kronprinzen verraten.« Es klingt verbittert. Zu Recht, wie ich finde.

Allerdings muss Yamamoto seinen Nachfolger erst noch zeugen. Und dann wird es zwölf Jahre oder länger dauern, bis er alt genug ist, um seinen Vater abzulösen. Ob sein Sohn letztendlich gerechter sein wird, werde ich nicht mehr mitbekommen. Da bin ich lange tot. Wenn Haruto sich nur auflehnen würde!

»Du musst Kaiser werden«, sage ich nachdrücklich. »Dir ist nicht gleichgültig, wie wir leben.« Bevor Haruto etwas einwenden könnte, rede ich weiter. »Du bist gerecht! Du weißt, wie es ist, ausgestoßen zu sein. Du ... du kannst mehr sein als ein Prinz, der einmal im Jahr ins Licht gezerrt wird.« Plötzlich bin ich ganz aufgeregt. »Du kannst etwas bewegen! Die Menschen in eine neue Zukunft führen!«

»Wenn die Ausgänge wirklich existieren, gibt es keine Zukunft für einen Kaiser ...«

Ich merke, dass Haruto Angst hat, kann aber nicht begreifen, wovor. Dass er kein Volk mehr hätte? »Es werden nicht alle gehen«, sage ich zuversichtlich. »Ich wette, viele fürchten sich sogar vor dem da draußen.«

»Würdest du gehen?«, fragt er, die Stirn kraus gezogen.

Das ist es? Davor fürchtet er sich? Wieder allein zu sein? Einen Moment überlege ich zu lügen. Aber dann wäre ich kein bisschen besser als der Kaiser. »Erst mal«, antworte ich aufrichtig. »Aber ich würde wiederkommen.« Und das meine ich genauso ehrlich.

Haruto atmet erleichtert auf. Seine schlanken Hände drehen den Schirm, den er weiter gegen das Licht gerichtet hält, obwohl uns kaum noch etwas davon erreicht. »Was mein Vater am meisten fürchtet, ist eine Revolution.«

Eine Revolution! Der Gedanke packt mich sofort. »Dann muss es eben genau das geben.«

»Und wieso sollten sich die Menschen plötzlich auflehnen?« Haruto hat aufgehört, den Schirm zu drehen.

»Weil sie die Wahrheit erfahren! Ich meine, wenn sie wüssten, dass ihre ganze Buße nur eine Lüge ist, würden sich die Ebenen zusammenschließen und den Kaiser gemeinsam von der zwölften Ebene zerren.« Plötzlich kann ich Chien verstehen.

»Und wer würde dir glauben?«, hält Haruto dagegen. Es stimmt. Als Chien versucht hat, mir die Augen zu öffnen, hielt ich ihn für verrückt. »Ich will dir deine Hoffnung nicht nehmen ...« Der Prinz seufzt. »Aber selbst wenn man dir glaubt, du wirst die Wahrheit nicht verbreiten können. Die Ebenen sind streng abgeriegelt.«

»Und zwar genau aus diesem Grund«, schnaube ich. Wir sollen uns nicht verbunden fühlen, damit wir uns nicht alle zusammen gegen den Kaiser stellen.

Haruto räumt es ein. »Trotzdem. Selbst wenn dir ein Aufstand gelänge – die Garde und die Hüter würden Waffen einsetzen.«

Die kenne ich schon. Amongas.

»Wer es dann noch hier hochschafft, würde getötet werden, sobald sich der Fahrstuhl öffnet. Die Gardisten müssen nichts weiter tun, als zu warten.«

Mir wird klar, dass Haruto den Gedanken einer Revolution schon vorher durchgespielt haben muss. Allerdings nur unserer Revolution. Natürlich gibt es noch eine andere Möglichkeit. »Deine Familie ist hier doch genauso eingesperrt«, benenne ich das Offensichtliche. »Wieso stellen sie sich nicht gegen den Kaiser?«

»Niemand von uns wird sich gegen den Kaiser wenden, wenn die Belohnung ist, von den Leuten unten überrannt zu werden. Sie fürchten viel zu sehr um ihre Ressourcen, vor allem um den Reis.«

Ich verdrehe die Augen. »Sie müssten den Reis mit viel weniger Menschen teilen, wenn die Ausgänge geöffnet würden!«

»Wir wissen aber nicht, ob es die Ausgänge wirklich gibt!«

»So kommen wir nicht weiter«, entgegne ich wütend. Ich bin kurz davor aufzuspringen. Stattdessen starre ich Richtung Brücke und grüble über eine andere Lösung nach. »Was ist, wenn es wirklich einen Brand gäbe?«

»Bis das hier oben zum Problem wird, seid ihr alle tot.«

Puh! Auch da hat er recht. Ich nage an meiner Unterlippe, bis mir ein neuer Gedanke kommt. »Nichts überlebt ohne ein Herz.«

»Worauf willst du hinaus?«

»Das weiß ich selbst noch nicht so genau«, räume ich ein. Ich habe nur eine ungenaue Idee. Man müsste die Maschinen auf Ebene fünf ausschalten. Das Belüftungssystem. Damit würde man den Kaiser zwingen, die Ausgänge zu öffnen.

Noch während ich meine Überlegungen in Worte fasse, wird mir klar, wie das Ganze ausgehen würde. Wir wären in der stickigen Enge krepiert, während der Kaiser sich hier oben, unter der Kuppel, zusammen mit Tanaka noch Luft zufächert. Nein, es gibt nur eine Chance für uns. »Du musst dich gegen deinen Vater stellen. Wie der Kami-Kaiser.«

»Um dessen Schuld gutzumachen?« Er blickt zum Palast. »Ich bin nicht so mutig wie du.«

Auch Haruto hält mich für mutig ... »Doch, bist du«, entgegne ich. »Sonst würde dein Vater dich nicht fürchten.«

»Er fürchtet mich nicht.«

»Natürlich tut er das! Er hat dich von Tanaka überwachen lassen.« Ich suche nach Argumenten, die Haruto überzeugen. »Und du bist mutig! Du hast die Fugus vor ihm gerettet«, fällt mir ein. »Außerdem hast du dich deinem Vater widersetzt, als er dich nicht zur Blüte lassen wollte. Jetzt ist es nur ein Schritt mehr. Jetzt hast du noch Einfluss, alle halten dich für seinen Nachfolger, du –«

Haruto verzieht das Gesicht. Ich höre auf, ihn zu drängen. Er quält sich – keine Ahnung, ob wegen der Sonne oder einer Entscheidung. Oder beidem. Einen Augenblick später steht er auf und streckt mir seine Hand hin. »Na, schön, ich versuche es.« Ich kann kaum glauben, was ich höre. Zögernd ergreife ich sie, er zieht mich hoch. »Die Blüte beginnt in wenigen Stunden, dann sehe ich, wen ich auf unsere Seite ziehen kann. Von einigen weiß ich, dass sie von dieser Brücke da draußen träumen.«

»Danke«, sage ich und dann mit schwerem Herzen: »Lass uns reingehen.« Ich will mich von seiner Hand lösen, doch er lässt mich nicht los.

»Noch nicht. Nicht bevor ...«

»Ja?«, frage ich. Meine Lippen sind plötzlich trocken, ich befeuchte sie mit der Zunge. Harutos Blick huscht zu meinem Mund. Einen Wimpernschlag darauf finde ich mich in seiner Umarmung wieder. Er zieht mich so nah zu sich, dass ich seinen warmen Atem auf meinem Gesicht spüre. Nichts in mir wehrt sich dagegen. Es ist schön. Auf eine schwindelerregende Weise, die mit Kribbeln im Bauch einhergeht.

Haruto legt seine Stirn an meine. »Keine Tatemae mehr, Juri Gagarin«, flüstert er. Seine Hand streicht über meine Wange und bleibt im Nacken, an meinem Haaransatz, liegen. »Wie lang waren sie vorher?«

Ich hatte recht, er weiß es. »So«, sage ich ebenso leise und führe seine andere Hand zu meiner Taille. Er umfasst sie. Ein Zittern durchläuft mich. »Woran hast du es gemerkt?«

Er atmet tief durch. »Man soll nicht alles glauben, was man gesagt bekommt, habe ich mal gehört.« Seine Lippen streichen über meine Wange. »Und da habe ich hingesehen.«

Ich traue mich und lege die Arme um ihn, fahre mit der Hand durch sein weiches, schwarzes Haar. Meine Finger prickeln bis in die Spitzen. Haruto stöhnt kaum hörbar auf. Das Kribbeln im Bauch wird zu einem Brennen im Unterleib. Ich dränge mich an ihn.

Seine Lippen treffen auf meine. Ganz sachte, zart, berühren sie mich nur kurz. Es reicht mir nicht. Diesmal suche ich seine, bis Haruto zurückzuckt. »Tut es weh?«, frage ich bestürzt. »Die Sonne –«

»Nein«, unterbricht er mich kaum hörbar, ohne sich von mir zu lösen. »Ich dachte nur, ich hätte etwas ... Nein ...«

Erneut verschließen seine Lippen meinen Mund.

Ich höre auf, mich zu sorgen, und lasse meine Empfindungen zu. Noch nie war ich einem Menschen so nah, habe ihn geschmeckt, gerochen und an mich herangelassen. Jetzt gleiten Harutos Hände über meinen Körper, ich spüre seine Wärme, fühle mich lebendig, wünsche mir, dass dieser Moment niemals endet.

Doch das tut er, und zwar sehr abrupt, als ich von rechts Tanakas näselnde Stimme höre. »Ich wünschte, ich hätte Euch diesen Anblick ersparen können, Kaiserliche Hoheit.«

Wir schrecken auseinander und mich durchläuft es heiß. Wir sind verraten worden. Mindestens zehn Gardisten in roter statt gelber Kleidung stehen zwischen den Solarplatten. Vermutlich die Leibgarde des Kaisers. Ich fühle mich von ihren Blicken erdolcht. Die Gardisten haben ihre Hand an echten Dolchen. Vor ihnen hat sich Tanaka aufgebaut, einen unsagbar zufriedenen Ausdruck im Gesicht, neben ihm ein alter, dünner Mann mit papierweißem, glattem Haar, zur Seite gescheitelt, in einem schlicht schwarzen, gewickelten Gewand. Sein Gesicht ist ausdruckslos. Wie das von Haruto manchmal. Drei Schritte vor mir steht der Kaiser höchstpersönlich.

Haruto deutet eine Verbeugung nur an, so wie Tanaka es ihm gegenüber immer tut. Ich ahne, wie viel Überwindung den Prinzen diese Respektlosigkeit kostet. Auf das, was ich tue oder lasse, achtet niemand. Trotzdem bin ich wie versteinert.

»Nun weiß ich, für was die Göttin dich bestraft«, sagt der Kaiser, ohne erkennbare Emotion in der Stimme.

Haruto wird blass, trotz seiner geröteten Haut. *Sag was,* denke ich. *Wehr dich!* Ich sehe, wie er nach Worten sucht, mehrfach den Mund öffnet, die Hände ineinander verkrampft und plötzlich überkommt mich ungeheures Mitleid. Wie viel Macht dieser dünne Mann über seinen Sohn hat. Obwohl er so feige ist und mit einer Garde hier auftaucht.

Mir sitzen Tausend Worte in der Kehle, doch jedes würde Harutos Lage nur verschlimmern.

»Wünscht Ihr meinen Rat?«, wendet sich Tanaka an den Kaiser. Yamamoto bejaht. »Bringt den Kronprinzen zum Fest«, zischt sein Berater. »Die Kaiserliche Familie soll seinen Makel sehen. Dann begreift sie, weshalb jemand wie er niemals Euer Nachfolger werden kann.«

»Würde man mir nicht nachsagen, ich hätte das längst wissen müssen?«

»Aber das habt Ihr doch. Ihr habt jeden Tag für ihn zu Amaterasu gebetet«, trichtert der Berater dem Kaiser die Worte ein. »Ihr wart gnädig, bis jetzt.«

»Und der Junge?«, fragt der Kaiser, wobei er nicht mal in meine Richtung sieht.

»Eine übereilte Entscheidung hat sich selten als klug erwiesen«, erwidert Tanaka. »Lasst mich darüber nachdenken.«

Ich weiß, weshalb. Er will mich quälen, seinen Triumph auskosten. Mir sollte elend sein, doch ich fühle nichts als wütenden Trotz.

Der Kaiser nickt, woraufhin Tanaka mit fünf Gardisten über das Gestänge der Stromplatten hinweg zu uns steigt.

Ich möchte irgendetwas tun. Ich werde mich nicht aufgeben, wie Haruto es scheinbar getan hat. Seit seiner Verbeugung hat er sich nicht bewegt. Seine Gesichtshaut ist inzwischen auch gerötet, weswegen er sich nach seinem Schirm bücken will, als die Gardisten ihn auffordern mitzukommen. Aber der Berater stellt seinen Fuß drauf.

»Scheißkerl«, platzt es aus mir heraus.

Tanaka fährt herum wie eine Ratte, der man den Schwanz angezündet hat. »Mir ist eben eingefallen, was ich mit dem Jungen machen werde.«

EBENE 12 : ERHOLUNG UND KULTUR

Der Tag der Blüte

Obwohl ich mich auf Ebene zwölf befinde, stehe ich wieder im Dunkeln. Irgendwo im Kaiserpalast. In einem Raum voller Regale, in denen Sake gelagert wird.

Die Wände um mich herum sind nicht aus Papier, sondern aus Stein. Kein Fenster. Nur eine Tür. Durch einen Spalt dringt etwas Licht von der anderen Seite, wo einer der Gardisten steht, die mich hergebracht haben. Am Morgen. Vor einer gefühlten Ewigkeit.

Ich streife die Armbinde ab, schleudere sie in die Ecke. Dann starre ich zu den Flaschen und überlege, mich zu betrinken. Damit die Dämonen in meinem Kopf Ruhe geben und die Angst in meiner Brust erträglicher wird, denn mittlerweile glaube ich nicht mehr, dass das Ganze noch gut für mich ausgehen wird.

Drauf geschissen! Warum nicht? Statt mein Leben lang hinter nutzlosen Pushs herzujagen, hätte ich mein Elend von Anfang an in Sake ertränken sollen. Ich nehme eine Flasche aus dem Regal, entkorke sie mit den Zähnen, trinke. Es schmeckt scharf, brennt in meinem leeren Magen. Egal. Ich bin entschlossen, die Flasche zu leeren. Doch ich habe gerade mal ein Viertel geschafft, als der Gardist die Tür aufsperrt.

Er sieht natürlich sofort, dass ich mich bedient habe, und scheuert mir eine, dass mir der Sake aus dem Mund auf seine Hose fliegt. Selbst schuld, wenn sie mich zusammen mit Alkohol einsperren.

Am Morgen hat mich der Zylinder auf direktem Weg in den Kaiserpalast gebracht. Von innen ist er nicht so prächtig, wie man es von außen annehmen sollte. Die Räume sind noch nicht mal richtig eingerichtet. Nur Reismatten und Wandbemalungen, offene Papiertüren, durch die man die Sonne sehen kann. Wenn ich es damit vergleiche, wie wir leben müssen, könnte es nichts Anmaßenderes geben, als Räume über Räume leer zu lassen.

Jetzt werde ich durch sie wieder nach draußen bis in den Innenhof gezerrt, wo der Zylinder steht, der mich hergebracht hat. Ich muss meine Augen abschirmen, so hell ist es. Einen Augenblick später haben wir den Palastbereich durch ein Steintor verlassen.

Nicht zu wissen, was mit mir geschehen wird, ist kaum zu ertragen. Meine Beine kribbeln. Nur ein Bewacher ... Ich bin schnell, ich könnte weglaufen ...

Aber wohin?

Der einzige Weg nach unten führt durch den Zylinder oder über den Rand der zwölften Ebene. Er ist zwar nur durch eine niedrige Mauer gesichert, aber es dürften dreißig Mannslängen oder mehr sein, die ich fallen würde. Die reichen sicher, um liegen zu bleiben.

»Wo bringst du mich hin?«, traue ich mich, den Gardisten zu fragen. Ein großer Kerl mit brutalem Kinn und raspelkurzem Haar. Statt eine Antwort zu erhalten, werde ich grob vorwärtsgestoßen, auf eine rote Holzbrücke zu. Sie führt über einen breiten Kanal. Die Wasseroberfläche ist bedeckt mit Blüten.

Auf den unteren Ebenen werden heute sicher keine Zuckerblüten aus den Ventilatoren fallen. Die Leute warten schon seit der Nacht darauf. Mittlerweile werden sie wissen, dass etwas nicht stimmt, und sich fragen, wie sie das nächste Jahr überleben sollen. Ich dagegen kann mir kaum noch vorstellen, dass ich überhaupt diesen Tag überlebe.

Unzählige Blüten fallen zu Boden. Ich kenne Bäume nur durch

die Bilder von Amaterasu. Vor ihrer Höhle steht einer. In meiner Vorstellung hat er nie nach etwas gerochen. In Wirklichkeit ist der Duft der Blüten so durchdringend süßlich, dass mir schwindelig wird. Vielleicht auch vom Sake. Oder der Angst. Auf jeden Fall dreht sich mit einem Mal alles und ich muss mich am Brückengeländer festkrallen. Speichel sammelt sich in meinem Mund. Ich presse die Hand davor.

»Weiter!«, faucht der Gardist. Seine hohe Stimme macht ihn nicht weniger bedrohlich.

Aber ich kann nicht. »Mir ist schlecht«, würge ich. »Ich muss kotzen.«

Mein Bewacher reißt mich vom Geländer weg. »Au!« Vor Schmerz schreie ich auf. Er hat mir den Arm auf den Rücken gedreht, drängt mich vorwärts. Im Gehen spucke ich die Holzplanken voll. Fluchend lässt er mich los.

Die Brücke endet auf einem unvorstellbar großen Platz voller Blütenbäume, unter denen sich die Kaiserliche Familie zum Fest versammelt hat. Mir fällt auf, dass beinahe jeder von ihnen ergraut ist. Kaum junge Menschen und überhaupt keine Kinder ... Die Familie sitzt an niedrigen, mit Essen beladenen Tischen, trinkt Sake und lacht. Zumindest so lange, bis sie mich sieht.

In den Ästen hängen Laternen. Rosa Laternen. Wohin ich schaue, Übelkeit erregendes Rosa. In den Stoffen der merkwürdigen Gewänder, den Kämmen in aufgetürmten Haaren, den Fächern, Schirmen ... dazwischen weiße Gesichter. Sie starren mir nach. Blicke brandmarken mich. *Sie wissen es!* Das ist der Junge, den der Prinz geküsst hat! Und wenn schon ... die Wahrheit würden sie ohnehin nicht glauben.

Plötzlich kommt ein ausladendes, rundes Becken in Sichtweite und mit ihm eine Gestalt, die wie eine Statue im Wasser steht. Mit jedem Schritt, den ich näher komme, klopft mein Herz schneller. Ich weiß, dass er es ist. Ich weiß es ...

Im niedrigen Wasser liegen abgeflachte Steine und bilden einen Weg. Auf einem Stein steht der Prinz. In einer weißen Hose, mit rotem ... *Oh, Himmel. Nein!* Mit freiem, gerötetem Oberkörper, der Sonne schutzlos ausgeliefert. »Scheiße!« Er verbrennt doch! »Das dürfen sie nicht machen!«, schreie ich und stürze zur Wasserkante.

Die Familie glotzt uns nur an und Harutos Blick geht durch mich hindurch, als wären wir Fremde. Es schmerzt. Ich fühle mich verraten, wie damals von meiner Mutter.

Der Gardist zerrt mich unter wüsten Flüchen von Haruto weg. Erst abseits einer Zuschauertribüne werde ich wieder losgelassen. Ich reibe mir den Arm und sehe über das Wasserbecken zu Haruto. Wieso sieht er nicht zu mir?

Mehr und mehr Mitglieder der Kaiserlichen Familie nehmen auf den Bänken Platz. Von dort aus blickt man direkt auf einen offenen Pavillon. Er wirkt wie eine Bühne. Ich gehe davon aus, dass hier die Blüten vorgeführt werden. Einen ähnlichen Platz haben wir auf Ebene eins am Rande des Vergnügungsviertels. Das Lustspieltheater. Von Rebecca weiß ich, dass dort vor allem nackte Haut gezeigt wird.

Bei der Erinnerung überkommt mich schlechtes Gewissen. Seit ich losgestümt bin, um Haruto zur Rede zu stellen, habe ich kaum an Rebecca noch an Dom gedacht. Meine innere Stimme versucht mir einzureden, dass ich genug damit zu tun hatte, das alles hier zu verkraften ... doch wenn ich ehrlich bin, war es Haruto, der meine Gedanken voll und ganz für sich eingenommen hat. Und das immer noch tut.

Ich sehe zur Tribüne. Die Blicke der meisten Familienmitglieder gehen zu Haruto. Was immer sie bei seinem Anblick empfinden, sie verbergen es hinter ihrer beschissenen weißen Maske. Dabei sieht man auch von hier, wie gerötet Harutos Haut bereits ist. Er muss dämonische Qualen leiden.

Aber genau darum geht es Tanaka ja und der Kaiser ist seinem

Rat gefolgt. Er lässt seinen Sohn von der Sonne verbrennen. Die Familie soll sehen, dass Amaterasu ihn verstoßen hat. Damit sie ihn auch verstoßen und der Platz für einen neuen, makellosen Kronprinzen frei ist. Und bis der gezeugt und alt genug ist, um die Herrschaft zu übernehmen, wird Tanaka der heimliche Kaiser bleiben. Ich verabscheue ihn.

Wie aufs Stichwort taucht in diesem Moment der Berater auf, in einem orangefarbenen, seidig glänzenden und mit silbernen Borten besticktem Gewand. Er ist in Höchstform, flattert durch die Reihen, gibt Befehle, deutet mit seinem Fächer hier- und dorthin, um Diener, Fugus und Gardisten zu scheuchen, lächelt, sobald er sich der Familie zuwendet, und sorgt dafür, dass sie auf den richtigen Plätzen sitzen. Auf der linken Seite der Zuschauertribüne die Frauen, rechts die Männer. Alle, die zu alt zum Kindermachen sind, warten weiter hinten.

Zu beiden Seiten der Tribüne wurden Baldachine aufgebaut. Dort nehmen die Gardisten Stellung. Ich entdecke Fußi. Sein feuerrotes Haar ist auch nicht zu übersehen. Ob er den Kaiser wirklich gebeten hat, mit Rebecca zusammenleben zu dürfen? Hm, schwer zu glauben. Wünschen würde ich es den beiden von Herzen …

Plötzlich erheben sich alle. Der Kaiser kommt, in einem goldenen Gewand wie auf dem Bild des Kami-Kaisers, und alle verbeugen sich tief. Yamamoto nimmt mittig zwischen den Tribünen auf einem Holzpodest Platz. Es ist ebenfalls von einem Baldachin überspannt, um den Kaiser vor der Sonne zu schützen, während sein Sohn in Sichtweite von ihm verbrennt. Haruto sieht nach wie vor stur geradeaus. Ich begreife nicht, weshalb! Soll das eine Form des Widerstands sein? Oder hat er wirklich kampflos aufgegeben? Ich habe mein ganzes Leben gekämpft. Irgendeinen Ausweg gab es immer. Bis heute zumindest. Ich schlinge die Arme um meinen Körper und beobachte Tanaka dabei, wie er in den Pavillon tritt. In der Hand das Blütenbuch.

Es wird unruhig. Auf der anderen Seite des Wasserbeckens haben sich die weiblichen Probanden eingefunden und die Zuschauer strecken sich, um sie sehen zu können. Auf den ersten Blick könnte man meinen, die Mädchen seien Nachfahren Amaterasus. Sie tragen Gewänder wie die Kaiserlichen Frauen, natürlich blütenrosa, die Haare darüber aufgetürmt, weiß gepuderte Gesichter. Unmöglich, von hier zu sagen, welche Rebecca ist.

Das erste Mädchen wird auf eine Brücke geschickt, die über das Wasserbecken hinweg bis in den Pavillon führt. Sie bemüht sich, in möglichst kleinen Schritten zu tippeln. Anscheinend wurde ihr das eingeschärft. Doch es wirkt plump und dann kommt sie auch noch ins Straucheln. Die Zuschauer schnalzen missbilligend. Tja, wenn sie Anmut gewollt hätten, hätte der Kaiser uns um unser Leben tippeln lassen sollen, statt uns in Rohre zu stopfen und mit Amongas zu verätzen.

Das Mädchen schafft es eher schlecht als recht in den Pavillon. Sie sieht furchtbar verängstigt aus und tut mir leid. Die Probanden müssen eben erst hier raufgebracht worden sein. Ich bin mir sicher, dass das Mädchen nicht mal ansatzweise versteht, was gerade geschieht.

Tanaka klappt sein Buch auf. »Wood, Ella, Ebene fünf, sechzehn Jahre. Elf Blüten«, liest er ab. Statt auf der Armbinde steht die Nummer jetzt auf einem Gürtel, der das Gewand zusammenhält. Es wirkt genauso fremd an dem Mädchen wie das Puder und die Frisur.

Als Tanaka mit seinem Fächer durch die Luft zirkelt, dreht sie sich hölzern um ihre eigene Achse. Ich schätze, wenn sie von Ebene fünf kommt, hat sie zuvor an Maschinen gearbeitet. Dort kann ich sie mir auch viel eher vorstellen.

»Es wäre die größte Ehre für diese Blüte, dem Himmlischen Herrscher einen Nachkommen zu schenken«, wendet der Berater sich an den Kaiser. Ich halte die Luft an, damit ich verstehe, was er erwidert. »Sie ist hochgewachsen und kräftig.« Das heißt dann wohl *Ja.* »Sicher wird sie einem anderen Mann viele gesunde Kinder schenken.« Hm, doch ein *Nein?*

Das Mädchen wird von einer Frau aus der Kaiserlichen Familie übernommen. Wegen des weißen Puders in ihrem Gesicht, das den Blutschwamm überdeckt, erkenne ich sie erst auf den zweiten Blick. Es ist die olle Kratzbürste. Ausgerechnet. Grimmig beobachte ich, wie sie das Mädchen an den Sitzreihen der Männer entlang anbietet, wie der Kinderhändler auf dem Markt die Waisen, bis in der dritten Reihe endlich jemand nickt. Dann darf sich *Ella Wood von Ebene fünf* unter einen der Baldachine setzen. Er wurde für die Blüten mit großen Teppichen ausgelegt. Sie sieht ganz verloren darauf aus.

Mittlerweile haben nur noch wenige Familienmitglieder einen Blick für Harutos Leid. Seine Haut ist inzwischen so rot, als hätte man ihn ins kochende Wasser getaucht. Ich weiß, wie weh Verbrennungen tun. Keine Ahnung, wie alt ich war. Vielleicht drei oder vier?

Meine Mutter hatte aufgehört, sich um unser Essen zu kümmern, mein Vater arbeitete bis spät in der Nacht in der Nähstube. Also beschloss ich, das mit dem Essenmachen zu übernehmen. Viel zu lernen gab es da ja nicht. Der Reis musste gekocht werden. Aber gleich beim ersten Versuch ließ ich den schweren Topf fallen, das kochende Wasser verbrühte mir den linken Fuß. Ich kam tagelang vor Schmerzen nicht in meine Schuhe, konnte kaum laufen, die Haut schlug Blasen, schälte sich später ab. Die Narben sieht man heute noch. Bei mir war es nur ein Fuß, bei Haruto verbrennt der ganze Oberkörper. Keine Ahnung, wie lange er noch durchhält.

Mein Blick geht zu der langen Brücke außerhalb der Kuppel, die im Nirgendwo endet. Wohin sie wohl führt? Ob auch dort Reis wächst? Oder Götterfrüchte? Ich stelle mir vor, wie ein Leben mit Haruto in Freiheit wäre. Auf jeden Fall könnten wir von Ratten leben. Die gibt es überall. Strom hätten wir keinen mehr, ich müsste sie über dem Feuer rösten, überlege ich. Aber wie macht man Feuer ohne Strom? Ich seufze. Selbst wenn es eine Rettung für mich gäbe und dazu einen Weg nach draußen, Haruto könnte nicht mitkommen. Er ist ein Gefangener seiner Krankheit.

Tanaka präsentiert ein Mädchen nach dem anderen. Das erste, das der Kaiser für sich wählt, kommt von Ebene drei. Sie ist gerade mal vierzehn Jahre und hat hellbraunes Haar, aus dem sich trotz der Kämme ein paar gewellte Strähnen gelöst haben. Niedlich ist das Wort, das mir zu ihr einfällt. Anders als die Mädchen vor ihr muss sie nicht unter dem Baldachin Platz nehmen, sondern darf sich zu Yamamotos Füßen knien. Besonders glücklich sieht sie nicht darüber aus. Verständlich.

Endlich kommt Rebecca über die Holzbrücke. Sie muss eins der letzten Mädchen sein. Und sie sieht fantastisch aus! Ihr zartrosa Gewand passt wunderbar zu ihren Haaren, ihre Lippen sind zu einem kleinen tiefroten Schmollmund gemalt.

Als Rebecca näher kommt, sehe ich, wie wütend sie dreinblickt. Nicht verängstigt wie die anderen. Das ist gut. Mir wird ein wenig leichter ums Herz. Aber dann bemerkt Rebecca mich, ihr Ausdruck wechselt in Fassungslosigkeit, im nächsten Moment rafft sie ihr Kleid und rennt los. Entsetzt schüttle ich den Kopf.

Zu spät. Sie ist bei mir, bevor mir einfällt, wie ich sie davon abhalten könnte. »Was ist passiert?«

»Mein dummes Herz ...«, sage ich. Genauer kann ich nicht werden, mit dem Gardisten hinter mir. Doch im Grunde bringt es das Problem auf den Punkt. Wenn ich mein Herz nicht geöffnet hätte, wäre ich nicht hier.

Rebecca ist anzusehen, wie es in ihr arbeitet. »Und was haben sie jetzt mit dir vor?«

Ich hebe die Schultern. »Niemand sagt mir was ...«

»Was? Wieso das denn nicht?« Mit vor Zorn sprühenden Augen sieht sie zu meinem Bewacher. »Der Junge hat alle Blüten geholt! Warum ist er nicht bei den anderen?«

Das Gesicht des Gardisten wird rot vor Wut. »Was geht dich das an?!«

Es ist Rebeccas Glück, dass sie eine Blüte ist. Er darf sie nicht anfassen. Aber plötzlich ist Fußi da und legt ihr die Hand auf die Schulter. Ein Fehler.

Rebecca wirbelt herum. »Ich verpa–!« Sie verstummt, als sie ihren Ronan in ihm erkennt.

»Nicht«, sagt er eindringlich. Ihre Züge werden augenblicklich weicher. So habe ich sie noch nie erlebt! Ich schätze, jeder, der nicht blind ist, kann sehen, was sie für Fußi empfindet. »Du kannst ihm nicht helfen«, flüstert er.

»Bitte, du machst es nur schlimmer«, pflichte ich Fußi bei. Ich will Rebecca glauben lassen, dass es besser für mich ist, kein weiteres Aufsehen zu erregen. Natürlich hilft sie damit nur sich selbst. Fußi nickt mir kaum merklich zu. Ich ringe mir ein kleines Lächeln ab. Nur widerstrebend lässt sich Rebecca von ihm zurück zum Pavillon bringen. Dort weigert sie sich allerdings, sich zu drehen.

Der Kaiser wirkt verärgert, redet auf Tanaka ein. Die olle Kratzbürste kommt. Erst beim zweiten Durchgang steht in den hinteren Reihen ein alter Mann mit krummem Rücken für Rebecca auf, woraufhin sie so geräuschvoll auf den Boden rotzt, dass ich es hören kann. Trotz allem muss ich grinsen. Der Kerl wird wenig Freude an ihr haben.

Es ist ausgerechnet Yuma, die als Zweite von Yamamoto erwählt wird. Sie wirkt höchst zufrieden. Kein Wunder. Sie wollte den Prinzen und hat den Kaiser bekommen. Ich will mir gar nicht ausmalen, dass ihr Sohn der nächste Thronfolger sein könnte. Alles hier läuft in eine furchtbar falsche Richtung …

Das Stehen wird schwer, die Hitze setzt mir zu und mir ist immer noch schlecht. Der Umstand, dass ich außer Sake seit gestern nichts getrunken habe, macht mir außerdem zu schaffen. Mein Schädel schmerzt, als würde ein Messer in meiner Stirn stecken. Am besten, sie hacken mir gleich den Kopf ab …

Ein Blick zu Haruto reicht, um mich mit meinem Selbstmitleid zu ohrfeigen. Im Gegensatz zu ihm, erwartet mich ein schnellerer Tod, zumindest klammere ich mich an die Vorstellung. Sie werden mir einfach die Kehle durchschneiden, so wie dem Mädchen vor der Fürsorge. Das soll nicht wehtun und führt innerhalb von wenigen Augenblicken zum Tod. Durch den Schnitt werden die beiden Hauptflussadern durchtrennt und das Gehirn bleibt ohne Blut, jeder Schmerz ist ausgeschaltet, habe ich mal gehört. Aber man muss es richtig machen. Wenn zuerst die Luft abgeschnitten wird, kann man zwar nicht mehr schreien, aber man fühlt alles. Seit ich das weiß, habe ich immer darauf geachtet, den Ratten mit meinem Messer den Kopf ganz abzutrennen.

Ich fange an zu zittern, als würde ich frieren, obwohl es inzwischen fast so heiß ist wie im letzten Licht. Es ist die scheiß Angst. Mein Versuch, mich auf das Schlimmste vorzubereiten, war weniger beruhigend, als er hätte sein sollen.

Ich schaue wieder zum Pavillon, um nicht mehr an durchschnittene Kehlen zu denken. Eben war dort noch ein Mädchen, jetzt wird der erste männliche Proband über die Brücke geschickt. Ein hochgewachsener Junge in einem schwarzen, gewickelten Gewand. Im Pavillon bleibt er stehen, verbeugt sich vor dem Kaiser. Tanaka verliest das wenige, was die Leute interessiert. Name, Ebene, Anzahl der Blüten.

»Ich nehm ihn!« Noch bevor die olle Kratzbürste mit dem Jungen zu den Frauen gehen kann, hat eine den Arm hochgerissen. Großes Gelächter. Sie steht hinter den Sitzreihen und ist uralt. Aschegraues Haar, eine Haut wie zerknülltes Papier, ein zahnloser

Mund und ganz sicher nicht mehr fähig, ein Kind zu empfangen.

Erst nachdem eine lange Zeitspanne niemand die Hand gehoben hat, entscheidet sich eine beneidenswert dicke Frau in der vierten Reihe für den Jungen. Ich schätze, die anderen warten ab, was sich ihnen sonst noch so bietet.

Es ist Dom. Ich erkenne ihn schon von Weitem, allein an seiner Haltung, so vertraut ist er mir inzwischen. Als er im Pavillon ankommt, sehe ich, wie traurig er aussieht, und mir wird das Herz schwer. Ich habe ihn im Stich gelassen. Das miese Gefühl lässt sich nicht abschütteln, obwohl ich weiß, dass es nichts geändert hätte, wäre ich bei ihm geblieben. So oder so, eine Flucht ist ausgeschlossen. »Es tut mir leid«, flüstere ich, auch wenn er es nicht hören kann.

Die Frauen reagieren auf Dom. Sie tuscheln und kichern. Kein Wunder. Er sieht gut aus. Der ernste, traurige Ausdruck lässt ihn nur noch anziehender wirken. Und nun steht er da, sein breites Kreuz gerade durchgestreckt, um als Zuchtvieh missbraucht zu werden.

Tanaka verliest Doms Namen. Ein Klirren lässt ihn vom Buch aufsehen. Es ist nichts weiter. Nur eine Flasche Sake, die einem der Fugus aus der Hand gefallen ist, blöderweise direkt vor dem Kaiser. Der Fugu ist etwa in meinem Alter. Er verbeugt sich mehrfach und wirft sich auf die Knie, um die Scherben aufzulesen. Da sein linker Arm verkrüppelt ist, dauert es eine Weile. Moment mal …

Plötzlich bekomme ich eine Ahnung, wer er ist, und als ich sehe, wie sein Blick an Dom hängt und dessen an ihm, bin ich mir sicher. Trotzdem. Der Kerl ist ein Arsch, weil er Dom nichts von dem Kokon erzählt hat. Glaubt er, Dom hätte sonst gekniffen? Wenn er ihn nur ein bisschen kennen würde, so wie ich, hätte er gewusst, dass Dom ihn wollte, nicht die Freiheit.

Tanaka wartet mit ärgerlich gekrauster Stirn, bis die Scherben aufgesammelt sind, bevor er mit dem Verlesen noch mal von vorne anfängt. Doms Anzahl der Blüten ist mit zwölf etwas höher als bei den meisten. In der ersten Reihe geben gleich drei ein Zeichen. Nach welchen Kriterien auch immer Tanaka entscheidet, er bedeutet der mittleren, einer der wenigen jüngeren Frauen, dass Dom ihr zugesprochen wird. Unter dem weißen Puder scheint ein nettes Gesicht zu stecken. Dom hätte es viel schlechter treffen können. Doch sie wird enttäuscht sein.

Kurz darauf muss Chien über die Brücke gehen. Sein Blick ist den ganzen Weg über nach oben gerichtet. Auch im Pavillon hat er nur Augen für die Kuppel. Es sieht fast so aus, als würde er die Tätowierung auf seinem Rücken selbst erst richtig begreifen.

Nach einigem Zögern hebt eine Frau mit grauen Strähnen im dunklen Haar für ihn die Hand. Chien sieht sie nicht mal an. Ich schätze, ihm ist wirklich gleichgültig, wer sie ist. Der Kokon ist das Einzige, was ihn interessiert.

Da ich von den allermeisten Probanden nicht mal den Namen kenne, ist es mir gleichgültig, wer sie sind und von wem sie erwählt werden. Bis ein Raunen durch die Menge geht, die Frauen hinter ihren Fächern tuscheln. Als ich den Grund erkenne, stellen sich meine Nackenhaare auf. Ich hatte nicht mehr damit gerechnet, ihn noch einmal zu sehen: Vaith. Er sollte tot sein ...

Er krallt sich am Geländer fest, kann sich kaum auf den Beinen halten. Kein Wunder, denn eins ist jetzt deutlich kürzer als das andere. Der Fuß fehlt.

Je näher Vaith kommt, desto klarer wird mir, dass er kaum Überlebenschancen hat. Ich kenne den Tod. Vaith ist nicht weit davon entfernt. Kaum noch bei Sinnen. Auf der leichenblassen Haut steht Schweiß, das Gesicht ist blau marmoriert. Sein Blick ist fiebrig.

Er schleppt sich unendlich langsam zum Pavillon. Bei dem Versuch, sich vor dem Kaiser zu verbeugen, kippt er um und schlägt vor Tanakas Füßen auf. Der macht fluchend einen Satz zurück.

Zwei Gardisten müssen Vaith auf die Füße zerren. Oder besser, auf den Fuß. Loslassen können sie ihn nicht, so, wie er in ihren Armen schwankt. Nicht mehr lange und er wird das Bewusstsein verlieren. Da bin ich mir sicher. Auf der Tribüne werden Worte wie *Fugu* laut. Vaith selbst hätte wohl *Missgeburt* gesagt.

Tanaka beeilt sich, Namen und Anzahl der Blüten zu verlesen. Es sind unglaubliche vierzehn! Begeisterung löst das trotzdem nicht aus. Die olle Kratzbürste muss ohne Vaith von Reihe zu Reihe zu gehen. Als selbst beim dritten Anlauf niemand die Hand hebt, tut es die zahnlose Alte, die sich zu Beginn einen Scherz erlaubt hat. Diesmal ist es keiner.

Der Kaiser nickt und Tanaka lässt Vaith zum Baldachin schleppen. So wie der Schlachterjunge auf dem Teppich zusammensackt, ist er schon nicht mehr bei Bewusstsein.

Bei mir will sich weder Mitleid noch Schadenfreude einstellen. Ob ich will oder nicht, ich habe Vaith vergeben. Vielleicht weil er auch nur das Opfer eines einzelnen machthungrigen Mannes – seines Kaiser – ist. Wie wir alle.

Kurze Zeit später sehe ich, wie Dom sich über ihn beugt, einen anderen Probanden ansieht und den Kopf schüttelt.

Das war's also. Die Blüte ist beendet. Die Nachkommenschaft für die nächsten fünfhundert Jahre oder so gesichert. Die Familie sieht von Haruto zu mir und wieder zurück. Jetzt geht es um uns, nehme ich an. So, wie einige sich angestrengt Luft zufächern, kann ich den Ekel über das, was wir in ihren Augen getan haben, fast körperlich spüren. Angst kriecht mir den Nacken hoch, ich kann nichts dagegen tun.

Tanaka erscheint, vier Männer von der rot gekleideten Leibgarde hinter sich. Am Wasserbecken bleiben sie stehen und der Berater baut sich vor der Familie auf.

»Es ist die Aufgabe des Kronprinzen, Nachkommen zu zeugen«, sagt Tanaka anklagend, während der Kaiser auf den Boden starrt. »Er ist ein Abkömmling Amaterasus. Es ist seine göttliche Pflicht, ihr Blut weiterzugeben. Denn es fließt in seinen Adern!« Ich frage mich, wie die Familie daran glauben kann, wo sie doch sieht, die Sonne ist eine körperlose Scheibe, und merke im selben Moment, dass nichts von meinem Glauben geblieben ist.

Tanaka schafft es tatsächlich, Harutos Leid als Strafe Amaterasus zu verkaufen, und lobt die unendliche Geduld des Kaisers, die er all die Jahre für seinen Sohn aufgebracht hat. Ich könnte kotzen, hätte ich noch irgendetwas im Magen. Stattdessen starre ich auf Tanakas Hinterkopf und stelle mir vor, wie seine aufgetürmten Haare in Flammen aufgehen. Unten, im letzten Licht. Es hilft, mich weniger machtlos zu fühlen.

Zumindest bis sich plötzlich alle Köpfe in meine Richtung drehen. Vielleicht hat Tanaka etwas über mich gesagt? Ich war zu sehr mit meinen eigenen Gedanken beschäftigt. In den sonst so unbewegten Gesichtern der Versammelten liegt Abscheu. Ich bin schuld an Harutos Schande.

Ich spüre, wie Panik in mir aufflammt, mein Blick geht zur Mauer, an der die Ebene endet. Während Tanaka damit fortfährt, mein Leben zu zerstören, überlege ich, ob ich ihm zuvorkomme. Schließlich war das vor ein paar Tagen noch mein Plan B: *Bring dich um, bevor es die Krankheit tut.* Besser so, als nur hinzunehmen, was mit mir geschieht.

Tanakas Worte holen mich zurück. »Der Kaiser wird den Wunsch seines Sohnes akzeptieren, die Ehre der Göttlichen Familie wiederherzustellen, indem er ihm das in unserer Kultur verwurzelte Ritual des Seppuku gestattet.«

Seppuku? Das Wort ist mir fremd, doch es lässt Hoffnung in mir wachsen. Auch auf Ebene eins gibt es Rituale, mit denen man eine Schande wiedergutmachen kann. Manchmal, indem man sich selbst bestraft, meistens wird allerdings nur Reis geopfert.

»Der Tradition nach wird das Ritual vor dem Shinto-Schrein ausgeführt«, verkündet Tanaka. Er weist über die Brücke.

Haruto nickt. Er scheint nur darauf gewartet zu haben.

Die nackte Wahrheit

Haruto überschreitet hoch aufgerichtet und als Erster die Brücke. Nach ihm einige der roten Leibgardisten, Tanaka, der Kaiser mit seinen Frauen und ein kleiner Teil der Kaiserlichen Familie. Dann komme ich, bevor alle anderen uns folgen. Mein Bewacher hält mich fest am Arm gepackt. Keine Chance, irgendwelche Dummheiten anzustellen.

Der Schrein liegt hinter einem roten Holztor. Er wirkt wie ein Palast in klein, mit vielen Säulen und Gold, das in der Sonne schimmert. Es ist heiß, die Luft feucht. Wahrscheinlich durch das viele Wasser, in dem die Reispflanzen eine Ebene tiefer wachsen. Der Schweiß läuft mir nur so herunter und die schwarze Kleidung klebt an meinem Körper.

Haruto kniet sich auf einen Platz vor dem Tor, der mit Matten ausgelegt ist. Seine hat als einzige eine weiße Borte. Die anderen sind schlichter und scheinbar für die engste Familie reserviert. Der Rest steht dicht gedrängt zwischen Gardisten, menschlichen Blüten und Fugus, bis hin zu der Mauer, über die ich immer noch in den Tod springen könnte. Unwillkürlich schätze ich ab, ob ich es durch die Menge schaffen würde. Vielleicht, aber die Leute müssten abgelenkt sein.

Auf Tanakas Befehl werde ich plötzlich ganz nach vorne gebracht. Wieso auch immer, einen Gefallen will er mir damit ganz sicher nicht tun. »Was musst du machen?«, frage ich Haruto sofort.

Endlich erwidert er meinen Blick. Er ist unendlich traurig. Und die Bitte um Verzeihung liegt darin ... ich verstehe nicht ... wofür? Ein Scheißgefühl breitet sich in meiner Magengegend aus. »Was bedeutet Seppuku?« Haruto wendet seinen Blick ab, da Tanaka sich neben mich gestellt hat. »Was muss er tun?«, frage ich ihn.

»Er darf keine Miene verziehen, keinen Laut von sich geben, keine Furcht zeigen«, erklärt Tanaka bereitwillig und viel zu freundlich. »Begreifst du?«

»Ja ...« Er muss Stärke zeigen. Aber wie lange muss er die Sonne denn noch ertragen? Ich schlucke trocken. Einige Blasen auf Harutos Schultern sind bereits aufgesprungen, das rohe Fleisch darunter verbrennt. Als wollten sie ihn garen ... Jetzt bedaure ich es unendlich, mir vor zwei Tagen noch gewünscht zu haben, der Kaiser möge Haruto in die Sonne zerren, damit er so leidet wie ich unter dem Amongas.

»Das ist grausam«, sage ich erstickt, worauf Tanakas schmale Augen aufblitzen. Seine Rache. Ich soll Haruto leiden sehen. Nur deswegen stehe ich hier vorne. Nur deswegen bin ich noch am Leben. Aber die Genugtuung werde ich Tanaka nicht geben. Ich hebe das Kinn. »Er wird das schaffen.«

Der Berater lächelt. »Sicher.«

Der Kaiser kommt und bleibt vor Haruto stehen. Er sieht zu seinem Vater auf, ihm stumm in die Augen. Dabei wirkt Haruto tausendmal stärker als Yamamoto.

Hinter mir schluchzt jemand. Ich wage einen Blick. Ein kleiner, gedrungener Mann mit unzähligen Fältchen um die Augen und Halbglatze schüttelt wieder und wieder den Kopf. Er ist nicht der Einzige aus Harutos Familie, der seine Gefühle nicht mehr verbergen kann. Zwei der wenigen jüngeren Frauen halten die Hand vor Entsetzen auf den Mund gepresst.

Als ich den Kopf zurückwende, erschrecke ich. Tanaka hält ein Messer in der Hand. Es hat eine lange, leicht gebogene Klinge, die er mit der flachen Seite zwischen die Finger nimmt, bevor er Haruto den Schaft reicht. Gleichzeitig bringt sich einer der Leibgardisten hinter dem Prinzen in Stellung. Wieso … was soll das?

Wie durch dichten Dunst dringen Bruchstücke einer Unterhaltung durch meine verwirrten Gedanken, wiederholen sich, als würde ich Haruto und mir dabei zuhören …

»Von meiner Mutter habe ich die Krankheit … Sie hat sich das Leben genommen.«

»Weil sie ohne Sonne nicht leben wollte?«

»Um die Familie von ihrer Schande zu befreien.«

»Aber dafür konnte sie doch nichts!«

»Unsere Lebensweise ist eine andere. Sie verlangt es.«

Vor meinem geistigen Auge sehe ich, wie Haruto seinen Schritt beschleunigt, den grauen Flur hinuntereilt und, als ich aus der Erinnerung auftauche, wie er das Messer an seinen nackten Bauch setzt. Und mit der Wucht eines Faustschlags ist mir klar, was er vor diesem Schrein opfern soll.

»Nicht! Er hat doch nichts getan!«, kreische ich und will zu ihm stürzen. Diesmal ist mein Bewacher vorbereitet, hat mich schon gepackt und mir den Arm auf den Rücken gedreht. »Lass mich los!« Mit allen Mitteln versuche ich, mich aus seinem eisernen Griff herauszuwinden, trete nach ihm, beiße, keife. Ich tobe wie eine Wahnsinnige.

Da trifft mich ein Schlag auf den Hinterkopf, mir wird schwarz vor Augen. Einen Moment später kommt der Schmerz. So heftig, dass ich fürchte, ohnmächtig zu werden. Alles ist verschwommen. »Haruto, bitte …« Mir wird brutal eine Hand auf den Mund gepresst. Sie stinkt nach Schweiß und Sake. Mit der anderen hält der Gardist mich bewegungsunfähig. Verzweifelt kämpfe ich gegen den Schwindel an und das Gefühl, wieder kotzen zu müssen.

In mein verschwommenes Sichtfeld schiebt sich eine Gestalt. Sie bekommt Konturen. Tanaka. »Er wird den Schnitt durch seinen Unterbauch führen, um die Hauptflussader zu durchtrennen«, erklärt er mir beinahe feierlich. Aus meiner Kehle kriecht ein Stöhnen. Der Gardist drückt seine Hand noch fester auf meinen Mund.

»Lass ihn los«, befiehlt Tanaka ihm.

Ich werde freigegeben und ringe nach Luft. »Ihr Kakerlaken!«

»Keine Sorge.« Der Berater setzt ein falsches Lächeln auf. »Bevor der Schmerz so groß wird, dass man ihn auf seinem Gesicht sehen würde, darf er das Haupt senken und der Kopf wird ihm mit dem Schwert abgetrennt.« Er nickt nach rechts. Der Gardist hinter Haruto hält sein Schwert bereits in der Hand.

»Nein.« Das ist doch Irrsinn ...

»Aber ja«, widerspricht Tanaka. »So wird er die durch dich beschmutzte Ehre seiner Familie wiederherstellen. Das heißt, natürlich nur, wenn der Protokollant feststellt, dass sein Gesicht im Moment des Todes ausdruckslos geblieben ist.«

»Wer ist der Protokollant?«

»Er steht vor dir«, erwidert Tanaka. *Sein* Gesicht ist alles andere als ausdruckslos. Tiefe Befriedigung steht darin. Dieses Arschloch!

»Das ist krank!«, speie ich ihm entgegen.

»Was ihr miteinander getan habt, ist krank.« Tanakas Lippen kräuseln sich. »Du hättest auf mich hören sollen und dich raushalten.« Ruckartig dreht er sich um.

Das alles hat eine furchtbare Wendung genommen. Heute Morgen noch hat Haruto mich geküsst, jetzt muss er deswegen sterben. Ich bin innerlich taub. Machtloser denn je, als stünde ich neben mir und beobachte, wie er sich auf den Tod vorbereitet. Seine Haltung ist konzentriert, seine Atmung tief und gleichmäßig, aber der Glanz in seinen Augen ist bereits erloschen. Ohne meinen Blick noch einmal erwidert zu haben, schließt er sie.

Jetzt ist es so still, dass man die Blüten fallen hören müsste. Ich will etwas sagen. Das Unglück noch irgendwie abwenden, aber mir fehlen die Worte. In meiner Kehle steckt ohnehin nur das eine. *NEIN!* Doch nicht mal das kommt heraus ...

Der Gardist hebt sein Schwert.

Im selben Moment wird es mir klar. Ich muss nicht reden – ich muss handeln!

Und zwar schnell.

Jetzt!

Ich drücke mich in den Schatten meines Bewachers, seine Aufmerksamkeit ist ganz bei Haruto, wie die aller anderen auch. Mein Herz rast trotzdem wie wild. Meine Hände zittern so stark, dass ich den Knoten meines gewickelten Oberteils kaum aufbekomme. *Scheiße, scheiße, scheiße!*

Endlich! Ich reiße mir den schweißnassen Stoff vom Leib, trete auf den Saum meiner Hose und habe sie unten, bevor jemand auf mich aufmerksam wird.

Doch als ich splitternackt bin, beachtet mich immer noch niemand. Alle sehen gebannt zu Haruto. Ich kann nicht erkennen, ob es zu spät ist, sehe aber, wie Blut aus seinem Unterleib rinnt und die weiße Hose rot färbt. *Oh, Götter!*

Komm schon, Juri. Tu was!

Mein Körper zittert nicht nur, er bebt, als ich Luft hole. »ICH – BIN – NACKT!«

Die Menschen neben mir weichen zurück. Tanaka fährt herum. Für einen kurzen Moment entgleisen seine Gesichtszüge, dann gibt er den Befehl: »Bedeckt ihn!« Beinahe augenblicklich, noch bevor der Kaiser mich sehen konnte, schieben sich vier Gardisten wie eine Wand vor mich. »Ich bin eine Frau!«, brülle ich verzweifelt. Einige auf der anderen Seite lachen. *Nein. Nein, nein, nein!* Es kann doch nicht sein, dass niemand das erkannt haben will. »Ich bin eine Frau! Eine Frau!«, schreie ich heiser. »Eine Frau!«

»Juri! Nicht.«

Die gequälte Bitte kommt von Haruto und schürt meine Verzweiflung nur noch mehr. Anscheinend glaubt er, mich mit seinem Opfer retten zu können. Doch es ist umgekehrt. Wenn, dann kann ich nur ihn retten. »Er hat keinen Mann geküsst! Ich bin ... ich bin eine Frau.«

»Blödsinn!«, ruft Tanaka.

»Stimmt aber!« *Rebecca?* »Juri hat zehn Blüten! Der Prinz kann ihr Kinder machen.« *Eindeutig Rebecca.*

»Schafft ihn hier weg!«, befiehlt Tanaka mit vor Zorn bebender Stimme. »Und das Mädchen auch!«

Irgendjemand will mir ein breites Tuch überlegen. Ich versuche vergeblich, es wieder runterzureißen. Der Kaiser muss mich doch nackt sehen! Sonst war alles umsonst.

»Ich sage die Wahrheit!«, schreie ich aus vollem Hals, aber ich werde schon zur Brücke gedrängt.

»Anhalten!«, befiehlt jemand hinter der Wand aus Gardisten. Sie erstarren in der Bewegung. Zwei treten zur Seite, die Wand öffnet sich und ich sehe dem Kaiser in die Augen. Sie haben schon einen Gelbstich. Ich verstehe nicht, wie dieser Mann derart viel Macht über seinen Sohn haben kann. Egal was er anhat, noch so viele Lagen kostbarer Stoffe können seine Gebrechlichkeit nicht verbergen.

»Er soll sich entblößen«, verlangt Yamamoto von dem Gardisten, da der das Tuch an meiner Schulter zusammengerafft hält. Ein Wimpernschlag und ich bin wieder nackt. Um mich herum wird scharf die Luft eingezogen. Und ich fühle mich wie damals, als ich mit sechs Jahren nackt vor Brexton stand, auch um zu beweisen, dass ich ein Mädchen bin.

Am liebsten würde ich die Lider schließen. Doch ich tue es nicht. Stockgerade und vollkommen entblößt stehe ich da. Ein Volk, dass nur Masken kennt, blickt jetzt der nackten Wahrheit ins Auge: Sie haben eben auch nur geglaubt, was man ihnen gesagt hat. Tja, falsch geglaubt, ich bin ein Mädchen. Zwar groß, sehnig, mit starken Knochen und, da ich nie ein Kind stillen musste, festen, kleinen Brüsten, aber eindeutig ohne Kindermacher.

Der Kaiser vermeidet es, seinen Blick zu senken. Er schickt nach der ollen Kratzbürste. Ich glaube, sie erkennt mich wieder, so wie sie auf meine Haare sieht. Dann wandern ihre Augen nach unten. Unnötig lange haften sie auf meinem hellen Schamhaar. »Sieht für mich wie eine Frau aus«, bestätigt die Alte endlich. Erleichtert, mich wieder bedecken zu können, greife ich nach dem Tuch am Boden.

Weiter hinten stößt Rebecca einen Jubelschrei aus. Ich weiß, dass sie es ist. Auch wenn ich sie wegen der Kaiserlichen Familie, die uns umringt, nicht sehen kann. Rebecca freut sich zu früh. Es gibt keinen Grund zum Jubeln. Ich weiß, wenn überhaupt, habe ich nur Haruto gerettet. Der Kaiser mag ihm verzeihen, mir bestimmt nicht.

»Dann hat mein Sohn keine Schande begangen«, sagt er leise und verlangt, den Prinzen herzubringen.

Nach und nach öffnet sich der Kreis der Familie, ich atme nicht mehr, bis ich Haruto sehen kann.

Das Messer liegt neben ihm. Seine Kleidung ist blutdurchtränkt, aber er lebt. Der Schnitt an seinem Bauch scheint noch nicht groß zu sein. Vorsichtig atme ich durch.

»Meiner Einschätzung nach –«, hebt Tanaka an.

Der Kaiser zieht verärgert die Stirn in Falten. »Die Fähigkeit des Beraters zu korrekten Einschätzungen scheint mir nicht die treffendste zu sein.«

»Aber ... Himmlischer Herrscher!« Tanaka schnappt nach Luft. »Dieser – dieses Mädchen hat Euch vorgeführt. Und er«, sein Finger stößt in Harutos Richtung, »hat davon gewusst. Damit hat er Euch ebenso hintergangen!«

»Die Meinung des Beraters habe ich vernommen. Meine ist eine andere« erwidert Yamamoto und wirkt das erste Mal tatsächlich wie ein Herrscher auf mich – im nächsten Moment gibt er den Befehl, mich zu töten.

Ich habe es erwartet, aber nicht damit gerechnet, wie heftig Todesangst ist. Plötzlich ist nichts anderes mehr da. Keine Hoffnung. Keine Zukunft. Nichts ...

Mein Blick geht zur zur Mauer ... ich will meine Füße bewegen, aber sie gehorchen mir nicht ... dann bricht alles, was mich bislang aufrecht gehalten hat, in mir zusammen. Tot ... tot ... meine Knie geben nach, ich kann nicht mehr atmen ... nicht mehr denken ... nur noch Fetzen ... tot ... *gleich bist du tot ...*

Nur weniges dringt noch zu mir durch. Rebeccas Kreischen ... Fußis schrille Stimme ... er redet auf sie ein ...

Kälte breitet sich in mir aus ... *Gleich. Gleich ist es vorbei ...* Hinter mir ein Gardist aus der Leibgarde. Sein Schatten auf dem Boden. Dunkel und drohend erhebt sich darin das Schwert. Ich presse die Hände auf meinen Nacken, warte darauf, dass das kalte Metall der Klinge meine Finger durchtrennt.

Meine Blase entleert sich ...

»Aufhören!«

Der Schatten am Boden versteinert. Fassungslos darüber, noch nicht tot sein, hebe ich den Blick. Die Worte kommen von Haruto. Er drängt durch die Umstehenden, die Hand fest auf den Unterbauch gepresst, und schiebt sich zwischen mich und das erhobene Schwert. »Was soll das? Es wurde versprochen, dass sie leben darf, wenn ich die Ehre der Familie wiederherstelle!«

Ein heftiges Zittern durchläuft meinen Körper. Er wollte das für mich tun? Plötzlich ist die Hoffnung wieder da, doch weiterleben zu dürfen. Ich kämpfe sie nieder und schließe kurz die Augen. Vor falscher Hoffnung habe ich inzwischen fast genauso viel Angst wie vor dem Tod.

Der Kaiser, der bis eben von der Brücke aus auf meine Hinrichtung gewartet hat, ist zurückgekommen. Er tritt mit zusammengepressten Lippen vor Haruto. »Wer hat das versprochen?«

Es braucht keine Antwort. Die Blicke von Vater und Sohn wandern gleichzeitig zu Tanaka. »Ich?« Er winkt hektisch ab. »Nein, so etwas habe ich niemals versprochen, Himmlischer Herrscher. Wie könnte ich auch? Das ginge weit über meine Befugnis.«

»Da schätzt der Berater sich richtig ein«, erwidert Yamamoto kalt. »Sie wird ihr Schicksal hinnehmen.«

Schicksal hinnehmen ... Etwas in der Art hat Haruto auch mal gesagt ... »Nimm den Befehl zurück«, fordert er jetzt.

Ich sehe kurz Verblüffung in Yamamotos Augen aufblitzen, bevor sie sich verengen. »Es ist besser, wenn mein Sohn sich in den Schatten stellt, so erhitzt, wie er ist.«

Haruto lässt sich nicht beeindrucken. »Sie wird nicht sterben!« Er legt seine heiße Hand auf meine Schulter. Für die anderen mag es wie ein Zeichen wirken, ich aber spüre an dem Druck, dass er sich aufstützen muss, und spanne meine Muskeln an, um Haruto Halt zu geben. Er seufzt kaum merklich.

Sein Vater blickt stur an mir vorbei. »Sie hat das Kaiserhaus verspottet.«

»Sie hat um ihr Leben gekämpft!«, widerspricht Haruto.

»Als ein Mann, der sie nicht ist.«

Haruto schüttelt verärgert den Kopf. »Damit hat sie noch mehr Stärke bewiesen als alle anderen!«

»Sie mag aus starkem Holz gemacht sein«, hält Yamamoto dagegen, »aber eine Blüte ist sie nicht.« *Schon klar.* Ich schlinge den Stoff fester um meine groben Knochen und fühle mich hässlicher denn je.

»Für mich ist sie die einzige Blüte«, erwidert Haruto nur. Ich spüre meine Wangen heiß werden und wende rasch den Blick ab. Sein Geständnis überfordert mich. Auch wenn ich etwas für ihn empfinde, ich will keine Blüte sein. Ich will frei sein.

Yamamoto lässt sich Sake geben. »Und dennoch war die Art und Weise unehrenhaft.« *Was Haruto auch sagt, sein Vater wird mich nicht am Leben lassen.*

»Unehrenhaft.« Haruto lacht bitter auf. »Wenn du diese Ebene je verlassen hättest, wüsstest du, dass dort unten weder Platz für Ehre noch für all diese Menschen ist«, fährt er seinen Vater an. So weiß, wie Yamamoto wird, ist sein Sohn der Erste, der sich gegen ihn stellt. Und das vor der gesamten Familie. Ich spüre Stolz auf Haruto in mir aufsteigen.

Der Kaiser verschränkt die Hände auf dem Rücken. »Du solltest nicht alles glauben, was man dir erzählt.«

»Aber genau das habe ich mein Leben lang getan!«, ruft Haruto aufgebracht. »Bis ihr Mut mir die Augen geöffnet hat.«

»Du machst aus einem Verrat einen Gefallen!«, zischt sein Vater. Die Unterhaltung ist für ihn beendet. Er wendet sich zum Gehen.

Nicht wenige aus der Familie folgen ihm über die Brücke, der Rest bleibt, um zu sehen, wie das Schauspiel weitergeht.

Tanaka baut sich vor uns auf. Am liebsten würde ich ihm ins Gesicht spucken. »Worauf wartest du noch?!«, giftet er den Gardisten an. Der hatte das Schwert schon sinken lassen, nun hebt er es wieder, jedoch nur auf halbe Höhe.

»Wage es und es wird dich den Kopf kosten«, warnt Haruto ihn und lässt meine Schulter los, stöhnt, als er sich gerade aufrichtet. »Wir – sind – eine – Familie!« Seine Worte hallen über die Ebene. Sie kosten Haruto alle Kraft. Aber sie bewirken, dass die Leute hinter dem Kaiser stehen bleiben.

»Wenn dieses Mädchen von Susanoo abstammt«, ruft er seiner Familie zu, »und ich von Amaterasu, haben wir dann nicht gemeinsame Vorfahren?« Die Menschen um mich zischen. Der Gedanke scheint ungeheuerlich zu sein. »Izanagi ist der Vater Amaterasus und Susanoos. Ihr Schöpfer. *Unser* Schöpfer. Wir sind ein

Volk! Auch wenn wir das über Jahrhunderte ignoriert haben.« Haruto ringt nach Atem, wobei er die Hand wieder auf seine Wunde presst. Sie hat wieder zu bluten begonnen.

»Für mich ist es ein Zeichen, dass beide Hälften unseres Volkes darum kämpfen, weiter fortzubestehen«, nimmt er den Faden wieder auf. Aber den Schmerz merkt man ihm doch an. »Es ist ein Fingerzeig unseres Schöpfers Izanagi, wie falsch es ist, voneinander getrennt zu leben.«

Einige aus der Familie wiegen den Kopf. Ihr Prinz stellt es schlau an. Er redet nicht von Lügen oder Ungerechtigkeit, sondern vom göttlichen Willen. Genau wie Tanaka zuvor. Bis eben hatte der noch ein spöttisches Lächeln im Gesicht, jetzt fächert er sich nervös Luft zu. Er wird von Haruto mit seinen eigenen Worten geschlagen. *Sehr gut!*

»In dem Streben nach Vollkommenheit sind wir immer unvollkommener geworden«, erklärt Haruto. »Wir –« Ein lautes Stöhnen kriecht aus seiner Kehle. Keine Ahnung, wie lange er noch durchhält. Ich tausche einen besorgten Blick mit Rebecca. Sie raunt Fußi hinter sich etwas zu, er nickt und verschwindet durch die Menge. Was hat er vor?

Haruto bittet einen Fugu zu sich. Ich schätze den Jungen auf dreizehn, obwohl es schwer zu sagen ist. Kopf und Körper sind stark verwachsen. »Das ist mein Bruder.« Er legt schwer seinen Arm um den Jungen. »Ein Fugu, der nicht einmal einen Namen hat. Weil er unvollkommen ist!«

»Ich nenne ihn Seishin.« Eine Frau ruft aus der Menge heraus. »Er ist mein Sohn!«

»Seishin«, wiederholt Haruto. *»Kind mit reinem Herzen.* Ein schöner Name. Dann stell dich zu deinem Sohn!«

»An Eure Seite?«

»Ja, ich bitte dich darum«, sagt Haruto, woraufhin die Frau sich traut, wenn auch mit einer anderen zur Unterstützung an der

Hand. Drei auf unserer Seite, denke ich. Haruto lächelt mir kurz zu.

»Wie viele Mütter haben ihr Kind nicht einmal gesehen?«, fragt er. »Ihnen wurde das Leben genommen, bevor es richtig begann.« *Wie dem Neugeborenen, dem ich vor sechs Tagen die Götterfrucht aus den Händen geklaubt habe.* Der Moment scheint eine Ewigkeit her zu sein.

»Kiku«, ruft Haruto, »komm zu mir!« Ein Mädchen wird von der Familie nach vorn geschoben. Ängstlich, schüchtern und hochschwanger steht sie vor Haruto. »Dein Kind wird dir nach der Geburt weggenommen werden und getötet. Weil es makelhaft sein wird.«

»Vielleicht ist Amaterasu uns gnädig«, sagt sie kaum hörbar, den Blick auf ihren Bauch gesenkt.

Haruto verzieht das Gesicht. Vielleicht aus Mitgefühl, wahrscheinlich jedoch vor Schmerz. »Mir ist klar, dass du hoffst, es möge anders sein. Jedoch ist seit einer Generation kein Kind mehr ohne Makel geboren worden.«

Wenn ich überlege, wie viele Geschwister Haruto hat, muss der Kaiser jede Frau seiner Familie besprungen haben. Nur hat ihm nicht eine einen gesunden Thronfolger geboren.

Unsicher sieht das Mädchen zu Haruto auf. Ihre Lider flattern, ich wippe unruhig auf den Zehen, bis sie sich schließlich neben die beiden anderen Frauen stellt. *Ja!* Vier Mitglieder aus der Kaiserlichen Familie auf Harutos Seite. Über die Hälfte auf der anderen schützend vor ihrem Kaiser. Der Rest dazwischen.

Als ich mich umblicke, stelle ich fest, dass der Gardist nicht mehr hinter mir steht. Mir stockt der Atem. Hier geht es gar nicht mehr um mich, sondern darum, den Kaiser zu stürzen! Wie Kami es getan hat.

Haruto nimmt seinen Arm von dem Jungen und formt seine Hände zu einer Schale. Zwischen den Fingern klebt verkrustetes

Blut. »Auf einem Tisch, in meinen Gemächern, steht ein Gefäß.« *Ich erinnere mich, es war zerbrochen.* »Es ist gekittet«, sagt Haruto in diesem Moment. »Aber nicht, weil unsere Ressourcen knapp sind. Nein, die Scherben wurden bereits vor über siebenhundert Jahren zusammengesetzt, lange bevor der Kokon erbaut wurde. Dabei wurden die Bruchstellen der Schale mit Gold gefüllt. Ihr wisst, weshalb.«

»Kintsugi«, ruft der gedrungene Mann, der mit den vielen Fältchen. Jeder scheint zu wissen, was damit gemeint ist, denn es stößt auf große Zustimmung.

»Der vermeintliche Makel wurde hervorgehoben!«, ruft Haruto aus. »Er wurde im wahrsten Sinne des Wortes vergoldet. Und zwar nur aus einem Grund: Vollkommenheit liegt in Unvollkommenheit!« Haruto schwankt. Ich trete noch dichter an ihn heran, damit er sich abstützen kann. Doch er lehnt sich nicht mal an. So, wie ich gelernt habe zu überleben, hat er gelernt, sich zu beherrschen. Ich ziehe mich zu Rebecca zurück, sie nimmt meine Hand. Auch ihre Zukunft hängt davon ab, ob Haruto durchhält.

Er zwingt sich zu einem Lächeln. »Also dann. Zeigt eure Makel!«

Jemand klatscht in die Hände. »Wunderbar! Bringen wir unsere Unvollkommenheit ans Licht!« Es ist der Mann von eben. Die Linien um seine Augen haben sich zu Lachfältchen vertieft.

»Lieber Onkel«, begrüßt Haruto ihn.

Sein Onkel? Dann muss es der Bruder der Mutter sein. Mit dem kaltherzigen Yamamoto hat er keine Ähnlichkeit, sieht man von den typischen Zügen Amaterasus Nachfahren ab.

»Aber, Itachi. Du bist doch makellos!«, ruft eine Frau.

Harutos Onkel lacht, zieht einen Schuh aus und streckt den nackten Fuß in die Luft. »Nur drei Zehen!« Und dann an Haruto gewandt: »Vergoldest du sie mir?« Einige Lacher ertönen. Der Mann scheint einen besonderen Platz in der Familie zu haben. Die Leute mögen ihn.

Rebecca stößt mich an. »Hier.« Sie drückt mir meine Kleidung in die Hand. »Und Ronan hat was zu trinken.«

»Für den Prinzen«, erklärt er und hält mir eine Sakeflasche hin.

Besorgt sehe ich zurück zu Haruto. Seine Augen haben einen fiebrigen Glanz bekommen, er zittert. Auf Ebene eins können wir nicht mehr gegen Verbrennungen tun, als viel Wasser zu trinken, zu schlafen und die glühende Haut mit feuchten Umschlägen kühl zu halten. Alkohol sollte nur dazu benutzt werden, Wunden zu säubern. »Kein Sake«, lehne ich leise, aber bestimmt ab.

»Das ist Wasser«, beruhigt Rebecca mich.

»Gut, aber er muss es ihm geben.« Ich meine Seishin. Als Fugu hat er sich um das Wohl des Prinzen zu kümmern. Von mir lässt er sich ja nicht einmal stützen. Gäbe ich es ihm, würde es Harutos Schwäche nur betonen. Fußi stimmt zu und gibt die Flasche dem Jungen. Der geht damit zu Haruto.

»Bringst du mir das Gold?«, fragt er mit einem Lächeln. Schmerz verzerrt es.

Tanaka, der bis eben noch nervös darauf gewartet hat, dass Haruto die Kräfte ausgehen, springt vor und will Seishin die Flasche entreißen, aber Harutos Onkel geht dazwischen. »Zeige etwas Geduld, Berater Tanaka. Du kommst auch noch an die Reihe, deine Makel vergolden zu lassen.« So, wie die Menschen lachen, scheint er einige davon zu haben. Ich fange Tanakas Blick auf. In seinem Gesicht zuckt es. Aber wenn Haruto noch lange in der Sonne steht, hat Tanaka trotzdem gewonnen. Wasser hin oder her.

Harutos Hände können die Flasche kaum noch halten, so verbrannt sind sie. Doch wenn er jetzt keine Stärke zeigt, war alles umsonst. Er stürzt den Inhalt herunter. Wasser läuft aus seinem Mundwinkel. Zitternd reicht er sie Fußi. »Danke.«

»Ich will keinen Dank!«, erwidert Fußi aufgebracht.

Ich lasse Rebeccas Hand los. »Was hat er?«

»Er sagt, was Sache ist!« Ihr Gesicht glüht vor Stolz. Ich sage nichts, es wäre auch zu spät dafür, aber das könnte den Leuten sauer aufstoßen. Rebecca wurde ihnen versprochen.

Fußis marmorierte Haut zeigt, wie aufgewühlt er ist. »Ich will nur mit diesem Mädchen zusammenleben.«

»Mit …?« Haruto folgt Fußis Blick in meine Richtung. Rasch schüttle ich den Kopf.

»Mit mir!«, ruft Rebecca aus.

»Sie gehört Itō-Sūma!«, zischt Tanaka.

»Das sieht *sie* aber anders!« Rebecca verschränkt die Arme.

»Itō-Sūmas Blüte scheint eine Diestel zu sein!«, ruft jemand aus der Familie. Keine Ahnung, was eine Diestel ist, aber es sorgt für allgemeine Erheiterung.

»Itō-Sūma ist ein alter Sack und kann mich mal!«, faucht Rebecca lautstark.

»Können kann er sicher noch«, kommt als Antwort zurück. »Was man von dem da nicht behaupten kann.« Fußi läuft rot an. Die Leute schütten sich aus vor Lachen.

Rebecca Augen verengen sich zu Schlitzen. *Oh, oh.* Ich kenne diesen Ausdruck. Noch bevor Fußi es verhindern kann, hat Rebecca ihm den Dolch aus dem Gürtel gerissen und richtet ihn drohend gegen den Sprecher. »Willst du deinen auch verlieren?«

Der Kerl hebt beschwichtigend die Hände. »Ich sag doch nur, dass eine Blüte an einem knorrigen Zweig hängen kann, aber nicht an einem Baum ohne Ast.« Die Frauen um ihn kichern, worauf Rebecca einen knurrenden Laut von sich gibt.

Bevor die Situation eskaliert, nimmt Fußi ihr das Messer weg und Haruto ergreift schnell das Wort. »Was dir angetan wurde, kann ich nicht wiedergutmachen«, sagt er zu Fußi, aber er klingt schrecklich schwach dabei. »Wenn die Entscheidung bei mir läge, würde ich weder dir noch sonst jemanden vorschreiben, wie er –« Haruto presst die Lippen vor Schmerz aufeinander. »Wie er zu leben hat«, bringt er gequält heraus. »Wir sollten glücklich sein, wenn wir leben können ... wie wir wollen.« Er kann das nicht, das ist jedem klar. »Wir ...« Haruto knickt kurz ein.

Der Leibgardist, der mich töten sollte, springt hinzu. »Und wenn Ihr Herrscher wärt ... behielten die Stämme ... Ich meine die, die Euch in Zukunft schützen ... behielten die ihre Äste dann?«

»Entmannung war nie Bestandteil unserer Kultur«, erwidert Haruto mühsam. »Sie ist unnötig. Und unmenschlich.« Der Gardist nickt und bietet ihm den Arm. Seine Worte dürften nur für wenige zu hören gewesen sein, aber sie verbreiten sich wie ein Brand und auf einmal geschieht das Unfassbare: Obwohl Tanaka keifend Befehle erteilt, stellen sich die Gardisten auf Harutos Seite. Nicht nur der von der Leibgarde und Fußi. Nein. Alle. *Sie schützen ihn! Tanaka war sich zu sicher.* Doch gerade, als ich denke, dass Haruto gegen ihn gewonnen hat und auch seine Familie überzeugen wird, sehe ich, wie er taumelt.

»Er muss aus der Sonne«, sagt Rebecca wie aufs Stichwort.

Jetzt reicht's! Ich werde nicht mehr tatenlos rumstehen und dabei zusehen, wie er zusammenbricht. »Bin gleich wieder da«, wispere ich Rebecca zu.

Mit meiner Kleidung in der Hand dränge ich durch die Menge und verschwinde unter der Holzbrücke. Gerade, als ich das Tuch fallen lassen will, vernehme ich klackernde Schritte auf der Brücke. *Verfluchte ...* Ich halte den Atem an und spähe vorsichtig durch einen Spalt zwischen den Brettern.

»Warte!«, ruft eine Frauenstimme.

Nur eine Armlänge von mir entfernt bleibt jemand stehen. Ich sehe Holzpantoffeln und den Blütensaum von einem Kleid.

»Du machst dir zu viele Gedanken. Komm, meine Freundin.«

»Wird der Himmlische Herrscher nicht glauben, wir lassen ihn im Stich?«

»Von mir aus, dann geh zurück und stell dich zu ihm!«, faucht der rosa Blütensaum. »Ich habe mein Leben lang Noren gewebt und Sensus bemalt. Wenn es einen Aufstand gibt, dann will ich dabei sein.«

Damit hat Yamamoto sicher nicht gerechnet, dass der Aufstand von seinen eigenen Leuten ausgeht. Nur, was soll er machen? Seine Familie umbringen lassen, wo er so verzweifelt versucht, sie zu erhalten?

Es dauert eine gefühlte Ewigkeit, bis der Blütensaum die Geduld verliert und die andere stehen lässt. Gleich darauf höre ich sie zurück über die Brücke eilen. Immerhin, eine mehr auf unserer Seite.

Ich lasse das Tuch los und greife zu meiner Kleidung. Im Handumdrehen habe ich alle Teile an und verknote das gewickelte Hemd hektisch an meiner Taille. Dann tauche ich den Stoff ins Wasserbecken, bis er sich vollgesogen hat, und komme wieder unter der Brücke hervorgekrochen.

»Lasst mich durch!« Die Leute um Haruto reden wild durcheinander. Irgendwas muss passiert sein. Das triefnasse Tuch an mich gepresst, dränge ich mich durch – *Dom?*

Er kniet, halb in sich zusammengesunken, auf dem Boden und schluchzt. Hinter ihm der Fugu, sein Brieffreund, der ihm den bebenden Rücken tätschelt.

»Endlich!« Rebecca ist neben mir aufgetaucht. »Was ist das?«

»Ein nasses Tuch. Um seine Haut zu kühlen ...«, murmle ich. Aus dem Stoffbündel tropft Wasser auf meine nackten Füße. Ich schaue zu Haruto. Sein Onkel stützt ihn, dabei streitet er heftig mit Tanaka. Unschlüssig sehe ich auf das Tuch in meinen Händen, dann zu Dom. »Was machen die beiden da?«

»Wie's aussieht, sind die beiden Jungs Zuckerblüten«, meint Rebecca schulterzuckend.

»Dieses Schauspiel ist grotesk!«, höre ich Tanaka ausrufen. »Wir sind doch nicht gekommen, um uns dieses weibische Gezeter anzuhören.«

Mir wird ganz anders. »Und wer behauptet so was?«

»Na, die selbst«, erklärt Rebecca und als ich ungläubig den Kopf schüttele: »Pass auf. Dein Prinz hat davon geredet, dass sein Makel Feigheit is, und dass Gold den nich kitten kann, sondern nur Mut. So in etwa. Und da hat der große Hübsche rausgehaun, dass er auf Kerle steht, und der mit dem Krüppelarm –«

»Alles klar«, würge ich Rebecca ab. Dom muss erkannt haben, dass es keinen anderen Ausweg für ihn und seinen Freund gibt. Im wörtlichsten Sinne sogar. Doch das hier kann schlimm für die beiden enden.

Ohne auf die anderen zu achten, hocke ich mich vor Dom.

Er sieht schniefend auf. »Glaubst du, ich habe einen Fehler gemacht?«

Wahrscheinlich, denke ich, aber ich bringe es nicht über die Lippen. »Du hast alles richtig gemacht. Ganz sicher.« Sein Freund nickt mir dankbar zu.

»Ich will mich nicht mehr schlecht fühlen«, schluchzt Dom. »Ich ... ich kann es doch nicht ändern. Ich möchte, dass man mich leben lässt. Ich tue doch niemandem was, ich –«

»Das ist abnormes Verhalten!«, kreischt Tanaka. Er sieht aus, als würde er gleich auf den Onkel losgehen.

»Das sagt der Richtige!« Doms Freund lacht bitter.

Ich werde hellhörig. »Wie meinst du das?«

»Ich kenne den Berater. In jeder Lage.« Er zieht bedeutungsvoll seine schmalen Brauen hoch.

»Wirklich?« Verstohlen spähe ich über Doms Rücken zu Tanaka. Na ja, es könnte schon passen ... Die bunte Kleidung, sein ganzes Gehabe, wie er durch die Gegend flattert, sich Luft zufächert, als würde er sonst in Ohnmacht fallen. Wie die Männer im Amüsierviertel, die sich als Frauen verkleiden. »Dann musst du das sagen!«, verlange ich von Doms Freund.

Dessen Miene verfinstert sich. »Er würde es abstreiten.«

»Vielleicht kannst du es beweisen«, flüstert Dom. »Hat er ein Merkmal … einen Leberfleck, eine Narbe?«

»Hat er?«, wiederhole ich hoffnungsvoll.

Sein Freund starrt durch mich hindurch, dann nickt er. »Ich mach das für uns«, sagt er zu Dom und richtet sich auf. »Berater Tanaka …«

»Lauter!«, zische ich. Doms Freund räuspert sich. »Berater Tanaka«, schreit er in die Menge, »hat mich fast jede Nacht aufgesucht.« Von einem Moment auf den anderen ist es still. »In meinem Bett«, schiebt er leiser nach. Ich nehme Doms Hand und drücke sie. Die Menschen schauen von seinem Freund zu Tanaka.

»Das ist natürlich eine Lüge«, empört der sich, als müsste man gar nicht darüber nachdenken. »Dieser Fugu will von seiner Schande ablenken. Nichts anderes.« Es klingt überzeugend.

Dom und sein Freund wechseln einen besorgten Blick. »Er kann es beweisen«, ruft Dom und steht auf. »Sag es.«

Sein Freund atmet zitternd durch. »Sein Ast ist eher ein Zweiglein, dem kurz vor der Knospe die Rinde fehlt.«

Ein paar Gardisten in unserer Nähe kichern.

»Das lässt sich wohl nicht beweisen«, erwidert Tanaka scheinbar gelassen, doch er ist bleich wie eine Made geworden.

»Wieso nicht?«, wendet Harutos Onkel ein. »Der Berater wäre nicht der Erste, der sich heute auszieht.« Lautes Lachen übertönt Tanakas Erwiderung.

Ich spüre, wie meine Ohren heiß werden. Als ich peinlich berührt zu Haruto sehe, ist er zusammengebrochen.

Viele Augen, ein Gehirn

Haruto liegt halb auf dem Bauch, halb auf der Seite. Auf seinem Rücken, den Schultern, Gesicht, Armen ... überall dort, wo die Blasen aufgeplatzt sind, sieht man nässendes, rotes Fleisch. Fast wie bei der Knochenfresser-Krankheit. Grauenvoll. Ich knie mich neben ihn, sodass mein Schatten ihn bedeckt. »Wir werden dich nach drinnen bringen.«

»Nicht«, flüstert er. Sein Blick flackert. »Ich muss ... wenn ... das ...«

»Scht... nicht reden.« Er ist nicht mehr richtig bei sich und außerstande, ganze Sätze zu formulieren. Vorsichtig streiche ich ihm die schweißnassen Haarsträhnen aus den Wunden auf der Stirn. Seine Haut glüht.

Rebecca hockt sich neben mich. Sie hat sich das Puder aus dem Gesicht gewischt. Es klebt an ihrem Ärmel. »Ich helfe dir.«

»Nimm die beiden Enden«, bitte ich sie und wir spannen das nasse Tuch, um es so behutsam wie möglich über Haruto sinken zu lassen. Trotzdem gibt er einen gequälten Laut von sich, als es sich auf seine Haut legt.

Der Onkel kniet sich neben uns. »Die Familie meint, wir sollen ihn in den Palast bringen.«

»Niinne Pla...«, kommt von Haruto.

Ich kann ihn kaum verstehen, mir seine Worte nur zusammenreimen. »Er will nicht in den Palast«, sage ich. Ich ahne, weshalb. Es würde bedeuten, dass er sich seinem Vater wieder unterwirft.

Itachi sieht mich sorgenvoll an. »Der Arzt ist dort.«

»Arzt?« Was ist das?

»Der Mediziner.«

Verstehe. »Dann muss der Arzt eben hergeholt werden!«

»Das wurde schon versucht. Der Kaiser hat ihm untersagt, die Brücke zu überqueren.«

»Und ein anderer Medizinmann?«, hake ich ungeduldig nach.

Harutos Onkel hebt bedauernd die Hände. »Wir haben nur einen.«

Auch gut. Denn dann kann es nur der sein, der mich nach meiner Ohnmacht versorgt hat! Und mein Geheimnis vor Tanaka bewahrt hat. Was sagte er gleich? *Ich darf dumm sein, ich bin unverzichtbar.*

Ich blicke Itachi fest in die Augen. »Jemand soll dem Arzt sagen, er darf dumm sein, er ist unverzichtbar.« Er sieht mich zweifelnd an. »Er wird es verstehen«, versichere ich.

»Das will ich hoffen.« Itachi steht auf. »Solche Worte kann ich ihm nämlich nur selbst übermitteln.«

Haruto wimmert leise.

»Los, wir bringen ihn in den Schrein!«, rufe ich zwei Gardisten zu, doch sie rühren sich nicht von der Stelle.

Fußi tritt aus ihrer Mitte zu uns. »In den Jingu-Schrein darf aber nur der Kaiser. Niemand sonst.«

»Wieso?«

»Es ist der höchste Schrein. Der Götterpalast.« Fußi senkt die Stimme. »Wer es trotzdem wagt, dem wird ...« Seine Hand fährt die Kehle entlang.

Ich stöhne auf. »Hilfst du mir wenigstens?« Fußi sieht unglücklich drein. »Dann eben nicht!« Sich auf Harutos Seite zu stellen, scheint eine Sache zu sein, aber gegen den Kaiser eine andere.

Ich schiebe meine Hände unter Harutos Kopf. Seine Augen sind geschlossen, sein Atem ist flach. »Wir müssen ihn auf den Rücken drehen«, sage ich zu Rebecca.

Sie wirft Fußi einen bitterbösen Blick zu, bevor sie mir hilft, Harutos Körper zu kippen. Ich bin froh, dass er nicht mehr bei Bewusstsein ist. Der Boden hier ist von Steinsplittern bedeckt, die sich mit Sicherheit auch durch das Tuch bohren. Die Schmerzen müssen unerträglich sein.

Dom und sein Freund nehmen Harutos Beine, Rebecca, Seishin und seine Mutter packen das Tuch von beiden Seiten, um Harutos Körper anzuheben. Chien taucht aus der Menge auf und bietet Hilfe an. Auch andere Blüten wollen etwas tun, aber jetzt schaffen wir es ohne sie.

Weil sich sonst niemand traut, gehe ich voran. Hinter mir wird Haruto von zwölf Händen durch das Tor getragen, eine Steintreppe hinauf, von der ein schmaler Weg zum Schrein führt. Er wird gleich von sechs Leibgardisten bewacht. Sie sehen nicht so aus, als würden sie auch nur eine Handbreit zur Seite weichen.

Ich blicke zurück. Die Gardisten, die sich auf unsere Seite gestellt haben, folgen jetzt doch. Wenn auch nur zögernd. Ob sich sonst jemand aus der Kaiserlichen Familie angeschlossen hat, kann ich nicht erkennen.

Die roten Gardisten ziehen ihre Schwerter, noch bevor ich am Schrein angekommen bin. Ich versuche, einen möglichst selbstsicheren Eindruck zu machen. »Lasst ihn rein.«

»Nur der Kaiser darf den Schrein betreten«, bekomme ich zur Antwort.

Herausfordernd hebe ich eine Braue, aber innerlich bete ich, dass die gelben Gardisten doch nach vorne kommen. Schließlich dürften es zehnmal so viele sein wie die paar roten vor der Tür. Eine nervenzerreißende Zeitspanne vergeht, ich stehe immer noch alleine da. »Prinz Haruto ist jetzt euer Kaiser«, behaupte ich, einem plötzlichen Einfall folgend, dem ich einen verärgerten Gesichtsausdruck hinzufüge.

Tatsächlich zeigt sich Verunsicherung im Gesicht meines Gegenübers. »Und was ist mit Kaiser Yamamoto?«

»Der ist den Job los.«

»Den Job?«

»Wer sagt das?«, geht ein anderer Leibgardist dazwischen. Es klingt angriffslustig.

»Ich!«, ertönt es atemlos hinter mir. Ich wende den Kopf. Es ist Harutos Onkel Itachi, neben ihm der Medizinmann. Er nickt mir zu, als wäre ich eine alte Bekannte.

Die Wachen wirken verwirrt. Zur Seite gehen sie trotzdem nicht. Ich sehe Itachi die Faust heben. Kurz glaube ich, er will zuschlagen, aber er stößt den Arm in die Luft. »Lang lebe Kaiser Haruto! Lang lebe Kaiser Haruto! Lang lebe ... «

»... Kaiser Haruto!«, steige ich ein, höre, wie hinter mir Stimmen laut werden, bis unser Sprechchor zu einem Schlachtruf anschwillt. Endlich trauen sich Fußi und andere Gardisten nach vorn. Sie bauen sich neben uns auf. Eine gelbe Wand gegen ein paar rote Pfeiler.

»Und jetzt lasst den Kaiser rein!«, befehle ich. Mein Ton ist mir fremd. Noch nie habe ich jemandem etwas befohlen, aber die Wache tritt tatsächlich zur Seite.

Innen riecht es nach Holz und Ölen. Der Schrein ist viel kleiner, als es mit dem ausladenden Dach den Anschein gemacht hat. Hinein passen nur wenige von uns. Neben Haruto und denen, die ihn tragen, Itachi, der Medizinmann und ich. Der Rest drängt sich neugierig vor der Tür, um einen Blick in den verbotenen Schrein werfen zu können. Sie sperren damit das Sonnenlicht aus. Gut für Haruto, doch es ist düster. Zwei rote Laternen sorgen nur für wenig Helligkeit.

»Legt seine Kaiserliche Majestät hin«, ordnet der Medizinmann an.

Dom sieht sich um. »Und wohin?« Die Frage ist berechtigt. Es fehlt der Platz. Den meisten nimmt ein geschnitzter, niedriger Altar ein. Davor reicht es gerade noch, um sich hinzuknien.

»Auf den Altar!«, entscheide ich.

Chien hilft mir, die Opferschalen, Blütenzweige und Götterstatuen runterzuräumen. In dem Moment, da ich eine der Laternen hochnehme, fällt ihr schwacher Schein auf die Rückwand und ich stocke. Sie ist aus Metall, aber das ist es nicht, was mich irritiert. Mittig drauf prangt das Symbol von Chiens Rücken. Zwei Hände, die eine Kugel schützen. Hier ist sie blaugrün.

Die anderen machen Anstalten, Haruto auf den Altar zu legen. »Noch nicht!«, ruft Chien. Ihm ist das Symbol genauso wenig entgangen wie mir.

»Du da drüben!«, sage ich rasch. Chien nickt und wir ziehen den Altar, so weit es eben geht, von der Wand weg.

Haruto wird vorsichtig heruntergelassen. Er stöhnt leise. Der Medizinmann beugt sich über ihn. Er hat eine Creme dabei und gibt ihm etwas gegen die Schmerzen. Vermutlich das gleiche Wundermittel, das ich erhalten habe, denn Harutos Gesichtszüge entspannen sich beinahe augenblicklich. Erleichterung durchströmt mich.

Während der Arzt Harutos Wunden mit der Salbe betupft, zwänge ich mich zu Chien hinter den Altar. »Sieh mal, das Zeichen ist ganz abgegriffen«, meint er zu mir. Stimmt. An mehreren fingerkuppengroßen Stellen ist die Farbe gewichen.

»Glaubst du an einen Zufall?«, flüstere ich.

»Das tue ich nie«, entgegnet Chien und legt die Hand auf das Symbol. Im selben Moment gleitet die Rückwand eine Handbreit zur Seite und gibt den Blick in einen dunklen Gang frei. Chien und ich sehen uns groß an. *»Wenn Ebene eins der Arsch ist … und Ebene fünf das Herz … ist zwölf dann der Kopf?«*, höre ich mich ihn fragen. Plötzlich prickelt mein Körper. Und zwar bis in die Zehenspitzen.

Chien ruckelt an der Rückwand. Endlich hat sie sich weit genug geöffnet und wir können hindurchschlüpfen. Einen Moment später stehen wir vor einer Metalltür. »Na los«, sagt Chien und ich drücke die Klinke.

Der Raum ist merkwürdig. Ein breiter Metalltisch mit lauter Knöpfen, Hebeln und Schaltern. Darüber schwarz gerahmte Bilder in fünf, nein, sechs Reihen.

Etwa die Hälfte der Bilder ist schwarz, aber die anderen leuchten aus sich heraus. Sie zeigen unsere Ebenen. Alles Mögliche davon. Gebäude, Rohre, Gassen, Zylinder, Menschen. Ich neige den Kopf. *Was zum –?* Bewegen die sich da etwa? *Das ... das kann nicht sein.*

Wie im Traum trete ich neben Chien. Was ich sehe, ist so unwirklich, dass ich mit offenem Mund neben ihm stehe. In den Bildern bewegen sich tatsächlich Menschen. Sie laufen kreuz und quer darüber und wenn sie dem Rahmen zu nah kommen, verschwinden sie. Ich schlucke. »Das ist doch nicht möglich.«

»Hm?« Chien ist kaum ansprechbar. Er starrt auf ein Bild mit einem großen, mehrstöckigen Gebäude darauf. Davor sieht man Hüter auf- und abgehen. »Von hier aus kann man in jede Ebene gucken«, sagt er fasziniert.

Mein Blick springt zwischen den Motiven hin und her und sucht Ebene eins. Da! Oben links, das Gerippe, unser Markplatz! Er ist voller Menschen. Als wenn sie echt wären ... Ich streiche über den staubigen Bilderrahmen, weiße Schrift kommt zum Vorschein und bringt eine Erinnerung zurück. *»Das* ist ein Panasonic?«

»Ja, wie in den Schlafboxen«, antwortet Chien beiläufig. Er hat sich über den Tisch gebeugt und versucht, hinter die Bilder zu spähen.

Ich betrachte weiter das Bild, auf dem Ebene eins zu sehen ist. Am Rand ist eine Reihe mit fünf Miniansichten. Wie bei jedem anderen Bild auch. Sie zeigen offenbar die wichtigsten Gebäude der Ebene. Ich berühre die Fürsorge mit dem Zeigefinger und stoße einen verblüfften Laut aus. Der Panasonic hat die Fürsorge groß gemacht. Dafür ist nun das Gerippe in dem Minibild eingesperrt.

Es ist unglaublich! Ich weiß nicht, wieso, aber jedes Mal, wenn ich eins der kleinen Bilder berühre, wird es groß. Und plötzlich, ohne genau zu wissen, was ich angefasst habe, taucht ein Plan in dem Panasonic auf.

»Das ist er!« Ich hämmere auf die staubige Tischplatte, da Chien unter sie gekrochen ist. Er schiebt sich rückwärts raus. »Zwölf Ringe, darüber die Kuppel. Wie deine Tätowierung, oder?«

Chiens Augen weiten sich. »Wahnsinn! Da sind ja viel mehr Einzelheiten eingezeichnet.« Er wischt sich die dreckigen Hände am Hosenboden ab, um auf einen Ring in der Mitte zu tippen. Die Gesamtansicht verschwindet. Stattdessen zeigt der Panasonic uns jetzt den Plan einer einzelnen Ebene.

»Sechs?«, frage ich, da das Chiens Heimatebene ist.

Er nickt. »Die ganzen Gebäude ... jede einzelne Gasse ... Man sieht einfach alles!« Seine Finger fliegen über die Oberfläche, als hätte er sein Leben lang nichts anderes gemacht.

»Stopp mal! Warte ... Was ist das?« Eins der Gebäude ist mit einem dicken Kreuz gekennzeichnet.

»Kran ... ken ... haus«, liest Chien laut. Ich runzle die Stirn. Wieso sollte man ein Haus für Kranke bauen? Als Chien das gezeichnete Gebäude berührt, wird es größer. So groß sogar, dass man einzelne Räume erkennen kann und Dinge, die darin eingezeichnet sind. Er beugt sich vor. »Das hier nennt sich Chi ... rur ...« Chien nimmt den Finger vom Glas, worauf neben der Zeichnung ein Minibild auftaucht, welches das echte Gebäude zeigt. Zumindest nehme ich das an. Es sind nur noch Trümmer darauf zu sehen. »Chirurgie«, beendet Chien das Wort. Hm ... keine Ahnung, was das sein könnte.

»Heilige Scheiße!«

Ich fahre erschrocken herum. Rebecca. Neben ihr Dom.

»Was ist das hier?«, fragt er und läuft von Bild zu Bild.

»Das Gehirn«, sagen Chien und ich gleichzeitig.

Rebecca tippt sich an die Stirn. »Hat aber ’ne Menge Augen, euer Gehirn.«

Chien nickt eifrig. »Auf jeder Ebene.«

Dom schüttelt den Kopf. »Dann muss Yamamoto gewusst haben, wie wir leben.«

»Und wie wir krepieren«, schnaube ich.

Rebecca zuckt mit der Schulter. »Wen juckt’s?« Sie gesellt sich zu Chien. »Ist das da in seinem Palast?«

»Ja. Man kann in jeden Raum sehen …« Ich wende mich an Dom. »Wie geht es Haruto?«

»Er schläft. Der Arzt hat alle rausgeworfen, damit der Prinz Ruhe hat.« Dom lächelt aufmunternd. »Er sagt, er wird wieder. Aber es dauert eben seine Zeit.«

»Wie lange?«

»Ein paar Wochen.«

»Wochen?!«, rufe ich entsetzt aus. Nein. Das geht nicht! Das würde ja bedeuten, alles war umsonst … »Dann wird Yamamoto Kaiser bleiben«, sage ich niedergeschmettert.

»Das denke ich eher nicht«, wirft Chien ein.

»Wieso nicht?«

Er winkt uns zu sich.

»Da – im Zylinder«, sagt Rebecca, die neben ihm steht, deutet auf einen Panasonic rechts oben. Der Palastinnenhof ist darauf zu sehen. Das Tor, Mauern, ein großer Blütenbaum und in der Mitte der Zylinder. In dem silbrig glänzenden Mantel spiegelt sich Yamamotos Körper – unbewegt auf dem Boden. Ein Messer steckt in seinem Bauch.

Dom schluckt hörbar. »Ist er –«

Rebecca verdreht die Augen. »'n Schläfchen hält er da sicher nicht.«

»Kannst du das größer machen?«, bitte ich Chien. Er nickt und legt den Finger auf den Zylinder im Bild, bis es nicht mehr größer wird. Dom zieht hörbar Luft durch die Zähne.

»Is 'ne Menge Blut«, bemerkt Rebecca.

Dom reibt sich die Arme vor Schaudern. »Glaubt ihr, er hat sich selbst umgebracht?«

»Wegen dem Messer im Bauch?«, frage ich zurück.

Dom nickt. »Könnte doch sein, oder?«

»Von seiner Schande befreit hat er sich damit nicht«, sage ich grimmig.

»Scheiß drauf. Hauptsache, er ist hin«, beendet Rebecca unsere Grübelei. »Also. Können wir jetzt in den Palast? Ich hab 'nen Riesenhunger.«

»In den Palast?«, wiederhole ich verständnislos.

»Klar, du bist die Freundin vom neuen Kaiser. Und wir sind deine Freunde. Irgendeinen Vorteil muss das doch haben.«

»Glaubst du, dass wir einfach so in den Palast dürfen?«, frage ich Dom. Rebecca ist schon bei der Tür.

»Hm. Da Haruto der neue Kaiser ist ... klar! Wieso nicht?«

»Weil es der Palast ist?« Die Vorstellung, dass jemand aus der Pinkelgasse in den Kaiserpalast zieht, ist völlig abwegig für mich.

»Passiert was, wenn man hieran zieht?«, ruft Rebecca von der Tür.

»Woran?«, fragen Dom und ich wie aus einem Mund.

»Dem Teil hier? Das mit dem großen roten Pfeil ...« Sie meint einen riesigen Hebel an der Wand, der eigentlich unübersehbar ist. Vor allem, weil daneben tatsächlich ein knallroter Pfeil aufgemalt ist. Er zeigt nach unten.

Chien, den eben noch nichts mehr als die Panasonics interessiert hat, ist mit einem Satz bei Rebecca.

Gleich darauf starren wir alle den Hebel an. Er ist mit einer dünnen Kette gesichert, an der ein Plastikschild hängt.

»Geprüft 2098«, liest Dom vor.

»Die Zahl auf meinem Arm!« Chien reißt den Zettel von der Kette. »Ich wusste es! Das Jahr, als das hier gebaut wurde.«

»Haruto hat gesagt, das war vor über dreihundert Jahren ...«, erzähle ich den anderen.

»Da steht noch was«, Mit dem Finger fährt Chien Zeichen entlang, die auf dem Hebel stehen. »Not ... fal ... lent ... rie ... gelung«, liest er dabei.

»Hä?« Rebecca zieht eine Augenbraue nach oben.

»Notfallentriegelung«, wiederholt Dom. Es klingt fassungslos. Er sieht mich aus weit geöffneten Augen an. »Und da drunter steht: *Ziehen, um Notausgänge zu öffnen.*«

»Was?« Mein Herz setzt mindestens drei Schläge aus, dann holpert es umso schneller. »Das ist ein Scherz, oder?«

»Ich wüsste nicht, wieso«, meint Chien. Seine Hand liegt bereits auf dem Hebel.

»Weil es zu einfach ist!« Das kann nur ein schlechter Witz sein.

»Es muss einfach sein!« Chien wirft die Arme hoch. »Im Notfall funktioniert es nur so. Menschen drehen durch, wenn sie in Panik sind.« So, wie er es sagt, zählt er sich selbst nicht dazu. »Aber 'nen Pfeil kapiert man immer.«

Rebecca drängt Chien beiseite. »Himmel, Arsch und Rattenloch! Dann zieh den scheiß Hebel doch endlich nach unten!«

»Warte!« Wenn das Ding wirklich einen Ausgang öffnet, dann ... »Alle zusammen«, verlange ich und verschränke meine Finger in Rebeccas. Dom und Chien stapeln ihre Hände darüber. »Auf drei, okay?« Die anderen nicken. »Eins ... zwei ...«

»... und drei!«, ruft Dom. Gemeinsam reißen wir an dem Hebel, er klappt ohne großen Widerstand um – im selben Moment heult ein ohrenbetäubender Alarmton auf. Zwei, drei Atemzüge lang starren wir uns erschrocken an, dann stürzen wir zu den Panasonics.

Chien holt auf einem die Glaskuppel heran. »Schau eine Ebene tiefer«, brülle ich über das Geheule hinweg. Anders als schreiend kann man sich nicht mehr verständigen. Die Wulste, in denen die Treppen sein sollen, enden genau unterhalb der Kuppel.

Chien ruft den Plan auf, wählt die zehnte Ebene aus und sucht die Wand ab. »Nichts!«

»Guck mal in den Zylindern nach!«, brüllt Rebecca Chien ins Ohr.

Er versucht es. »Da kann ich nicht reinsehen.« Er wechselt zu einer Zwischenebene und probiert es noch mal. Das Ergebnis ist das Gleiche.

Ich suche die anderen Panasonics ab. Auf einem, der Ebene elf zeigt, bleibt mein Blick hängen. »Hey ... Guckt mal! Ist das Tanaka?« Ein orangefarbener Fleck mitten in den grünen Reisfeldern. Er bewegt sich schnell. Ich tippe auf ihn, damit er größer wird. »Das ist er wirklich!« Sein Gewand flattert, so eilig hat er es.

Dom drückt seine Nase fast an den Panasonic. »Was verflucht noch mal macht er da?«

»Wenn ich das wüsste ...« Ich verfolge Tanaka mit dem Finger durch die Stromplatten bis hin zum Rand der Kuppel. »Er haut ab!«, kreische ich und beginne zu lachen. »Er weiß, wo es rausgeht!«

Und dann sehen wir es auch – nicht in der Wand, im Boden hat sich ein Ausgang aufgetan. Eine Luke! Ein mannsgroßes, rechteckiges Stück der Bodenplatte hat sich abgesenkt, sodass man darüber nach unten rutschen kann. Tanaka rafft sein Gewand zusammen, setzt sich an den Rand und ist einen Moment später verschwunden.

Wir stürzen zur Tür, über den Gang, um es mit eigenen Augen zu sehen.

Im Schrein fühlt der Medizinmann Harutos Puls. *Ich komme gleich,* bedeute ich den anderen und knie mich neben Haruto. Seine Haut ist dick mit Salbe beschmiert, aber sein Atem geht ruhig und gleichmäßig. Ich streiche leicht über seine Schläfe. »Ist er wieder bewusstlos?«, schreie ich gegen den Alarmton an.

»Nein! Er schläft. Er hat ein Panazee bekommen«, brüllt der Medizinmann zurück. »Was ist das für ein Lärm?«

»Die Ausgänge sind offen!«

»Ausgänge?«

»Ausgänge, ja!« Ich mache mit der Hand eine auf- und zuschwingende Tür nach.

Der Medizinmann zieht die Stirn in Falten und sieht zur Tür, wo die anderen auf mich warten. Dann schüttelt er den Kopf. »Ich hätte nie geglaubt …« Er holt Luft. »Nie geglaubt, dass es sie wirklich gibt!«

Rebecca zieht mich ungeduldig am Arm. »Kommst du?«

Ich sehe zu Haruto. Ich weiß nicht …

Der Medizinmann nickt mir zu. »Geh nur! Ich bleibe hier.« Er lächelt. »Du weißt ja … ich bin unverzichtbar!«

Ich nicke ihm dankbar zu.

Vor dem Schrein steht niemand mehr, nicht einmal die Leibgarde. Die Leute drängen sich in heller Aufregung an der Mauer. Wir laufen an ihr entlang, bis wir einen Platz finden, und suchen die Ebene unter uns ab.

»Dahinten!«, rufe ich. »Und da auch!« Es sind etliche Luken, rund um die Ebene an der Wand verteilt.

»Sie müssen in einen Hohlraum führen!«, ruft Chien.

»Wie meinst du das?«, brülle ich zurück.

»Eine Kammer in der Wand! Und von da aus nach draußen. Das ist genial!« Chiens Wangen glühen vor Begeisterung.

Immer mehr Menschen tauchen in den Reisfeldern auf. Wir sehen dabei zu, wie sie zum Rand der Kuppel laufen und durch die Luken verschwinden. Nicht nur die Arbeiter von den Feldern, auch gelbe und rote Gardisten und Mitglieder der Kaiserlichen Familie, wie sich unschwer an den bunten Gewändern erkennen lässt.

»Hier bist du!« Eine schrille Stimme. Ich blicke zur Seite. Fußi. Neben ihm Doms Freund.

»Und wo verdammt noch mal wart ihr?« Rebecca boxt Fußi gegen den Arm, aber man sieht ihre Erleichterung. Sie war sich anscheinend nicht sicher, ob ihr Ronan nicht auch geflüchtet ist.

Meine Gedanken gehen elf Ebenen tiefer. Zu Kanisterköpfchen und Pinky. Die einzigen Menschen dort unten, die mir irgendwie wichtig sind. Ob sie schon was mitbekommen haben? Immerhin kann man von Pinkys Laden unter der Decke bis zur verbotenen Zone vor der Höhlenwand schauen.

Ich stelle mir vor, wie sich hinter dem ganzen Stacheldraht Ausgänge auftun und durch sie urplötzlich und gleißend hell Sonnenlicht in die Höhle fällt. Die Hüter bekommen große Augen, wagen sich, wenn auch mit gezückten Waffen, ins Freie.

Hoch oben im Gerippe wird Pinky als einer der ersten Bewohner das Licht sehen. Vielleicht rafft er zusammen, was er tragen kann, in jedem Fall wird er Kanisterköpfchen auf den Rücken nehmen und, so schnell er kann, runterklettern, um zu sehen, was da los ist. Er wird nicht der Einzige sein.

Aufgeschreckt vom Alarm und angezogen vom Licht werden die Leute sich schon entlang der Todeszone drängen. Doch sie zögern, sind misstrauisch. Die Hüter erschießen normalerweise jeden, der den Stacheldraht auch nur anfasst. Bloß da sind keine Hüter mehr ... Das erste Mal ist die Todeszone unbewacht. Schließlich siegt die Neugier der Menschen. Jemand holt eine Zange aus der Tasche, durchschneidet den Stacheldraht. Pinky hebt ihn für Kanisterköpfchen an, zwängt sich selbst durch und nimmt seine

Schwester wieder auf den Rücken. Und dann, nur wenige Augenblicke später, steht er draußen. Im hellen Licht der Sonne.

Das Gefühl muss unvorstellbar sein. Wie die Leute wohl reagieren? Ob sie vor Schock erstarren? Oder weinen vor Glück? Ich bin mir sicher, Pinky schnappt über. In meiner Vorstellung lacht und dreht er sich, Kanisterköpfchen auf dem Rücken, ihre kurzen Arme der Sonne entgegengestreckt.

Ich konnte der Kleinen mein Mosaik nicht mehr zeigen, aber nun wird sie die Sonne selbst sehen, so strahlend, wie ich es nie hinbekommen hätte ...

Als meine Gedanken auf die zwölfte Ebene zurückkehren, entdecke ich die ersten winzigen Gestalten auf der Brücke. Noch weiß niemand, wohin sie führt ...

»Hauptsache in die Freiheit«, sage ich zu mir selbst und atme tief durch. Auf einmal fühle ich mich leicht. So leicht wie noch nie.

EBENE 0

Brücke zur Welt

Wir stehen nur ein paar Schritte von der Brücke entfernt, die Finger ineinander verschränkt.

»Die Sonne geht auf …«, sage ich mit belegter Stimme.

Haruto sieht in den Himmel. Er färbt sich bereits orange. »Keine Wolken«, stellt er fest. Als käme es darauf an. »Ein guter Tag, um ein neues Leben zu beginnen.«

Ich schüttle unwillig den Kopf. »Jetzt gerade fühlt sich nichts an diesem Tag gut an.«

»Die letzten Wochen hast du von kaum etwas anderem geredet«, erinnert Haruto mich lächelnd.

»Ich weiß …« Die ersten davon musste er noch im Bett verbringen. Ich habe bei ihm gesessen und von draußen geträumt. Haruto hat mir alles darüber erzählt, was er weiß. Von Wolken am Himmel, dem Regen, den Vögeln und dem Wind, der oft ganz sanft ist, sich manchmal aber auch zu einem Sturm aufbläht. Obwohl ich es besser weiß, fürchte ich mich immer noch ein wenig davor, Susanoo könnte diese Stürme geschickt haben.

Ich atme schwer durch. »Du solltest wieder reingehen …« Nicht nur wegen der Sonne. Über Nacht sind Maschinen ausgefallen, weil kaum noch jemand von denen da ist, die sich damit auskennen. Haruto muss dringend eine Lösung finden, damit das Licht auf den Ebenen wieder funktioniert.

»Einen Moment noch …«, flüstert er und zieht mich an sich, presst seine Stirn gegen meine. »Ich dachte, es wäre leichter …«

Das dachten wir alle. Haruto hat wirklich mit einer Menge Problemen zu kämpfen. Auf jeder Ebene. Aber die Leute beginnen, ihn zu unterstützen. Ich denke, weil er sich bemüht, einer von ihnen zu sein. Kein prachtvoller Zuckerblütenkaiser, den nie jemand zu Gesicht bekommt. Er packt mit an und erklärt immer wieder, wie wichtig es ist, dass die Dinge laufen. Denn jetzt, wo die Menschen kommen und gehen können, wie sie wollen, meint Haruto, wird der Kokon für sie ein Zuhause und das muss erhalten bleiben. Ich löse mich ein Stück von ihm und streiche mit den Daumen über seinen frisch vernarbten Handrücken. »Du wirst das schaffen. Die Leute vertrauen dir.«

Haruto lacht leise. »Was ich meinte war … ich dachte, es wäre leichter, dich gehen zu lassen.«

»Oh«, sage ich verlegen und spüre mein Gesicht rot werden. Immer noch fällt es mir schwer, mich daran zu gewöhnen, dass ich jemandem etwas bedeute. Haruto streicht mir eine Strähne aus der Stirn. Ich schiele zu ihm hoch. »Ich komme doch wieder.«

»Ich weiß …«, flüstert er in mein Ohr. Seine Hände wandern in meinen Nacken. Ich mag das Gefühl, schließe die Augen. »Aber ich werde dir den Abschied trotzdem so schwer wie möglich machen.« Hauchzarte Küsse verteilt er über mein Gesicht. Mein Herzschlag gerät aus dem Takt. Seine Lippen wandern tiefer, Haruto vergräbt sein Gesicht in meiner Halsbeuge. Eine Weile bleiben wir unbewegt so stehen. Doch schließlich löse ich mich von ihm. Die Sonne ist aus dem Meer aufgestiegen. Es ist so weit.

Ich sehe in Harutos feucht glitzernde Augen. Plötzlich sitzt mir ein fetter Kloß im Hals. »Grüß Kanisterköpfchen von mir«, bringe ich heiser heraus. Pinky berät Haruto, wenn es um den Handel im Kokon geht.

Haruto lächelt tapfer. »Und du die Sonne, Juri Gagarin.«

»Werde ich«, sage ich erstickt. Jetzt steigen auch in mir Tränen auf. Bevor Haruto sie sehen kann, habe ich mich abgewendet und bin auf der Brücke. Auch wenn es wehtut, bin ich froh, dass mein dummes Herz so viel schlauer war als ich.

Ich atme die salzige Luft des Meeres ein, der kühle Wind trocknet meine Tränen, während ich meinem neuen Leben entgegengehe. Ich beginne es nicht allein. Dom und sein Freund haben Haruto und mich Abschied nehmen lassen und warten auf der Mitte der Brücke auf mich.

»Alles in Ordnung?«, fragt Dom mit sorgenvoll gerunzelter Stirn.

»Ja ... nein ... keine Ahnung.« Ich wische mir über die Wange. »Und bei euch?«

Doms Freund erschauert. »Ist ganz schön kalt hier draußen.«

Ich lache schniefend. »Ist ja auch noch früh.« Er ist das erste Mal außerhalb. Ich war es schon einige Male, jedoch nur bis zur Brücke. »Es wird noch wärmer werden. Und bis dahin hast du ja Dom.« Ich grinse.

Dom steht hinter seinem Freund, die Arme um ihn geschlungen und raunt ihm etwas ins Ohr, worauf er kichert. Die beiden haben nur Augen füreinander, die Welt hier draußen ist ihnen viel weniger wichtig als mir.

Ich lasse die zwei tuscheln und schaue, auf das Brückengeländer gelehnt, über die glitzernde Wasseroberfläche. Ebene null nennen wir das Land um den Kokon. Erst von hier aus sieht man, wie groß er tatsächlich ist. Ein bis in den Himmel ragendes, silbrig glänzendes Gebilde, obendrauf die Kuppel. An manchen Tagen ist sie von Wolken eingehüllt und alles darunter verschwindet unter einem weißen Teppich. Der schmale Streifen Land drum herum, das Wasser, die Brücke ... Sie ist längst nicht so gut erhalten, wie es von Ebene elf aus den Anschein hatte. Aber Hauptsache, man kommt drüber.

Ich zerbrösele Rost vom Geländer zwischen meinen Fingern. Unfassbar, wie viel sich in den wenigen Wochen seit dem Aufstand verändert hat …

Dass nichts mehr so sein würde wie zuvor, war bereits klar, als die ersten Bewohner von unten auf Ebene elf auftauchten, nicht lange, nachdem Haruto aus dem Schrein in den Palast gebracht worden war. In dem Glauben, aus der Höhle zur Oberfläche zu gelangen, waren die Leute die Treppen hochgerannt. Was auch immer sie von dem Bild, das sich ihnen dort bot, begriffen – eines ganz sicher: in welchem unfassbaren Protz der Kaiser lebt.

Weil der sich feige das Leben genommen hatte, musste seine Familie nun fürchten, für all die Lügen büßen zu müssen. Zu Recht. Der Zorn der Menschen war riesig. Und ihr Hunger ebenso.

Sie rissen die Reispflanzen aus oder trampelten sie nieder, bis zum Abend hatten sie sogar den Speicher aufgebrochen. Gerade noch rechtzeitig sperrten die Gardisten den Zylinder darin, die einzige Verbindung zur zwölften Ebene. Über den Rand der Mauer hinweg musste die Familie hilflos mitansehen, wie die unendlichen Vorräte Amaterasus in Tüchern und Taschen davongetragen wurden. Bei Sonnenaufgang war der Speicher leer.

Im Palast brach Panik aus. Den Fugus wurde befohlen zusammenzutragen, was man an Essbarem finden konnte. Das Ergebnis war jede Menge Sake und eine Kiste Götterfrüchte. Mit den Resten vom Blütenfest reichte es drei Tage. Am vierten hatte die Kaiserliche Familie das erste Mal in ihrem Leben einen leeren Bauch. Was für ein erbärmliches Gezeter …

Noch am selben Abend wurde der Zylinder wieder entriegelt. Hunger und die Angst vor Vergeltung trieben die meisten von ihnen aus dem Kokon. Keine Ahnung, wie sie hier draußen überleben wollen. Sie wissen ja noch nicht mal, wie man eine Ratte fängt.

Ich klopfe mir den Rost von den Händen und geselle mich zu den Jungs. »Sag mal, habt ihr eigentlich deine Eltern gefunden?«

Dom löst sich von seinem Freund. »Klar. Aber die beiden würden den Kokon nie verlassen. Pflicht und Ehre ...« Er rollt mit den Augen. »Du weißt, was ich meine.«

»Und wie war der Abschied?«, frage ich sie vorsichtig. Dom war zwar fest entschlossen, ihnen gemeinsam mit seinem Freund Lebewohl zu sagen, aber er hatte auch verdammte Angst davor.

Doms Freund schüttelt ärgerlich den Kopf. »Sein Vater hat nicht ein Wort verloren.«

»Er hat uns gesehen und auf der Stelle seine Wohneinheit verlassen«, bestätigt Dom. Er verzieht den Mund, gleich darauf zuckt er jedoch die Schultern. »Was soll's. Eigentlich habe ich nichts anderes erwartet.«

Ich streiche ihm über den Arm. »Trotzdem vergisst man es nie.« Ich weiß es. Ich habe es versucht.

»Aber seine Mutter ist toll«, meint sein Freund.

»Ja, sie war klasse.« Dom lächelt wieder. »Hätte nie gedacht, dass sie zu mir hält, wo ich doch ... wo wir doch ... na ja. Aber sie meinte, wir können jederzeit zurückkommen. Für den Fall, dass *wir* was brauchen. *Wir!«*, betont Dom noch mal.

»Ich fürchte, es wird eher umgekehrt sein«, entgegne ich, denn so, wie die Dinge stehen, gibt es auf Ebene vier inzwischen genauso wenig wie auf jeder anderen Ebene auch.

Plötzlich stößt Doms Freund einen aufgeregten Schrei aus. »Da kommen sie!«

Rebecca und ihr Fußi – Ronan. Keine fünfzig Mannslängen mehr entfernt. Ich reiße den Arm hoch und winke wild. Wie es aussieht, sind sie schwer beladen. Kein Wunder. Die letzten zwei Wochen waren die beiden auf allen Ebenen unterwegs, um Dinge für ein Leben hier draußen zu tauschen. Ich denke, es kann nicht härter sein als drinnen. Deshalb habe ich mir nur eine Tasche mit Reis und Wasser umgehängt und ein Messer im Gürtel stecken. Mehr hatte ich zuvor auch nicht.

Als die beiden uns erreicht haben, stellt Rebecca ächzend zwei Säcke ab und umarmt mich. »Du siehst klasse aus!«

»Die Sonne«, sage ich mit einem Lächeln. Mir geht es wirklich gut. Wenige Wochen haben gereicht und meine Wangen sind rosig, die Haut nicht mehr madenweiß und meine Haare fallen auch nicht mehr aus.

Rebecca drückt den Jungs einen Kuss auf die Wange. Auch zwischen ihnen ist eine richtige Freundschaft entstanden. Ich freue mich darüber.

Rebecca sieht zu Doms Freund. »Und? Hast du schon einen Namen gefunden?«

»Stimmt ja!« Darüber hatten wir beim letzten Abschied gesprochen. »Und? Hast du?«

»Tyler.« Er strahlt. »Das ist Doms zweiter Name.« Die beiden wechseln einen verliebten Blick.

»Den hab ich ihm geschenkt«, meint Dom. »Damit ist er jetzt ein Teil von mir.«

Rebecca legt die Hand vor ihre Augen. »Du meine Güte, sind die verliebt!«

»Ihr doch auch«, necke ich sie.

Ronan zieht scharf die Luft ein. »Pass auf, das hört sie gar nicht gern.«

»Nur nicht aus deinem Mund«, schnappt Rebecca zurück. Dabei zwinkert sie mir zu. »Und du? Vermisst du ihn gar nicht?«

Ich denke an die letzten Tage mit Haruto ... besonders an die Nächte, die wir gemeinsam verbracht haben. Wie wir uns langsam und vorsichtig näherkamen. Meine Hände sanft über seine frisch verheilte Haut glitten und ich es das erste Mal in meinem Leben ertragen konnte, dicht neben jemandem zu schlafen.

»Doch, ich vermisse ihn. Sehr sogar«, beantworte ich Rebeccas Frage. »Aber ich hab versprochen wiederzukommen.«

Sie nickt. »Machen doch viele.«

Das stimmt. In den ersten Wochen hat sich gezeigt, dass sogar die meisten immer mal wieder zurückkommen. Sie werden Brückengänger genannt, weil sie Dinge und Nahrung tauschen, die sie von der anderen Seite der Brücke haben. Von hier aus sieht man nur ein paar grüne Erhebungen, aber das Land dort soll grenzenlos sein. Überall verfallene Bauten, fremdartige Tiere, keine Menschen. Mag sein, dass die Feuerstürme damals wirklich nur überlebt hat, wer sich in den Kokon flüchten konnte ...

Plötzlich ertönt ein schriller Pfiff. Eine Gestalt ist am anderen Ende der Brücke aufgetaucht.

»Das ist er!«, rufe ich und schnappe mir einen von Rebeccas Säcken. Chien hat tatsächlich Wort gehalten. So erleichtert, wie die anderen wirken, waren auch sie sich unsicher, ob er wirklich auftauchen würde.

Chien war der Erste von uns, der den Kokon verlassen hat. Noch am Tag der Blüte. Als es hieß, der Zylinder auf der zwölften Ebene wird abgeriegelt, war er nicht mehr zu halten. Es blieb gerade noch Zeit für ein paar hastig gesprochene Abschiedsworte. Chien versprach uns, in exakt dreißig Tagen, bei Sonnenaufgang, auf dieser Brücke zu sein. Seitdem hatte keiner von uns mehr etwas von ihm gehört. »Wir haben *auf* der Brücke gesagt!«, rufe ich Chien im Laufschritt zu.

»Niemals! Ich bin ein Freilander!«, brüllt er zurück. Die Bezeichnung für alle, die den Kokon für immer hinter sich gelassen haben. Wenige Momente später stehen wir uns gegenüber. »Na, ihr Höhlenmenschen ...«, begrüßt Chien uns, »bereit für ein neues Leben?«

»Was denkst du denn?«, meint Dom lachend.

Wir fallen Chien einer nach dem anderen um den Hals, auch

wenn er versucht, der stürmischen Begrüßung zu entkommen. Die Tage draußen haben ihn verändert. Ich bin erstaunt, wie sehr. Seine Haut ist dunkler und die schwarzen Haare nicht mehr raspelkurz. Sie stehen in alle Richtungen, vor allem aber sieht er glücklich aus.

Mein Blick schweift über die grasbedeckten Hügel hinter Chien. Von der Kuppel aus lassen sich an klaren Tagen Reste großer Bauten erahnen, aber von hier aus kann man sie nicht sehen.

»Also, wohin?«, frage ich Chien.

»Wohin ihr wollt. Wir sind frei«, meint er mit einem Schulterzucken, »und haben allen Platz der Welt.«

Da erst begreife ich es richtig und eine neue, ganz wunderbare Art von Aufregung packt mich.

Was mir am Herzen liegt

Am Anfang stand die Idee, eine Geschichte um die Legende von Amaterasu zu schreiben. Bei meinen Recherchen stieß ich darauf, dass das japanische Kaiserhaus bis ins letzte Jahrhundert hinein für sich beanspruchte, von Amaterasu abzustammen. Infolgedessen wurden die Kaiser lange Zeit selber als Götter betrachtet.

Der Gedanke eines Kaisers, der göttlichen und allmächtigen Status hat, faszinierte mich und ich begann, *Sakura – Die Vollkommenen* zu schreiben. Ich las mich in die japanische Geschichte ein und die Mythen darum. Zwar wurde mir bald klar, dass ich ein Leben brauchen würde, um die japanische Kultur zu verstehen, aber ich wollte sie so treffend wie möglich zeichnen.

Doch das war unmöglich. Ich musste einsehen, dass *Sakura* als Dystopie nicht funktioniert, wenn ich mich durch detailgetreue Realitätsnähe begrenze. Ich musste mich von der Idee lösen, die japanische Kultur und Denkweise umsetzen zu wollen. Nur so konnte der Kaiser verabscheuungswürdig genug werden und das Leid der Nachkommen Susanoos glaubhaft.

Mir ist es wichtig klarzustellen, dass die Verhaltensweisen der »Kinder Amaterasus« nicht in Einklang mit der japanischen Mentalität zu bringen sind, ebenso dass Entmannung nie Bestandteil der japanischen Kultur war. Auch habe ich bewusst auf die vielen unterschiedlichen Formen der japanischen Anreden verzichtet und Begriffe wie *Tennō heika* (Anrede der Kaiserlichen Majestät) wieder aus dem Manuskript gestrichen. In ihrer Vielfältigkeit hätten sie beim Lesen leider verwirrt. Außerhalb meiner Fiktion jedoch käme es einer groben Unhöflichkeit gleich, auf die korrekte Anrede zu verzichten. Ebenso wäre die offene Konfrontation zwischen Prinz Haruto und seinem Vater undenkbar, um nur ein paar Beispiele zu nennen.

Sakura – Die Vollkommenen ist also in keiner Weise ein Abbild der japanischen Kultur, es nimmt nur Anleihen daraus.

Danksagung

An dieser Stelle möchte ich mich bei all jenen bedanken, die mir beim Schreiben von *Sakura – Die Vollkommenen* mit Rat und Tat zur Seite standen.

Zunächst meiner Familie, die im letzten Jahr so oft ohne mich auskommen musste, für ihre unendliche Geduld und Hilfe.

Dann meinen Betaleserinnen. Im Besonderen Sandra Augsten, Katharina Grube, Laura Kleinschmidt, Marina Raisch und meiner lieben Verena Schulze, die alle bis zum Schluss oftmals ihren Schlaf geopfert haben, um auch die letzte neue Fassung zu lesen und mir ihr konstruktives Feedback zu geben.

Und natürlich meiner lieben Tina Hagelstein fürs Lachen und Planen und Essen und Grüßen und Träumen und für ihre Unterstützung.

Außerdem Steffi Hasse für ihre Offenheit und ihre Ideen und Stephanie Berger, Nadine Dzaack, Susann Gebauer, Daniela Kreismer-Barthel, Ingrid Papst, Greta Öhler, Julia Shiry, Sonja Standhardinger und Susann Walter für ihre Unterstützung. Genau wie Silke Hoffner, an die ich oft und mit ganzem Herzen denke.

Ganz lieben Dank auch diesmal an Marion Lembke, nicht nur für den Austausch, sondern auch für ihre Hilfe aus so mancher Sinnkrise.

Ein weiteres herzliches Dankeschön geht an Malin Wegner für

das ausgezeichnete Lektorat, an den Arena Verlag und die AVA Literaturagentur für Rat, Tat und beständiges Engagement.

Der größte Dank gebührt jedoch euch, liebe Leserinnen und Leser. Ohne euch gäbe es meine Geschichten nicht. Ich hoffe, ihr bleibt mir treu, sodass ich noch viele weitere für euch schreiben kann.

Herzlichst
Eure Kim